Joan Grant

Die rote Feder

Joan Grant

DIE ROTE FEDER

Verlag Hermann Bauer
Freiburg im Breisgau

Die Deutsche Bibliothek – CIP-Einheitsaufnahme

Grant, Joan:
Die rote Feder / Joan Grant.
[Übers.: Thomas Görden]. –
2. Aufl. – Freiburg im Breisgau : Bauer, 1997
    ISBN 3-7626-0558-0

Die englische Originalausgabe erschien erstmals
1945 bei *Eyre Methuen & Co. Ltd.*, Great Britain,
1988 bei *Ariel Press*, USA,
unter dem Titel
Scarlet Feather
© 1945 by Nicola Bennett

Übersetzung: Thomas Görden
Lektorat: Ute Orth

2. Auflage 1997
© für die deutsche Ausgabe 1997 by
Verlag Hermann Bauer KG, Freiburg im Breisgau
Das gesamte Werk ist im Rahmen des Urheberrechtsgesetzes geschützt.
Jegliche vom Verlag nicht genehmigte Verwertung ist unzulässig.
Dies gilt auch für die Verbreitung durch Funk, Fernsehen,
photomechanische Wiedergabe, Tonträger jeder Art,
elektronische Medien sowie für auszugsweisen Nachdruck.
Illustrationen: © S. 11, 157 by Ralph Laver; S. 229 by Wa-Na-Nee-Che;
S. 87 by Markus Nies-Lamott
Einband: Markus Nies-Lamott, Freiburg im Breisgau;
© Donnervogelrad by Wa-Na-Nee-Che, entnommen aus dem
White Eagle-Medizinrad, Verlag Hermann Bauer 1997
Satz: Fotosetzerei G. Scheydecker, Freiburg im Breisgau
Druck und Bindung: Wiener Verlag, Druck- und Verlags-GmbH, Himberg
Printed in Austria

Für
Vera Sutherland

der es leichtfallen wird,
auf die Frage der Großen Jäger zu antworten

INHALT

TEIL III

TEIL IV

ANMERKUNG
DER AUTORIN

Die Rothäute dieses Buches gehören in eine Epoche, die viel weiter zurückreicht als die aufgezeichnete Geschichte der nordamerikanischen Indianer. Mein gegenwärtiges Wissen über die Vereinigten Staaten ist sehr begrenzt, und mit Ausnahme eines dreimonatigen Aufenthaltes in New York im Alter von sieben Jahren habe ich sie noch nie bereist. Daher hatte ich bislang keine Gelegenheit, jenes Land ausfindig zu machen, das der Reiher-Stamm auf seiner Wanderung durchquerte.

TEIL I

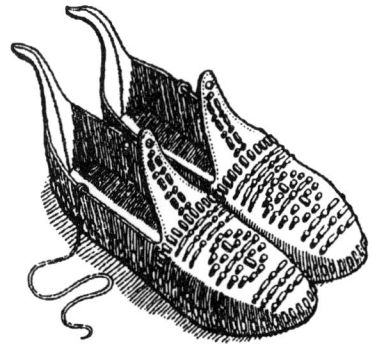

RAKI UND PIYANAH

Raki und ich, Piyanah, waren von Anfang an zusammen. Seine Mutter starb bei seiner Geburt, und ich war damals drei Tage alt. Daher wurden wir zusammen gestillt. Alles gab es zweifach: zwei Säuglinge in der Wiege, zwei Brüste, wenn wir hungrig waren, zwei Stimmen, die uns trösteten, wenn wir weinten. Später erkannten wir, daß die eine Stimme, die allerwichtigste, unserer Mutter gehörte. Die andere gehörte Ninee, die Mutter half, auf uns aufzupassen. Alle Dinge waren glücklich, weil es sie paarweise gab; selbst die Felsen und Bäume besaßen Schatten, damit sie sich nicht einsam fühlten.

Raki und ich teilten alle unsere Entdeckungen: das harte, heiße Gefühl im Mund, ehe ein neuer Zahn kommt; die Form der Steine; der interessante Geschmack des Grases und der Erde; die Struktur von Haut, und Binsenkorb, und Moos; und das wunderschöne, laute Geräusch, das wir machen konnten, wenn wir schrien.

Wir lagen nackt in der Sonne und sahen dem Tanz der Blätter zu, oder spielten im seichten Wasser, das hochsprang und mit uns lachte, wenn wir mit unseren Händen darauf klatschten. Wir lernten, daß es unterschiedliche Arten von Wärme gibt: Mutter, und Sonnenlicht, und die tiefe, schläfrige Wärme der Biberpelze, in die wir abends gemeinsam eingepackt wurden. Auch das Feuer war warm, aber manchmal wurde es böse, wie Ninee, und dann tat es so weh, daß man weinen mußte.

Die Kälte kennenzulernen dauerte länger: Es gab die freundliche Frische nassen Grases am frühen Morgen, die stechende Schärfe des Frühlingswassers und die wohlige Kühle, wenn man an einem heißen Tag an Steinen leckte, die im Schatten gelegen hatten. Eines morgens kam dann plötzlich die große weiße Kälte: Sie war weich und wunderbar, aber wenn sie keine Lust mehr

hatte, mit uns zu spielen, schmerzte sie fast ebenso arg wie das
Feuer. Weil sie so lange Zeit blieb, konnten wir uns schließlich gar
nicht mehr erinnern, daß es außerhalb des Tipis je etwas anderes
als Weiß gegeben hatte.

Raki wußte, wie sich heiße Asche anfühlt, seit ich mir meine
Hand daran verbrannt hatte, und ich lernte Ameisen kennen, als
sie ihn in den Fuß bissen. Ich hielt mich für Rakis Schatten und
glaubte, ihm überallhin folgen zu müssen. Als er sich zum ersten
Mal von mir entfernte, erschreckte ich mich so, daß ich schrie, bis
Mutter kam, um mich zu trösten. Sie erklärte mir, daß ich wie
Raki lernen müßte zu krabbeln, und das tat ich dann auch. Von
da an achtete ich stets darauf, alles so schnell zu lernen wie er,
damit wir nicht wieder getrennt wurden.

Wir lernten am selben Tag schwimmen, und wenn er hinfiel
und sich das Knie aufschlug, war fast immer auch meines spätestens bei Sonnenuntergang aufgeschlagen. Einmal aß er ein paar
Beeren, die ihm sehr schlimme Schmerzen bereiteten; obwohl das
gar nicht stimmte, tat ich so, als hätte ich auch davon gegessen,
damit er den Schmerz nicht ganz für sich allein hatte. Ninee gab
uns etwas sehr Dunkles und Bitteres zu trinken. Danach hatten
wir beide Schmerzen, so daß ich mich nicht mehr zu verstellen
brauchte.

Mutter spielte mit uns und erzählte uns Geschichten: Sie wußte
alles und konnte sogar Feuer und Mokassins machen. Ninee
wußte nicht sehr viel und schimpfte mit uns, wenn sie glaubte,
daß Mutter es nicht merkte; aber sie war nett, wenn sie gut
gelaunt war.

Als wir fünf waren, sagte Mutter uns, daß wir zu einem neuen
Ort ziehen würden. Zuerst bedauerten wir das, denn es gab so
viele besondere Felsen und Höhlen und Bäume, die sich einsam
fühlen würden, wenn wir fortgingen. Als aber Raki sagte, daß es
ein herrliches Abenteuer werden würde, freuten wir uns beide.

Ich denke nicht, daß Mutter weiterziehen wollte, denn in der
Nacht, bevor wir aufbrachen, war ich zu aufgeregt, um zu schlafen, und glaubte, sie weinen zu hören. Das glaubte ich auch noch,
als Raki mir sagte, ich hätte mich bestimmt geirrt, denn Erwach-
sene würden nie weinen. Ich hatte herauszufinden versucht, wohin wir gingen und warum. Aber Mutter sagte nur, daß wir zu
einem neuen »Ort, wo der Mais wächst«, gehen würden, weil der
Stamm frische Jagdgründe brauche.

Wir wußten nicht, was der Stamm war, aber Raki glaubte, das hätte wohl etwas mit den Leuten zu tun, die wir ab und zu von weitem sahen. Ich fragte mich, wie wir es schaffen sollten, unsere beiden Tipis und die Holzkisten zu tragen, in denen unsere Kleidung verwahrt wurde. Aber ich hätte mir deswegen keine Sorgen zu machen brauchen, denn eines Tages ging Mutter mit uns in den fernen Wald, wie sie es schon oft gemacht hatte. Als wir sehr lange gegangen waren, fragte ich, wann wir denn wieder nach Hause zurückkehren würden, und sie sagte:

»Wir werden nicht mehr umkehren, Piyanah. Morgen, übermorgen und die Tage danach werden wir an einem neuen Ort sein ... einem neuen Ort, der keine Erinnerungen hat.«

Dann ging sie voraus, und wir stellten keine weiteren Fragen, weil wir spürten, daß sie unglücklich war und nicht reden wollte. Dann zeigte Raki auf Messerkerben an den Bäumen. Nun wußten wir, daß jemand für uns einen Weg markiert hatte, dem wir folgen sollten. Ein Stück weiter gab es viele Fußspuren im Staub, die uns verrieten, daß noch viele andere Leute diese Reise unternahmen. Es mußten hilfsbereite, vielleicht sogar freundliche Leute sein, denn am Ende jedes Tages fanden wir einen Unterschlupf vor, in dem wir schlafen konnten, mit etwas zum Essen und einem Kochtopf daneben. Mutter sagte, das hätte der Stamm für uns dagelassen, aber wenn wir sie fragten, was denn der Stamm sei, antwortete sie, das bräuchten wir noch nicht zu wissen.

Wenn Raki oder ich müde wurden, trug uns Mutter auf dem Rücken. Wir kamen an einen Fluß und warteten dort mehrere Tage, während Kanus gebaut wurden. Dann kam Ninee vom Feuerholzsammeln zurück und sagte, alle Kanus seien weg, aber sie hätten eines für uns zurückgelassen ... es war an einem Pflock festgebunden, den jemand ins Ufer getrieben hatte.

Mutter paddelte vorne und Ninee hinten, Raki und ich saßen in der Mitte und durften unsere Hände durchs Wasser gleiten lassen, solange wir Ninee nicht naßspritzten. Manchmal sahen wir andere Kanus vor uns. Dann paddelte Mutter ans Ufer, bis sie außer Sicht waren. Wir fanden es seltsam, daß sie sich nie bei dem Stamm bedanken wollte. Denn sie waren auch weiterhin nett zu uns. Jeden Abend sahen wir, an einem Zweig hängend oder an einem Stock am Ufer festgebunden, ein Bündel Federn, das uns anzeigte, wo sie unseren Schlafplatz vorbereitet hatten. Manchmal war dort bereits ein Feuer angezündet und das Essen fertig

zum Kochen hergerichtet. An diesen Tagen war Ninee gut gelaunt, und das Essen schmeckte besser. Raki und ich rannten immer voraus, um nachzuschauen, was für uns zurückgelassen worden war: Meistens war es Fleisch, manchmal aber auch nur ein
bißchen Maismehl. Dann mußten wir einen Stein suchen, auf dem
Ninee den Teig zu flachen Kuchen ausrollte, die sie in der heißen
Asche buk. Es war Frühlingsanfang, und die Nächte waren kalt.
Aber das machte nichts, denn Mutter hatte die Decke aus Biberpelz mitgenommen, damit wir darin schlafen konnten.

Wenn Ninee schlecht gelaunt war, schimpfte sie leise vor sich
hin. So erfuhren wir, daß wir ihrer Meinung nach eigentlich bei
dem Stamm hätten leben sollen und daß es irgendwie Mutters
Schuld war, wenn das nicht möglich war. Doch als wir Ninee
danach fragten, bekamen wir keine Antwort. Der Stamm war rät-
selhaft wie das Wetter ... etwas, das sich auf uns auswirkte und
ohne Widerspruch akzeptiert werden mußte. Ninee sagte lediglich, daß sie nach einem neuen »Ort, wo der Mais wächst« suchten, und wenn sie ihn nicht fänden, müßten wir im nächsten Winter alle hungern. Ich fragte Ninee, woran sie denn sehen könnten,
ob sie ihn gefunden hatten, und sie sagte: »Der Häuptling wird es
den Ältesten mitteilen.«

Als ich sie fragte, was ein Häuptling sei, sagte sie: »Dein
Vater«. Dann keuchte sie, als hätte sie eine Fliege verschluckt. Sie
packte mich am Arm und sagte: »Wenn du deiner Mutter erzählst,
daß ich das gesagt habe, gebe ich dir eine solche Ohrfeige, daß du
den Mond vom Himmel herunterschreist!« So wußte ich also, daß
mein Vater der Häuptling und offenbar sehr wichtig war. Raki
und ich beschlossen, Mutter nichts davon zu erzählen, denn Ninee
konnte furchtbar unangenehm sein, wenn sie böse mit uns war.

Wir wußten, daß alles einen Vater und eine Mutter hatte, aber
Tiere hatten immer Eltern, die wie sie waren. Wir fanden es
schade, daß ich nur einen »Häuptling« und Raki nur eine »Rote
Feder« als Vater hatte. Wir glaubten, eine Rote Feder sei eine Art
Vogel, bis Mutter uns sagte, daß es sich um einen besonders muti-
gen Mann handelte. Wenn Raki fragte, wie sein Vater denn heiße,
sagte Mutter, sie wisse es nicht, denn ihre Schwester, die Rakis
Mutter war, hätte es ihr nie gesagt.

Es war aufregend, wenn wir an eine Stromschnelle kamen.
Ninee fürchtete sich vor ihnen und zog sich eine Decke über den
Kopf, damit sie die Felsen nicht sah ... sie behauptete allerdings,

daß sie das tat, weil die Decke sie trocken hielt. Mutter kniete im Bug des Kanus, und kurz bevor wir gegen einen Felsen zu fahren schienen, drehte sie das Paddel, so daß wir durch weiße Gischt einen grünen Abgrund hinab in das ruhige Wasser darunter glitten.

Als es schon seit drei Tagen keine Stromschnellen mehr gegeben hatte, erreichte der Fluß offenes Land, wo nur in der Ferne Berge zu sehen waren. Am südlichen Ufer gab es sanfte Hügel, die allmählich steiler wurden, während wir unsere Fahrt fortsetzten. Auf der anderen Seite gab es Grasland, für dessen Durchquerung man zwei Tage gebraucht hätte, und dann eine Kette hoher Berge. Dieser Tag war recht langweilig verlaufen, bis wir plötzlich um eine Biegung kamen und sahen, daß viele Kanus am Ufer vertäut waren. Auf einem Halbmond aus grasbedecktem Uferboden, ringsum durch steile Felsen geschützt, außer nach vorne zum Fluß hin, richteten die Männer Stangen für die Tipis auf. Einige Tipis waren bereits mit Häuten bedeckt und sahen aus wie das, in dem wir gewohnt hatten.

Ich hielt nach dem Federbündel Ausschau, das uns zeigen würde, wo wir anlegen sollten, doch Mutter starrte unbewegt nach vorn und paddelte weiter den Fluß hinab. Ich wünschte mir, sie wäre langsamer gefahren, damit ich mehr Zeit gehabt hätte, mir den Stamm anzuschauen ... ich fand es enttäuschend, daß es ganz gewöhnliche Leute zu sein schienen. Sie sahen nicht anders aus als die, die wir manchmal von weitem gesehen hatten. Dann zeigte Raki auf eine flache Stelle in der steilen Böschung über dem Lager: Darauf stand ein Tipi, viel größer als die anderen. Es war mit leuchtenden Mustern in Rot, Blau und Gelb bemalt. Ein Mann stand davor ... oder war er einer der Großen Jäger? Seinen Kopf krönte ein Federbusch – viele, viele Federn, die bis zu seinen Füßen herabhingen.

Ich hörte Ninee leise flüstern: »Der Häuptling ist gekommen, um uns vorbeifahren zu sehen.« Das also war mein Vater, der Häuptling! Ich war stolz, doch dann schämte ich mich, daß ich mich auch nur einen Moment lang über einen Vater gefreut hatte, der Mutter ohne jeden Gruß an sich vorbeifahren ließ.

Wir umrundeten eine Gruppe von Felsen, die die Ostseite des Lagers zu bewachen schienen und es vor unseren Augen verbargen. Mutter ließ das Paddel bewegungslos durchs Wasser gleiten und beugte sich vor, als ob sie plötzlich müde geworden war. Das

Wasser klatschte gegen die Flanken des Kanus, während wir auf
das Ufer zutrieben. Ich entdeckte ein an einem Pflock festgebun-
denes Federbündel und wußte, daß wir unseren Landeplatz erreicht hatten. Ein Tipi schien nicht für uns aufgestellt worden zu
sein, aber ich sah, daß unlängst Leute am Ufer gewesen waren,
vielleicht zwei oder drei. Also folgten wir ihren Spuren. Es war ein
steiler Aufstieg, und Ninee murrte, daß es beschwerlich sein
würde, vom Fluß Wasser heraufzuholen. Sie murrte zu früh, denn
als wir auf eine von mächtigen Bäumen umstandene Lichtung
kamen, sahen wir ein Tipi und hörten dahinter einen Bach plätschern.

»Es ist *unser* Tipi!« rief Raki. »Ich dachte schon, wir würden
unser Tipi nie wiedersehen!«

Wir rannten hin und schnürten die Türklappe auf. Alles war
genauso, wie wir es vor Monden zurückgelassen hatten: die Win-
terdecken, die Mutter gewebt, und die Holztiere, die sie als Spiel-
zeuge für uns geschnitzt hatte, als wir klein gewesen waren ... sogar der Bogen, den Raki nicht mehr hatte fertigstellen können.

»Der Stamm kann nicht unfreundlich sein«, flüsterte ich Raki
zu, »sonst hätten sie sich nicht die Mühe gemacht, Sachen her-
zubringen, die nur für uns wichtig sind. Oder glaubst du, daß der
Häuptling es ihnen gesagt hat?«

Es gab ein kleineres Tipi für Ninee, allerdings ein anderes als
das, in dem sie früher gewohnt hatte. Wir waren froh, daß sie
nicht bei uns wohnen würde, denn auf der Reise war sie immer
böse geworden, wenn wir redeten, während sie schlafen wollte.

In jener Nacht erwachte ich kurz nach Mondaufgang und bemerkte, daß Mutters Schlafstelle leer war. Also sagte ich zu Raki,
wir sollten die Gelegenheit nutzen, uns draußen umzuschauen,
ehe sie zurückkam. Die Bäume beobachteten den Rauch, der vom
noch glimmenden Kochfeuer aufstieg ... vielleicht war es der erste
Rauch, den sie je gesehen hatten. Die Schatten waren schwarz und
scharf, und die Stille klar wie Wasser. Wir liefen in Richtung des
Lagers durch den Wald und überquerten ein Stück offenes
Gelände. Unter der rauhen Kante der Böschung lag ein Teich aus
Dunkelheit, der die Tipis verbarg, und auf der gegenüberliegenden
Seite ragte ein großer Felsen in den Himmel: Etwas bewegte sich
darauf ... ein Bär? Ein Adler? Raki sah es auch. Wir legten uns
flach auf den Boden, um beobachten zu können, ohne selbst gesehen zu werden.

»Es ist der Häuptling«, flüsterte Raki.

Der Mond entkam den Wolken, die ihm nachjagten, und sein Licht war so hell, daß wir fast die Farben von Vaters Federschmuck erkennen konnten. Wäre die Nacht nicht so still gewesen, hätten wir Mutter nie sagen hören: »Na-ka-chek ... Na-ka-chek ...«

Sie stand über dem Fluß in der Dunkelheit neben einer hoch aufragenden Kiefer. Der Halbmond des Steilufers war wie ein Bogen, und sie und mein Vater hielten die Sehne, die ihn spannte, den Bogen, in dessen Schutz der Stamm schlief. Wieder hörte ich sie sagen: »Na-ka-chek«. Mir wurde klar, daß das der Name meines Vaters war und daß sie weinte.

Ich wollte zu ihr laufen, aber Raki hielt mich zurück. »Lieg still, Piyanah! Es ist ihr bestimmt nicht recht, daß wir ihr gefolgt sind. ... Ich weiß nicht warum, aber ich weiß, daß es ihr nicht recht ist.«

Ich sah zu, wie sie sich umdrehte und im Schutz der Bäume verschwand. Jetzt war auch der Felsen dort gegenüber leer, und der singende Bogen meiner Eltern war nur noch eine Einbuchtung im Steilufer eines Flusses.

DER STAMM

Unsere Tipis standen in viel größerer Nähe zum Lager als an dem alten »Ort, wo der Mais wächst«, und wir sahen oft Leute, die zum Stamm gehörten. Mutter sagte uns, wenn es unvermeidlich sei, daß wir uns ihnen näherten – zum Beispiel, wenn wir ihnen auf einem schmalen Pfad begegneten, wo wir keine Möglichkeit hatten, uns zu verstecken – sollten wir einfach an ihnen vorbeigehen und so tun, als sähen wir sie nicht. Wir mußten ihr versprechen, daß wir niemals antworten würden, wenn jemand von ihnen uns ansprach.

Ninee ging manchmal hinunter zum Lager, aber nur wenn sie glaubte, daß Mutter bei uns war und es nicht merkte. Jeden Abend stand auf einem flachen Felsen oberhalb des Steilufers Essen für uns bereit. Es war schwer zu verstehen, warum wir uns vom Stamm fernhalten sollten, obwohl sie doch so freundlich

waren, uns mit allem zu versorgen, was wir benötigten ... sogar
mit guten Hirschhäuten für unsere Kleidung und bunten Glasper-
len, mit denen wir unsere Mokassins verzieren konnten. Der
Häuptling war mein Vater, dennoch erzählte uns meine Mutter
nie etwas über ihn, und wir sahen ihn nur aus der Ferne.

Manchmal, wenn es heiß war, ging Mutter mit uns hinauf in
die Berge. Nachts schliefen wir unter den Sternen, und sie erzählte
uns Geschichten von ihnen: Jeder Stern sei eine Fackel, am Himmel entzündet von jemandem, der in das Land jenseits des Sonnenuntergangs gegangen sei. Die größeren Sterne bestünden aus
zwei Fackeln und gehörten zu zwei Menschen, die einander sehr
geliebt hätten. So wußten wir, daß nur *ein* neuer Stern am Himmel
erscheinen würde, wenn Raki und ich starben.

Es gab verschiedene Orte, zu denen wir gehen konnten, wenn
unsere Körper so alt wurden, daß es keine Freude mehr machte, in
ihnen zu leben. Von ihnen gefiel mir das Land jenseits des Sonnenuntergangs am besten, das manchmal auch das »Land ohne Schatten« genannt wird. Dort gibt es keinen Winter, die Blumen ver-
blühen nie, und die Bäume verlieren ihre Blätter nicht. Die Flüsse
sind immer sommerlich warm, und du kannst frei wie ein Fisch in
ihnen schwimmen. Durch die Wälder dort kannst du so schnell
wie ein Hirsch rennen, und im Himmel teilst du dir den Horizont
mit den Adlern.

Bevor du die Glücklichen Jagdgründe betreten darfst, wo die
Großen Jäger leben, deren jüngere Brüder die Herren der Bäume
und die Herren der Tiere sind, mußt du dich dem Urteil des
Großen Grizzlys, der Großen Forelle, des Großen Hirsches und
sogar des Großen Ziesels stellen. Hast du jemanden aus ihrem
Volk hintergangen, mußt du auf die Erde zurückkehren, um Vergebung zu suchen. Auch die Große Kiefer und die Große Silber-
birke befragen dich: Wenn du mit Absicht einen Baum verletzt
oder ihn, ohne dich angemessen zu bedanken, als Mittelpfahl deines Tipis benutzt hast, schicken sie dich zurück, damit du Freundlichkeit lernst. Jeder Herr der Bäume hat viele Geister, die auf
seine Wälder achtgeben; sie sind sehr mächtig, aber freundlich,
solange du sie nicht verärgerst.

Ninee glaubte an Dämonen und drohte immer damit, sie zu
uns zu schicken, damit sie uns bestraften, wenn wir ungehorsam
waren. Sie beschrieb sie uns so anschaulich, daß es manchmal
schwierig war, nicht daran zu glauben, daß sie uns heimsuchen

würden. Es gab fette Dämonen, die umhersprangen wie Kröten, und dünne mit scharfen Zähnen, die sich im Dickicht versteckten und immer darauf lauerten zuzuschlagen, wenn jemand vorbeiging. Die schrecklichsten von ihnen waren wie riesige Fledermäuse mit aufgeblähten, pelzigen Körpern. Sie ließen sich angeblich aus den Bäumen herabfallen, um uns zu zerquetschten, wenn wir nachts unerlaubt das Tipi verließen. Irgendwann bemerkte Mutter, daß Ninee uns von den Dämonen erzählt hatte, und wurde deswegen so wütend, daß Ninee in Tränen ausbrach und hinterher tagelang beleidigt war.

Raki und ich fanden beide, daß die Zeit, wenn wir mit Mutter zusammen waren, sogar noch schöner war als die Zeit, die wir für uns allein hatten. Im Gegensatz zu Ninee verbot sie uns nie, auf Bäume zu klettern, sondern zeigte uns, wie wir uns von Ast zu Ast schwingen konnten und daß es darauf ankam, sich nie mit dem ganzen Gewicht an nur einer Stelle festzuhalten. Sie brachte uns bei, die verschiedenen Vogelarten zu unterscheiden und ihre Rufe so gut nachzuahmen, daß sie uns oft antworteten. Als wir sieben Jahre alt wurden, schenkte sie uns unser eigenes Kanu, das wir ein Stück flußabwärts benutzten, wo es eine lange Wasserstrecke ohne Stromschnellen gab. Sie zeigte uns, wie man schnitzt, und lehrte uns den Umgang mit Pfeil und Bogen, und stets akzeptierte sie es, daß Raki und ich alles gemeinsam tun mußten, wenn es uns Freude machen sollte.

Sie war bei uns, als wir den kleinen Grizzly fanden. Seine Mutter war vermutlich von einem Jäger getötet worden, denn sonst hätte sie ihn nie im Stich gelassen. Er hatte sich neben einem Felsen zusammengerollt und wimmerte, weil er fror und sich fürchtete. Mutter trug ihn zu uns nach Hause. Zuerst wollte er nicht fressen, doch sie nähte einen kleinen Beutel aus Rehleder und brachte ihm bei, daraus Ziegenmilch zu saugen. Er war anders als andere Grizzlys, denn in seinem Fell gab es einen weißen Fleck, der von seiner rechten Schulter bis hinunter zum Vorderbein reichte. Wir nannten ihn Pekoo, und als er sich an uns gewöhnt hatte, folgte er uns überallhin und saß wimmernd am Ufer, wenn wir mit dem Kanu wegfuhren.

Es gab nur drei »ausdrücklich verbotene Dinge«: zu nahe an das Lager heranzugehen, mit Angehörigen des Stammes zu sprechen oder sich dem Rauschen eines bestimmten Wasserfalles zu nähern, der im Wald in einen Teich hinabstürzte. Mutter sagte, dieser Teich sei ein sehr magischer Ort, und wir wären noch nicht alt genug, um dorthin zu gehen. Da es sonst kaum etwas gab, das sie uns nicht erlaubte, akzeptierten wir, daß es mit diesen drei verbotenen Dingen eine besondere Bewandtnis hatte, die wir noch nicht verstanden; und erst als wir neun Jahre alt wurden, gewannen sie für uns an Wichtigkeit.

Wir hatten einen neuen Weg auf die Klippen über dem Fluß entdeckt und waren auf einem schmalen Felssims so weit vorwärtsgekrochen, bis er breit genug wurde, daß wir uns darauf hinlegen konnten. Tief unten konnten wir das Lager sehen. Die Luft war so ruhig, daß der Rauch des Wachfeuers gerade wie eine Kiefer aufstieg, und der Mann, der daneben saß, wirkte so klein wie ein Ziesel.

»Ich habe eine Idee«, sagte Raki.

»Ich auch!« unterbrach ich ihn. »Laß es uns beide gleichzeitig sagen, damit wir sicher sind, daß wir *beide* die Idee zuerst hatten.«

Er hob einen Stein auf, was er immer tat, wenn er sicher sein wollte, daß wir beide wirklich dasselbe gedacht hatten, und warf ihn so weit er konnte – was sehr weit war, denn er war ein guter Werfer, und die steile Böschung trug ihren Teil dazu bei. Als der Stein nicht mehr weiterrollte, sagten wir beide: »Laß uns ein Abenteuer erleben, in dem wir etwas über die Leute herausfinden!«

»Ich bin froh, daß du die Idee auch hattest, Piyanah. Ich war nicht sicher, ob ich dir davon erzählen sollte, bis mir klar wurde, daß es sehr gefährlich ist.«

»Wenn du es ohne mich getan hättest, *wäre* es gefährlich gewesen ... voneinander getrennt zu sein, ist immer gefährlich.«

»Nicht immer«, sagte Raki. »Weißt du noch, wie ich die Grizzly-Höhle entdeckt habe? An dem Tag, als du dir den Fuß verletzt hattest und nicht mit mir kommen konntest?«

»Das zählt nicht«, sagte ich mit Nachdruck, »denn der Grizzly war nicht in der Höhle. Wenn doch, wärst du wahrscheinlich zu dumm gewesen, rechtzeitig wegzulaufen, ehe er wütend geworden wäre.«

»Wir brauchen uns darüber nicht den Kopf zu zerbrechen, weil heute nicht der Grizzly-Tag ist, heute ist *jetzt*, und weil wir *jetzt* beschlossen haben, etwas über die Leute herauszufinden, sollten wir besser einen Plan schmieden. Wenn man sich auf ein neues Abenteuer einläßt, entscheidet man am besten vorher, welche ganz besonderen Gefahren es dabei gibt, damit man vorbereitet ist und keine Entscheidungen treffen muß, wenn man in Eile ist.«

»Das ist nicht sehr schwierig«, sagte ich, »denn wenn es eine nette kleine Gefahr ist, macht man einfach weiter und tut so, als wäre sie nicht da. Und wenn es eine besonders große Gefahr ist, mit Zähnen oder einer schrecklichen Nase, rennt man in die entgegengesetzte Richtung weg und vergißt, daß es jemals passiert ist.«

Raki seufzte. »So kannst du es nicht immer machen, Piyanah. Mutter hat dir gesagt, und ich auch, daß es oft sehr dumm und überhaupt nicht tapfer ist, so zu tun, als seien Gefahren gar nicht wirklich da.«

Ich dachte, daß er vermutlich recht hatte, also sagte ich: »Also, wenn es mich davon abhält, Dinge zu tun, die du tust, dann höre ich damit auf. Aber ich fühle mich gerne gut, und wenn ich anfange, ständig über all die Dinge nachzudenken, bei denen ich tapfer sein muß, bin ich am Ende überhaupt nicht mehr tapfer. Dann fängst du vielleicht an, ohne mich auf Abenteuersuche zu gehen ... und das ist das Schrecklichste, was ich mir vorstellen kann.«

»Sei still, Piyanah! Ich versuche nachzudenken.«

»Ich auch, und ich wundere mich gleichzeitig mit dir.«

»Gut, dann *hör damit auf!*«

»Aber du kannst doch auch nicht einfach damit aufhören, dich zu wundern ... und außerdem wundere ich mich über etwas *Wichtiges*. Warum erlaubt uns Mutter, den ganzen Tag allein herumzustromern ... und, wenn wir wollen, sogar nachts, außer bei Vollmond. Warum dürfen wir auf Bäume klettern, sogar auf unfreundliche; warum sagt sie uns, daß wir uns nie vor Tieren fürchten sollen, noch nicht einmal vor Berglöwen; warum dürfen wir unser eigenes Kanu haben und sogar allein die kleine Stromschnelle hinunterfahren; warum erlaubt sie uns fast alles, was wir wollen, außer in die Nähe des Lagers zu gehen und mit jemandem aus dem Stamm zu sprechen? *Warum? Darüber* wundere ich mich ... und du brauchst gar nicht überrascht zu sein, daß das wichtig ist, denn das habe ich dir ja vorher gesagt!«

»Vielleicht werden die Kinder des Häuptlings ja immer von den anderen getrennt.«

»Nein, das werden sie nicht. Ich habe Ninee mit Mutter darüber sprechen hören, als sie dachte, ich würde schlafen. Sie glaubt, daß es gemein von Vater ist, daß er Mutter und uns nicht erlaubt, mit den anderen zu leben. Ninee bleibt nur bei uns, weil sie es versprochen hat; sie sagt, sie vermißt die Gesellschaft der anderen Squaws.«

»Dann hassen sie uns vielleicht, und Mutter hat Angst, daß sie uns töten, wenn sie Gelegenheit dazu haben.«

»Das glaube ich nicht. Nein, Raki, sie hassen uns bestimmt nicht. Die Jäger sind oft ziemlich nahe an uns vorbeigekommen. Sie hätten uns ganz leicht töten können, wenn sie es gewollt hätten. Und weißt du noch, als wir der Gruppe von Tapferen begegnet sind und keine Zeit mehr hatten, uns zu verstecken? Sie haben uns nicht *gehaßt*, Raki.«

»Warum haben sie sich dann abgewandt, als könnten sie es nicht ertragen, uns anzuschauen?«

»Weil sie *Angst hatten*. Ich weiß, es klingt albern, aber ich *bin sicher*, daß sie Angst vor uns hatten.«

»Woher weißt du das?«

»Weil zwei von ihnen nicht weggeschaut haben, und ihre Augen waren dunkel und weit offen, wie bei Pekoo, ehe er sich an uns gewöhnt hatte.«

»Vielleicht hast du recht«, sagte Raki langsam. »Manchmal habe ich das auch schon gedacht, aber es schien mir zu dumm und unwahrscheinlich.«

»Vergewissern wir uns doch einfach, ob es stimmt. Statt Mutter zu fragen, warum wir nicht zu den Leuten dürfen – und das ist die einzige Frage, die sie uns nie beantworten wird –, können wir dann sagen: ›Warum haben die Leute Angst vor uns?‹ Vielleicht erzählt sie es uns, ehe sie merkt, daß es nur ein anderer Weg ist, die gleiche Sache herauszufinden.«

»Aber vielleicht sagt sie auch nur: ›Natürlich haben sie keine Angst vor euch‹ … und dann werden wir uns sehr dumm vorkommen, so wie es mir ging, als ich damit prahlte, ich hätte mit dem Pfeil, den du für mich gemacht hattest, den Hirsch getötet, und sie mir nicht glauben wollte … und ich dachte, wenn sie den Körper sieht, wird sie mir glauben. Und dann stellte sie fest, daß er schon seit Tagen tot und voller Maden war.«

»Denk nicht daran!« sagte ich hastig. Ich haßte es selbst, daran zu denken, denn es war meine Schuld gewesen, daß Raki geglaubt hatte, er hätte den Hirsch erlegt. Der Hirsch war davongesprungen, und ich dachte, ich hätte den Pfeil in seiner Schulter stecken sehen. Wir suchten den ganzen Tag nach ihm. Als wir dann den toten Hirsch sahen ... wir wußten, daß er tot war, weil ein Bussard auf seinem Kopf saß, redete ich Raki ein, es sei derselbe, und drängte ihn, zu Mutter zu laufen und es ihr zu erzählen, ehe er ihn sich richtig angesehen hatte. Es war eine so unangenehme Erinnerung, daß ich ein Loch in sandigen Boden gescharrt und sie darin vergraben hatte. Ich hatte das Loch mit einem weißen Stein zugedeckt, der mich daran erinnern sollte, sie nie wieder auszubuddeln.

»Es gibt einen Weg, wie wir herausfinden können, ob sie sich wirklich vor uns fürchten. Wir könnten ganz laut reden, so daß sie uns auf jeden Fall bemerken, und wenn du recht hast und sie fürchten sich, dann werden sie wegrennen und sich verstecken, oder sie tun so, als wären sie zu beschäftigt, um nachzuschauen, wer wir sind.«

»Und wenn ich *nicht* recht habe?« fragte ich, denn ich bekam es mit der Angst, als mir plötzlich klar wurde, daß dieses Abenteuer bedeutete, ganz bewußt und ohne Hast das Gefährlichste überhaupt zu tun.

»Wenn du nicht recht hast, werden sie uns mit Pfeilen durchlöchern.«

»Mit so vielen Pfeilen, daß wir dann tot sind?«

»Ziemlich tot, nehme ich an, aber das macht nichts, denn Mutter hat gesagt, daß die Großen Jäger uns in ihrem Land willkommen heißen werden und daß es dort viel aufregender ist als hier auf der Erde.«

»Also, wenn wir *beide* von Pfeilen durchlöchert werden, dann macht es mir überhaupt nichts«, sagte ich ... und hoffte, daß Raki mir das abnahm.

Wir schwiegen beide, bis wir den Pfad hochstiegen, der vom Lager nach oben führte. Ich fragte mich, ob Raki genausoviel Angst hatte wie ich und ob er es genauso schwierig fand, nicht sofort wegzulaufen. Fühlte sich ein Pfeil an wie ein Hornissenstich ... oder sogar noch heißer und bohrender? Ich hoffte, daß ich das nie herausfinden würde!

»Ich bin froh, daß es vorbei ist«, sagte Raki. »Hast du dich auch gefürchtet?«

Wegen dieses »auch« liebte ich ihn noch mehr als sonst.

»Schrecklich gefürchtet«, sagte ich, froh, es zugeben zu können,

ohne mich deswegen schämen zu müssen.»Obwohl eigentlich gar
nichts passiert ist, war es trotzdem schrecklich.«

»Was fandest du am schlimmsten?«

»Von den Dingen, die wirklich passiert sind, oder von den
Dingen, die ich erwartet habe?«

»Von den Dingen, die passiert sind.«

»Als der alte Mann am Feuer uns anschaute und so tat, als
wären wir nicht da ... er hat das so überzeugend gemacht, daß ich
anfing, es zu glauben. Ich habe schon gedacht, daß Pfeile vielleicht
ganz anders als Hornissen sind und daß wir getötet worden waren,
ohne es zu merken. Ich wagte nicht, mich umzudrehen, weil ich
Angst hatte, unsere Körper dort auf dem Boden liegen zu sehen.
Ich habe mich so fest gekniffen, daß es immer noch weh tut ... um
mich zu vergewissern, daß ich mich nicht in einen Geist verwandelt habe.«

»Wenn wir gar nicht gemerkt hätten, daß wir tot sind, wäre es
ja nicht weiter schlimm gewesen.«

»Oh doch, das wäre es«, sagte ich.»Mutter sagt, daß es sehr
wichtig ist, zu wissen, wenn man tot ist ... denn wenn du es nicht
weißt, irrst du, statt die Großen Jäger um Aufnahme in ihr Land
zu bitten, umher und fühlst dich einsam ... und weil du dich so
sehr darüber ärgerst, daß die anderen Leute dich nicht sehen können, fängst du an, dich immer unmöglicher zu benehmen. Deshalb
verstecken sich manche toten Leute in den Schatten und machen
furchterregende Geräusche, um dich von den Orten zu vertreiben,
wo sie hausen.«

»Dann hoffe ich, daß uns das nie passiert.«

»Das wird es nicht, weil wir nie vergessen werden, die Großen
Jäger zu bitten, auf uns achtzugeben.«

»Vergessen die anderen das denn?«

»Natürlich vergessen sie es, sonst gäbe es nicht so viele Geister.
Mutter sagt, daß wir nur etwas bekommen, wenn wir darum bitten. Bestimmt waren die Geister früher Leute, die dachten, sie
würden einfach so ins Glückliche Land gebracht werden, ohne
selbst etwas dafür tun zu müssen – als wären sie Würmer, und die
Großen Jäger wären wie hungrige Vögel, die herunterstoßen und
sie mit sich davontragen. War es für dich furchterregend, Raki ...
unser Abenteuer, meine ich?«

»Ja, sehr. Mein schlimmster Augenblick klingt viel dümmer als
deiner.«

»Welcher war es?«

»Hast du die beiden kleinen Kinder bemerkt, die neben dem großen Tipi im Staub spielten?« Ich nickte, und er fuhr fort: »Sie haben uns gesehen, aber sie waren nicht überrascht und hatten auch keine Angst vor uns, bis eine Frau aus dem Tipi kam. Als sie uns sah, lief sie zu den Kindern, schnappte sie sich und floh mit ihnen ins Tipi, als wären wir zwei wütende Grizzlys.«

»Frauen haben also Angst vor uns«, sagte ich langsam, »aber kleine Kinder nicht, und der alte Mann tat so, als wären wir nicht da. Warum, Raki?«

»Wir müssen Mutter fragen.«

»Sie wird böse sein: Wir haben das Schlimmste von allen ›ausdrücklich verbotenen Dingen‹ getan.«

»Aber ihr Böse-Sein wird nicht so lange dauern wie unser Nicht-Wissen.«

»Das sollten wir uns lieber genau überlegen.«

Aber wir brauchten gar nicht weiter zu überlegen, denn als ich aufblickte, sah ich, daß Mutter oben auf dem Felsen über dem Lager stand und uns erwartete. Sie war offenbar überhaupt nicht böse, wirkte aber plötzlich sehr müde.

»Ihr wart also dort«, sagte sie. »Ich wußte, ich würde euch nicht mehr lange von ihnen fernhalten können.«

Nun kam es mir gar nicht mehr wie ein mutiges Abenteuer vor. Es war, als hätten wir mit Absicht etwas Schlechtes und Rücksichtsloses getan. Meine Augen fühlten sich an, als sei mir Sand hineingeraten, und ich wußte, daß ich anfangen würde zu weinen, wenn ich mich nicht sehr zusammenriß. Raki nahm meine Hand und preßte sie. »Es war *meine* Idee«, sagte er. »Ich hätte sie nicht mitkommen lassen dürfen.«

»Nein, es war meine Idee, ganz bestimmt!«

»Das spielt jetzt keine Rolle«, sagte sie. »Es ist nicht eure Schuld, daß der Stamm stärker als eine einzelne Frau ist. Selbst wenn diese Frau ihre Kinder sehr liebt, kann sie sie doch nicht vor dem Stamm beschützen.«

»Aber sie haben uns nichts getan. Es ist gar nichts Besonderes passiert ... wir dachten, es würde ein großes Abenteuer werden, aber wir sind durch ihr Lager gegangen, ohne daß etwas geschah.«

»Seid ihr sicher?«

»Ganz sicher, Mutter«, sagte Raki. »Nichts hat sich dadurch verändert, daß wir dort waren.«

»Möchtet ihr denn nicht wissen, warum ihr anders seid?«

»Ja, natürlich möchten wir das«, sagte ich, »aber es zu wissen, kann uns nichts anhaben.«

»Ich war älter als ihr, als ich es herausfand«, sagte sie leise, als spräche sie zu sich selbst. »Wäre ich glücklicher gewesen, wenn ich nie auf die andere Seite des Wassers geschaut hätte?« Sie seufzte, ein tiefes Seufzen, als sei plötzlich eine Last von ihr abgefallen, die sie sehr lange mit sich herumgetragen hatte. »Aus eigenem Antrieb habt ihr das erste von den drei ›ausdrücklich verbotenen‹ Dingen getan; nun solltet ihr auch das dritte tun. Ich werde euch zum Ort des Fallenden Wassers führen und euch erzählen, was ich dort sah ... und warum ihr und ich wegen dieser Vision ›anders‹ seid.«

DIE ANDERE SEITE
DES WASSERS

Der hohe Wasserfall schien lediglich eine Verstärkung jenes Lichtes zu sein, das vom Vollmond zu uns herabströmte. Das Wasser stürzte in einen runden Teich mit Ufern aus glattem Fels. Dann erkannte ich, wodurch er sich von anderen Wasserfällen unterschied: Der Teich schien keinen Grund zu haben, denn der glatte Felsring besaß keine Öffnung, aus der das Wasser hätte abfließen können ... wie tief man auch hineintauchte, es würde dort unten nur Wasser geben und noch mehr Wasser.

»Jetzt wißt ihr, warum ich euch nie erlaubte, hierher zu kommen«, sagte Mutter. »Dies ist einer der verborgenen Orte, ein Eingang in das Land ›auf der anderen Seite des Wassers‹. Sogar die Stammesältesten wagen es nicht, bei Vollmond herzukommen. Sie fürchten sich davor, sich selbst so zu sehen, wie sie waren, bevor sie geboren wurden. Sie fürchten sich davor, daß die Damals-Leute zu ihnen hinaufblicken. Doch ich habe euch hergebracht, um euch meine Geschichte zu erzählen. Denn an einem Teich, ganz ähnlich diesem hier, fand ich den Mut, die Gesetze des Stammes zu brechen.

In meiner Jugend hörte ich von unserem neuen Geschichtenerzähler Legenden, die viel älter waren als jene, die sein Vorgänger erzählt hatte. Er erzählte uns von den Anfängen der Dinge, und weil ich ihm so neugierig zuhörte, verschwieg er mir nicht, was er über die Damals-Leute wußte.«

»Wer sind sie?«

»Es sind jene, die früher kamen als alles, woran wir uns erinnern.«

»Noch vor dem Totem?«

»Vor allen Totems. Er sagte mir, ich müßte bei Vollmond in den ruhigen Teich am Fuß eines hohen Wasserfalles schauen, dann könnte ich sehen, wie seine Legende lebendig würde. Ich sah viel mehr als eine Legende, Raki und Piyanah. Ich sah eine Art zu leben, die von den Stämmen vergessen worden ist, eine Art zu leben, bei der Männer und Frauen die Freuden des Landes ohne Schatten miteinander teilen.«

»Wie sehen die Damals-Leute aus?« fragte Raki.

»Sie unterscheiden sich von uns, doch haben sie nicht die Gesichter von Fremden. Ich sah Bilder aus ihrem Land jenseits des Wassers ... und diese Bilder waren nicht nur kalte Striche auf der Wand einer Höhle, sondern wirklicher als unsere alltäglichen Dinge. Sie wohnten offenbar lange Zeit am selben Ort, denn sie bauten Tipis aus Stein, und es gab große Flächen kultivierten Landes, statt unserer kleinen Felder, die nur ausreichen, um etwas Mais für den Winter zu pflanzen. Ihre Kleidung hatte Farben, die wir nicht herstellen können: das Blau eines Häherflügels, ein dunkles, sattes Rot und das Orange des herbstlichen Mondes. Viele ihrer Bäume waren anders; manche trugen rote und gelbe und grüne Früchte, so groß, das ihr nicht mehr als eine davon in die Hand nehmen könntet. Es gab Männer und Frauen, ich sah, wie sie Hand in Hand gingen und die Tage miteinander teilten. Ich wußte, daß sie von gleich zu gleich miteinander sprachen und ihre Tränen miteinander teilten. Sie teilten alles, ihr Lachen, ihre Arbeit, ihre Liebe.«

»Wodurch unterscheiden sie sich denn dann von uns ... außer durch die Farben ihrer Kleider und ihre Stein-Tipis?« fragte Raki.

Das Mondlicht fiel auf ihr Gesicht, und zum erstenmal seit wir in das Lager gegangen waren, sah ich sie lächeln. »Daß ihr mir eine solche Frage stellen könnt, zeigt mir, daß ich nicht völlig versagt habe. Ihr seid Rothäute, männlich und weiblich, und findet es dennoch nicht überraschend, daß Männer und Frauen einander

lieben und mit Freuden das ganze Jahr über zusammenleben sollten?«

»Wie könnte uns das überraschen?« fragte ich, verwundert,
warum sie nicht endlich den aufregenden Teil der Geschichte erzählte.

»Als ich erkannte, daß Männer und Frauen auf diese Weise leben können, gab ich den Großen Jägern ein Versprechen ... weil
ich wußte, daß ihre Art zu leben genau die gleiche wie bei den Damals-Leuten ist, und weil sie wollten, daß ich wieder auf diese
Weise lebte. Ich versprach, daß ich, wenn ich ein Kind bekommen
sollte, es ohne das Gesetz der Trennung großziehen würde, daß
ich seinen Vater nie verlassen und nie zurück zu den Squaw-Tipis
gehen würde.«

»Was sind die Squaw-Tipis?« fragte ich, »und warum wollte
mein Vater, daß du dorthin gehst?«

»Die Rothäute haben die Damals-Leute vergessen. Sogar von
den Ältesten wurden sie vergessen, so daß sie die Weisheit der
Wildenten nicht mehr erkennen, die wissen, daß wir die größten
Geheimnisse nur verstehen können, wenn wir zu zweit sind.«

»Dann werden Raki und ich eine Menge Geheimnisse verstehen«, sagte ich zufrieden, »denn wir sind immer zu zweit.«

»Wie bekommen denn die anderen Leute aus dem Stamm Kinder, wenn sie sich nicht lieben?« fragte Raki.

»Im Frühsommer wählt sich jeder Junge Tapfere eine Squaw
aus und geht mit ihr in den Wald, so daß sie ein Kind empfangen
kann. Er tut das, weil es seine Pflicht gegenüber dem Stamm ist,
nicht, weil er sie liebt. Ich habe euch ja gesagt, daß die Rothäute
weniger weise sind als selbst die geringsten Tiere!«

»Was passiert mit einer Squaw, wenn sie weiß, daß sie dick
werden und ein Kind bekommen wird?« fragte ich besorgt.

»Sie geht zu den Squaw-Tipis, und erst wenn ihr Kind älter als
ein Jahr ist, darf sein Vater oder irgendein anderer Mann sie wieder anschauen. Wenn sie sich auf einem schmalen Pfad begegnen,
muß sie Platz machen und ihn vorbeilassen, und er wird so tun,
als hätte er sogar ihren Namen vergessen.«

»Hassen die Squaws dann nicht den Vater ihrer Kinder?«
fragte Raki.

»Das weiß ich nicht ... wenn sie die Liebe nie kennengelernt
haben, werden sie vielleicht auch nicht von Haßgefühlen bedrängt.«

»Es ist ein Jammer, daß mein Vater der Häuptling ist«, sagte ich, »sonst könnte ich ihn dafür umbringen, daß er dich so unglücklich gemacht hat. Haßt du ihn sehr?«

»Nein«, sagte sie, »ich liebe ihn ... und er liebt mich, allerdings nicht so sehr, daß er wegen mir gegen das Gesetz des Stammes verstoßen würde. Du wurdest geboren, weil wir zusammen glücklich waren, als er für eine Weile alles vergaß und nur noch daran dachte, daß wir jung und miteinander allein waren, im schönen Sommerwetter. Und ich war glücklich, weil ich dachte, er würde mich nie mehr fortschicken, nachdem ich ihm von den Damals-Leuten erzählt hatte ... aber seht ihr, Raki und Piyanah, er hat nie geglaubt, daß es die Damals-Leute wirklich gibt.«

»Warum hast du ihn nicht auch in den Teich schauen lassen?«

»Das tat ich. Ich sah die Damals-Leute so klar und deutlich ... zwei von ihnen, ein Mann und eine Frau, streckten uns ihre Hände entgegen. Aber dein Vater sagte, er sehe nur das Mondlicht, das sich im dunklen Wasser spiegele.«

»Er hat dich geliebt und dir trotzdem nicht geglaubt?« sagte Raki erstaunt.

»Vielleicht konnte er mir nicht glauben ... weil er weiter daran glauben wollte, daß die einzige Pflicht eines Häuptlings darin besteht, die Gesetze aufrechtzuerhalten, die ihm von seinem Vater und dem Vater seines Vaters überliefert wurden. Er sagte, wenn er das ganze Jahr über mit einer Squaw zusammenlebte, würden die Tapferen ihr Vertrauen in ihn verlieren und sich nie von ihm in den Kampf führen lassen. Er sagte, daß ihn dann sogar die Squaws verachten würden. Aber wenigstens verlangte er nicht von mir, daß ich zu den Squaws zurückging, denn ich sagte ihm, daß ich mich ertränken und sein Kind mit mir ›auf die andere Seite des Wassers‹ nehmen würde, wenn er mir nicht erlaubte, allein zu leben, außerhalb des Stammes. Meine Schwester kam mit mir, aber sie starb bei Rakis Geburt, und darum stillte ich euch beide. Weil Raki von meiner Milch getrunken hat, kann Piyanahs Vater ihn zum nächsten Häuptling des Stammes erklären.«

»Hat er denn keinen anderen Sohn?« fragte Raki.

»Nein. Vielleicht traut er wegen mir keiner anderen Squaw mehr. Doch manchmal, wenn ich glücklich bin, denke ich, es ist, weil er mich noch immer liebt. Wir stehen unter seinem Schutz, und *deshalb* stellten sie uns etwas zu essen auf den Felsen, wo ich auf euch wartete ... *deshalb* bleibt Ninee bei uns, und *deshalb* wagt es auch niemand, euch zu belästigen.«

»Aber warum haben sie Angst vor uns?«

»Weil ihr meine Kinder seid und sie wissen, daß ich die Damals-Leute gesehen habe. Und weil ihr bereits eines ihrer Gesetze gebrochen habt und nicht dafür bestraft wurdet.«

»Welches Gesetz?«

»Raki ist ein Junge, der nach seinem siebten Lebensjahr immer noch bei seiner Mutter lebt, und dennoch geht er aufrecht, ist stark und gesund. Die Männer haben Angst, daß die Squaws ihn sehen, weil die Squaws dann gegen das Gesetz aufbegehren könnten, das ihnen sagt, jeder Junge, der länger als bis zu seinem siebten Jahr bei seiner Mutter bleibt, werde im ersten Mond danach zum Krüppel werden, während des zweiten Mondes wahnsinnig werden und noch vor Ablauf des dritten Mondes sterben. Es war schlau von den Männern, sich diese ›Bestrafung‹ auszudenken, denn ohne sie hätten sie die Frauen nie dazu bringen können, ihnen zu gehorchen. Oft habe ich Squaws, wenn sie glaubten, daß die anderen schliefen, in der Nacht leise weinen hören, weil ihnen ihre Söhne weggenommen worden waren, und oft habe ich gesehen, wie eine Frau ihren Jungen vorbeigehen sah, ohne daß er die Mutter erkannte.«

»Dann sollten die Frauen uns nicht hassen!«

»Die Frauen müssen entweder glauben, daß dieses Stammesgesetz falsch ist oder daß du unter dem Schutz eines mächtigen Geistes stehst. Doch in ihrer Dummheit halten sie alle Geister für böse, denn sonst müßten sie sich darüber klarwerden, daß sie seit Generationen betrogen wurden ... da ist es leichter für sie, an ihren falschen Werten festzuhalten.«

»Denken alle Stämme so?« fragte ich.

»Jeder Stamm hat sein eigenes Totem, und was mich aufrechterhält ist die Hoffnung, daß es wenigstens einen Stamm gibt, der sich noch an die Damals-Leute erinnert. Alle sieben Jahre treffen sich die Stämme zum Rat der Federnträger. Wenn eure Kinder alt genug sind, um eine Familie zu gründen, geht mit ihnen zur Versammlung der Stämme. Ich denke, die Großen Jäger werden es ihnen erlauben, dort jemanden zu finden, mit dem sie, so wie ihr beide, in Liebe zusammenleben können.«

Die Furcht, die von dieser Geschichte in uns geweckt wurde, löste sich auf wie Nebel im Sonnenschein. Mutter wußte, Raki

und ich würden es nie zulassen, daß irgend etwas uns trennte ...
er würde nie ein Tapferer werden, und ich würde mich nie von
ihm absondern und in die Squaw-Tipis verbannen lassen.
»Wenn Piyanahs Vater mich zum nächsten Häuptling bestimmt, würde der Stamm mich dann überhaupt anerkennen?«
fragte Raki.
»Nein, deswegen wird er dich auch nicht auswählen.«
»Da bin ich froh«, sagte Raki. »Wir müßten versuchen, sie aus
ihrem Unglück zu befreien, doch Piyanah würde es bestimmt
nicht gefallen, bei Menschen zu leben, die sie hassen, und ich
möchte das auch nicht.«
»Werde ich die Damals-Leute sehen können?« fragte ich.
»Das hoffe ich, Piyanah. Seit deiner Geburt ist kein Tag ver-
gangen, an dem ich nicht die Großen Jäger darum gebeten hätte,
daß du meine gefährliche Vision mit mir teilen kannst.«
»Gefährlich?«
»Es ist immer gefährlich, ›anders‹ zu sein.«
»Kann ich versuchen, sie zu sehen ... jetzt?«
»Wenn der Mond genau über dem Teich steht.«

Seite an Seite lagen Raki und ich auf dem glatten, kalten Felsen
und starrten hinab in das unruhige Wasser. Es war dunkel, denn
der Mond hatte sich hinter einer Wolke verborgen. Als er wieder
hell leuchtete, wußte ich, daß der Augenblick gekommen war.
Ich sah, wie ein ins Wasser gefallener Zweig unablässig in der
Strömung kreiste. Ich versuchte, meinen Geist in die Tiefe zu
schicken, tief hinunter, so daß er das dunkle Wasser auseinander-
trieb, hinter dem das Land jenseits des Wasser verborgen lag.
»Große Jäger, bitte laßt mich sie sehen«, flüsterte ich immer
wieder.
Doch da war nur Wasser, dunkles Wasser, das von den Felsen
herabbrauste, um mit seinen sich kräuselnden Wellen den Teich
zu füllen.
»Ihr seht ... nichts?« Das war die Stimme meiner Mutter.
»Nichts ...« Die Trostlosigkeit dieses Wortes machte es schwer,
nicht zu weinen.
»Nichts«, wiederholte Raki, und ich wußte, daß er meine bittere Entäuschung teilte.
»Vielleicht werdet ihr sie sehen, wenn ihr älter seid.« Ich
spürte, wie verzweifelt sich Mutter an diese Hoffnung klammerte.

Raki legte seine Hand auf ihren Arm.»Es spielt nicht wirklich eine Rolle, Mutter. Es ist nicht wichtig, ob *wir* sie sehen können, weil du uns Grund dazu gibst, an sie zu glauben. Piyanah und ich werden sie nie vergessen. Jedesmal wenn wir den Großen Jägern dafür danken, daß wir zusammensein dürfen, werden wir uns an die Damals-Leute erinnern und ihnen dafür danken, daß sie uns gezeigt haben, wie wir glücklich sein können.«

»Ja«, sagte sie langsam,»das hatte ich ganz vergessen. Ihr habt einander. Ich hatte nur ... sie.«

Später, als wir Mutter fragten, warum die Rothäute die Damals-Leute vergessen hatten, sagte sie:

»Viele Male habe ich euch die Legende erzählt, wie der Vater der Großen Jäger am Morgen der Zeit die Erde erschuf. Zuerst machte er die Felsen, dann die Pflanzen und die Bäume, und dann machte er die Tiere. Als die Erde bereit für den Menschen war, zeugte jedes Tierpaar seltsame Junge, nämlich den ersten Mann und die erste Frau. Die Stämme, die auf sie zurückgehen, ehren diese ersten Ahnen heute noch als ihr Totemtier.

Doch der Vater der Großen Jäger hatte einen Feind, der so alt wie der Himmel ist. Bei Neumond kam er herunter auf die Erde; er machte verräterische Felsen, die den Kletterer straucheln lassen; giftige Pilze und Todesbeeren, die Klapperschlange und die Natter. Auch die Hornisse und die Tekfliege sind seine Kinder, und er machte die Fledermaus und die Aaskrähe. Auch die Aaskrähe brachte Menschen hervor, und von ihren Nachkömmlingen sind die Schwarzen Federn am meisten zu fürchten.

Viele Male kämpften die Schwarzen Federn gegen die Kinder der Großen Jäger, doch jedesmal wurden sie besiegt, denn das glückliche Volk wurde von einer Goldamsel in den Kampf geführt, deren Flügel so hell leuchteten wie der Sonnenaufgang und die zu ihnen vom Morgen der Erde sang.

Dann kämpfte der Herr der Aaskrähe mit der Goldamsel und stahl ihre Federn und versteckte seine Bosheit unter ihrem leuchtenden Gefieder. Und die Menschen glaubten dem Sorgenvogel, ihrem ersten Feind, weil er als ihr Beschützer getarnt zu ihnen kam.

Der Sorgenvogel sagte ihnen, daß der Kampf gegen den Schmerz das einzige Vergnügen sei und daß man nur Freude finden könne, wenn man gegen die Sorgen kämpft, daß man Freiheit nur erlangen kann, wenn man Leid geduldig erträgt und daß Tapferkeit nur aus der Angst geboren wird. Weil sie auf den Sorgenvogel hörten, verließen sie das stille Tal, das für sie erschaffen worden war, wo die Bäume voller Früchte hingen und in den Wiesen fröhliche Bäche plätscherten. Denn sie dachten nun, daß es schlecht für sie wäre, an einem Ort zu leben, wo keine Schmerzen erduldet und keine Tränen vergossen werden mußten. Manche unter den Frauen hatten den Verdacht, daß der Sorgenvogel böse war, aber weil sie ihre Männer liebten, folgten sie ihnen in die Verbannung. Doch selbst in den kalten Ländern des Nordens besiegten sie noch die Schwarzen Federn, denn die Liebe zwischen ihnen war stärker als jeder Pfeil.

Dann brachte der Herr der Aaskrähe ein weiteres großes Übel auf die Erde. Er sagte dem Sorgenvogel, er solle die Menschen zu einer weiten Ebene führen, wo sie zwei Feuer aufschichten sollten, im Abstand von hundert Schritten. Um das erste Feuer versammelten sich alle Männer, und um das zweite alle Frauen ... und das Volk, das einst glücklich gewesen war, gehorchte.

Dann sammelte der Herr der Aaskrähe die Macht aller schwarzen Wolken und trieb damit zwischen den beiden Feuern einen mächtigen Abgrund in die Erde, eine Kluft, die sich von Horizont zu Horizont erstreckte und tief wie die schwarze Nacht war.

Doch noch immer konnten die Schwarzen Federn das Volk nicht besiegen, denn über die Kluft sprachen sie von ihrer Liebe zueinander, und die Liebe baute eine Brücke über den dunklen Abgrund hinweg. Dann stieg der Herr der Aaskrähe hinunter in den Abgrund, den er geschaffen hatte, hinab in die Tiefen unter der Erde. Und wenn Männer und Frauen miteinander sprachen, fing er ihre Worte ab und verdrehte sie unter seinen Fingern, so daß die Worte der Liebe wie Haß klangen und Einigkeit sich wie Trennung anhörte.

Er ist immer noch da, der Herr der Aaskrähe, und nur Menschen, die einander lieben, wie du und Raki, brauchen ihn nicht zu fürchten. Die Brücke über den Canyon ist stark unter euren Füßen, und sein Wutgebrüll dort unten ist in euren Ohren nicht mehr als das schrille Kreischen einer Fledermaus. Selbst wenn er eure Brücke mit seinen Händen packt, um sie zu zerbrechen wie einen trockenen Knochen, wird sie dadurch nicht mehr erschüttert als ein Fels, auf dem eine Libelle landet.«

Dann sagte meine Mutter: »Denkt immer daran, Raki und Piyanah, daß die beiden großen Feinde der Menschheit der Sorgenvogel und der Abgrund der Trennung sind. Doch beide sind machtlos, wenn ein Mann und eine Frau einander von ganzem Herzen lieben, denn die Liebe ist sogar mächtiger als der Herr der Aaskrähe.«

Fast zwei Jahre vergingen, ehe wir den Teich der Damals-Leute wiedersahen, denn Mutter hatte uns gebeten, erst dorthin zu gehen, wenn sie glaubte, daß wir bereit dafür waren, »die andere Seite des Wassers« zu sehen. Sie kam mit uns, wie sie es versprochen hatte. Mein Vater trug sie in seinen Armen – denn sie war tot.

Er hatte sie unter der großen Kiefer begraben wollen, die einsam über dem Lager stand. Aber er hörte auf Raki und mich, dieser hochgewachsene, unnahbare Fremde, und sagte, er werde ihrem letzten Wunsch entsprechen und ihren Körper dem Teich übergeben.

Sich klar und scharf gegen das helle Mondlicht abhebend, stand er auf dem hohen Felsen, der im Sprühregen des Wasserfalls glitzerte. Der Körper meiner Mutter wirkte nun wie aus Holz geschnitzt, steif und unnachgiebig, und doch erinnerte der Körper sich an sie und konnte noch über die Dinge lächeln, die sie gemeinsam getan hatten, er und sie.

Rakis Hand in meiner fühlte sich warm und beruhigend an, doch ich wußte, daß er ebenso zitterte wie ich. »*Wir* können sie nicht sehen, aber sie warten auf Mutter«, flüsterte er. »All die schönen Leute des Damals-Landes ... und es ist nicht kalt und dunkel dort unten. Die Obstbäume leuchten unter einer freundlichen Sonne, und die Menschen haben ihre schönsten Kleider angezogen, um sie zu begrüßen. Hier war sie einsam, hatte außer uns niemanden, mit dem sie reden konnte; doch die Damals-Leute warten schon auf sie seit der Zeit, ehe wir geboren wurden.«

Ich sah, wie sich die Lippen des Häuptlings bewegten, aber über das Rauschen des Wasserfalls hinweg verstand ich nicht, was er sagte. Er streckte seine Arme aus, als wollte er Mutters Körper dem Nachthimmel darbieten.

Dann kniete er nieder und ließ sie auf dem Wasser ruhen, immer noch von seinen Armen gestützt. Sanft trug die Strömung sie von ihm fort. Dreimal trieb sie an uns vorbei, still und friedlich, als schliefe sie an der Brust des Teiches.

Vielleicht warteten die Damals-Leute unten und griffen nach ihren Füßen, um sie auf die Stufen zu setzen, die hinab in ihr Land führten, denn in der Mitte des Teiches richtete sich Mutters Körper plötzlich auf ... und dann konnten wir sie nicht mehr sehen.

»Hast du die Damals-Leute gesehen?« flüsterte ich Raki zu.

»Nein«, sagte er, »ich habe sie nicht gesehen. Aber da war ein Licht um Mutter herum, ehe sie verschwand; vielleicht leuchtete die Sonne des Damals-Landes zu ihr hoch ... aber es könnte auch nur der Mond gewesen sein, der sich im Wasser spiegelte. Ich werde das nie genau wissen.«

DAS ERWÄHLEN

Nur der Kreis, in dem die Erde vom Kochfeuer schwarz verbrannt war, zeigte noch an, wo wir mit unserer Mutter gelebt hatten; selbst die Löcher, in denen die Stangen des Tipis gesteckt hatten, waren aufgefüllt worden, und den Boden hatten sie geglättet und festgetreten. Zwischen der verstreuten Asche sah ich etwas Rotes funkeln und hob es auf. Es war eine kleine Perle ... eine von denen, die Mutter zum Verzieren unserer Mokassins verwendet hatte. »Das ist alles, was uns geblieben ist, Raki ... alles, was von dem Ort übrig ist, zu dem wir gehörten.«

»Na-ka-chek hat uns ein eigenes Tipi geschenkt«, sagte Raki, »und wir dürfen tun und lassen, was wir wollen.«

»Als wären wir Bärenjungen, die er zu zähmen versucht! Er hat Angst, daß wir ihm weglaufen, wenn er nicht gut auf uns aufpaßt.«

»Bist du nicht ein wenig ungerecht, Piyanah? Er gibt uns alles, worum wir ihn bitten.«

»Haben wir Pekoo nicht auch jeden Tag Honigwaben gegeben, als wir ihn damals gefunden hatten?«

»Ja ... wenn wir welche beschaffen konnten.«

»Aber wir haben es getan, weil Pekoo sie gern mochte, nicht weil wir hofften, daß er deswegen bei uns bleiben würde. Wenn der Häuptling erst einmal glaubt, daß wir uns an dieses Leben gewöhnt haben, wird er versuchen, uns seinen Gesetzen zu unterwerfen.«

»Dann sollten wir abwarten, bis das geschieht«, sagte Raki unbekümmert. »In gewisser Weise tut er mir leid ... sein Leben ist so einsam. Sogar die Tapferen verehren ihn so sehr, daß sie niemals in seiner Gegenwart sprechen, außer wenn er ihnen eine Frage stellt.«

»Ich bin froh, daß er einsam ist«, sagte ich leidenschaftlich, »schrecklich froh. Er ist so stolz darauf, der Anführer der Tapferen zu sein, und wir beide sind die einzigen, die wissen, daß er ein Feigling ist.«

»Er ist kein Feigling«, sagte Raki aufgebracht.

»Doch, das ist er! Ein tapferer Mann mag sich vor seinen Feinden fürchten, aber nur ein Feigling fürchtet sich vor seinen Freunden. Weil er sich vor seinem eigenen Stamm fürchtete, ließ er es nicht zu, daß Mutter mit ihm zusammenleben und glücklich sein durfte. Hätte er nur ein klein wenig Mut besessen, wären die anderen Stammesmitglieder ihm vielleicht in der neuen Lebensweise gefolgt ... statt weiter ein so abscheulich elendes Leben zu führen, daß sie ihr Elend noch nicht einmal erkennen.«

»Man kann sich nicht elend fühlen, ohne es zu wissen«, sagte Raki in jenem Tonfall, den er nur benutzte, wenn er glaubte, daß ich mit Absicht unvernünftig war.

»Oh doch, das kann man! Und das ist die schlimmste Art des Elends ... wenn es so abgrundtief ist, daß man sich selbst einreden muß, es gäbe im Vergleich dazu nichts Besseres. Sie wollen nicht zugeben, daß irgend jemand glücklich sein kann ... darum hassen sie uns immer noch, obwohl sie das jetzt, wo Na-ka-chek verkündet hat, daß du der nächste Häuptling werden sollst, nie offen zugeben würden. Wir erinnern sie ständig an alles, was sie entbehren mußten. Wir sind die Hirschkuh, die dem Jäger entkam, der Fisch, der zu flink für den hungrigen Fischer war, das Kanu, das Stromschnellen hinabglitt, die sie nie bewältigten. Darum hassen sie uns ... und werden uns immer hassen!«

»Sie glauben uns *noch* nicht«, sagte Raki, »aber das ist nur, weil sie von niemandem Notiz nehmen, der noch keine Feder für sein Stirnband errungen hat. Wenn ich Häuptling bin, werden sie die Wahrheit meiner Gesetze anerkennen müssen ... und sie werden auch dich anerkennen, denn du wirst bei allen Ratsversammlungen neben mir sitzen. Wenn sie sehen, daß wir zusammen glücklich sind, werden sie uns glauben müssen.«

»Es wird noch lange dauern, bis sie dich eine Feder erringen lassen, Raki, und was soll ich machen, während du dafür trainierst, einer von den Tapferen zu werden?«

»Ich nehme an, sie werden uns auch weiterhin erlauben, daß wir in unserem eigenen Tipi zusammenleben ... wenn nicht, werde ich mich weigern, an den Prüfungen teilzunehmen, und das wäre eine solche Schande für deinen Vater, daß er rasch seine Meinung ändern wird. Ich fürchte, es wird schlimm für dich werden, wenn du dabei zusehen mußt, wie ich die Prüfungen über mich ergehen lasse. Aber du darfst nicht vergessen, wie wichtig es ist, daß ich eine Feder erhalte, damit die Leute auf uns hören.«

»Wir beide haben bis jetzt alle unsere Tage geteilt, Raki. Ein Tag, an dem wir getrennt sind, würde mir vorkommen wie ein ganzer Mond.«

»Aber wir werden nicht getrennt sein.«

»Du wirst von den Braunen Federn ausgebildet werden, wie alle anderen Jungen, die Tapfere werden wollen. Sie werden es dir so schwer machen, wie es nur geht, um zu beweisen, daß ein Junge, der mit einem Mädchen zusammen aufwächst, schwach und dumm ist.«

»Die Lust daran wird ihnen schnell vergehen!«

»Du bist stärker und schneller und viel klüger als sie alle ... aber sie sind mehrere Dutzend, und du stehst ihnen allein gegenüber.«

»Na schön, sollen sie mich eben auslachen. Ich kann kämpfen. Mit einer aufgeplatzten Lippe und ein paar Zähnen weniger wird ihnen das Lachen schon schwerer fallen! Wenn dein Vater die Absicht gehabt hätte, uns zu trennen, dann hätte er uns das längst gesagt.«

Aber ich vertraute nicht darauf, daß Na-ka-chek begriff, was Raki und mich verband. Er war so kalt, so verschlossen, daß er vermutlich noch nicht einmal in den Herzen seiner eigenen Kinder zu lesen vermochte. Rakis Vertrauen in die Zukunft brachte mir daher wenig Trost.

Obwohl Ninee nach Mutters Tod drei Tage lang nichts gegessen hatte, wußten wir, daß sie froh war, wieder mit dem Stamm leben zu können. Ihre Mutter Nona war die älteste Squaw, eine so alte Frau, daß nur noch ihre Augen wirklich lebendig zu sein schienen. Doch in den Squaw-Tipis wagte niemand, ihr nicht zu gehorchen. Ihre Stimme war dünn wie der Widerhall eines rissigen

Kochtopfs, doch wenn sie Geschichten erzählte, krochen sogar die Schatten näher heran, um ihr zuzuhören.

In Rakis Gegenwart sprach sie nie, aber gelegentlich, wenn er mit den anderen Jungen unterwegs war, um zu lernen, wie man ein Kanu baut, begleitete ich Ninee zu ihr. Ich gab vor, daß ich nur kam, um Geschichten zu hören, mit denen ich Raki zum Lachen bringen konnte, aber manchmal fiel es mir schwer, mich daran zu erinnern, daß sie nicht wirklich furchteinflößend waren.

Nona schien zu glauben, daß alle Dinge Frauen gegenüber feindlich gesonnen waren: Die Baumgeister waren eifersüchtig, wenn eine Frau ein Kind gebar, verachteten sie jedoch, wenn sie unfruchtbar blieb. Die Tiere haßten die Frauen, weil sie die Tierhäute nähten, die die Männer gestohlen hatten, und das Fleisch des Wildes kochten, das die Männer, die dafür ansonsten viel zu faul gewesen wären, ausschließlich der Frauen wegen getötet hatten. Die Geister, die in ruhigen Teichen lebten, waren besonders gefährlich, denn sie konnten das Spiegelbild eines Mädchens einfangen und davontragen, so daß sie ihr Gedächtnis verlor und starb. Wenn eine Frau eine Flamme auslöschte, verärgerte sie damit den Geist des Feuers so sehr, daß sie noch vor dem nächsten Mittag starb. Nur nach einem demütigen Gebet durfte sie es wagen, ein glühendes Holzstück vom Wachfeuer hinüber zu den Kochtöpfen zu bringen.

Unzählige, eigentlich belanglose Dinge konnten katastrophale Folgen haben: Wenn ein Mädchen mehr als hundert oder weniger als neunzig Perlen an ihrem Stirnband trug, konnte sie blind werden; wenn einer ihrer Armreifen zerbrach, galt es als sicher, daß ihre ersten beiden Kinder tot zur Welt kommen würden. Doch von allen Dingen, die die Frauen ohne Widerspruch hinnahmen, erschien Raki und mir das Ritual des Erwählens am eigenartigsten.

Es fand jährlich statt, am letzten Vollmond vor der Sommersonnenwende, und war das einzige Stammesfest, bei dem die Frauen eine wichtige Rolle spielten. Alle Squaws im Alter von sechzehn bis zweiunddreißig Jahren mußten daran teilnehmen: Zuerst wurden jene Mädchen erwählt, die noch nicht von den Männern in den Wald geführt worden waren, dann, in der Reihenfolge ihres Alters, jene Frauen, deren jüngste Kinder älter als ein Jahr waren.

Vorher summten die Squaw-Tipis tagelang regelrecht vor Aktivität, wie hohle Baumstämme voller Bienen. Ich wurde aufgefordert, mit bunten Perlen bestickte Mokassins zu bewundern, und sogar um Rat gefragt, wie sich ein Hirschlederkleid durch noch mehr Stachelschweinborsten weiter verschönern ließe, die mit einem Federkiel auf den Saum genäht wurden. Die Tipis rochen nach ranzigem Talg, denn während des zunehmenden Mondes rieben sich die Frauen ihr Haar mit dem Fett jener Tiere ein, deren besondere Tugenden sie besitzen wollten ... Hirschfett für Gewandtheit und Schnelligkeit, Biberfett für Fleiß, Eulenfett für Weisheit in der Nacht.

Ich versuchte herauszufinden, warum sie erwählt werden wollten, ob sie hofften, unter den ihnen fremden Männern jemanden wie Raki zu finden, aber sie starrten mich nur stumm an oder kicherten, und statt meine Frage zu beantworten, liefen sie weg. Nonas Macht über sie schien plötzlich noch größer als sonst zu sein, und immer wenn die alte Frau sprach, hörten sie aufmerksam zu ... sogar wenn sie nur vor sich hin schimpfte. Eifersüchtig wetteiferten sie um Nonas Aufmerksamkeit und versuchten, ihr zu gefallen. Raki und ich vermuteten, daß sie Nona so anhimmelten, weil sie ihnen dabei helfen sollte, etwas zu bekommen, das sie unbedingt haben wollten. Aber wir konnten uns nicht vorstellen, was das sein mochte, bis Ninee mir erzählte, daß jede Squaw beim Erwählen eine Alte Frau als Fürsprecherin brauchte, wenn der Ringkampf stattfand.

Raki hatte den jungen Tapferen bei ihrem Training für den Ringkampf zugesehen und erzählte mir, was es damit auf sich hatte. Ein Mann, der eine bestimmte Squaw wollte, mußte mit einem anderen Mann, der sie ebenfalls erwählt hatte, um sie kämpfen. An der Zeremonie des Erwählens durften alle Männer teilnehmen, die dadurch, daß sie eine Braune Feder errungen hatten, zu vollwertigen Mitgliedern des Stammes geworden waren. Zur Zeit meines Großvaters konnte jemand nur zu einer Braunen Feder werden, wenn er einen feindlichen Krieger skalpiert hatte. Doch nun gab es statt dessen andere Prüfungen, denn wir lebten seit über fünfzig Jahren im Frieden, und die Skalps, die in den Tipis der Ältesten hingen, waren so trocken und eingeschrumpft, daß man sich kaum vorstellen konnte, daß sie tatsächlich einmal auf menschlichen Köpfen gewachsen waren.

Damit wir zusammen möglichst viel von der Zeremonie des Erwählens mitbekamen, beschloß ich, bei den anderen Mädchen zuzuschauen, während Raki sich zu den Jungen gesellte. Die Alten

Frauen waren in mit bunten Mustern bestickte Decken gehüllt, die sie nur bei festlichen Anlässen trugen, und saßen im Halbkreis auf der einen Seite des Wachfeuers, gegenüber von den Ältesten. Die Ältesten saßen zu beiden Seiten des Häuptlings, der den Gefiederten Kopfschmuck trug. Auch die Ältesten trugen Federn, doch ihre reichten nur bis zu den Schultern, während Na-ka-cheks bis zum Boden herabhingen.

Hinter den Alten Frauen standen die »noch nicht Erwählten« und die Frauen, die bereits Kinder geboren hatten. Ich war bei den jüngeren Mädchen und den Frauen, die nicht an der Zeremonie teilnahmen, weil entweder ihre Kinder zu klein oder sie selbst zu alt waren. Das Gelände stieg zu den Felsen hin an, so daß ich alles beobachten konnte, was geschah. Raki muß auf der anderen Seite des Lagers gestanden haben, bei den Jungen, aber das Gedränge war so groß, daß ich ihn nicht entdecken konnte. Neben das Wachfeuer war ein weißer Stein gelegt worden, um den herum man mit einem mit bunten Federn besetzten Seil eine Fläche abgeteilt hatte. Ein anderes Seil zäunte einen Bereich zwischen den beiden Zuschauergruppen ein. Die Frau, die neben mir saß, hielt ihren Sohn auf dem Knie. Ich fragte mich, warum sie ein so bekümmertes Gesicht machte, bis mir klarwurde, daß er offenbar sein siebtes Jahr fast vollendet hatte ... er würde ihr bald weggenommen werden, um seine Ausbildung bei den Braunen Federn zu beginnen. Wenn Mutter beim Stamm geblieben wäre, hätte man ihr Raki weggenommen. Statt ständig mit mir zusammen zu sein, hätte er dann auf die andere Seite des Lagers gehört ... plötzlich fühlte ich mich ganz kalt und wünschte mir, ich hätte nicht an etwas so Schreckliches gedacht.

Eine Gruppe von Männern und Jungen hatte sich hinter den Ältesten versammelt, und ein Raunen lief durch die Menge, während alle auf den Beginn der Zeremonie warteten. Einer der Ältesten nannte laut die Namen zweier Jungen, und gleichzeitig sprach Nona den Namen eines der Mädchen aus, die hinter ihr standen. Das Mädchen trat vor und stellte sich auf den weißen Stein. Die beiden Jungen nahmen links und rechts von ihr Aufstellung. Dann ging eine der Alten Frauen zu dem Mädchen und begann mit lauter Stimme ihre Vorzüge anzupreisen. Sie nannte den Namen des Mädchens, ihr Alter ... die Jungen starrten sie ohne erkennbares Interesse an. Die Stimme der Alten Frau wurde beschwörender.

»Seht doch nur ihr Haar ... ihre Flechten sind dicker als mein Handgelenk, und sie sind immer sorgsam eingefettet worden ... ihre Zähne sind so kräftig und weiß wie bei einer Bisamratte ... und sie ist lebhaft wie ein Streifenhörnchen.« Die Jungen fingen an, um das Mädchen herumzugehen und nahmen alles in Augenschein, was die alte Frau so begeistert beschrieb. »Schaut euch ihre Mokassins an! Die feine Perlenstickerei beweist, wie intelligent sie ist und was für geschickte Hände sie hat! Ihre Schultern sind stark genug, um einen Hirsch zu tragen, ihre Füße sind breit und können lange bergauf laufen, ohne müde zu werden.« Das Mädchen blickte starr nach vorn, mit ausdruckslosem Gesicht. Sie bewegte keinen Muskel, sogar als einer der Jungen ihre Rippen betastete wie bei einem Kadaver, dessen Eignung für den Kochtopf geprüft wird.

Der Älteste, der die beiden aufgerufen hatte, fragte sie, ob einer von ihnen das Mädchen erwählen wolle. Beide Jungen hoben die rechte Hand, als Zeichen ihrer Zustimmung. Ein aufgeregtes Raunen lief durch die Menge, denn das bedeutete, daß sie um sie kämpfen mußten. Ich hatte Raki oft beim Ringkampf zugeschaut, so daß ich es nicht sehr aufregend fand, wenn auch der eine Junge durch einen neuen Griff siegte, mit dem er den anderen über den Kopf nach hinten warf.

Dann rief der Sieger eine Herausforderung in die Runde, die von jedem Jungen seines Alters angenommen werden konnte. Doch niemand meldete sich. Ohne das Mädchen eines Blickes zu würdigen, ging er hinüber zu dem mit dem Seil eingezäunten Feld. Das Mädchen folgte ihm.

Keiner der beiden nächsten aufgerufenen Jungen erwählte das zweite Mädchen, obwohl die Stimme ihrer Anpreiserin ganz schrill wurde. »Seht euch doch ihre Schenkel an, stark wie bei einem Pumaweibchen! Ihr fehlt nur ein einziger Zahn, und der auch nur, weil sie einmal auf einen harten Stein fiel.« Sie wurde noch zweimal angeboten, doch die weiteren aufgerufenen Jungen zeigten zunehmend geringeres Interesse an etwas, das bereits zuvor abgelehnt worden war. Zwar bemühte sie sich, auch jetzt noch eine gleichgültige Miene zu machen, doch ich sah Tränen auf ihrem Gesicht, als sie durch die Menge rannte, um sich nach dieser offenen Demütigung vor den Blicken der anderen zu verbergen. Ich sehnte mich danach, ihr zu folgen, um sie zu trösten, denn ich wußte, daß sie sich entsetzlich schämte. Nur wenn sie im nächsten oder übernächsten Jahr doch noch erwählt wurde, konnte sie hoffen, dem beißenden Spott ihrer Gefährtinnen zu entkommen, denn wurde sie dreimal hintereinander zurückgewiesen, würde sie von da an verdammt sein, die niedrigsten Arbeiten zu erledigen, für die sich alle anderen Squaws zu schade waren.

Obwohl sie sich für mich alle gleich lautstark anhörten, schien dennoch sehr viel von den Worten der Alten Frauen abzuhängen, denn zwei Mädchen, die mir viel häßlicher erschienen als die anderen, wurden von Braunen Federn erwählt, wegen so uninteressanter Eigenschaften wie Ausdauer und einer besonderen Geschicklichkeit beim Zubereiten von Speisen.

Wenn eine Frau bereits starke Kinder zur Welt gebracht hatte, wurden sie mit ihr zur Schau gestellt. »Seht nur! Zweimal hat sie schon starke Söhne geboren, und ihre breiten Hüften können eine gute Wiege für eine zukünftige Rote Feder sein!«

Und von einer anderen sagte Nona: »Schaut, ihr Sohn ist schon über ein Jahr alt, und immer noch geben ihre Brüste reichlich Milch. Ihre Kinder werden nie unterernährt vor sich hin kümmern und ihrer Mutter Schande bereiten!"

Die nächste Frau hatte drei Kinder. Als sie dem Mann folgte, der sie erwählt hatte, klammerten sie sich weinend an sie; doch sie ließ sie allein zurück, und sie wurden zu den Tipis gebracht. Weil sie in Gegenwart der Männer geweint hatten, durften sie nicht länger an dem Fest teilnehmen. Ich beschloß daher, ihnen später etwas zu essen zu bringen, denn heute abend würde es genug für alle geben.

Die Roten Federn kämpften nicht um ihre Frauen – ich nehme an, sie hielten es für unter ihrer Würde, so viel Interesse an den Squaws zu zeigen. Die Männer, die sich gerade ihre braunen Federn verdient hatten, nahmen nur am Ringkampf teil, weil es ihnen Vergnügen machte, vor dem Stamm ihre Kraft zur Schau zu stellen.

Nach der Zeremonie des Erwählens saßen die Männer in einem großen Kreis, jeder mit seiner Squaw neben sich, während die Alten Frauen und die Ältesten ihnen als Ausdruck der Ehrerbietung Essen servierten. Erst nachdem sie so viel genommen hatten, wie sie wollten, durften wir anderen uns an dem Festmahl beteiligen. Seit dem Morgen waren Hirsche über den Kochfeuern gebraten worden, so daß sich jeder von uns sattessen konnte; zusätzlich gab es Kuchen aus Maismehl und Honig, mit Salbei gefüllte Tauben und seltene Köstlichkeiten, zum Beispiel in Fischöl gesottene Pilze.

Plötzlich begann die Trommel zum Verlobungstanz zu rufen, und der Lärm der Menge verstummte. Zuerst war der Trommelschlag so leise und langsam, daß man ihn kaum hörte; allmählich wurde er lauter und eindringlicher. Die Mädchen faßten sich bei der Hand und bildeten, mit ihren Schritten dem Rhythmus der Trommel folgend, einen Kreis ... immer schneller drehten sie sich, während die Zuschauer sich in Harmonie mit ihnen hin und her wiegten.

Die Männer formten einen größeren Kreis um die Frauen herum. Sie sprangen hoch in die Luft, drehten sich vor und zurück und zogen ihren Kreis um die Frauen dabei zusehends enger. Die Frauen waren nicht mehr auf Armlänge voneinander entfernt, sondern näherten sich immer mehr, bis jede ihre Hände auf den Schultern der vor ihr Tanzenden liegen hatte, die Körper dicht aneinander gepreßt – eine Mauer, die sich zu einer immer engeren Spirale zusammenzog, bis sie zu einer Säule aus Frauen wurde, immer dichter bedrängt von den schreienden, in die Höhe springenden Männern, auf deren Körpern der Schweiß glänzte ... Männer, die ihren Gleichmut abgelegt hatten und röhrten wie Hirsche im Herbst.

Dann, als der Trommelwirbel einen neuen Höhepunkt erreichte, brachen die Männer in den kreisenden Kegel der Frauen ein. Die Frauen kreischten, wehrten sich und taten so, als wollten sie fliehen. Oder taten sie nicht nur so? Handelte es sich um echte Schreckensschreie? Ich bekam Angst und wünschte mir, ich wäre bei Raki geblieben. Ich schaute die Frauen an, bei denen ich stand: Auf einigen der älteren Gesichter entdeckte ich Mitleid, aber die Jüngeren schienen lediglich neidisch oder aufgeregt zu sein. Daher hoffte ich, daß die Schreie nur Teil des Rituals waren ... wie das Schwingen der Tomahawks bei einem Kriegstanz.

Wenn ein Mann seine Frau eingefangen hatte, hörte sie auf, sich zu wehren; er warf sie sich über die Schultern wie einen erlegten Hirsch, trug sie durch das Lager und warf sie vor dem Totem auf den Boden. Daneben standen ein Ältester und eine Alte Frau ... es war Nona. Der Mann streckte seine Arme aus, und sie legten ihm etwas aus zwei Tonkrügen auf die Handflächen. Raki erzählte mir später, daß es sich bei diesen Gaben um Blut und

Mais handelte. Das Mädchen lag immer noch mit dem Gesicht nach unten auf der Erde, doch als der Mann ihren Namen aussprach, kroch sie vor seine Füße und richtete sich so weit auf, daß sie seine Handflächen ablecken konnte. Dadurch schienen sie wieder ganz gewöhnliche Menschen zu werden, denn der Mann ging davon, und das Mädchen folgte ihm im Abstand von fünf Schritten. Sie gesellten sich zu denjenigen, die bereits dem Totem gehuldigt hatten.

Bei Mondaufgang stellte sich der ganze Stamm in zwei langen Reihen auf, die Frauen auf der einen, die Männer auf der anderen Seite. Durch diese Gasse gingen die Erwählten: die Männer voreweg, die Squaws fügsam hinterher. Wir sahen zu, wie sie den Pfad hochgingen, der in den Wald führte. Manche würden noch vor dem nächsten Vollmond zurückkehren, andere erst im Mond danach; aber sie würden niemals darüber sprechen, was dort im Wald mit ihnen geschah. Und wenn die Frauen in die Squaw-Tipis zurückkamen, würden sie den Namen des Mannes, von dem sie erwählt worden waren, nie wieder erwähnen.

Es war schwer, sich immer wieder bewußtzumachen, daß diese Leute mit Raki und mir verwandt waren, denn fast alles, was wir zu ihnen sagten, schien über ihr Verständnis hinauszugehen. Es war, als versuchte eine Goldamsel einem Biber zu erklären, wie herrlich es ist, sich frei in die Lüfte zu schwingen. Einmal fragte ich ein Mädchen, ob sie glücklich sei. Da starrte sie mich an, als wisse sie gar nicht, was dieses Wort bedeutete.

Raki sagte, die Jungen seien ebenso merkwürdig. Sie taten alles mit einer ungeheuren Zielstrebigkeit und schrecklichem Ernst. Wenn sie mit dem Speer fischten, mußten sie unbedingt versuchen, mehr zu fangen als der Junge neben ihnen, selbst wenn sie so viele Fische gar nicht aufessen konnten. Sie mußten immer versuchen, mit ihrem Kanu schneller zu sein als andere oder sich die schwersten Kletterfelsen aussuchen. Sie fanden es großartig, ohne Mokassins über steinigen Boden zu laufen, und statt sich für diese Dummheit zu schämen, waren sie stolz, wenn sie anschließend blutverkrustete Füße hatten.

»Kannst du ihnen denn nicht klarmachen, daß es Unsinn ist, *unnötige* Schmerzen zu erleiden?« sagte ich zu Raki.

»Nein. Ich habe es versucht, aber sie starrten mich an wie einen Verrückten, und dann machten sie sich über mich lustig und riefen: ›Raki fürchtet sich vor Schmerzen! Raki ist ein Feigling!‹ Ich versuchte, ihnen zu erklären, daß ich gerne bereit bin, Schmerzen auf mich zu nehmen, wenn damit irgend jemandem geholfen wird ... aber sie haben nur gelacht.«

»Keiner von ihnen lacht wirklich, Raki. Die Mädchen geben so eine Art schrilles Kichern von sich, und die Jungen lachen *über* andere Leute, lachen sie aus ... aber nie scheinen sie wirklich fröhlich zu sein.«

»Vermutlich sind sie das wirklich nie. Es ist ihr besonderer Ehrgeiz, ein ausdrucksloses Gesicht zu machen und ihre Gedanken und Gefühle vor anderen zu verbergen. Einer von den Tapferen errang seine rote Feder, indem er sich mit Honig einrieb und dann Feuerameisen über seinen Körper krabbeln ließ, ohne auch nur mit der Wimper zu zucken. Die Ameisen haben ihn so übel zugerichtet, daß er beinahe gestorben wäre. Der Junge, der mir davon erzählte, machte ein ganz entsetztes Gesicht, als ich ihm sagte, daß ich so etwas nicht sehr sinnvoll oder nützlich finde.«

»Die Mädchen haben auch diesen Ehrgeiz, absolut unerschütterlich zu wirken. Sie kitzeln sich gegenseitig, und die, die gekitzelt wird, darf dabei keine Miene verziehen. Sie schieben sich Nesseln zwischen die Schenkel, und manche stecken sich Dornen unter ihre Fingernägel.«

»Aber *warum* tun sie das?«

»Wahrscheinlich, weil sie immer noch auf den Sorgenvogel hören. ... Mutter sagte, daß er außer dem Abgrund der Trennung der größte Feind ist. Und erst wenn sie erkennen, daß er ihr großer Feind ist, werden sie sich wieder an die Damals-Leute erinnern.«

»Sie lieben den Sorgenvogel«, sagte Raki traurig. »Ich glaube, er ist das einzige, was sie überhaupt lieben.«

Im Schatten des Totems

Nach der Zeremonie des Erwählens hielt ich mich von den Squaw-Tipis fern, denn ich mochte nicht daran erinnert werden, daß ich ein Mädchen war; und Raki mußte mir versprechen, daß er niemals von mir verlangen würde, bei den Squaws zu leben.

»Natürlich wirst du nie eine Squaw sein!« sagte er gekränkt. »Wir sind ein Paar, wie zwei Streifenhörnchen oder zwei Grizzlys oder wie alle anderen, die nicht dumm genug sind, in einem Stamm zu leben.«

»Das Schreckliche ist, daß die Squaws überhaupt nicht erkennen, wie ungerecht die Stammesgesetze sind. Sie glauben, daß diese Gesetze sich so wenig ändern lassen wie der Lauf der Jahreszeiten. Du hattest das Glück, als Junge geboren worden zu sein. Wenn du willst, kannst du zuerst ein Junger Tapferer werden, dann eine Braune Feder, dann eine Rote Feder und schließlich ein Ältester oder vielleicht sogar Häuptling. Alles, was ein Mädchen erwarten kann, ist erwählt zu werden ... was vermutlich äußerst unerfreulich ist, und dann Kinder zu bekommen ... und wenn diese Kinder Jungen sind, nimmt man sie ihr weg, wenn sie sie richtig liebgewonnen hat und sie alt genug sind, um interessant zu sein. Dann, viele, viele Jahre später, kann sie vielleicht eine Alte Frau werden und es großartig finden, die Mädchen herumzukommandieren und ihnen gräßliche und unglaubwürdige Geschichten zu erzählen. Männer haben alles und Frauen nichts; selbst der am schlechtesten gestellte Mann hat es immer noch besser als jede Frau.«

»Nicht die Nacktstirnen«, sagte Raki.

»Die zählen nicht«, sagte ich gefühllos. »Wenn sie sich freiwillig diesen albernen Prüfungen unterziehen und dabei versagen, so daß alle anderen sie verachten, verdienen sie kein Mitleid.«

»Sie können doch nichts dafür, in den Stamm hineingeboren worden zu sein«, widersprach Raki. »Von einer Frau erwartet wenigstens niemand etwas, aber wenn ein Junge das Pech hat, daß er sich von Natur aus vor bestimmten Dingen fürchtet, dann muß es schrecklich sein, diese Dinge trotzdem tun zu müssen oder sein ganzes Ansehen zu verlieren. Ich habe mich gestern mit einer

Nacktstirn unterhalten. Er hätte beinahe geweint, so erstaunt war er, daß ich ganz normal mit ihm sprach, ohne auf ihn herabzuschauen. Er konnte nicht auf Felsen klettern, ohne daß ihm schwindelig wurde, doch die einzige Prüfung, die sie ihm statt dessen anboten, bestand darin, mit dem Kanu die Große Stromschnelle hinabzufahren. Aber das fand er noch schlimmer als Felsenklettern. Also verkündeten die Ältesten, daß er keine Feder bekommen würde. Er mußte zur Nacktstirn werden, weil sie ihn nicht für wert hielten, die Stammeszeichen zu tragen.«

»Abgesehen davon, daß sie sich ständig schämen müssen, haben es die Nacktstirnen aber doch gar nicht so schlecht, nicht wahr?«

»Sie müssen Anweisungen von den Alten Frauen entgegennehmen ... obwohl das natürlich nichts Schlimmes ist«, fügte er eilig hinzu, »und sie müssen die Abfälle einsammeln, die Beute der Jäger ins Lager schleppen und das Wild säubern und abhäuten.«

»Warum nicht? Wenn sie es nicht täten, müßten die Frauen es tun.«

»Das verstehst du nicht, Piyanah, für einen Mann ist es beschämend, solche Arbeiten tun zu müssen.«

»Für Frauen sind diese Dinge ebenso unerfreulich, und wenn sie sich deswegen nicht schämen, beweist das, daß sie ein bißchen klüger sind, als ich dachte.«

»Nacktstirnen dürfen sich keine Squaw erwählen.«

»Dann werden sie niemals Vater?«

»Nein, und wenn sie auch nur ein klein wenig Interesse an einer Frau zeigen, brennt man ihnen ein Zeichen auf die Stirn ... und ich glaube, ihnen werden noch andere, schlimmere Sachen angetan, und dann verstößt man sie aus dem Stamm.«

»Vielleicht sollte ich mir immer wieder klarmachen, daß Nacktstirnen keine wirklichen Männer sind. Dann fällt es mir leichter, nett zu ihnen zu sein.«

»Haßt du denn *alle* Männer, Piyanah?«

»Ich mag ein paar von ihnen, aber das sind solche wie wir, die eigentlich gar nicht in diesen Stamm hineinpassen. Die, denen die Gesetze der Trennung gefallen, sind Feinde ... ich wünschte, ich könnte sie in Schnecken verwandeln und sie dann mit einem schweren Stein zerquetschen!«

Tapfere stellten sich ihre Pfeile selbst her, doch alle anderen handwerklichen Arbeiten wurden von den Halb-Brüdern ausgeführt. Das waren Männer, die verwundet worden waren und nicht länger kämpfen oder jagen konnten, sich aber auf andere Weise den Schutz des Stammes verdienten.

Tannek, der Kanubauer, konnte nur auf einen Stock gestützt humpeln, weil ein Berglöwe ihm die Muskeln seines rechten Beines zerrissen hatte; unter dem Knie war es verkrüppelt, und die Zehen waren steif und verkrümmt wie Klauen. Niemand verstand sich so gut wie Tannek darauf, die beste Birkenrinde und die besten Haltesehnen auszuwählen. Niemand konnte so gut wie er an der Maserung des Holzes erkennen, ob es sich für die Spanten eines Kanus eignete.

Raki und ich gingen oft zu ihm und sahen ihm bei der Arbeit an dem Kanu zu, das er für uns baute. Er schnitzte ein Federnmuster in den Bug und fertigte unsere Paddel aus dem Holz der roten Birke. Saß er in einem Kanu, so vergaß er, daß er ein Krüppel war, und fuhr mit uns Stromschnellen hinab, die bis dahin für uns verboten gewesen waren. Er machte uns mit den Felsen vertraut und erklärte uns, wie man ihr Wesen richtig einschätzte, welche von ihnen freundlich waren und steil in tiefes Wasser abfielen, und welche harmlos taten, aber dann plötzlich eine scharfe Kante aus dem Wasser streckten, die den Boden des Kanus aufriß. Er brachte uns bei, auf die Färbung des Wassers zu achten und Strudel rechtzeitig zu erkennen. Er lehrte uns, so sanft zu paddeln, daß wir dabei keine stärkeren Wellen machten als ein Teichhuhn, das Kanu auch flußaufwärts kraftvoll voranzutreiben und beim Überqueren des Flusses die Strömung auszunutzen, statt gegen sie anzukämpfen.

Die Halb-Brüder besaßen jeder ein eigenes kleines Tipi und lebten, ein Stück vom Hauptlager entfernt, flußaufwärts auf einer Lichtung. Tanneks Tipi roch nach frischem Holz und Tiersehnen, außer wenn er gerade Fischleim kochte. Dann war kein Raum für andere Gerüche.

Minshi war ebenfalls lahm. Er war viel älter als Tannek und ziemlich griesgrämig. Er sprach nie darüber, wie er seinen Fuß verloren hatte, aber einer der Jungen erzählte Raki, daß Minshi sich bei einem Präriefeuer eine Brandwunde geholt hatte. Dann hatte ein Dämon verhindert, daß die Wunde sich schloß, bis schließlich der ganze Fuß weggefault war. Minshi stellte alle Töpferwaren für den Stamm her, bis auf einige ganz primitive, von den Frauen benutzte Eßschalen. Neben seinem Tipi bewahrte er in einem Erdloch roten Ton auf, der mit dem Kanu von einer Stelle herbeigeschafft werden mußte, die, vier Tagesreisen entfernt, flußabwärts lag. Daraus stellte er Wasserkrüge her, die Schalen für den Häuptling und die Ältesten und alles andere, was man für wertvoll genug hielt, um es mit Verzierungen zu schmücken. Diese Verzierungen bestanden aus Wellenlinien, Punkten und manchmal einer Reihe kleiner Kreuze. Tannek hatte mich vorgewarnt, daß sie Schlangen, Sterne und sogar Vögel und Jagdtiere darstellen sollten. So war ich in der Lage, sie angemessen zu bewundern, was Minshi derart befriedigte, daß er mir etwas Ton schenkte, damit ich daraus eine Eßschale für Raki anfertigen konnte. Sie zu formen war viel schwieriger, als es aussah, aber Minshi sagte, die kleinen Unebenheiten seien nicht so schlimm. Um sie zu brennen, stellte er sie, bis die Farben ausgehärtet waren, in den Ofen, ein mit Steinen eingefaßtes Erdloch mit einem Feuer darüber. Die Farben, Gelb und ein dunkles, kräftiges Rot, wurden aus einem besonders seltenen Ton gewonnen. Er wurde gebrannt, zu Pulver zerstoßen und dann mit Eiweiß vermischt. Minshi fiel es oft schwer, genug Eier zu bekommen, also suchten Raki und ich sie für ihn ... meistens entlang des Flußufers; sie mußten frisch sein, weil sich die Farben sonst nicht richtig anrühren ließen.

Auch Narrok, der Trommler des Stammes, war ein Halb-Bruder, denn er war blind. Allerdings fiel uns das erst auf, als wir ihn näher kennenlernten, denn sein Gang war rasch und sicher. Tannek erzählte mir, daß Narrok sein Augenlicht bei einer Prüfung verloren hatte, die ihm eine rote Feder hätte einbringen sollen, die höchste Auszeichnung für jede Rothaut. Vorher war er ein berühmter Spurenleser gewesen. Allmählich, Schritt für Schritt, hatte er nach seiner Erblindung von seinem Tipi aus die Umgebung ertastet, so daß er keinen Führer mehr brauchte.

Raki und ich waren mit unserem Kanu flußaufwärts gepaddelt. Als wir am frühen Abend zurückkehrten, hörten wir den leisen Klang einer Trommel. Wir zogen unsere Paddel aus dem Wasser und ließen das Boot still treiben, um herauszufinden, von wo das Geräusch kam. Es drang offenbar aus einem Erlendickicht am Südufer, also banden wir das Kanu an einem Baum fest und krochen durchs Unterholz, bis wir an eine Lichtung kamen.

Narrok saß auf einem umgestürzten Baumstamm, mit der Trommel zwischen den Knien. Er schlug sie mit seinen langen, biegsamen Händen. Der Rhythmus war gleichmäßig wie der

Herzschlag eines schlafenden Menschen, und mein Herz stimmte sofort in ihn ein. Narroks Augen waren geöffnet. Sie schienen uns zu sehen, und hinter uns einen weiten Horizont. Der Trommelklang gehörte den Bäumen, dem Wasser und den Felsen, und er gehörte uns, als ob wir alle Teil eines lebendigen Körpers waren, dessen Herz die Großen Jäger bildeten. Der Rhythmus änderte sich: Er erzählte von Tapferkeit, und glorreichen Schlachten, und den Kriegsrufen der siegreichen Tapferen. Dann wurde er langsamer und schwerer: Der Kampf war vorüber, und Totenkanus trieben flußabwärts in den letzten Sonnenuntergang ... der Häuptling stand am »Teich des fallenden Wassers« und hielt meine Mutter in seinen Armen, ehe er sie den Damals-Leuten übergab. Ich spürte eine Träne meine Wange hinabrinnen, und doch war die Traurigkeit der Trommel schön wie der klagende Gesang der Brachvögel an einem nebligen Winterabend.

Ich denke nicht, daß er uns gehört haben konnte, und doch sagte er, als seine Hände die Trommel einschlafen ließen:

»Da sind ja zwei Zuhörer ... jung und glücklich. Raki und Piyanah, seid ihr das?«

Wir wagten uns näher heran und setzten uns neben ihm ins Gras.

»Ich freue mich, daß ihr die Sprache der Trommel versteht«, sagte er. »Nur wenige verstehen sie. Was hat sie zu euch gesagt?«

Ich versuchte, ihm davon zu erzählen, daß die Bäume und die Felsen Teil der Erde sind, die selbst ein lebendes Wesen ist, und von der Freude des Kampfes und dem Schmerz, der danach kommt.

Er lächelte. »Dann habe ich meiner Trommel Ehre gemacht. Als meine Augen mir sagten, daß sie mir nicht länger dienen wollten, bat ich die Großen Jäger, mir statt dessen eine innere Sicht zu schenken. Lange Zeit glaubte ich, sie hätten mich nicht gehört, denn die Nacht, in der ich lebte, lichtete sich nicht. Der Stammestrommler war alt und konnte nicht länger von Tagesanbruch bis Sonnenuntergang den Rhythmus halten ... und ich war jung, blind ... und nutzlos. Der Häuptling bat mich, dem Stamm zu dienen, indem ich die Sprache der Trommel lernte; und zum erstenmal wurde aus meiner langen Nacht eine freundliche Dunkelheit.

Ich bin nicht länger blind, Piyanah. In meinen Händen sind Augen, und sie kennen die Maserung von Rinde und Blättern und die Farbe eines Steins. Sie sagen mir, in welcher Stimmung eine

Pflanze ist, ob sie gerade trauert oder singt. Aus der Dunkelheit habe ich eine kleine Erde erschaffen: Ich kenne jeden Pfad und weiß, wie groß der Abstand zwischen den Bäumen ist. Selbst wenn ich eine weite Strecke gehe, weiß ich genau, worauf meine Füße als nächstes treten, auf Gras, Kies oder glatten Fels. Und mit der Trommel kann ich Kriege sehen, die längst vergessen sind, Berge, die wir nie überquert haben, und Sonnenuntergänge, die zu anderen Generationen gehören.«

»Kannst du die Damals-Leute sehen?« fragte Raki erwartungsvoll.

»Sind sie das Singende Volk ... die, die lachen und jung bleiben, auch wenn ihre Körper alt werden?«

»Das müssen sie sein«, sagte ich. »Sie besaßen weiße Häuser und Bäume voller gelber Früchte, so schwer, daß ich nicht mehr als eine davon in der Hand halten könnte.«

»Ich kann mich nicht an ihre Häuser erinnern ... nur an ihre Lieder. Ich höre sie ständig hinter den Stimmen meiner Trommel, zwischen dem Klang und der Stille.«

Seitdem war Narrok unser Freund, aber er bat uns, niemandem davon zu erzählen, daß wir uns mit ihm unterhielten. »Denn«, sagte er, »nur mit euch beiden möchte ich mein Schweigen teilen.«

Seine Loyalität dem Häuptling gegenüber verbat es ihm, schlecht über den Stamm zu sprechen, aber er ließ doch durchblicken, daß er sich unter ihnen genauso fremd wie wir fühlte.

»Ich liebte meine Mutter«, sagte er, »aber sie hat mir nie den Namen meines Vaters verraten, nur, daß er eine Rote Feder war. Ich mußte ihr versprechen, mich seiner würdig zu erweisen ... kurz nach dem ich von ihr fortgegangen war, um mit den anderen Jungen zu leben, starb sie, so daß ich sie nicht mehr bitten konnte, mich von diesem Versprechen zu entbinden. Mit siebzehn war ich eine Braune Feder, obwohl ich nur schwer einsah, warum es so wichtig sein sollte, sich zu quälen. Es fiel mir schwer, in einem Felsen eine Herausforderung für den Kletterer zu sehen, statt einfach nur eine Wölbung vor dem Himmel, an deren Anblick man sich erfreuen konnte.

Vielleicht haben mich meine Augen im Stich gelassen, weil ich all das, was sie mich sehen ließen, nicht achtete, sondern sie statt dessen für nutzlose Dinge verschwendete. Sie forderten mich auf, mich an einer Gruppe weißer Birken zu erfreuen, doch ich sagte zu ihnen: ›Birken? Wie weit sind sie vom Fluß entfernt? Ist ihre

Rinde dick genug für ein Kanu?‹ Sie zeigten mir eine Forelle, die
pfeilschnell durchs Wasser huschte, und ich sagte zu ihnen: ›Von
welcher Stelle aus kann ich sie mit dem Fischspeer am besten erwischen?‹ Sie zeigten mir eine Hirschkuh, die mit erhobenem Vor-
derlauf im Schatten eines Baumes stand, und ich sagte zu ihnen:
›Sie ist in ihrem dritten Jahr – Fleisch für den Kochtopf.‹ Sie zeigten mir den von der Schneeschmelze anschwellenden Fluß, und
ich sagte zu ihnen: ›Das aufgebrochene Packeis ist zu gefährlich
für die Kanus; unsere Reise verzögert sich deswegen um drei
Tage.‹ Meine Augen boten mir Freude an, aber ich schätzte sie
nur, weil sie mir bei kleinen Dingen nützlich waren, die für den
Geist unbedeutend sind.«

»Wann haben deine Augen dich verlassen?« fragte ich.

»Bei der Versammlung der Dreißig Stämme, die alle sieben
Jahre stattfindet. Die Tapferen wetteifern dort miteinander, und
die Häuptlinge brüsten sich damit, wer von ihnen die meisten Träger der roten Feder befehligt. Um eine rote Feder zu erlangen,
mußt du zunächst ein vollwertiges Mitglied deines Stammes werden und dann eine Prüfung bestehen, bei der du beweisen sollst,
daß du deine Angst besiegt hast. Die Prüfung wird auf der Versammlung von den Häuptlingen festgelegt, und sie sorgen dafür,
daß sie dir wirklich alles abverlangt. Am Ort der Versammlung
gibt es über dem Fluß einen Felsen, den man den Adlerfelsen
nennt. Er ist so hoch wie zwanzig einander auf den Schultern stehende Männer, und der Teich an seinem Fuß ist so klein, daß nur
ein völlig perfekter Sprung dich sicher dort hineintauchen läßt.

Viele waren dort schon gestorben. Ich dachte, daß ich jenseits
des Wassers vielleicht das Land des Singenden Volkes finden
würde; und wenn mir das verwehrt wurde, hätte ich wenigstens
mein Versprechen erfüllt und eine rote Feder an meinem Stirnband tragen dürfen. Als ich dem Teich entgegenstürzte, wußte ich,
daß ich zu weit von dem Felsen entfernt war. Ich spürte, wie
meine Hände ins Wasser eintauchten; dann ein dumpfer Schlag
und wirbelnde Dunkelheit ... eine Dunkelheit, die nie wieder von
mir wich. Man hat mich noch nicht jenseits des Wassers willkommen geheißen, also warte ich hier, bis die Trommeln der Großen
Jäger mir sagen, daß ich frei bin, zu gehen.«

ZUKÜNFTIGE FEDERN

Die Handlungen des Häuptlings durften niemals in Frage gestellt werden, aber wir wußten, daß die Stammesmitglieder dennoch ängstlich und verwirrt waren, als man eines morgens das Zelt meines Vaters leer vorfand und er für sieben Tage verschwunden blieb.

Dann, ohne daß man es uns gesagt hätte, spürten wir, daß er wieder zurückgekehrt war, denn die unausgesprochen auf dem Lager lastende Spannung löste sich plötzlich. Wir hatten gerade unsere morgendliche Mahlzeit eingenommen, als er uns zu sich rufen ließ. Wenn er kein Häuptling, sondern ein gewöhnlicher Mensch gewesen wäre, hätte ich das Gefühl gehabt, daß er sich für etwas schämte. Aber das war natürlich bei ihm ausgeschlossen, denn er war viel zu unnahbar und hart, um zu wissen, wie wirkliche Menschen empfanden.

»Es ist unüblich, daß ein Häuptling zugibt, eine falsche Entscheidung getroffen zu haben, ebensowenig wie ein Vater seinen Kindern gegenüber einen Irrtum eingesteht; aber es ist jetzt notwendig, daß ich beides tue, aus Loyalität zu eurer Mutter.« Sein Gesicht war ausdruckslos, aber ich wußte, daß ihn dieses Eingeständnis große Überwindung kostete.

»Eure Mutter hat euch von den Damals-Leuten erzählt.« Er sagte das nicht als Frage, sondern um uns mitzuteilen, daß er davon wußte, daher schwiegen Raki und ich.

»Sie hat auch mir von den Damals-Leuten erzählt, aber wegen meines Stolzes habe ich ihr nicht geglaubt: Der Sohn des Häuptlings konnte sich unmöglich von einer Squaw Weisheit lehren lassen! Aber jetzt ist mir an dem Teich, wo ich ihrem Körper Lebewohl sagte, ihr Geist erschienen. Was ich dort gesehen habe, kann ich noch nicht einmal euch offenbaren. Ich habe ihr einen Eid geschworen, einen Häuptlingseid, der niemals gebrochen werden kann. Ich habe geschworen, den Rest meines Lebens auf dieser Seite des Wassers darauf zu verwenden, Wiedergutmachung zu leisten, damit sie mich eines Tages im Land jenseits des Sonnenuntergangs bei sich aufnimmt.«

Ich spürte, wie mich eine warme Welle der Zuneigung durchströmte. Er *hatte* meine Mutter geliebt, und er liebte sie noch immer. Nur weil er vergessen hatte, wie man seine Liebe mit anderen teilt und leuchten läßt, wirkte er so kalt und allein.

»Die Worte eurer Mutter, auf die zu hören ich nicht weise genug war, sind jetzt für mich ein Gesetz, das größer ist als alle anderen Gesetze. Sie sagte, daß die Lebensweise der Damals-Leute die Lebensweise der Großen Jäger war. Ich hatte nicht genug Mut, ihr zu glauben. Doch nun hat sie ihren Mut mit mir geteilt, der immer größer als meiner war, obwohl ich eine Rote Feder bin und sie eine Frau.

Sie sagte mir, daß die Bedeutung der alten Legenden nicht richtig verstanden worden ist, nicht einmal von den Ältesten. Und daß von all diesen Legenden jene vom Ersten Roten Menschen am schlimmsten verdreht wurde. Über Generationen haben die Männer geglaubt, daß sie Kinder der Großen Jäger sind, und, wenn sie ihre letzte Prüfung bestanden haben, in das Land ohne Schatten zurückkehren. Man hat uns beigebracht, daß Frauen keine solche Unsterblichkeit besitzen, daß Frauen dem Mann nur gegeben wurden, um die Frucht seines Samens zu gebären und Arbeiten zu verrichten, die er für unter seiner Würde hielt. Wir glaubten, die Erde wäre für den Mann gemacht – Fische, damit er sie mit dem Speer fangen konnte, Hirsche, damit er sie jagen konnte, und Mais, damit er ihn anbauen konnte. Wir glaubten, daß die Jahreszeiten dem Mann geschickt werden, damit er stark wird durch das Bezwingen des Winters und ausdauernd durch die lange Sommerhitze. Das alles habe ich geglaubt: Weil ich nicht erkannte, daß in den Worten deiner Mutter Weisheit lag, während meine Worte nur das Gerede eines blinden Mannes waren, der sagt, daß es die Sterne nicht gibt, weil er sie nicht sehen kann.«

»Wann wirst du dem Stamm sagen, daß sie von jetzt an den Damals-Leuten folgen sollen?« fragte ich erwartungsvoll.

»Sie würden mir nicht glauben. Warum sollten sie, wo ich deiner Mutter doch auch nicht geglaubt habe?«

»Aber wenn du es ihnen sagst, müssen sie es glauben, weil du der Häuptling bist.«

»Hätte ich deine Mutter in mein Tipi aufgenommen und mit ihr gelebt, hätten sie meine Autorität nicht länger anerkannt. Es ist der neue Häuptling, Raki und Piyanah, auf den sie hören werden.«

»Wir *beide* sollen Häuptling sein?« fragte ich.

»Ihr beide … und ihr müßt nicht bis zu meinem Tod warten,

denn ihr werdet euren eigenen Stamm führen, wenn ihr ›stolze Federnträger‹ geworden seid.«

Er nahm den großen Kopfschmuck, den er bei Ratsversammlungen und allen anderen zeremoniellen Anlässen trug, aus der Zedernholzkiste. »Mein Vater hat ihn getragen, und der Vater meines Vaters, seit neun Generationen. Mit euch soll er neues Leben finden. Jede Feder soll Symbol für etwas sein, das der Häuptling seinem Stamm geschenkt hat: Rot für eine besonders mutige Tat, Gelb für die Weisheit eines neuen Gesetzes, Weiß für eine Vision von bislang ungeschauten Dingen.«

»Da sind drei schwarze Federn. Was bedeuten sie?« fragte Raki.

»Ich dachte, daß schwarze Federn immer dem Feind gehören.«

»Angeblich erinnern sie an einen Sieg, der vor langer Zeit gegen die Kinder der Aaskrähe errungen wurde. Aber eure Mutter sagte mir, ihre eigentliche Bedeutung ist, daß der Häuptling in die Unterwelt hinabstieg, um einen seines Volkes vor dem Herrn des Dunklen Mondes zu retten.«

»Ist die Unterwelt dasselbe wie die Höhle der Blinden Fische?« fragte ich, denn ich erinnerte mich an eine Legende, in der ein Junge dorthin geht, um ein zweites Paar Augen zu holen und so seinen erblindeten Zwillingsbruder wieder sehend zu machen.

»Das weiß ich nicht, denn ich bin nie dort gewesen.«

»Gibt es die Blinden Fische wirklich, oder sind sie nur eine Legende?«

»Das weiß ich nicht, ich habe sie nie gesehen.«

»Welche Prüfungen müssen wir bestehen, um ›stolze Federnträger‹ zu werden?« fragte Raki.

»Um euch die Natur dieser Prüfungen mitzuteilen, habe ich euch herbestellt«, sagte Na-ka-chek. »Eure Mutter, deren Stimme Wahrheit ist, erzählte mir, daß selbst, wenn der Stamm zehnmal so viele Tapfere besäße, keiner unserer Pfeile den Sorgenvogel töten kann, solange Männer und Frauen voneinander getrennt leben. Sie sagte, daß selbst der stärkste Krieger ein Krüppel ist, wenn er keine Frau als geliebte Gefährtin hat, und daß eine Squaw, selbst wenn sie viele Kinder geboren hat, unfruchtbar ist, solange sie den Vater ihrer Kinder nicht liebt. An dir und Raki habe ich erkannt, daß ihre Worte wahr sind; nun müßt ihr lernen, euer Volk diese Wahrheit zu lehren.«

»Wenn sie nicht auf dich hören, warum sollten sie dann uns zuhören?« sagte Raki.

»Weil ihr die Brücke sein werdet, auf der sie über den Abgrund der Trennung gelangen. Ihr müßt beide lernen, weder Mann noch Frau zu sein. Raki wird der ›Nicht-Mann‹ sein, und Piyanah die ›Nicht-Frau‹. Ihr müßt beide eine braune Feder erringen. Doch während der sieben Jahre dauernden Vorbereitung auf die Prüfungen wird Raki wie eine Squaw leben, bis er gelernt hat, wie eine Frau zu denken, so daß er mit einer Stimme zu ihnen sprechen kann, die sie verstehen, weil es ihre eigene ist. Piyanah wird wie ein Junge leben. Sie wird lernen, wie die Jungen Tapferen zu denken, wie sie zu fühlen, und es an Ausdauer und Härte mit ihnen aufzunehmen. Durch Piyanah, die gemeinsam mit ihnen die Prüfungen der Tapferen bestehen wird, werden sie lernen, alle Frauen als ebenbürtige Gefährtinnen zu achten. In Raki werden alle Frauen den Mann sehen, den sie nicht länger zu fürchten brauchen, weil er sie nicht mehr verachtet. Dann werden Raki und Piyanah Häuptling eines neuen Stammes sein, in dem Männer und Frauen einander ehren und in Gleichheit zusammenleben, und Kinder zeugen, in denen auf dieser Seite des Wassers die Damals-Leute wieder lebendig werden.

Beim nächsten Vollmond wird Raki zu den Squaw-Zelten gehen, und Piyanah wird sich den Jungen anschließen. Es wird sein, als hätte der Abgrund auch euch beide getrennt: Piyanah wird, wenn sie ihre Ausbildung zum Krieger beginnt, nicht mehr mit Raki, der Squaw, sprechen. Aber in sieben Jahren sollen *zwei* Gefiederte Kopfschmucke angefertigt werden, für Raki und Piyanah, den Häuptling eines Stammes, dessen glückliche Stimmen bis ins Land ohne Schatten zu den Ohren eurer Mutter dringen werden.«

Ohne unsere Antwort abzuwarten, befahl er uns zu gehen, doch als wir sein Tipi verließen, hörte ich ihn leise sagen: »Wenn eure Mutter diese Stimmen hört, wird sie Na-ka-check, der blind gewesen ist, vielleicht erlauben, zu ihr zu kommen und sie um Vergebung zu bitten, denn dann hat er ihre Träume verwirklicht.«

Als wir das Große Tipi verließen, ging ich hinter Raki zwischen den winterlichen Birken zu jenem Felsen, wo Mutter damals auf uns gewartet hatte, ehe wir von ihr zum erstenmal erfuhren, warum wir anders als die anderen Leute waren. Die Stille war so tief wie eine Schneewehe. Weit weg, gedämpft durch die Kälte, hörte ich das Jagdgeheul eines Koyoten. Raki stand auf dem Fel-

sen und schaute über die fallenden Schatten der niedrigeren Hügel
hinweg auf das ferne Gebirge. Dann sagte er:

»Alle Dinge, die wir sehen, selbst die Spuren unserer Schneeschuhe, die wir gestern hinterlassen haben, sind unverändert; nur
wir beide sind anders. Wir werden den Damals-Leuten folgen,
und durch uns werden die Squaws und die Tapferen zusammen
lachen können, und ihre Kinder werden sich nicht mehr vor
falschen Legenden fürchten, denn wir werden den Sorgenvogel
töten.«

Ein Satz meines Vaters stach so deutlich hervor wie frisches
Blut im Schnee: »Sieben Jahre lang müssen Piyanah und Raki getrennt voneinander leben.« Gewiß hatte Raki diesen Satz auch
gehört?

»Raki, du sprichst über diese Sache, als würde sie wirklich
geschehen. Hast du ihn denn nicht sagen hören, daß es sieben
Jahre dauern würde, ehe wir die Prüfungen ablegen und zusammen sein könnten?«

»Ja, bis wir bereit dafür sind, unseren eigenen Stamm anzu-
führen.«

»Ich will aber nicht Häuptling sein! Ich will, daß alles so
bleibt, wie es jetzt ist, du und ich, zusammen für immer!«

»Wir werden nie wirklich einsam sein, denn wir lieben uns,
aber wir dürfen nicht zulassen, daß alle anderen Männer und
Frauen immer weiter unglücklich sind und sich fremd bleiben, nur
weil wir nicht den Mut haben, für eine kleine Weile getrennt voneinander zu sein.«

»Sieben Jahre *sind* keine kleine Weile! Raki, verlaß mich nicht.
Ich fürchte mich, Raki, und du darfst nicht zulassen, daß das, was
andere Leute uns sagen, mir angst macht.«

Er sprang von dem Felsen herunter und legte seine Arme um
mich. »Du weinst ja, Piyanah, obwohl du sonst nie weinst. Stell
dir doch einmal vor: Wir werden den anderen Menschen beibringen, glücklich zu sein!«

»Wie können wir ihnen beibringen, glücklich zu sein, wenn wir
bis dahin selbst längst vergessen haben, was Glück ist? Mutter
sagte, daß die Leute des Stammes sich nicht mehr an die Damals-
Leute erinnern können, weil sie vergessen haben, wie man lacht.
Erinnerst du dich nicht mehr an die Geschichte von dem Mädchen
und dem Jäger, auf deren Stirnen das Licht leuchtete, das einem
geschenkt wird, wenn man einen anderen mehr liebt als sich

selbst, und die deshalb von den Tieren beschützt wurden? Wir
haben dieses Licht, Raki, und wenn wir getrennt werden, wird es
ausgehen, und wir sind allein in der Dunkelheit.«

»Es wird für ein Mädchen sehr schwer werden, eine braune
Feder zu bekommen«, sagte er langsam. »Wenn du nicht so
schnell wie sie bist, werden sie sagen, du seist ein Stein in ihren
Mokassins; und wenn du besser als sie bist, werden sie neidisch
sein, und grausam.«

»Ich fürchte mich nicht vor *ihnen*. Von dir getrennt zu sein ist
es, was mir angst macht.«

»Es ist nur für sieben Jahre. Und wenn wir schnell lernen,
dauert es vielleicht gar nicht solange.«

»Du redest von sieben Jahren, als wären es sieben Tage! Ohne
dich zu sein ist schlimmer, als ohne Essen und ohne Wasser sein;
es wird sein, als hätte ich keine Luft zum Atmen.«

»Sieben Jahre ist eine sehr lange Zeit. ... Ich hatte gar nicht
überlegt, wie lange es dauern wird, bis wir bereit sein werden, unseren eigenen Stamm zu führen.« Dann schien er laut nachzudenken: »Drei Jungen sind im letzten Jahr bei den Prüfungen gestorben. Für Piyanah wird es schlimmer sein als für mich ... ihr Körper ist nicht so stark wie meiner.«

»Dann siehst du ein, Raki, daß wir nicht zulassen dürfen, daß
sie uns trennen?«

Er seufzte. »Dürfen wir denn die Damals-Leute verraten?«

Als wir zum Lager zurückkehrten, war es dunkel. Die anderen
hatten ihre Abendmahlzeit beendet, aber man hatte uns etwas zu
essen in unser Tipi gestellt. Ich versuchte, über die Dinge zu sprechen, die wir tun würden, wenn wir unseren eigenen Stamm hatten. Doch lauter als die Worte sagten meine Gedanken ständig:
»Bald werden wir getrennt sein, getrennt, getrennt«, immer wieder sagten sie es, so daß es in meinen Ohren klang wie die Schritte
eines müden Läufers.

Jeden Tag ließ mich Raki alles üben, was er mir vom Training
der Jungen beigebracht hatte. Immer wieder zeigte er mir, wie
man beim Ringen die richtigen Griffe ansetzt, auf welchen Punkt
am Arm man drücken muß, damit der Knochen bricht wie ein
trockener Zweig, und wie man die Kraft eines Gegners zum eigenen Vorteil ausnutzt. Ich benutzte seinen Bogen, der schwerer als
meiner war, denn der, den ich bald bekommen würde, war eine
Handbreit länger als alle, die wir bisher gespannt hatten.

Um uns an das neue Leben zu gewöhnen, das wir bald führen mußten, tauschten wir, wenn uns niemand sah, unsere Kleider und Raki tat so, als sei er meine Squaw. Er trug die Armbänder und Halsketten, die einmal Mutter gehört hatten, und das bestickte Kleid, das ich beim Mittsommerfest getragen hatte. Als ich ihm gerade zeigte, wie man sich das Haar flechtet, wurde mir plötzlich klar, daß der Ruf der Spottdrossel, den ich eben gehört hatte, aus einer menschlichen Kehle stammte.

Auf der anderen Seite der Lichtung schwang sich Tekeeni, ein Junge, der zwei Jahre älter als wir war, von einem Baum. Er lachte. »Armer Raki! Piyanah hat ihn in eine Squaw verwandelt! Wenn er erst einmal richtig gelernt hat, sich wie eine Frau zu benehmen, wird es bei der nächsten Zeremonie des Erwählens ein großes Ringen geben, denn alle Tapferen werden Raki haben wollen – die hübscheste der Squaws!«

Dann kam er auf uns zu und ahmte dabei die Schritte und Gesten des Verlobungstanzes nach.

»Der arme Tekeeni wird sich gewaltig schämen, wenn er von einer Frau geschlagen wird«, sagte Raki ruhig.

Tekeeni hatte ganz offensichtlich nicht vorgehabt, einen Kampf zu provozieren, denn als er sah, daß Raki in keiner Weise verlegen war, sagte er leichthin, daß er nicht bleiben könne, um sich mit uns zu unterhalten, weil er nach einer Schlinge schauen müsse, die er ausgelegt hätte.

Doch Raki hänselte ihn: »Tekeeni ist ein Kind! Er läuft sogar vor den Alten Frauen weg, aus Angst, daß sie ihn ohrfeigen! Tekeeni traut sich nicht, drei Schritte auf Raki zuzugehen, denn das wäre eine Herausforderung zum Kampf!«

Tekeeni zögerte, ging dann aber doch drei Schritte auf uns zu. Raki und ich kämpften für gewöhnlich gemeinsam, doch ich wußte, daß es ihm dieses Mal nicht recht gewesen wäre, wenn ich ihm geholfen hätte.

Der Kampf war rasch vorbei, auch wenn Tekeeni sich erst geschlagen gab, als seine Nase blutete und ein Schneidezahn in seinem Oberkiefer wackelte. Er lag keuchend auf dem Boden und rappelte sich dann mühsam auf.

»Wenn alle Squaws so kämpften wie du, Raki«, sagte er grinsend, »würden die Frauen die Kriegsbögen tragen und die Männer im Lager bleiben, um die Kochtöpfe zu waschen.« Er zog den losen Zahn heraus und hielt ihn Raki hin. »Hier ist etwas, das du dir zu deinen Bärenkrallen hängen kannst, wenn du sie dir geholt hast.« Wegen der aufgeplatzten Lippe saß sein Lächeln schief, aber an seinem Blick sah ich, daß wir einen Freund gefunden hatten.

Während des Kampfes war eine der Halsketten gerissen, und nachdem Tekeeni gegangen war, suchten wir im festgetrampelten Schnee nach den Perlen. Raki hielt eine davon in der Hand und sagte bekümmert: »Wenn ich gegen jeden kämpfe, der sich über mich lustig macht, werde ich nie lernen, ›wie eine Frau zu denken, wie eine Frau zu leben, wie eine Frau zu fühlen‹.« Er seufzte. »Ich werde so gefühllos und gleichmütig wie die Ältesten werden müssen!«

Ich wollte nicht, daß er gefühllos wurde! Ich wollte, daß sein Lachen auch weiterhin hervorsprudelte wie eine Quelle. Sein Gesicht sollte nicht zu einer Maske werden, hinter der er sogar vor mir Schmerz, Sorge und Freude verbarg ... falls ein Tapferer überhaupt je Freude empfand. Hatte ich endlich eine Möglichkeit gefunden, ihn von dem Pfad abzubringen, den er akzeptiert hatte? Tekeenis Spott hatte ihm vielleicht gezeigt, wie schwer die einsamen Jahre werden würden. Würde er es hinnehmen, daß ich Spott über mich ergehen lassen mußte?

Seit jenem Tag verbarg ich meine Angst vor der Zukunft nicht länger. Ich sagte ihm, daß ich vielleicht bei den Prüfungen versagen könnte und daß ich mich vor dem Tod fürchtete. Ich erzählte ihm nicht, daß die Angst, mein Körper könnte zu Staub zerfallen, für mich weniger schlimm war als die Befürchtung, daß mein Herz während der Ausbildung hart wie Stein wurde. Aber es gelang mir nicht, ihm das Versprechen abzuringen, daß wir zusammen fliehen würden. Wir zählten die gemeinsamen Tage, die uns noch blieben. Acht, sieben, sechs ... Zeit, die schneller herunterbrannte als eine Kiefernfackel.

Als nur noch drei Tage vor uns lagen, wurde bei mir die Furcht vor der bevorstehenden Trennung größer als die Furcht vor einem Streit mit dem Häuptling.

Na-ka-chek hörte mich an, ohne mich zu unterbrechen, dann sagte er:

»Ich habe dir bereits gesagt, daß ihr der Mann und der Nicht-Mann werden müßt, die Frau und die Nicht-Frau. Ihr müßt meinen Gesetzen gehorchen, bis ihr Häuptling seid und eure eigenen Gesetze aufstellt.«

Ich hoffte, daß er mir vielleicht glauben würde, wenn es mir gelang, seinen kalten Gleichmut ins Wanken zu bringen. Also versuchte ich, ihn wütend zu machen. »Du verlangst von Raki, daß er mich ebenso verrät, wie du meine Mutter verraten hast!«

»Du verlangst von mir, daß ich dich zu den Squaw-Tipis schicke, während Raki die Prüfungen allein besteht. Wenn er wüßte, daß du nicht mutig genug bist, dir dein Anrecht auf den Gefiederten Kopfschmuck zu erkämpfen, würde er sich eine andere Squaw als Mutter seiner Kinder auswählen.«

»Raki würde niemals eine andere Squaw wählen! Meine Mutter sagte, daß ihr vergessen habt, wie man glücklich ist, und daß deshalb die Pfeile eurer Tapferen den Sorgenvogel nicht töten können. Laß Raki und mich bitte gemeinsam zu den Braunen Federn gehen. Dann werden wir ihnen beweisen, daß wir durch unsere Liebe stärker als sie sind.«

»Warum sollten sie glauben, daß die Liebe ihnen Stärke verleiht, wo man dir doch jetzt schon anmerkt, daß sie dich feige macht?«

»Ein Mann, der sagt, daß er nicht kämpfen kann, wenn du ihm vorher die Arme abhackst, ist kein Feigling! Und genau das sind Raki und ich ohne den anderen ... Krüppel! Wie kann ein Krüppel kämpfen?«

»Du mußt zuerst allein stark sein, ehe du mit Raki zusammen doppelt stark sein kannst.«

»Warum sollen wir getrennt werden, nur um zu lernen, wie wir wieder eins werden können? Wenn du uns doch nur zusammen trainieren lassen würdest, dann wird jeder von uns *vier* rote Federn gewinnen; das hat bis jetzt noch niemand geschafft!«

»Du meinst, daß Raki acht Federn gewinnt und dir dann die Hälfte seines Ruhmes abgibt. Du mußt lernen, dir selbst Autorität zu erwerben, wenn du erreichen willst, daß die Männer auf deine Worte hören. Wenn du an Rakis Seite von den Prüfungen zurückkehrst, würden die Männer sagen: ›Sie ist wie eine Squaw, die für den Jäger das Wild nach Hause trägt ... und so tut, als hätte sie es selbst erlegt. ‹«

»Wenn du Raki dazu bringst, mich zu verlassen, werden die Männer Dinge sagen, die bitter in deinen Ohren klingen! Sie werden sagen: ›Piyanah, die Tochter Na-ka-cheks, ist feige! Na-ka-chek war ein Narr, als er sie seinen Sohn nannte.‹«

Nicht ein einziger Funke des Mitgefühls glomm in der kalten

Asche seiner Augen. »Ich habe gesprochen, und in Na-ka-cheks
Stamm gilt nur sein Wort.«

Ich schaffte es, die Tränen zurückzuhalten, bis ich glaubte, daß
Raki eingeschlafen war. Das Weinen steigerte meinen Schmerz nur
noch, aber ich konnte es nicht unterdrücken. Plötzlich merkte ich,
daß er wach war. Als er mich unter dem Schutz unserer Pelzdecke
näher an sich zog, sagte er:

»Du brauchst dich nicht mehr zu sorgen, Piyanah. Wir *werden*
einen neuen Stamm gründen, aber schon jetzt, nicht erst in sieben
Jahren. Es wird ein kleiner Stamm sein – zwei Menschen, die sich
lieben.«

DAS KLEINE TAL

Der Mond war aufgegangen, als wir aus dem Tipi krochen,
und die Flammen des Wachfeuers zeichneten Muster auf das
Weiß und die Schwärze, die wir zu überqueren hatten, ehe wir
im Schutz der Bäume untertauchen konnten. Dünner Schnee
knirschte unter unseren Füßen; drüben, jenseits des Tals, bellte ein
Wildhund, und ein anderer antwortete auf seinen Ruf.

Es war sehr kalt, doch Rakis Hand fühlte sich warm und beruhigend an. Ich fragte mich, ob der große Grizzly, dessen Spur wir
vor zwei Tagen entdeckt hatten, in die Berge zurückgekehrt war
oder in der Dunkelheit auf uns lauerte. Ich hörte einen dumpfen
Laut und dachte, daß er von einem großen Tier stammte, doch
Raki versicherte mir, daß nur Schnee von einem überladenen Ast
herabgefallen war. Außer an den Stellen, wo die Bäume sehr dicht
standen, konnten wir im hellen Mondlicht mühelos der Spur folgen, die uns zu der Stelle führte, wo wir am Tag zuvor unsere
Bündel versteckt hatten. Dennoch erschien mir der Weg nun viel
länger.

Unsere Ausrüstung bestand aus Brot für drei Tage, Pemmikan – Streifen getrockneten Fleisches – einem Bogen mit vier Er-
satzsehnen, Fischhaken, einer Leine, einem aus Rohleder gedreh-
ten Strick, zwei Messern und einem kleinen Tomahawk. Diese
Last teilten wir gleichmäßig zwischen uns auf, doch Raki
schleppte außerdem zwei Wasserhäute, die eine leer, die andere

mit Maissaat gefüllt, und einen kleinen Kochtopf. Beide hatten
wir uns in ein zusätzliches Hemd und eine Decke gehüllt, und
jeder trug ein zweites Paar Mokassins am Gürtel. Ich war froh,
daß Raki mir nur erlaubt hatte, Dinge mitzunehmen, die er für
unentbehrlich hielt, denn die Tragriemen meines Gepäcks begannen schon bald, meine Schultern wundzuscheuern.

Als der Mond unterging, erreichten wir den Waldrand. Dort
mußten wir warten, bis das dünne graue Licht der Morgendämmerung den Boden so weit beleuchtete, daß wir gefahrlos weitergehen konnten. Noch ehe der Fluß in Sicht kam, hörten wir schon
das Tosen seines Wassers. Mir wurde klar, daß ich mich nicht länger an die Hoffnung klammern konnte, ihn weiter unten im Tal
auf dem Eis überqueren zu können.

Raki ahnte, was in mir vorging, denn er sagte zuversichtlich:
»Es ist kein wirklich gefährlicher Abstieg. Du hast schon schwierigere bewältigt, und zwar einfach so, aus Abenteuerlust. Und dieses Abenteuer ist größer als alle unsere früheren, also wirst du
auch noch trittsicherer sein als sonst. Jetzt sind wir unser eigener
Stamm. Die Großen Jäger werden uns ihren Rat geben ... wie sie
es bei allen Häuptlingen tun.«

»Ich habe keine Angst«, sagte ich mit fester Stimme, »auch
nicht ganz tief drinnen.«

»Natürlich hast du keine Angst, aber du kannst besser klettern,
wenn deine Hände warm sind. Komm her, ich werde sie auftauen.«
Er öffnete seine Jacke oben am Hals und hielt meine Hände an
seine Brust, bis sie wieder biegsam und beweglich waren.

Dann sagte er energisch: »Also: Ehe wir noch lange herum-
grübeln, möchtest du, daß ich dich das erste Stück hinunterlasse,
bis du sicher auf einer Felskante stehst?«

Ich hatte Angst, ihn vorausklettern zu sehen, weil ich es vielleicht nicht zu ihm herunter schaffen würde, falls er abstürzte. Er
wußte das, denn sonst wäre er als erster gegangen wie sonst auch.

»Ich werde jetzt gehen, solange meine Hände warm sind«,
sagte ich.

»Nimm dein Bündel ab. Ich werde sie beide nachher hinunter-
lassen.«

Ich lag auf dem Gesicht und ließ meine Füße über den Rand
der Felswand gleiten. Das Spritzwasser der Stromschnellen drang
als feiner Nebel bis zu mir herauf. Raki lag auf dem Bauch und
hielt meine Handgelenke fest.

»Schön langsam. Gleich spürst du die erste Felskante unter deinen Füßen. Der Fels ist stabil, ich habe es gestern ausprobiert.«
Ich fand die Kante nicht und spürte, wie meine Finger ihren Halt verloren. Fast hätte ich Raki zugerufen, er solle meine Handgelenke loslassen, aus Angst, ich könnte ihn mit in die Tiefe reißen. Dann fanden meine Füße etwas, das stark genug war, mein Gewicht zu tragen. »In Ordnung, Raki. Ich kann jetzt stehen.«

»Bewege dich vorsichtig drei Schritte nach rechts, strecke dann die Hand aus, bis du einen Dornenstrauch spürst, seine Wurzeln sind ziemlich stark.«

Er ließ meine Handgelenke los. Ich hatte des Gefühl, daß das dunkle Wasser in der Tiefe mich an den Haaren abwärts zog. Ich lehnte mich gegen den Felsen und tastete mich seitwärts vor, voller Angst, die schmale Kante könnte wegbrechen, ehe ich einen neuen Halt für meine Füße gefunden hatte. Ich erreichte den Dornenstrauch und schwang mich, an ihm hängend, hinüber zum nächsten Felsvorsprung.

Rakis Stimme gab mir Sicherheit. »Ein kleines Stück weiter kommt eine Felsspalte. Folge ihr hinunter zu einem breiten Vorsprung, und warte dort auf mich!«

Ich hörte unsere Bündel gegen den Fels schlagen, als er sie herabließ, dann den dumpfen Aufprall des Stricks, den er hinterherwarf. Der Sprühregen der Stromschnelle wehte zu mir hoch wie Dampf aus einem Kochtopf. Mein Haar war grau vor Feuchtigkeit, und ich blies in die Finger der Hand, die ich nicht zum Festhalten benutzte, damit sie warm genug wurden, um meinen Befehlen zu gehorchen. Als Raki herabkletterte, versuchte ich, nicht daran zu denken, was geschehen würde, wenn er abrutschte ...

Dann war er neben mir und sagte: »Es ist wirklich kein sehr schwieriger Abstieg, nicht wahr, Piyanah? Er sieht nur von oben schwierig aus. Niemand wird glauben, daß wir diesen Weg genommen haben, und selbst wenn sie unserer Spur bis hierher folgen, werden sie denken, wir hätten den Fluß an der Furt weiter oben überquert. Und sollten sie diesem Ufer bis zum Sumpf folgen, werden sie wissen, daß sie uns verloren haben, wenn sie dort keine Spuren finden. Wenn das Eis nicht aufgebrochen wäre, hätten wir praktisch überall über den Fluß gehen können. Dann hätten sie das ganze gegenüberliegende Ufer abgesucht, doch wenn sie jetzt auf der anderen Seite der Furt keine Spur von uns finden, werden sie anderswo gar nicht mehr nachschauen ... Wahrscheinlich denken sie dann, daß wir ertrunken sind. Das aufbrechende Eis ist besser als drei Tage Vorsprung.«

Ich bemühte mich, dem Geist des Eises zu danken, daß er Tauwetter geschickt hatte, bevor wir den Fluß überquerten, dachte mir aber, daß es leichter sein würde, dankbar zu sein, wenn wir erst sicher am anderen Ufer waren.

»Diesmal gehe ich zuerst«, sagte Raki. »laß dich über den Rand hinab, wenn ich es dir sage! Ich werde deinen Fuß auf einen sicheren Vorsprung stellen, der nur schwer zu finden ist, wenn man nicht weiß, wo er ist.«

Der weitere Abstieg war einfacher, als ich erwartet hatte, aber ich wußte, daß Raki fast ebenso erleichtert war wie ich, als wir den Fuß der Felsen erreichten. Wir schnallten uns unsere Bündel wieder auf den Rücken, und Raki wickelte sich den Strick um die Taille. Ich war es gewöhnt, auf glitschigen Steinen über einer reißenden Strömung zu balancieren, denn das hatten wir beim Speerfischen oft getan. Das Eis bewegte sich jetzt schneller; die Schollen schabten gegeneinander, daß es klang, als würden Skelette vom Großen Puma zernagt. Der Lärm war so groß, daß wir unser eigenes Wort nicht verstanden, aber wir sahen unsere lachenden Gesichter, und hinter unserem Lachen verbarg sich keine Furcht mehr.

Von Felsbrocken zu Felsbrocken springend, kletternd und manchmal auch nur kriechend, überquerten wir das reißende Wasser. Die Sonne hatte den Nebel verscheucht, noch ehe wir das andere Ufer erreichten. Wir hängten unsere tropfnassen Kleider über einen Strauch und rannten nackt in der Sonne umher, bis die Luft sich nur noch frisch und rein anfühlte, wie kaltes Wasser, wenn man durstig ist, statt ein Feind zu sein, der Pfeile aus Eis auf uns abschoß. Wir aßen etwas Brot. Selbst wenn wir einen Fisch gefangen hätten, wäre keine Zeit gewesen, ein Feuer zu machen, um ihn zu kochen.

Schon vor dem eigentlichen Festtag des Frühlings war der Frühling gekommen, und überall hörten wir die Erde aufwachen. Aus dem Wald hörten wir den Schnee von Bäumen herabfallen, die ihre Arme der Sonne entgegenstreckten. Auch als wir nach Norden aufbrachen und uns vom Fluß entfernten, begleitete uns das Geräusch fließenden Wassers, der Frühlingschor des abtauenden Schnees. Die Sonne strahlte jetzt spürbare Hitze aus, und es tat gut, nackt umherzulaufen, ohne an die Kälte der kommenden Nacht zu denken. Wir beschlossen, erst dann ein Feuer zu machen, wenn sein Rauch uns nicht mehr verraten konnte ... vielleicht würde es nach Einbruch der Dunkelheit sicherer sein, an einer gut geschützten Stelle, wo die Flammen nicht sehr weit sichtbar waren. Wir kamen an einen kleinen, schon fast eisfreien Bach und gingen längere Zeit durch sein seichtes Wasser, um unsere Spuren zu verbergen.

Das Land zwischen uns und den Hügeln war flach und steinig. Es gab keine Bäume, denn nur kümmerliche Sträucher fanden in dem sandigen Boden genug Nahrung. Wir hatten gehofft, uns einen Wetterschutz aus Zweigen bauen zu können, aber es gab noch nicht einmal einen Felsen, der hoch genug gewesen wäre, uns vor dem Nachtwind zu schützen. Mit den länger werdenden Schatten kehrte der Winter zurück. Wir zogen unsere Hemden an und dachten an unsere Pelzdecke, die zu schwer gewesen war, um sie mitzunehmen ... bei Mondaufgang würde es bitterkalt sein. Wir waren hungrig genug, um rohe Fische zu essen, aber in dem Bach entdeckten wir keine. Ich half Raki, über einem Zieselbau eine Schlinge auszulegen, versprach mir allerdings nicht viel davon, denn vor dem Eingang lag kein frischer Kot.

Von Norden her kam ein unfreundlicher Wind auf. Er wirbelte den Sand hoch und zerrte an den trockenen Zweigen der krüppeligen Sträucher. Vor langer Zeit mußte der Bach einmal viel größer gewesen sein, denn er floß durch ein Bett, das breit genug gewesen wäre, einen Fluß aufzunehmen. In diesem Bett waren wir nur für jemanden sichtbar, der genau über uns stand, und deshalb wollte Raki es wagen, ein Feuer zu machen. Doch ich fürchtete mich mehr davor, erwischt und ins Lager zurückgebracht zu werden, als vor der Kälte.

Ich fragte mich, ob wir je wieder Zeit in einer größeren Gemeinschaft verbringen und Teil eines Lebens sein würden, das Tag für Tag nach dem gleichen Muster ablief. Wenn Vater nicht so grausam gewesen wäre, hätten wir weiter den Alten Frauen beim Kochen zuschauen und die Ältesten unnahbar und melancholisch am Wachfeuer sitzen und rauchen sehen können; so unangenehm war das eigentlich gar nicht. Selbst ein Bär braucht die Sicherheit seiner Höhle und der Biber verläßt sich auf die Stärke seines Dammes ... aber Raki und ich brauchten kein Tipi, keine anderen

Menschen oder vertraute Dinge ... wir brauchten nur uns beide. Voneinander getrennt zu sein hätte eine Kälte bedeutet, die kein Feuer wärmen, einen Hunger, den noch nicht einmal Hirschbraten stillen konnte.

»Piyanah«, sagte Raki, »wir müssen uns ein Loch zum Schlafen graben. Der Uferboden ist locker genug, um es mit bloßen Händen auszuheben. Schichte die Erde auf der Seite auf, aus der der Wind kommt.«

Als wir damit fertig waren, war es schon fast Nacht. Der Himmel war grün wie Eis, und der Wind dunkel wie ein Krähenflügel. Wir kuschelten uns aneinander wie zwei Bärenjungen, deren Mutter auf die Jagd gegangen ist, und ich konnte Rakis ruhigen, gleichmäßigen Herzschlag hören.

»Wenn wir in den Himmel zurückkehren, Piyanah, werden die Menschen nur einen neuen Stern sehen. Die hellsten Sterne sind die zweier Menschen, die einander geliebt haben. Sie werden uns in ihren Stamm aufnehmen ... und es ist ein größerer Stamm als alle anderen, größer noch als selbst der des stolzesten Herrn der Federn, und die Bruderschaft in ihm ist stärker als alle Blutsbande.«

»Nur daß wir zusammen sind zählt, nicht wahr, Raki?«

»Nur das zählt«, sagte Raki.

Wir brauchten zwei Tage, um zu den Bergen am Rand der Ebene zu gelangen, und einen weiteren, um den Paß zu finden, auf dem wir sie überqueren konnten. Auf ihrer Nordseite falteten sich die Vorberge zu engen Tälern auf, jedes durch einen steilen Hangrücken von dem nächsten getrennt, und in einem dieser Täler fanden wir unseren »Ort, wo der Mais wächst«.

Ein Bach sprang fünf Wasserfälle hinab und floß dann flüsternd durch einen grasbewachsenen Talkessel, der etwa zweihundert Schritte maß und von bewaldeten Hängen umgeben war. An einer Stelle bildeten sie eine enge Schlucht, durch die das Wasser sich in mehrere Teiche in dem offenen Land darunter ergoß. Anstelle eines Tipis bauten wir uns im Schutz eines steilen Felsens einen Unterschlupf, drei dicht beinander stehende kleine Bäume bildeten die Zeltpfosten, und zwischen ihnen flochten wir ein Dach und Seitenwände aus Zweigen, bis wir ausreichend vor Wind und Regen geschützt waren. Neben unserer Hütte stand eine große Kiefer mit einem Zwillingsstamm. Sie wurde unser

Totem. Jeden Tag legten wir Blumen an ihre Wurzel, um den Baumgeist daran zu erinnern, daß er uns beschützen sollte.

Im Bachbett wuchs Schilf, mit dessen Stengeln wir den Boden unseres Unterschlupfes bedeckten, und ein Haufen trockenes Laub wurde unser warmer Schlafplatz. Raki baute im Wasser unterhalb des größten Teichs eine Falle, und von da an hatten wir immer genug Fisch. Auch fanden wir im Wald viele Pflanzen, von denen wir wußten, daß sie gut eßbar waren. Ein Stück weiter bergab gab es eine Ziesel-Kolonie. Obwohl ich die Ziesel nur ungern tötete, legten wir dort Schlingen aus, denn wir brauchten ihr Fleisch für den Kochtopf und ihre Häute, um einen schützenden Vorhang für den Eingang unseres Unterschlupfs zu nähen. Raki schnitzte mir aus einem Streifenhörnchenknochen eine Nadel, aber die Häute ohne Hirschsehnen zusammenzunähen erwies sich als schwierig, denn die Eingeweide kleiner Tiere sind spröde und brüchig, wenn man sie nicht mit Öl oder Bärenfett behandelt.

Wir brauchten fast einen Mond, um ein Stück Erde für die Aussaat vorzubereiten, denn obwohl der Boden dunkel und fruchtbar war, ließ er sich ohne geeignete Werkzeuge nur sehr mühsam bearbeiten. Doch bald darauf sahen wir, wie unsere grünen Maisschößlinge Tag für Tag größer und kräftiger wurden.

Obgleich wir mehrere Expeditionen in das Unbewohnte Land unternahmen, gelang es uns nicht, Salz zu finden, so daß wir uns oft wünschten, wir hätten uns einen Vorrat davon aus dem Lager mitgebracht. Zwar halfen uns Salbei und Knoblauch, den Geschmack unserer Mahlzeiten zu verbessern, aber es war doch immer interessant, etwas zu finden, das eine Abwechslung in unseren fast nur aus Fisch und Ziesel bestehenden Speiseplan brachte. Gelegentlich erlegte Raki an einem See, der ungefähr drei Stunden Fußmarsch entfernt lag, Geflügel. Und mehrfach gelang es ihm, ein Stachelschwein zu fangen, das wir dann mit Lehm umhüllten und in heißer Asche buken, bis der Lehm so hart war, daß er sich mit einem Stein aufschlagen ließ und die Stacheln sich mit ihm ablösten. Unser schönster Fund war ein hohler Baum voller Honigwaben. Ich wurde arg zerstochen, als ich sie stahl, aber wir bekamen so genug Honig, um damit vier Krüge zu füllen, die wir, ebenso wie unsere Eßschalen, aus roter Tonerde gebrannt hatten.

Eines Tages lag ich am Ufer des Bachs und genoß das warme, lebendige Gefühl des Grases auf meiner Haut, während Raki einen Strick aus Lederstreifen flocht. Sie stammten von einem

Hirsch, den er im Mond zuvor erlegt hatte. Aus seinem Fleisch hatten wir Pemmikan hergestellt, und seine Sehnen bewahrte ich auf, um Winterkleidung und Mokassins zu nähen. Ich sah Raki dabei zu und wünschte mir, ich hätte sein Gesicht zeichnen können, damit nach uns kommende Menschen die Farben seiner Gedanken sehen konnten. Die Bilder, die wir in einer Höhle entdeckt hatten, bestanden lediglich aus ein paar roten Kreidestrichen, und doch war mir der Bison darauf so lebendig erschienen, daß ich geradezu gespürt hatte, wie der Boden unter seinen donnernden Hufen erzitterte. Ich würde Rakis Nase und Stirn mit einem einzigen Strich zeichnen: Den Schatten unter den Wangenknochen und die aufmerksame Ruhe seiner Augenbrauen wiederzugeben würde schwierig werden ...

Er beugte sich vor: Das glatte, schwarze Haar fiel nach vorn und verdeckte sein Gesicht. Ich stand auf, um die Holzscheite weiter in die Mitte des Feuers zu schieben, dessen Hitze durch den Sand zu einer darunterliegenden, in Laub und Lehm eingepackten Krickente strömte. Dann fiel mir ein, daß der Wasserkrug leer war. Es hatte in der letzten Zeit kaum geregnet, und jetzt, wo lediglich ein spärliches Rinnsal über die Steine floß, so daß sie nur noch ein wenig feucht schimmerten, schöpften wir unser Wasser im Schatten eines Felsens, der den Teich unterhalb der Wiese bewachte.

Als ich mich über das Wasser beugte, streckte mir mein Spiegelbild die Hände entgegen, und ich lächelte es an. Die glatte Teichoberfläche kräuselte sich, obwohl es völlig windstill war. Ich dachte: »Wenn Nona das sähe, würde sie sagen, daß mein Geist in Gefahr ist.«

Das Wasser war wieder glatt. Plötzlich erkannte ich, daß ich mehr als mein Spiegelbild sah. Das Mädchen war wie ich, aber älter ... und sie trug den Gefiederten Kopfschmuck. Ihre Lippen bewegten sich, und obwohl ich keine Stimme hörte, wußte ich doch, was sie sagte:

»Du mußt dem Weg der Federn folgen. Du kannst dich nicht vor ihnen verbergen, Piyanah, denn du bist nur das kleine Mädchen, das ich einmal war. Du wurdest geboren, um Federnträgerin zu sein; auch wenn du sie noch nicht sehen kannst, sind sie ein Teil von dir, so wie die Schwingen des Adlers schon im Ei verborgen sind, ehe es ausgebrütet wird.«

Der Teich wurde unruhig wie Wasser in einem Kochtopf. Ich sah, wie mein Gesicht mit ängstlichen Augen zu mir hochblickte.

Deutlicher als den Ruf des Blauhähers im Baum über mir glaubte ich die Stimme meines Vaters zu hören:

»Du kannst nicht vor deiner Zukunft fliehen, denn zusammen mit der Vergangenheit bildet sie die andere Hälfte der Gegenwart. Vergangenheit und Zukunft sind die beiden Schwingen, auf denen der Geist in das Land ohne Schatten fliegt.«

Ich antwortete ihm, als stünde er neben mir: »Raki und ich sind nicht an die Vergangenheit gefesselt; wir sind Kinder der Gegenwart, und die Zukunft gehört uns selbst! Uns kann nichts geschehen, weil wir zusammen sind. Wir sind an keine Stammesgesetze gebunden; wir sind frei, unser eigenes Leben zu führen. Warum sollte dein Wille unsere Freude zu Boden zerren wie einen mit Stricken gefesselten Bison?«

Während ich in die Stille hineinlauschte, schien es mir, daß alles, was ich je gefürchtet hatte, aus dem Schatten der Bäume herankroch, um mich zu beobachten. Das Sonnenlicht war kalt geworden, und der Bach wirkte müde wie langsam fließende Tränen.

Ich hörte, wie Raki mir zurief, daß er in einer Schlinge eine Wildente gefunden hätte, so daß wir morgen ein Festmahl wie der Häuptling von sieben Stämmen würden feiern können. Als ich zu ihm rannte, glitten die Gedanken, die mich eben noch heimgesucht hatten, wieder zurück hinter die Barrieren, mit denen ich mich vor ihnen zu schützen versuchte. Meine Sonne war nicht länger von einer düsteren Wolke verdeckt. Rakis Hand lag auf meiner Schulter, und er lachte mich an.

Ich wollte ihm von dem Geist erzählen, den ich in dem Teich gesehen hatte, aber die Erinnerung daran, wie es meinem Vater fast gelungen war, ihn mir wegzunehmen, ängstigte mich. In mir lauerte die Furcht, daß etwas, das noch stärker als unsere Liebe war, ihn zurückrufen würde. Ich wußte, hätte er die Stimme auch gehört, wir wären noch heute aufgebrochen und über den Paß zurück zu jener siebenjährigen Wüste gegangen, die dann jeder von uns allein durchqueren mußte.

Ein paar Tage später stand ich auf einem Felsen, um mit dem Speer zu fischen, als sich unter mir wieder das Wasser kräuselte. Rasch wie eine vorbeihuschende Libelle tauchte das Gesicht der Frau auf … dann schleuderte ich meinen Speer auf sie, so daß die dadurch entstehenden Wellen sie verbargen. Ich sagte mir, daß sie unmöglich die zukünftige Piyanah sein konnte, daß sie nur ein

Traum meines Vaters war und in der Hoffnung aus dem Wasser aufschaute, einen Sterblichen zu finden, der ihr Leben einhauchte.

Und doch merkte ich, daß ich mit ihr sprach, als sei sie eine wirkliche Person:

»Arme federntragende Piyanah, du wirst niemals geboren werden, denn ich, Piyanah, die elf Jahre alt ist, bin stärker als du. Du und deine Federn gehören ins Land der Träume, und du wirst mich nie dazu bringen, daß ich deine Bestimmung erfülle. Du kannst mich nicht verstehen, weil du nur eine Legende bist ... ich jedoch lebe auf der festen Erde, in der Bäume wurzeln, und wo ich Raki lachen hören kann.«

Seitdem füllte ich den Krug nur noch an fließendem Wasser, denn ich wagte es nicht mehr, in einen stillen Teich zu schauen. Zum erstenmal verbarg ich etwas vor Raki. Ich wußte tief in meinem Herzen, daß er die Damals-Leute wieder ins Leben zurückholen wollte. Er war wie ein Schnitzer, den ein in einem Baum verborgener Totempfahl auffordert, ihn mit seinem Messer zu befreien. Er hatte die alte, in der Vergangenheit verborgene Wahrheit gesehen und wollte, daß wir beide sie in die Gegenwart schleppten, auch wenn diese Last uns niederdrücken und traurig machen würde.

DUNKLER RAUCH

Während der milden Tage des Herbstes trafen wir Vorbereitungen für den Winter. Genügend Feuerholz, daß es bis zum nächsten Frühlingstauwetter reichte, wurde neben unserem Unterschlupf gestapelt, und dahinter hatten wir eine Grube ausgehoben, in der wir uns einen Vorrat an Nüssen, Kiefernsamen und Wurzeln anlegten, den wir mit trockenem Sand umgaben und mit Zweigen vor der Witterung schützten.

Als der Mais reif wurde, hing ich die Kolben unter dem Dach auf, und der Pemmikan, den wir herstellten, war zwar härter als gewohnt, aber wenn man ihn zwei Tage in Wasser einweichte und dann sehr langsam kochte, ließ er sich recht gut essen.

Am Abend wurde die Luft bereits kühl, daher zog ich ein Hemd über, als wir auf den Hügelkamm stiegen, um den Sonnenuntergang anzuschauen. Plötzlich blieb Raki stehen, angespannt wie ein Tier, das eine fremde Witterung aufgenommen hat. Im Osten, im Unbewohnten Land, stieg eine dunkle Rauchsäule in den Abendhimmel.

Ich hielt sie für einen Präriebrand und sagte unbekümmert: »Das ist weit weg. Selbst wenn sich das Feuer ausbreitet, kann uns nichts geschehen, denn es befindet sich auf der anderen Seite des Flusses.«

»Es wird sich nicht ausbreiten ... außer wenn der Mann, der es in Gang hält, unachtsam ist.«

Selbst dann noch sah ich in dem Rauch keine Bedrohung. »Bestimmt ist es nur ein Jäger ... und er hat keinen Grund, bis hierher zu kommen.«

»Muß ein Jäger für dreihundert Leute kochen?« Während er sprach, sah ich in der Nähe des ersten Feuers neue Rauchfahnen aufsteigen. »Das muß ein großer Stamm sein, Piyanah ... und sie sind aus dem Osten gekommen!«

Ich versuchte, ihn zu beruhigen. »Vielleicht ist es einer der Stämme, die manchmal im Sommer mit unseren Leuten Handel treiben. Sie müssen von Westen her die Ebene überquert haben, ohne daß wir es bemerkten.«

»Seit wir hier unser Lager aufschlugen, haben wir in jeder Morgendämmerung und bei jedem Sonnenuntergang hier oben gestanden und die Umgebung beobachtet, ohne je Rauch zu sehen. Du weißt, daß kein Stamm reist, ohne an jedem Abend ein Feuer anzuzünden, und selbst der schnellste Wanderer braucht vom westlichen Horizont bis zu der Stelle, wo der Rauch aufsteigt, mindestens zwei Tage. Diese Feuer dort wurden von Leuten entzündet, die so viele sind, daß sie ihre Zahl nicht verbergen müssen – und sie sind aus dem *Osten* gekommen.«

»Aber im Osten lebt doch niemand.«

»Der Häuptling hat uns gesagt, daß auch die Aaskrähe Kinder hatte.«

»Die Schwarzen Federn! Raki, sie sind doch bloß eine Legende, die man sich ausgedacht hat, um kleine Kinder zu erschrecken.«

»Würden denn die Tapferen ein so hohes Ansehen im Stamm genießen, wenn es keine Feinde gäbe, gegen die sie ihn beschützen müßten?«

»Du glaubst, daß es die Schwarzen Federn wirklich gibt?«

»Zünden Geister vielleicht Kochfeuer an?«

»Aber sie werden uns hier nie finden, Raki. Selbst wenn sie zum See der Wildenten gehen und unsere Schlingen entdecken, werden sie denken, daß ein Jäger sie dort ausgelegt und dann einfach vergessen hat.«

»Es mag sein, daß sie uns nicht finden, aber wenn sie nach Süden ziehen, bedeutet das, daß sie den Paß überqueren wollen. Morgen abend werden wir wissen, ob wir zurückgehen und Na-ka-chek warnen müssen.«

»Wir können nicht zurückgehen! Nicht jetzt, Raki, jetzt, wo wir hier so glücklich sind. Wir müssen uns vor ihnen verstecken. Wir dürfen nicht wieder zurück zu Vater laufen und ihn um Schutz bitten, nachdem wir vor ihm geflohen sind.«

Plötzlich merkte ich, daß Raki wütend wurde. »Wir haben den Stamm verlassen, als ihm keine Gefahr drohte. Aber könnest du es wirklich zulassen, daß dein Volk niedergemetzelt wird, nur weil du zu stolz bist, um zu ihm zurückzukehren?«

»Aber, Raki, selbst wenn wir sie vor den Schwarzen Federn warnen, dürfen sie uns nicht gegen unseren Willen festhalten. Das wäre gegen die Stammesgesetze ... sie dürfen uns fortschicken, verbannen, aber sie dürfen uns nicht gegen unseren Willen festhalten.«

»Der Häuptling, dein Vater, wird nicht vor seinen Feinden fliehen. Unsere Tapferen beschützen ihr rechtmäßiges Eigentum, und ich werde mit ihnen kämpfen.«

»Dann mußt du mir versprechen, daß ich an deiner Seite kämpfen darf. Du darfst nicht von mir verlangen, daß ich mich mit den Squaws verstecken muß ... versprich mir das, Raki, dann tue ich alles, was du willst.«

Zum erstenmal, seit wir den Rauch entdeckt hatten, lächelte er. »Natürlich kämpfen wir zusammen. Wir tun alles gemeinsam, und deine Bogensehne könnte niemals in einem Squaw-Tipi ihr Kriegslied singen.«

»Sind die Schwarzen Federn sehr schrecklich? Der Geschichtenerzähler hat behauptet, daß sie doppelt so groß wie normale Menschen sind; ihre Zähne sollen spitz sein, weil sie das Fleisch der Tiere, die sie getötet haben, sofort verschlingen, wenn es noch warm ist. Und ihre Frauen haben Krallen, mit denen sie den Bauch eines Mannes aufreißen können, wie ein Adler, der ein Ziesel frißt.«

»Ich vermute, daß diese Geschichten übertrieben sind. Wir

brauchen keine Angst zu haben, denn ich rechne damit, daß wir *beide* getötet werden. Spielt es eine große Rolle, ob wir hier oder im Land der Großen Jäger leben, solange wir zusammen sind?«

»Sie könnten dich töten, Raki, aber vergessen, mich auch zu töten. Der Geschichtenerzähler sagte, daß sie alle Männer und Kinder töten und die Frauen, die noch nicht zu alt sind, in die Sklaverei verschleppen.«

»Du wirst einen Lendenschurz tragen, und ich bemale dir vor dem Kampf dein Gesicht mit den Stammeszeichen. Du bist fast so groß wie ich, und wir tragen beide unser Haar auf die gleiche Weise, und deine Brüste sind zu klein, um dich zu verraten. Wenn ich zuerst getötet werde, brauchst du einfach nur weiterkämpfen, bis du mir nachfolgst.«

Ich fühlte mich getröstet. Jetzt, wo ich es akzeptiert hatte, daß Raki und ich getötet werden würden, fand ich den Tod nicht mehr erschreckend, vorausgesetzt, daß er uns beide holte. Es wurde zu dunkel, um den Rauch weiter zu beobachten, also gingen wir Hand in Hand zurück in das kleine Tal.

Ehe wir etwas unternahmen, mußten wir abwarten, ob die Richtung, in der am folgenden Abend die Feuer brennen würden, darauf hindeutete, daß die Schwarzen Federn den Paß überqueren wollten. Daher beschlossen wir, diesen möglicherweise letzten Tag in unserem Tal unbeschattet von jeder Zukunftsangst zu verbringen.

»Wir müssen immer daran denken, daß das unser letzter Tag hier sein könnte«, sagte Raki, als er aufwachte. »Wir müssen ihn in unserem Gedächtnis bewahren, damit wir davon zehren können, wenn wir hungrig nach Freude sind ... wie Brot, das man als Wegzehrung mitnimmt.«

»Wenn wir gehen müssen, Raki, dann sollten wir wirklich besser Brot mitnehmen, denn es ist leichter zu tragen als alles andere. Wir können ja so tun, als ob wir es nur backen, um es mit auf einen Ausflug zu nehmen, der zu aufregend ist, um sich unterwegs mit der Suche nach Eßbarem aufzuhalten.«

»Ja, wir sollten Brot backen ... das war das erste, was wir hier gegessen haben.«

Gemeinsam holten wir die Maiskörner aus den Kolben und füllten sie in eine kleine Felsmulde, die uns als Mahlschüssel diente. Danach, während ich Wasser in das Mehl knetete, schabte Raki mit einem scharfen Feuerstein das Fett aus einem Opossumfell und rieb es mit grobem Sand ab, um es dann zum Trocknen aufzuspannen. Ich fragte mich, warum er sich diese Mühe machte, bis mir klarwurde, daß sie Teil seines Vorhabens war, den heutigen Tag vor dem Morgen zu schützen. Alles mußte so weitergehen, als sei nichts geschehen. Ich mußte mir bewußtmachen, daß wir Tag für Tag sehen würden, wie unser Feuerholzstapel schrumpfte, und daß wir die Maiskolben zählen mußten, um zu sehen, wieviele davon wir für die Aussaat im Frühjahr aufheben mußten. Ich fragte mich, ob er noch daran dachte, Weidenruten für unsere Schneeschuhe zu schneiden. Gestern hatte er gesagt, es sei Zeit, daß wir uns welche anfertigten.

Ich bemühte mich sehr, es Raki gleichzutun, aber immer wieder ertappte ich mich dabei, daß ich dachte: »Das ist das letzte Mal, daß wir den Schatten der Zwillingskiefer auf der Wiese sehen werden. Vielleicht wird hier Jahr für Jahr etwas wilder Mais wachsen, wenn ein Sturm unsere Hütte umwirft und das Getreide über die verwischten Furchen unseres kleinen Ackers weht. Wenn der Schnee schmilzt, wird das Wasser unsere Fischfallen wegspülen, und unsere Pelzdecke, die ich aus vielen kleinen Tierfellen zusammennähte, wird verrotten und in jedem Herbst tiefer unter totem Laub begraben werden.«

»Brätst du den Fisch, den du morgen fangen wirst, über dem Feuer von heute?« fragte Raki.

»Es tut mir leid. Ich habe an unseren restlichen Mais gedacht und mich gefragt, was wohl daraus wird. Wir waren sicher, daß wir es schaffen würden, den Winter mit Brot aus selbst angebautem Korn zu überstehen.«

»Ich glaube, wir essen immer von dem, was wir selbst angebaut haben, Piyanah: Und dieses Essen kann Leben bedeuten, oder Tod, oder Sieg, je nachdem, was wir gesät haben.«

»Wird es auf der anderen Seite des Wassers kalt sein?«

»Ich denke, es wird wie hier auf der Erde sein, aber viel schöner. Um den Geist eines Vogels, eines Felsens oder eines Baumes zu sehen, mußt du nur in ruhigem Wasser ein Spiegelbild betrachten. Wir werden dort wie Vögel fliegen und wie Fische schwimmen können. Weißt du noch, wie du immer in die Höhle auf dem Grund des Teichs schauen wolltest, in dem Mutter uns das Schwimmen verboten hatte? Wir können jetzt zu dieser Höhle gehen ... mit ›jetzt‹ meine ich, nachdem wir im Kampf getötet wurden. Weißt du noch, wie du dich gefühlt hast, ehe wir wegliefen? Wir wußten überhaupt nicht, was uns erwartete. Es war, als ob man ein Kanu durch eine Stromschnelle steuert, wenn der Fluß so hoch ist, daß man die Felsen nicht sehen kann; trotzdem kamen wir anschließend in ruhiges Wasser. Erinnere dich an den Augenblick, als wir oben an der Felswand standen und unter uns das Packeis krachen hörten. Weißt du noch, daß der Abstieg viel leichter war, als wir vorher gedacht hatten? Und als wir den Fluß überquerten, haben wir gelacht ... erinnerst du dich, wie wir uns gegenseitig lachen sahen, ohne daß wir unsere Stimmen hören konnten? Als wir dann am anderen Ufer waren, hörten wir den Frühling zurückkehren ... überall war der Klang der neugeborenen Erde. Dann fanden wir dieses Tal. Versteh doch, Piyanah, daß das, was mit uns geschehen wird, nur der Anfang einer neuen Reise ist. Du fürchtest dich jetzt, so wie du dich gefürchtet hast, als wir aus unserem Tipi krochen und allein in den Wald aufbrachen. Und wenn wir die Schwarzen Federn auf uns zustürmen sehen, wird es wieder sein, als ob wir oben über einer Felswand stehen, nur daß diesmal der Kampf der Weg sein wird, den wir hinabklettern müssen. Es wird sicher furchterregend sein, andere Leute sterben zu sehen, aber unser eigener Tod wird sein, als ob wir den Fluß überqueren ... und als wir den Fluß überquerten, haben wir gelacht, Piyanah!

Wer von uns zuerst das gegenüberliegende Ufer erreicht, wird dort auf den anderen warten. Auch wenn das Land auf der anderen Seite des Wassers zunächst vielleicht seltsam erscheint, werden unsere Geister sich rasch an die neue Freiheit gewöhnen, so wie Bäche, wenn das Eis schmilzt. Dann werden wir uns auf einer anderen Wiese wiederfinden, dem ›Ort, wo der Mais aufbewahrt wird‹; und wir werden uns im Licht unseres gemeinsamen Sterns sehen. Wir werden uns so nah sein, daß wir fast wie eine einzige Person sein werden, und wir werden dort niemals alt und brauchen uns nie mehr zu fürchten.«

»Kann der Ort, zu dem wir gehen, wenn wir tot sind, nicht genau so sein wie unser kleines Tal hier, Raki? Ich will nichts Besseres, ich will es genau so, wie es hier ist.«

Er lächelte. »Hättest du den Teich denn nicht gerne ein bißchen tiefer, damit wir hineinspringen können, oder die Hütte so herum, daß die Morgensonne durch den Eingang scheint?«

»Nein, Raki, zuerst nicht. Ich will alles so, wie es jetzt ist. Später, wenn ich mich daran gewöhnt habe, tot zu sein, kannst du es meinetwegen verändern.«

Ich warf zwei Maiskolben auf die Erde. »Ich will sogar, daß sie hier liegen, so wie wir sie zurückgelassen haben. Nachdem ich gestorben bin, werde ich sie vom Boden aufheben. Du wirst doch an die Maiskolben denken, nicht wahr, Raki?«

»Wir werde das Totem bitten, all das für uns vorzubereiten.«

Hand in Hand standen wir vor dem Zwillingsbaum. »Oh großer Geist, der du uns auf beiden Seiten des Wassers kennst! Wenn wir dem Tod tapfer ins Auge sehen und furchtlos das Wasser überqueren, mögen uns die Großen Jäger an diesen Ort zurückkehren lassen, und mögen wir ihn genauso vorfinden, wie wir ihn jetzt sehen. Mögen wir hier zusammen stehen und sagen: ›Morgen und Gestern sind ein einziger Tag: Raki und Piyanah sind ein einziger Stern.‹«

Bei Sonnenuntergang erreichten wir die Paßhöhe. Wir standen in einem See aus warmem Licht und blickten zurück auf die Ebene, die schon fast ganz in der Dunkelheit der aus den Bergen hinabgleitenden Schatten lag. Eine Tagesreise hinter uns sahen wir den Rauch, er war für uns ein noch schrecklicherer Anblick als die Wolke, die einen Tornado ankündigt.

»Es gibt jetzt keine Hoffnung mehr, daß sie umkehren, nicht wahr, Raki?«

»Keine. Die Überquerung des Flusses wird sie aufhalten, denn sie werden einen halben Tag lang flußaufwärts gehen müssen, ehe sie eine Furt finden. Sie marschieren rascher, als ich dachte. Wir müssen also das Mondlicht ausnutzen und dürfen uns nur zwischen Sonnenuntergang und Mondaufgang und in der Dunkelheit vor dem Morgengrauen eine Pause gönnen.«

Als das Laufen zu einer schmerzvollen, ständigen Erschöpfung geworden war, erschien mir unsere Reise zunehmend wie ein grauer Traum, in dem es nur den leisen Klang unserer Füße gab, die uns, während ich Raki folgte, immer weiter von unserem Glück forttrugen.

Am dritten Tag hofften wir, einem Mitglied unseres Stammes zu begegnen, das unsere Nachricht schneller hätte überbringen können, doch der in grellen Herbstfarben lodernde Wald war menschenleer. In der letzten Nacht hatten wir Rauch zwischen uns und den Vorbergen unterhalb des Passes gesehen und vermuteten,

daß die Schwarzen Federn von nun an ihren raschen Anmarsch
nicht durch weitere Feuer verraten würden.

Der Fluß stand niedrig, und das Wasser gluckerte träge zwischen den Felsen, aber wir waren beide so erschöpft, daß es uns
dennoch nicht leichtfiel, ihn zu durchschwimmen. Ich hoffte, daß
der Feind eintraf, solange ich müde war, denn dann würde es leicht
sein, furchtlos zu sterben. Schon jetzt fühlte ich mich losgelöst von
dem Mädchen, das ständig weiterlief, obwohl seine Mokassins aus
Stein zu sein schienen: Mein Geist würde zusammen mit Raki frei
werden, und mein Körper würde froh sein, in der ruhigen Erde zu
liegen und mich nicht länger tragen zu müssen.

Bei Sonnenuntergang wagten wir nicht, uns auszuruhen, weil
wir wußten, daß wir bis zum Mondaufgang nicht wieder aufwachen würden, wenn wir jetzt einschliefen. Es war zu dunkel, um
den Weg durch den Wald zu finden, daher mußten wir die längere
Route entlang des Flußufers nehmen. Das Wasser barg noch ein
Echo des Tageslichts und schimmerte in der Dunkelheit wie die
Spur einer Schnecke.

Wir sahen das Wachfeuer durch einen Einschnitt zwischen den
Felsen, die die Ostseite des Lagers bewachten. Die Eingänge der
Squaw-Tipis waren verschlossen, aber zwei Älteste saßen am
Feuer. Sie blickten auf, als wir an ihnen vorbeigingen, verzogen
aber keine Miene.

Mein Vater stand neben dem Totem; er blieb so unbewegt wie
das geschnitzte Holz, während er uns auf sich zurennen sah. Ich
keuchte so sehr, daß ich nicht sprechen konnte. »Kehrt ihr zu mir
zurück, weil ihr eurer Gesellschaft überdrüssig seid?« sagte er.

Ich hörte Raki sagen: »Die Schwarzen Federn! Die Schwarzen
Federn kommen aus dem Osten ... sie werden noch vor morgen
mittag hier sein!«

»Möchtest du gerne neuer Geschichtenerzähler des Stammes
werden?«

»Vater, du *mußt* ihm glauben! Wir haben sie gesehen. Wir müssen alle kämpfen. Raki und ich werden beide mit dir kämpfen,
und es ist egal, ob wir dabei getötet werden.«

»Ihr seht beide aus, als wäret ihr ein ziemliches Stück gerannt.
Seid ihr einem Grizzly begegnet, oder ist eure Einbildung mit euch
durchgegangen?«

Ich hatte das Gefühl, in einem Alptraum gefangen zu sein, in
dem ich warnend gegen ein Schweigen anschrie, das zu dicht war,

um es zu durchbrechen. Ich hatte mich darauf eingerichtet, den Aufruhr der Kampfvorbereitungen zu erleben, hatte alles genau vor mir gesehen, während wir liefen und liefen: Der Häuptling würde den Tapferen seine Befehle erteilen, ihnen sagen, wo sie die Stellung halten und wo sie zurückweichen sollten, um den Feind in einen Hinterhalt zu locken. Die jungen Squaws würden sich mit den Kindern im Wald verstecken, während die Alten Frauen in großen Töpfen Wasser und Harz erhitzten, um damit blutende Wunden zu stillen. Ich hatte vor mir gesehen, wie Männer sich Pfeile aus dem Hals zu ziehen versuchten, oder mit Augen vorwärtstaumelten, die so starr blickten wie bei einem sterbenden Hirsch. Ich hatte gehört, wie die Bogensehnen das Lied des Todes sangen. Aber weil ich meinen Vater nicht dazu bringen konnte, diese Vision zu teilen, würde unser Volk niedergemetzelt werden.

Ich sah Raki auf das Große Tipi zurennen und erkannte, daß er das Horn blasen wollte, das nur vom Häuptling benutzt werden durfte, um den Stamm vor einer Gefahr zu warnen. Wenn jemand, der keine Federn trug, das Horn zu berühren wagte, wurde er für diese Untat mit dem Tod bestraft. Aber dann war der Stamm wenigstens gewarnt, auch wenn der durch das Tal rollende tiefe Klang des Horns den Schwarzen Federn verraten würde, daß wir auf ihren Angriff vorbereitet waren.

Mein Vater folgte ihm, lautlos wie ein Schatten. Er legte seine Hände auf Rakis Schultern und hielt ihn zurück. Dann hörte ich ihn sagen: »Hast du vergessen, daß es den Tod bedeutet, wenn du das Warnende Horn berührst?«

»Nein, das hatte ich nicht vergessen.«

»Du fürchtest dich nicht vor dem Tod?«

»Wie könnte ich ... wenn es keinen anderen Weg gibt, den Stamm vor dem Angriff zu warnen?«

Mein Vater rief mich herbei. Ich ging zu ihnen und stellte mich so dicht neben Raki, daß ich seine Schulter neben mir spürte. Es schien fast, als ob mein Vater lächelte.

»Ihr seid beide bereit, für euer Volk zu sterben, jetzt wo ihr glaubt, daß eine schwarze Wolke aus dem Osten heranzieht, um unsere Sonne zu verdunkeln. Warum seid ihr nicht in eurem kleinen Tal geblieben, wo die Gefahr an euch vorübergezogen wäre? Ihr braucht mir nicht zu antworten: Daß ihr hergekommen seid, ist Antwort genug. Ihr habt geglaubt, daß ihr eurem Stamm keine Treue schuldet und euer eigenes Leben führen könntet, frei von jeder Verantwortung. Doch wie es scheint, sind die Bande des Totems stärker, als ihr dachtet.«

»Wir sind nur zurückgekommen, um euch zu warnen«, sagte ich.

»Aber ihr *seid* gekommen. Ich hatte euch erst morgen erwartet. Daß ihr den Weg vom hohen Paß hierher so schnell zurücklegtet beweist, daß ihr schon etwas von der Ausdauer der Tapferen in euch habt.«

»Woher wußtest du, daß wir kommen?« fragte ich erstaunt.

»Woher wußtest du, wie lange wir bis hierher brauchen würden?« fragte Raki.

»Woher weiß ich, daß ihr vor fünf Tagen bei Sonnenuntergang zum erstenmal den Rauch im Osten saht? Ihr dachtet, es müßte sich um einen großen Stamm handeln, weil rings um das erste, große Feuer der Rauch vieler Kochfeuer in den Himmel stieg. Woher weiß ich, daß das Feuer am nächsten Abend näher in unserer Richtung brannte und daß sie, als ihr den Paß überquertet, nur noch eine Tagesreise hinter euch waren?«

Ich sagte: »Du hast es in dem Teich gesehen, so wie ich die Frau sah, die ich werden soll, wenn es nach deinem Willen geht, die Federnträgerin. Du hast mir diese Vision geschickt, weil du dachtest, ich würde deswegen zurückkommen, aber ich habe von da an nicht mehr in ruhiges Wasser geschaut. Du kannst Raki und mich nicht auseinanderbringen!«

Raki sagte langsam: »Wer hat diese Feuer entzündet? Es waren deine Leute, du hast es angeordnet, nicht wahr?«

»Ja«, sagte mein Vater. »Es war mein Rauch, der euch nach Hause rief.«

»Du wußtest, daß wir uns an die Legende von den Schwarzen Federn erinnern würden. Du hast uns mit einer Lüge zurückgelockt … du bist genau wie Nona, die Kindern angst macht, damit sie ihr gehorchen! Piyanah und ich werden nicht bei dir bleiben. Du kannst uns nicht zu Gefangenen machen. Es gibt kein Gesetz, daß es erlaubt, jemanden beim Stamm festzuhalten, der die Freiheit des Exils vorzieht!«

»Wart ihr denn meine Gefangenen? Habe ich euch meinen Willen aufgezwungen? Ihr dachtet, ihr wäret mir entkommen, und daß wir unterhalb der Stromschnellen nach euren ertrunkenen Körpern suchen würden. Aber ihr habt euch geirrt, meine Kinder. Senchek, mein bester Fährtenleser, folgte euch. Er berich-

tete mir von eurem Abstieg über die Felswand, und wie ihr in
jener Nacht in einem selbstgegrabenen Loch im Bachbett schlieft.
Ich wußte, daß euer Mais reifte, und wo ihr am See der Wildenten
eure Schlingen ausgelegt habt. Senchek brachte mir oft Neuigkeiten von euch; und was er mir erzählte, erfüllte mein Herz mit
Stolz.«

»Und doch hast du uns getäuscht!«

»Ich wußte, daß ihr zu stolz sein würdet, zurückzukehren,
denn euch wäre das als Niederlage erschienen, nicht als Sieg.«

Die Verzweiflung in Rakis Stimme klang so tief wie meine
eigene. »Wir haben wirklich eine Niederlage erlitten – aus Angst
vor schwarzem Rauch und einer Legende.«

»Die Schwarzen Federn sind keine Legende. Vor drei Monden
kehrte einer unserer Jäger aus dem Unbewohnten Land zurück
und brachte das hier mit.« Er hielt uns seine schmale, lange
Handfläche hin; darin lag eine an ein Stirnband geknüpfte
schwarze Feder.

Ich betrachtete sie verächtlich. »Ein Holzscheit aus dem Feuer,
dessen Rauch nichts als Lüge ist?«

»Nein, meine Tochter. Ein weiteres Zeichen dafür, daß die Tage
zu Ende gehen, in denen die Männer es wagen konnten, die Legenden zu vergessen. Nun müssen wir stark sein in der Weisheit,
die hinter unseren Symbolen liegt: Die rote Feder muß mehr sein
als lediglich ein Symbol für körperliche Kraft, und die Federn des
Häuptlings-Kopfschmucks müssen zu Schwingen der Wahrheit
werden. Die Großen Jäger haben euch in meine Obhut gegeben.
Die Stimme der Vergangenheit hat zu mir gesprochen und gesagt:
›Die beiden, die eins sind, müssen aus eigenem Entschluß zwei
werden, dann wird ihre vereinte Kraft mächtig sein.‹ Schon jetzt
ist das Band zwischen euch weiser als die Befehle eures Vaters,
älter als die Gesetze eures Häuptlings, stärker als die Sicherheit,
die der Stamm euch bietet. Nun müßt ihr die zweifache Weisheit
erlangen: die rechte Hand und die linke Hand, Sonnenuntergang
und Sonnenaufgang, Mann und Frau. Ihr wart bereit, für euer
Volk zu sterben. Jetzt müßt ihr für es leben. Niemand wird mehr
daran denken, daß Piyanahs Körper schneller müde wird als der
eines Mannes oder daß für sie der Bogen schwerer zu spannen ist.
Sie wird das Wohlwollen ihrer Gefährten auf eine harte Probe
stellen, wenn sie erkennen müssen, daß sie nur dem Namen nach
eine Frau ist. Sie werden sich dann nicht mehr so sicher sein, daß

ein Mann wirklich seiner Squaw überlegen ist. Diese Erkenntnis wird sie sehr beunruhigen, aber dadurch werden sie lernen, daß man jede Tradition mit der Feder der Weisheit abwägen muß, statt sie blind zu übernehmen.

Raki wird bei den Squaws leben, bis er gelernt hat, wie eine Frau zu denken, wie eine Frau zu fühlen. Er muß lernen, wie man ein Kleid bestickt, wie man Kochtöpfe herstellt und sich um kranke Kinder kümmert ... alle niedrigen Arbeiten, die sie tagtäglich zu verrichten haben. Die Mädchen, die noch nicht erwählt wurden, werden versuchen, ihn an seine Männlichkeit zu erinnern, und manchmal wird es ihm schwerfallen, daran zu denken, daß er Köcher und nicht Pfeil ist. Auch er wird die Prüfungen eines Kriegers auf sich nehmen, und möglicherweise werden die anderen ihn verspotten, weil er wie eine Squaw gekleidet ist.

Beide dürft ihr ihnen nicht erklären, daß ihr lernt, die Weisheit der Damals-Leute zurückzubringen. Ihr dürft nur sagen, daß ihr den Befehlen des Häuptlings gehorcht. Die anderen werden denken, daß ich euch damit für eure Flucht bestrafe, aber das wird euch zusätzliche Stärke verleihen, denn wer in seinem Herzen stark ist, fürchtet keinen Spott. Wenn der Nicht-Mann und die Nicht-Frau die Prüfungen bestanden haben, sollen sie ihren eigenen Stamm anführen, unter einem Totem eurer Wahl, und das Glück zukünftiger Generationen wird euer Vermächtnis sein.«

Keine Worte waren stark genug, gegen Na-ka-chek anzukämpfen. Er hatte gesagt: »Ihr wart bereit, für euer Volk zu sterben, jetzt müßt ihr für es leben«, und Raki hatte ihn gehört. Raki würde nie mehr glücklich sein, wenn wir weggingen: Denn sogar wenn wir lachten, würde er immer ein Echo des Volkes hören, das wir an den Sorgenvogel verraten hatten.

Ich hatte geglaubt, daß ich mit Raki stärker als alle Zukunftsvisionen wäre, stärker als der Ruf des Stammes. Aber wir waren Kinder, die versucht hatten, in unsere eigene Welt zu entfliehen, Kinder, die dabei von den Erwachsenen beobachtet worden waren, von Erwachsenen, die es sich leisten konnten, großmütig zu sein, weil die Zeit auf ihrer Seite war.

Ich war nicht länger die Piyanah, die mutig und voller Selbstvertrauen an Rakis Seite in unserem kleinen Tal gelebt hatte. Ich war ein Kind, das gehorsam die Suppenschüssel leerte, die mir Na-ka-chek reichte: ein Kind, das gegen eine schmerzvolle Müdigkeit ankämpfte, bis sein Vater merkte, daß es nahe daran war, in

Tränen auszubrechen, und es zurück in jenes Tipi trug, in dem es vor den langen Jahren der Trennung die letzte gemeinsame Nacht mit Raki verbringen würde.

Jemand war offenbar in unser Tipi gekommen, ohne uns zu wecken, denn neue Kleider lagen für uns bereit, und unsere alten hatte man uns weggenommen. Auf mich wartete ein Lendenschurz und ein brauner Stoffstreifen. Zuerst wußte ich nichts mit ihm anzufangen, bis mir klarwurde, daß ich mir damit meine Brüste umwickeln sollte.

Mit ungeschickten Fingern half ich Raki, sein Haar sorgfältig unter das mit weißen Perlen besetzte Stirnband zu schieben, das Frauenkleid anzuziehen und die beiden Armreifen anzulegen, die er über dem rechten Ellbogen tragen mußte. Sein Gesichtsausdruck erinnerte mich an einen Tapferen, der beim jährlichen Ritual dem Totem seine Pfeile darbietet, und ich flüsterte den Großen Jägern zu: »Macht bitte, daß ich nicht weinen muß. Raki ist gerade in der fernen Zukunft, wo die Gegenwart ihn nicht verletzen kann ... bitte helft mir, daß ich ihn nicht zurückhole.«

Ich dachte, er würde das Tipi verlassen, ohne etwas zu sagen, doch bevor er die Eingangsklappe zurückschlug, hielt er inne. »Wir dürfen nie vergessen, daß der Nicht-Mann und die Nicht-Frau immer noch Raki und Piyanah sind. Wenn einer von uns stirbt, wird er in unserem Tal auf den anderen warten. Sogar die Maiskolben werden dort sein, genau wie wir sie zurückließen. Mehr will ich nicht sagen ... sie sollen nicht wissen, daß wir Angst haben. Du weinst doch nicht, Piyanah?«

»Nein, Raki, ich weine nicht.«

Dann sah ich ihn durch das Lager gehen, hinüber zu den Squaw-Tipis.

Alles sah aus wie immer: die Kiste, in der wir unsere Kleidung aufbewahrt hatten, die Decke aus Biberfell, in der wir dicht aneinander geschmiegt geschlafen hatten. Sogar die kleinen Kanus, die Raki für mich geschnitzt hatte, folgten einander noch immer um den Mittelpfosten des Tipis. Alles wirkte unverändert, doch nichts würde mehr so sein wie früher. Raki würde nie zurückkommen, um diese Mokassins anzuziehen. Ich würde ihn nie mehr lächeln sehen, wenn er morgens erwachte, lächeln aus Freude über einen neuen Tag, den wir gemeinsam verbringen konnten.

Ich schnallte mir Rakis Gürtel um, den er immer getragen hatte, weil ich ihn für ihn gemacht hatte. Ich nahm sein Messer und füllte seinen Köcher mit Pfeilen. Dann schlug ich, Rakis Bogen tragend, den Pfad ein, der mich von meiner Kindheit wegführte.

TEIL II

DIE KRALLE
DES ERSTEN BÄREN

Die Jungen und die Tapferen, von denen sie für die Prüfungen ausgebildet wurden, lebten westlich des Hauptlagers. Dorrok, die Braune Feder, der man mich zugeteilt hatte, stand vor einem der Tipis. Er winkte mich zu sich, ließ mich aber einen Moment warten, ehe er das Wort an mich richtete.

»Hier bist du nicht die Tochter des Häuptlings. Du bist Piyanah, die mir gehorcht. Du wirst dir dieses Tipi mit drei anderen teilen: Kekki, Barakeechi und Tekeeni.«

Ohne meine Antwort abzuwarten, wandte er sich ab und ging den Pfad zum Fluß hinunter. Das Tipi war kleiner als das, in dem Raki und ich gewohnt hatten, und es hatte keinen Mittelpfosten. Meine neue Habe war neben das trockene Schilf gelegt worden, auf dem ich schlafen sollte: zwei Decken, eine davon mit einem Halsschlitz, damit man sie bei kaltem Wetter als Umhang benutzen konnte, ein Paar Mokassins, und ein Hemd aus rauhem Leder, grob aus den Häuten kleiner Tiere zusammengeflickt. Ich hob es auf; es war hart, und einige der Häute waren unzureichend gegerbt, so daß es unangenehm roch. Außerdem gab es eine von ziemlich ungeschickten Händen geformte Eßschale aus gelbem Ton.

Ich war froh, daß ich das Tipi mit Tekeeni teilen würde, und fragte mich, ob die anderen wütend darüber waren, daß sie mit einem Mädchen zusammenwohnen mußten. Ich ging hinaus und blickte den Hang hinunter zu den Squaw-Tipis. Ich sah drei Frauen Wasserkrüge vom Fluß heraufschleppen, aber Raki konnte ich nicht entdecken. Als ich die anderen zurückkommen hörte, tat ich so, als ob ich die Federn an einem meiner Pfeile richtete. Als die Jungen eintraten, schaute ich auf und wartete auf eine Begrüßung; aber sogar Tekeeni vermied es, mich anzusehen.

Durch die aufgeschlagene Eingangsklappe sah ich zwei Nacktstirnen einen Kessel tragen, an einem Ast, den sie durch die Griffe
geschoben hatten. Ich merkte plötzlich, wie hungrig ich war. Abgesehen von der Suppe, die Na-ka-chek uns in der vergangenen
Nacht gegeben hatte, hatten wir vier Tage lang nur von Brot gelebt. Ich beobachtete, wie die anderen ihre Eßschalen nahmen und
das Tipi verließen. Ich folgte ihnen. Die Jungen scharten sich um
eine Nacktstirn. Er füllte Eintopf in die Schalen, die sie ihm hin-
hielten. Am Geruch erkannte ich, daß die Jäger erfolgreich gewesen waren, denn der Eintopf enthielt frisches Hirschfleisch. Ich
fragte mich, ob Raki auch etwas davon abbekam, oder ob es so
wenig war, daß nichts für die Squaws übrigblieb.

Niemand sprach mit mir; entweder starrten sie mich stumm an
oder sie taten, als ob ich nicht da war. Dann fing einer von ihnen
an und tat, als wickele er sich ein Band um die Brust. Die anderen
ahmten ihn nach und führten anschließend eine anstößige Nach-
ahmung des Verlobungstanzes auf. Am liebsten wäre ich weg-
gelaufen, aber ich wußte, daß sie das als Sieg für sich verbuchen
würden. Also aß ich sehr langsam meinen Hirscheintopf und
überlegte, wie ich auf ihren Spott reagieren sollte.

Am Fuß eines Felsens sprudelte eine kleine Quelle, und die Jungen reinigten dort ihre Schalen, wenn sie aufgegessen hatten. Zwischen den Bäumen konnte ich hinunter ins Lager sehen: Drei
Frauen schrubbten Kochtöpfe ... nein, zwei Frauen, denn die
dritte war Raki. Ich wünschte mir, daß ich ein echter Mann war
und die Zeremonie des Erwählens bevorstand, dann hätte Raki
meine Squaw sein können, und wir wären im Wald verschwunden
und nie mehr zurückgekommen.

Einer der Nacktstirnen trug den leeren Kessel zurück zu den
Kochfeuern. Ich fragte mich, ob er sich damit abgefunden hatte,
von allen verachtet zu werden, oder ob er sich manchmal nach
den Vorrechten sehnte, die ihm verwehrt waren. Es mußte schrecklich einsam sein, so nah bei den Squaws zu leben und doch nie
eine Frau berühren zu dürfen.

Das Tipi war leer, als ich dorthin ging. Ich hüllte mich in eine
Decke, und als die anderen zurückkamen, gab ich vor, zu schlafen. Ich wußte noch nicht, daß es den Jungen nach dem abend-
lichen Trommeln verboten war zu sprechen, daher glaubte ich,
daß sie schwiegen, damit ich ihre Gespräche nicht mit anhörte.

Ich erwachte vor den anderen und kroch ins Freie, ohne sie zu wecken. In der dichten Dämmerung rannte ich hinab zu dem Teich, wo Raki und ich jeden Morgen gebadet hatten. Ich hoffte, ihn dort zu treffen, doch er kam nicht, obwohl ich solange auf ihn wartete, wie ich glaubte, es riskieren zu können. Am Tag zuvor hatte ich die Stoffstreifen um meine Brüste zu stramm gewickelt, so daß diese schmerzten. Das Wasser war sehr kalt, und in der grauen Stille wirkten die Bäume wie sorgenvolle Gespenster.

Als ich zurückging, sah ich eine Gruppe Jungen unter Dorroks Führung hinauf zum Grasland laufen. Tekeeni war bei ihnen, aber ich wußte nicht, ob ich mich ihnen anschließen sollte, bis er ein Stück zurückblieb und mir zuwinkte. Er blieb lange genug neben mir, um mir zuzuflüstern: »Ich habe etwas Brot für dich aufgehoben. Ich konnte es nicht mitnehmen, aber ich habe es unter deiner Decke versteckt. Wir bekommen erst am Abend wieder etwas zu essen, also wirst du bestimmt hungrig sein.«

Ich lächelte ihn dankbar an, und bevor er wieder vorauslief, sagte er hastig: »Die anderen sollen nicht wissen, daß ich versuche, dir zu helfen. Sie werden schon bald akzeptieren, daß du dazugehörst. Vergiß nicht, daß der Häuptling dein Vater ist, und ich werde schon dafür sorgen, daß sie es auch nicht vergessen!«

Jetzt, wo ich nicht mehr ganz allein war, fühlte ich mich gleich viel mutiger. Tekeeni war Rakis Freund gewesen, und das war beinahe, als sei ein Schatten Rakis bei mir. Ich wünschte mir, ich wäre freundlicher zu den Squaws gewesen, denn dann hätte es nun vielleicht Frauen gegeben, die ihm aus Freundschaft zu mir halfen. Ich fragte mich, warum mein Vater angeordnet hatte, daß Raki einen Mond bei den Squaws verbringen sollte, ehe er, immer noch wie eine Frau gekleidet, sein Training für die Prüfungen begann. Auch dann noch würde ich kaum Gelegenheit haben, mit ihm zu sprechen, denn die Jungen waren in zwei Gruppen aufgeteilt, und ich war sicher, daß man ihn von mir fernhalten würde. Außerdem würde er mit den Squaws essen und in einem ihrer Tipis schlafen.

Seit ich Raki verlassen hatte, sagte ich mir immer wieder: »Du mußt wie ein Junge leben, wie ein Junge denken, wie ein Junge handeln ... nur dann kannst du wieder mit Raki zusammensein. Raki muß als Squaw leben, also werde ich diesen Jungen klarmachen, daß eine Squaw besser ist als sie. Jedesmal wenn sie sich über mich lustig machen, werde ich lächeln, aber ich werde mir genau merken, welcher Junge Späße auf meine Kosten macht, und

dann werde ich den Spieß umdrehen. Ich werde ihn gerade in den
Leistungen übertreffen, auf die er besonders stolz ist. Ich werde
mich von ihnen nicht verletzen lassen. Ich werde die Gewohnheiten von denen, die meine Feinde sind, genau studieren, so wie ich
einen Grizzly beobachte, um seine Schwachstelle herauszufinden
und mir seine Krallen zu holen.«

In meiner Phantasie sah ich vor mir, wie Raki und ich, beide als
Frauen gekleidet, die Huldigungen der Stammes-Tapferen ent-
gegennahmen. Für einen Moment war ich unachtsam, und Gorgi,
der Junge, der am Abend zuvor mit dem Spott über meine Brust-
wickel angefangen hatte, stellte mir ein Bein, so daß ich hinfiel
und mir das Knie aufschlug. Ich gab vor, nur gestolpert zu sein,
und rannte weiter. Es tat nicht sehr weh, aber ich spürte, wie das
Blut an meinem Bein herablief. Ich wußte, daß sie beobachteten,
ob ich nachschauen würde, wie tief der Schnitt war, also blickte
ich nicht nach unten. Ich dachte nicht daran, ihre Erwartungen zu
erfüllen ... sie würden schon noch einsehen, daß ich von Raki
gelernt hatte, tapfer wie ein Junge zu sein!

Nachdem wir eine Weile gelaufen waren, gelangten wir wieder
hinunter zum Fluß, der sich an dieser Stelle in einer weiten Biegung um einen Hügel herumwand. Dorrok sagte uns, daß wir uns
hier ausruhen könnten, ehe das Tauchtraining begann. Nach dem
langen Lauf heftig keuchend, ließen die Jungen sich auf den
Boden fallen. Ich hätte mich am liebsten flach hingelegt, um
meine schmerzenden Muskeln zu entspannen, die noch schwer
von dem langen Marsch aus unserem kleinen Tal zurück zum Lager waren; doch ich blieb mit übereinander geschlagenen Beinen
sitzen und schaute über den Fluß hinweg zu den Bergen, auf
denen bereits der erste Schnee lag.

Obgleich viele Squaws gute Schwimmerinnen waren, brachte
man ihnen das Tauchen nicht bei. Ich empfand tiefe Zufriedenheit, wie ein Hungernder, der eine gut gefüllte, warme Eßschale in
seinen Händen spürt ... »Sie denken, daß ich mich vor dem Tauchen fürchte. Ich hoffe, daß Dorrok mich zuletzt aufruft. Ich
wünschte, die Teiche in unserem Tal wären tiefer gewesen, denn
es ist mehr als ein Jahr her, daß ich täglich üben konnte. Ich werde
mir vorstellen, daß Raki hier ist und zuschaut, dann werde ich
einen sehr geraden, sicheren Sprung machen und ohne Spritzer ins
Wasser tauchen. Große Jäger, bitte laßt mich besser springen als
je zuvor!«

Die Jungen legten ihre Lendenschürze ab und banden sich mit ihren Stirnriemen die Haare zurück. Nach kurzer Überlegung beschloß ich, meine Brustbinde abzunehmen, denn wenn sie naß war, würde es sehr unangenehm sein, sie zu tragen. Ich sah, wie Gorgi tat, als nähme er sich Halsketten und Armreifen ab und als wickele er eine Bandage von seiner Brust. Mehrere andere Jungen grinsten mit ihm. Offenbar fanden sie es sehr klug, alles nachzumachen, was er tat. Ich entschied, daß Gorgi die erste Bärenkralle an meiner unsichtbaren Halskette werden würde!

Der Fluß rauschte am Ufergeröll vorbei, doch als er mehr Wasser führte, hatte er an einer Stelle nahe der Steilwand einen kleinen, tiefen See hinterlassen. An dessen Rand gab es einen zerklüfteten Felsen mit zahlreichen, unterschiedlich hohen Vorsprüngen, so daß ein Taucher zwischen über zwanzig verschiedenen Höhen für seinen Sprung wählen konnte. Die kleinsten Jungen sprangen von einem Felssims, der kaum über die Wasseroberfläche ragte. Dorrok beobachtete sie. Meistens schwieg er, nur manchmal rief er ihnen ein paar Anweisungen zu. Nachdem sie fertig waren, kletterten vier Jungen auf den nächsthöheren Felsvorsprung. Mir wurde klar, daß die Jungen wußten, welche Sprunghöhe Dorrok jeweils von ihnen erwartete. Ich hätte offenbar mit den kleinsten Jungen tauchen sollen, doch als Dorrok mich angeschaut hatte, hatte ich so getan, als bemerkte ich seinen Blick nicht. Offenbar dachte er nun, daß ich noch nie getaucht war, und hatte beschlossen, mich heute, an meinem ersten Tag, nur zuschauen zu lassen.

Die ältesten Jungen, darunter auch Gorgi, waren vierzehn Jahre alt. Sie stiegen alle bis zum vierten Felsvorsprung hinauf, doch Gorgi blieb zwischendrin plötzlich stehen und ließ die anderen allein weiterklettern. Sie machten überraschte Gesichter, bis er auf einen Vorsprung zeigte, der noch einmal eine Schulterhöhe über dem vierten lag. Mein Herz begann zu klopfen. Ich war fest entschlossen, aus der gleichen Höhe zu springen wie der Junge, der am höchsten kletterte, aber schon der vierte Vorsprung lag höher als jeder andere Felsen, von dem ich bisher getaucht war. Die Felskante, die Gorgi sich ausgesucht hatte, war schmal und bot den Füßen nur wenig Platz ... und der nächsthöhere Vorsprung darüber ragte drei Mann hoch über dem Wasser auf. Von hier, wo ich stand, wirkte er einfach, aber ich wußte, daß das von dort oben ganz anders aussehen würde.

Wenn ich mich dazu überwand, dort hinaufzuklettern, dann

würde ich einen *wirklichen* Sprung machen und auf die richtige
Weise eintauchen müssen. Wenn ich zu flach aufkam, so daß es
mir die Luft aus der Brust schlug, würde Dorrok mich aus dem
Wasser fischen müssen wie eine ertrinkende Kröte. Sie würden
mich anschließend tagelang auslachen und verspotten, und zwar
nicht nur, weil ich ein Mädchen war, sondern aus einem viel
schlimmeren Grund. Ich wäre dann ein blamierter Angeber gewesen ... und sogar Raki lachte über Angeber!

Bis zu diesem Moment hatte ich so getan, als nähme ich von
den Tauchern keine Notiz. Ich spürte, wie Gorgi mich anstarrte,
also drehte ich mich um und erwiderte seinen Blick. Er lächelte,
und plusterte sich regelrecht auf, als er zum fünften Felssims
hochstieg. Ehe er sprang, schaute er herunter, um sich zu vergewissern, daß ich zusah. Plötzlich hatte ich bei ihm eine Schwachstelle gefunden: Er verachtete mich, weil ich eine Squaw war, und
sehnte sich doch danach, von mir bewundert zu werden. Er
dachte gewiß schon an die Zeremonie des Erwählens: Er wollte,
daß alle Squaws ihn bewunderten und das Mädchen beneideten,
mit dem er in den Wald ging. Er rechnete sich bestimmt aus, wie
schmeichelhaft es für ihn sein würde, von der Tochter des Häuptling bewundert zu werden ... in seinen Augen konnte ich niemals
ein Krieger sein, sondern immer nur Piyanah, die Squaw ... aber
ich würde ihm eine Lektion erteilen, die er so schnell nicht vergessen würde!

Er sprang gut und sicher, so daß Dorrok zufrieden nickte.

»Ich *muß* höher hinauf als Gorgi und die anderen.« Langsam
kletterte ich den Felsen hoch. Dorrok war sichtlich überrascht,
daß ich doch tauchen wollte und zeigte auf den untersten Vorsprung. Ich beachtete ihn nicht und stieg immer weiter nach oben.
Als ich die fünfte Felskante erreichte, Gorgis Sprungplatz, dachte
ich, daß Dorrok mich zurückrufen würde. Dann kletterte ich auf
den Steinsims darüber.

Es war ein guter Sprungplatz, denn der Fels ragte hier ein
ganzes Stück über den See. Das Wasser schien sehr weit weg und
wirkte hart wie Stein. »Bitte, Raki, laß mich nicht flach aufschlagen! Bitte, Große Jäger, Totem, alle Geister! Laßt mich nicht flach
aufschlagen ... oder wenn doch, dann laßt mich einen Stein treffen und sterben ...«

Ich sprang. Es schien lange zu dauern, bis meine Hände das
Wasser berührten und ich glatt und sauber eintauchte. Unter Was-

ser war es dunkel und sicher. Ich kam wieder an die Oberfläche und schwamm ans Ufer.

Dorrok lächelte mich an. »Piyanah taucht besser als seine Brüder«, sagte er so laut, daß alle anderen es hören konnten.

Ich sah, wie Gorgi von mir wegschwamm, ganz auf die andere Seite des Sees. Jetzt war meine Halskette nicht mehr leer: Die erste Bärenkralle hing daran.

DIE SQUAW-TIPIS

Nachdem ich Gorgi beschämt hatte, machten sich die anderen nicht mehr offen über mich lustig, aber sie gaben sich auch keine Mühe, freundlich zu sein. Die einzige Gelegenheit, daß Raki und ich miteinander hätten sprechen können, ergab sich, als ich mit einer Gruppe Jungen vom Speerfischen kam und er mit einigen Squaws vor uns auf dem Pfad ging. Sie blieben stehen, um uns vorbeizulassen. Keiner der Jungen schaute die Frauen an, und Raki tat, als betrachte er eine Wolke am Himmel und habe ganz vergessen, daß er den Jungen den Vortritt lassen mußte.

Am folgenden Tag war der erste Vollmond nach unserer Trennung, aber ich wußte, daß Raki, auch wenn er seine Kriegerausbildung begann, immer noch bei den Squaws schlafen mußte. Dorrok kündigte an, daß wir alle vor Tagesanbruch losmarschieren mußten, und zwar einzeln, ohne daß einer dem anderen folgte, und daß wir bis zum Abend eine von den Pflanzen zurückbringen sollten, die nur hoch oben am Geröllhang wuchsen, oberhalb der Schneegrenze.

Raki und ich hatten die beste Route dort hinauf schon vor zwei Jahren entdeckt, und zu meiner Freude wartete er auf mich. Wir stiegen rasch bergauf, bis wir eine geschützte Stelle unter einem Felsvorsprung fanden, wo wir reden konnten, ohne daß uns jemand überraschte. Ich fragte, ob er mich am Tag zuvor nicht gesehen habe. Er lächelte.

»In Piyanahs Nähe zu sein, ohne sie zu bemerken, wäre, als würde ich durch einen Bach waten, ohne zu merken, daß das Wasser naß ist, als würde ich an einem Feuer sitzen, ohne seine

Wärme zu spüren, und als würde ich den Wind in den Zweigen sehen, ohne ihn rauschen zu hören!«

Dann bat er mich, ihm alles zu erzählen, was ich inzwischen erlebt hatte. Als er hörte, wie ich meine erste Bärenkralle errungen hatte, mußte er lachen, als sei er wirklich glücklich.

»Hast du dir Gorgi damit zum Freund oder zum Feind gemacht?«

»Ich bin nicht sicher, aber ich denke, er ist immer noch mein Feind. Einerseits haßt er mich, weil ich ihn in seinem Stolz verletzt habe, und andererseits hätte er gerne eine Squaw, vor der die anderen Männer sich fürchten ... oder vielleicht auch nur eine Squaw, die die Tochter des Häuptlings ist.«

»Du kannst Tekeeni vertrauen, sein Herz ist ohne falsche Farben.«

»Er hat dir einen Zahn als Freundschaftsgeschenk gegeben. Wir sollten zwei Halsketten tragen, Raki. Krallen für unsere besiegten Feinde, und Zähne für die Freunde, die wir gewonnen haben.«

»Dann habe ich zwei Zähne für die eine Kette, und meine andere ist noch leer«, sagte Raki.

»Erzähl mir von ihnen ... und auch alles andere.«

»Als ich zum erstenmal als Squaw angezogen durch das Lager ging, dachte ich, alle würden mich anstarren. Ich hatte ganz vergessen, daß Frauen für die Männer fast unsichtbar sind, weil sie solange nicht beachtet wurden! Doch fast alle Frauen hatten sich in ihrem größten Tipi versammelt und erwarteten mich. Sie nähten Kleider oder Mokassins oder knieten an den Webrahmen; aber ihre Augen funkelten vor Neugierde. Alle beobachteten mich und waren sich sehr bewußt, daß mein Körper anders ist als ihrer ... und vermutlich überlegten sie, wieviel sie sich bei jemandem herausnehmen durften, der in der Zukunft vielleicht eine von ihnen als Squaw erwählen würde!

Ninee saß, in eine Decke gehüllt, neben dem Mittelpfosten. Sie beachtete mich nicht, bis sie Gelegenheit hatte, mich anzusprechen, ohne daß die anderen mithörten. Dann sagte sie, meine Anwesenheit unter den Squaws sei nur wieder ein neues Spiel, das wir uns ausgedacht hätten, um sie zu quälen, oder etwas, wovor sie uns immer gewarnt hätte, sei geschehen: Unsere Geister seien in den falschen Körpern aufgewacht. Weißt du noch, wie sie uns warnte, daß wir zum Spiegelbild des anderen werden würden, so daß sich deine linke Hand bewegen würde, wenn ich meine rechte benutzen wollte! Ich hob absichtlich die falsche Hand zum Squawgruß. Da war sie so durcheinander, daß sie mich ›Piyanah‹ nannte. Sie starrte tatsächlich meinen Arm an, um nachzuschauen, ob du deine Narbe mit in meinen Körper gebracht hattest! Es kann sein, daß einige Squaws Ninee glauben und denken, ich wäre du. Vermutlich ist ihnen wohler, wenn sie mich für ein Mädchen halten. Wie dem auch sei, nach ein paar Tagen hörten sie auf, sich für mich zu interessieren, und widmeten sich wieder ganz ihrer Arbeit oder dem Stillen ihrer Kinder, als ob es keinen Fremden unter ihnen gäbe ... und das ist viel angenehmer, als sie ständig miteinander flüstern zu hören, sobald ich in ihrer Nähe bin.«

»In welchem Tipi wohnst du?«

»Ich wohne bei den jungen Mädchen, die noch nicht erwählt wurden. Die Alten Frauen und die Mütter mit kleinen Kindern schlafen in den kleineren Tipis.«

»Worüber reden sie? Sind sie *sehr* langweilig, Raki?«

»Die meisten scheinen an nichts anderes zu denken als an die nächste Zeremonie des Erwählens. Sie weben bunt gemusterte Decken, nähen Perlen an ihre Mokassins oder betrachten ihre kleinen Schätze, die sie in einem Kästchen neben ihrem Schlafplatz horten.«

»Was sind das für Schätze?«

»Halsketten und Armreifen, und manche haben außerdem Töpfe mit Bärenfett oder Öl, um sich das Haar damit einzureiben.«

»War dein erster Tag sehr schlimm?«

»Ja«, gab er offen zu, »ich hätte nicht gedacht, daß ich mich je so hilflos fühlen könnte! Die einfachsten Dinge waren furchtbar schwierig ... zum Beispiel wußte ich nicht, wie ich mir ohne deine Hilfe mein Haar flechten sollte. Ich stellte mir vor, daß ich mich als Spion bei einem feindlichen Stamm eingeschlichen hatte ... und die Kleider nur zur Tarnung trug. Zu lernen, wie eine Frau zu *denken*, wird sehr schwierig für mich werden, Piyanah, denn die meisten von ihnen denken anscheinend überhaupt nicht! Ich versuche ständig, mir zwei Dinge ins Gedächtnis zu rufen, die dein Vater gesagt hat: ›Ein Mann, der sich seiner selbst sicher ist, braucht Spott nicht zu fürchten‹, und ›Mann und Frau sind Teil eines Ganzen‹. Wären sie doch nur alle so wie du, dann wäre es leicht, denn ich wäre stolz darauf, so wie du sein zu dürfen. Aber sie wirken alle so dumm!«

»Sie *sind* dumm, sonst hätten sie es nie zugelassen, daß die Männer uns allen das Leben so schwer machen!«

Während Raki erzählte, hatten wir beide ganz vergessen, daß wir eigentlich nach oben auf den Bergkamm steigen sollten und nicht zusammen gesehen werden durften. Über uns war offenbar jemand auf einen losen Geröllbrocken getreten, denn ein Hagel von Steinen polterte den Hang hinab. Wir saßen geschützt unter einem Felsvorsprung, so daß die Steine über uns hinweg flogen und weiter bergab rollten, ohne Schaden anzurichten.

Wir kletterten durch ein ausgetrocknetes Bachbett bergauf und blieben alle paar Schritte stehen, um zu lauschen, ob noch jemand diesen Weg nahm. Die Luft war so still, daß Stimmen weithin hörbar waren, und obgleich keine Wolke am Himmel stand, schien die Herbstsonne nur noch eine Illusion von Wärme zu erzeugen, wie das Spiegelbild einer Fackel im Wasser.

»Raki, du hast mir noch nicht von den Freundschafts-Zähnen erzählt.«

»Der eine ist Yeena, die Enkelin von Ninees Schwester. Mir fiel auf, daß sie beim Weben viel langsamer vorankam als die anderen. Ich entdeckte, daß ihr Webrahmen mit Fischleim repariert worden war, aber so schlecht, daß die Fäden sich immer wieder verhedderten. Also habe ich ihr einen neuen gebaut, und sie hat sich darüber gefreut wie ein Kind über ein neues Spielzeug. Ich bot ihr an, ihr das Schnitzen beizubringen, wenn sie mir zeigt, wie man webt. Zuerst war sie mit dem Messer sehr ungeschickt, aber inzwischen macht sie ihre Sache recht gut.«

Wir waren sehr rasch aufgestiegen und glaubten, uns nun gefahrlos ein Pause gönnen zu können. »Und der zweite Zahn?« fragte ich.

»Ihr Name ist Rokeena. Mit sechs Jahren ist sie schwer gestürzt und hat sich dabei das Bein verletzt. Jetzt ist sie fünfzehn und immer noch verkrüppelt. Sie schwieg fast immer, starrte zum Tipidach hoch oder ließ eine Kette durch ihre Finger gleiten … eine Kette mit Beeren, die so alt und verschrumpelt waren, daß ihre Farbe verloren hatten. An der Art, wie sie die Kette berührte, konnte man sehen, daß sie für sie von besonderem Wert war, und wenn sie sich beobachtet fühlte, versteckte sie sie rasch unter ihrer

Decke. Sich mit ihr anzufreunden war, als versuchte man, ein Streifenhörnchen zu zähmen, so schüchtern ist sie. Sie kann noch nicht einmal allein zur Abfallgrube kriechen oder sich ihr Essen holen. Vermutlich helfen die anderen ihr nur widerwillig, denn als sie sahen, daß ich ihr immer die Eßschale füllte, überließen sie sie von da an ganz mir. Als sie die Kette nicht länger vor mir versteckte, wußte ich, daß sie Vertrauen zu mir gefaßt hatte, und schließlich erzählte sie mir, warum die Kette ihr so viel bedeutet.«

Während Raki mir Rokeenas Geschichte erzählte, schien es mir fast, daß ich sie selbst sprechen hörte:

»›Ich, Rokeena, wurde nicht immer von den Großen Jägern verachtet. Als ich klein war, erlaubte mir eure Mutter, mit euch zu spielen. Sie sagte mir, daß ich meiner Großmutter nicht glauben sollte, wenn sie Geschichten über Dämonen erzählte, die angeblich überall darauf lauerten, ungehorsame Kinder zu bestrafen. Ihr wart nie wie andere Neugeborene in Stoffstreifen eingewickelt, als Schutz vor mißgünstigen Geistern, die in kahlen Bäumen leben, sondern lagt nackt und lachend in der Sonne. Sie sagte, daß ihr anders als andere Kinder wäret und daß ich auch ›anders‹ sein würde. Eines Tages wollte ich eine Halskette machen und ging hinauf ins Grasland, um Beeren dafür zu suchen. Ich fand einige, rot und glatt und schön, und dann entdeckte ich andere, die noch leuchtender waren ... aber sie wuchsen an einer Kletterpflanze, die sich um einen toten Baum wand. Meine Großmutter hatte mir gesagt, daß es gefährlich war, auf einen toten Baum zu klettern. In dem Baum war der Baumgeist begraben, so daß es war, als ob man seine Grabruhe störte. Aber ich war stolz darauf, daß ich nicht an ihre Geschichten glaubte, und stieg auf den Baum. Ich pflückte drei Beeren – ich umklammerte sie noch, als ich heruntergestürzt war. Sie fanden sie in meiner Hand. Ich hatte vergessen, daß die Frau eines Häuptlings von den Geistern respektiert wird und sie nicht zu fürchten braucht. Doch Rokeena war nur ein gewöhnliches kleines Mädchen, das ihren Zorn auf sich gezogen hatte.

Der Zorn der Geister muß sehr groß gewesen sein, Raki, denn sie lassen mich nun schon so viele Jahre hilflos hier liegen. Sogar die Großen Jäger haben kein Erbarmen mit mir, denn obwohl ich meinen Körper schon zweimal hinaus in den Schnee geschleppt habe, befahlen sie Nona jedesmal, mich wieder hereinzuholen, ehe ich erfroren war. Jetzt verbindet mich nur noch diese Kette mit dem Mädchen, das sich nicht vor Bäumen fürchtete. Manchmal, wenn ich sie in der Hand halte, sind die Beeren nicht mehr verschrumpelt und ich bin nicht länger lahm. Dann bin ich das Mädchen, das frei im Grasland umherstreift, meine Beine können schnell laufen, und meine Füße kennen die Freundlichkeit des Mooses, und die Kühle im Schatten liegender Steine an einem heißen Tag.‹

Dann schaute sie mich an und sagte: ›Die Frau, die dich stillte, hat dir mehr gegeben als nur ihre Milch, Raki; du hast ihre Fähigkeit geerbt, anderen Menschen die Angst zu nehmen ... denn während ich mit dir sprach, hatte ich beinahe vergessen, daß ich nur meine gerechte Strafe empfange und daß eine Squaw Geistern und Männern gegenüber immer demütig und gehorsam sein muß.‹«

»Oh, Raki«, sagte ich, »ich wünschte, wir hätten schon jetzt unseren eigenen Stamm, dann müßte sie nicht noch sieben Jahre dort liegen, ehe wir sie mitnehmen können. Können wir nichts tun, damit ihr Bein besser wird?«

»Wir müssen es versuchen. Ich weiß, daß die Alten Frauen Salben haben, aber sie behaupten, daß man nichts machen kann, wenn die Geister böse sind.«

»Wie sieht ihr Bein denn aus?«

»Erst gestern hat sie mich es zum erstenmal anschauen lassen ... sie schämte sich viel zu sehr, bis ich ihr klarmachen konnte, daß ihr Unfall ein Mißgeschick war, *keine* Strafe der Geister. Das Bein war in eine der Bandagen eingewickelt, die sie sonst für die Neugeborenen benutzen – diese Stoffstreifen, die sie mit dem Wasser des unterirdischen Sees tränken, weil sie glauben, daß böse Geister dadurch geblendet werden. Ich mußte sie mit dem Messer aufschneiden, weil sie so schmutzverkrustet und steif war, daß sie sich nicht aufwickeln ließ. Rokeena muß sie offenbar sehr lange Zeit getragen haben. Als ich ihr Bein sah, wurde mir klar, daß Squaws mutiger als Krieger sein können. Es sind Schwären daran, Piyanah: alte, von denen sich der Schorf ablöst, und frische, eiterverkrustete. Das Bein ist so dünn, daß der Fuß wie eine Vogelklaue aussieht, aber es ist nicht verunstaltet.«

»Dorrok hat einen Topf mit Salbe in seinem Tipi! Er hat Tekeeni erst vor drei Tagen damit den Arm eingerieben. Ich kann heute abend, während sie mit dem Essen beschäftigt sind, etwas davon holen! Wenn wir uns beeilen, kann ich es dir bringen, ehe die anderen zurückkommen.«

Das lose Geröll des Hangs war bereits von einer dünnen Schneeschicht bedeckt, aber dennoch fanden wir beide rasch eine Wurzel der benötigten Pflanze. Wir sahen in der Ferne einige der Jungen, aber sie waren zu weit weg, um uns zu bemerken. Statt wieder durch das Bachbett bergab zu gehen, entschieden wir uns für einen schnelleren Abstieg, und da wir nicht zusammen gesehen werden wollten, ging Raki ein Stück voraus, um dann im Wald oberhalb des Jungenlagers auf mich zu warten.

Als ich ihn dort einholte, sagte er, da das Lager noch leer zu sein schien, wäre es wohl am besten, wenn ich jetzt gleich offen zu Dorroks Tipi ging. Falls er dort war, konnte ich sagen, daß ich gekommen sei, um ihm die Pflanze zu bringen.

Das Tipi war leer: Zuerst entdeckte ich den Topf nicht, da Dorrok ihn ein Stück in die Erde eingelassen hatte, um ihn zu schützen. Die Öffnung war mit einer Blase aus Tierdarm abgedeckt. Während ich den Riemen löste, mit der sie befestigt war, hämmerte mein Herz so laut, daß ich fürchtete, Dorrok nicht zu hören, falls er in diesem Moment hereinkam. Ich wußte, wie hart Diebstahl bestraft wurde. Der Topf war halbvoll mit stechend riechender grüner Salbe, dicker als Bärenfett. Ich schaute mich nach etwas um, mit dem ich ein wenig davon herausholen konnte. Da es nichts gab, das ich zu nehmen wagte, holte ich meine Eßschale, auch wenn ich bei der nächsten Mahlzeit Mühe haben würde, zu erklären, wieso ich sie nicht mehr hatte. Ich überquerte die Lichtung, ohne gesehen zu werden ... die wenigen Schritte zwischen den Tipis erschienen mir länger als ein ganzer Tagesmarsch!

Ich nahm eine Handvoll von der Salbe und band die Blase wieder über den Krug, wobei ich mir wünschte, ich hätte mir genauer gemerkt, wie sie vorher verknotet gewesen war. Als ich zu Raki zurückkehrte, fragte ich ihn, ob ich ihn zu Rokeena begleiten dürfe.

»Nein, diesmal sind bestimmt andere Frauen in ihrer Nähe. Ich werde es irgendwie einrichten, daß wir uns morgen oder übermorgen kurz sehen können, damit ich dir erzählen kann, was passiert ist.« Dann bemerkte er, daß ich die Salbe in meine Eßschale gefüllt hatte und sagte rasch: »Ist das ... deine eigene?«

»Ja, ich konnte nichts anderes finden.«

»Aber du wirst sie heute abend brauchen.«

»Mir wird schon eine Ausrede einfallen. Ich kann sagen, daß sie mir hingefallen ist und daß ich nicht daran gedacht habe, die Scherben aufzuheben.«

»Das solltest du besser nicht tun, sonst bekommst du zur Strafe einen Tag lang kein Essen. Ich weiß das, weil es mir schon so ergangen ist. Hinter dem Kochplatz liegen ein paar zerbrochene Töpfe: Ich werde die Salbe in einen davon füllen und dir deine Schale zurückbringen. Warte nicht auf mich. Sie könnten Verdacht schöpfen. Wenn du die Schale findest, weiß du, daß es mir gelungen ist, die Salbe zu verstecken. Auf diese Art können wir uns gute Nacht wünschen, ohne daß es jemand bemerkt.«

Vor Dorroks Zelt warteten einige Jungen darauf, ihm ihre Pflanzen zu geben. Hätte ich mich nicht um die Salbe gekümmert, wäre ich als erste zurückgekommen ... doch Rokeena war viel wichtiger, als über die Jungen zu triumphieren! Als ich in das Zelt ging, fiel es mir schwer, nicht zu dem Topf zu schauen und mich zu vergewissern, daß ich ihn richtig verschlossen hatte.

Die Eßschale lag am Fuß einer Kiefer, und als ich sie aufhob, flüsterte ich einen Gutenachtgruß für Raki.

Es dauerte drei Tage, bis er eine Gelegenheit fand, mir mehr von Rokeena zu erzählen. »Um herauszufinden, ob die Salbe Rokeena Schmerzen bereiten würde«, sagte er, »rieb ich etwas davon auf eine Schramme an meinem Knie; sie brannte wie Feuer! Ich überlegte, daß sie die Schmerzen leichter würde aushalten können, wenn ich ihr sagte, daß es sich um eine Mutprobe handelte und nicht um eine weitere ›Bestrafung‹. Ehe ich also die Salbe holte, die ich unter meiner Decke versteckt hatte, erzählte ich ihr von der Feuer-Prüfung.

Ihr Bein muß sich angefühlt haben, als würde es in glühenden Kohlen geröstet. Doch statt laut zu schreien, erstarrte sie und riß die Augen weit auf, ohne mich anzusehen. Dann fing sie an zu sprechen; die Worte waren klar zu verstehen, aber sie schien sehr weit weg zu sein. ›Ich bin nicht länger Rokeena. Ich bin keine Squaw. Ich bin nicht verkrüppelt. Ich bin ein Mann, der schon bald eine rote Feder an seinem Stirnband tragen wird. Ich habe der Kälte des Winters getrotzt und über die glühende Hitze gelacht. Ich habe für meinen Stamm gekämpft; und wenn der Pfeil eines Feindes meinen Körper traf, richtete er keinen Schaden an, weil die Geister mich liebten und dafür sorgten, daß mein Fleisch heilte, ohne daß eine Narbe zurückblieb. Ich fürchte mich nicht vor dem Schmerz, denn selbst wenn er in Augenblicken großer Müdigkeit über mich kommt, genieße ich ihn wie guten Rauch. Der Stamm hat sich versammelt, um mich die rote Feder gewinnen zu sehen, die mich zu einem Bruder des Feuers macht.‹

Plötzlich schien die Kraft sie zu verlassen; sie fing an zu zittern und gab kleine, wimmernde Schreie von sich. Sie schloß die Augen, und ehe sie sie wieder öffnete, hatte ich ihr Bein zugedeckt und die Salbe versteckt. Sie dachte, sie hätte geschlafen, denn sie sagte zu mir: ›Ich hatte einen Traum, Raki: einen Traum, in dem ich ohne Furcht war. Die Geister waren mir nicht böse ... ich war rein. An mehr erinnere ich mich nicht, aber ich *weiß*, daß die Geister mich nicht mehr hassen.‹ Dann sagte sie: ›Mein Bein tut weh, aber es ist kein schmutziger, grauer Schmerz. Er ist wie eine Flamme, oder wie eine leuchtende Pfeilspitze.‹ Ich blieb bei ihr sitzen, bis sie einschlief. Sie lächelte – es war das erste Mal, daß ich sie lächeln sah. Vorher hatte sie ihre Lippen nur nach oben gezogen, um ihren Kummer zu verbergen.«

Die Schwären an Rokeenas Bein heilten nur langsam, aber als es Frühling wurde, war über dem offenen Fleisch neue, gesunde Haut gewachsen. Ich hatte Raki erzählt, daß ein Junge aus meinem Tipi, der sich einen Muskel am Arm gezerrt hatte, von Dorrok angewiesen worden war, den Arm mit Fischöl einzureiben. Die Squaws stellten das Fischöl her, so daß Raki es ihr problemlos beschaffen konnte: Als sie ihr Bein regelmäßig damit einrieb, wurde ihr Fuß elastischer und bald war sie wieder in der Lage, das Kniegelenk zu beugen.

Bevor Raki sich um sie gekümmert hatte, mußte sie halb verhungert gewesen sein. Doch nun sorgte er dafür, daß sie immer die besten Bissen in ihre Eßschale bekam. Als sie kräftiger wurde, beschlossen wir, daß er sie, sobald die Sonne warm genug war, jeden Tag hinaus an die frische Luft tragen sollte. Als Nona herausfand, was er vorhatte, verbot sie ihm, Rokeena aus dem Tipi zu tragen.

»Noch nie habe ich Nona so wütend erlebt«, erzählte Raki. »Sie schrie mich an: ›Wir werden bei den Geistern in Ungnade fallen, wenn sie sehen, daß wir einer in unserem Tipi Unterschlupf gewähren, die ihren Zorn erregt hat! Wir haben sie vor ihnen versteckt – genügt das nicht? Mußt du Blitzschlag auf uns herabbeschwören, und daß die Bäume uns erschlagen, wenn wir unter ihnen hergehen? Warum sollen wir wegen der Lahmen alle leiden?‹

Ich sagte ihr, daß sie eine dumme alte Frau sei, worüber sie noch mehr in Wut geriet – besonders weil die anderen Frauen sich versammelt hatten, um unserem Streit zuzuhören. Sie genossen es, mitzuerleben, wie Nona eine Niederlage erlitt, bis sie sagte, daß die Geister sich an allen Squaws rächen würden. Sie würden entweder unfruchtbar aus dem Wald zurückkommen oder Kinder gebären, die zu schwach sein würden, um sie zu stillen. Sie zählte endlose Übel auf, die uns angeblich drohten: Schlangen, die sich im Feuerholzstapel verbargen. Fisch, der zu stinken begann, ehe er den Kochtopf erreichte, verdorbenes Getreide, so daß wir alle hungern müßten! Die meisten Squaws machten anfangs verächtliche Gesichter, doch Nona verbreitete so lange Furcht unter ihnen, bis sie ihr schließlich nachplapperten: ›Rokeena muß weiter im Tipi versteckt werden, sonst werden die Geister böse mit uns sein. Warum sollten wir für Rokeena leiden?‹

Dann wurde ich wütend und rief: ›Rokeena wird nur im Tipi bleiben, wenn der Häuptling es befiehlt! Er soll entscheiden, wer von uns recht hat!‹ Damit ließ ich sie stehen und ging zum Großen Tipi. Sie starrten mir entsetzt nach. Weil sie sich inzwischen so an mich gewöhnt haben, vergessen die meisten von ihnen, daß ich keine Squaw bin, die es niemals wagen würde, ihre Sache vor dem Häuptling zu vertreten!«

»Was hat Na-ka-chek dir geantwortet?«

»Ich vergaß, ihn mit der Squaw-Geste zu grüßen, aber das schien ihn nicht zu stören. Er sagte, daß es besser sei, wenn ich gegen Aberglauben kämpfe als gegen feindliche Tapfere, denn der Aberglaube sei gefährlicher für den Stamm. Ich habe ihm sogar erzählt, daß du die Salbe von Dorrok gestohlen hast, und ich glaube, es gefiel ihm, auch wenn er das natürlich nicht zugab.«

»Dann weiß er jetzt, daß wir uns immer noch sehen.«

»Ich glaube, das wußte er auch vorher schon ... so wie er von unserem kleinen Tal wußte.«

»Erlaubt er denn, daß Rokeena das Tipi verläßt?«

»Ja, und ich konnte sehen, wie wütend er auf Nona war. Er sagte: ›Wenn die Sonne Rokeena stark macht, ist das allein schon eine gute Sache, aber darüber hinaus ist es von Vorteil, wenn die Squaws sehen, daß sie dem, was die Alten Frauen über die Unsichtbare Welt behaupten, keinen Glauben schenken brauchen. Wenn du und Piyanah zusammen herrschen werden, können die Frauen, wenn sie eine Feder errungen haben, an den Ratsversammlungen teilnehmen. Aber solange sie sich von Legenden einschüchtern lassen, deren wahre Bedeutung vergessen wurde, ist es gut, wenn sie mit eigenen Augen sehen, wie die dummen Geschichten, die sie sich erzählen, von der Wirklichkeit widerlegt werden.‹

Ich hielt es für einen guten Moment, um ihm zu sagen, welchen schlechten Einfluß die Alten Frauen auf die jungen haben, aber vermutlich dachte er, daß er mir für dieses Mal genug zugestimmt hatte, denn er sagte kalt: ›Die Alten Frauen wissen viele Dinge, für die die jungen dankbar sein können. Sie wissen, wie man einer Frau die Geburt erleichtert; wie man Essen so zubereitet, daß das Geschick der Jäger für uns von größtem Vorteil ist; sie können Öle herstellen, weben, Häute zurechtnähen und besticken. Raki wird feststellen, daß er viel von ihnen lernen kann.‹«

DIE BEUTE

Ich freute mich immer, wenn Dorrok uns Fährtensuchen üben ließ, weil das hieß, daß ich dann den ganzen Tag allein sein durfte. Und das war besser, als meine Zeit mit irgend jemand anderem als Raki verbringen zu müssen. Die Beute bekam einen Vorsprung und mußte bei Sonnenuntergang ins Lager zurückkehren: Wurde sie vorher entdeckt, hatte der Jäger gewonnen. Ich war lieber Beute, weil Raki und ich immer sehr geschickt darin gewesen waren, uns vor anderen zu verbergen. Und indem ich eine falsche Fährte legte und dann auf einen Baum kletterte, konnte ich vergessen, daß ich ein Junge sein mußte, und hatte Zeit, an die Zukunft zu denken, wenn Raki und ich nicht länger getrennt sein würden.

Doch als ich zum erstenmal dazu eingeteilt wurde, Gorgis Beute zu sein, wußte ich, daß ich mein ganzes Geschick und alle Tricks, die ich kannte, brauchen würde, um mich nicht von ihm erwischen zu lassen. Seit ich ihn damals beim Tauchen übertrumpft hatte, wollte er immer um jeden Preis gewinnen, wenn wir gegeneinander antreten mußten. Es war ein schwieriger Tag, denn nachts hatte es stark geregnet, und Dorrok wies uns an, in südwestlicher Richtung zu gehen. Das hieß, durch schlammiges

Gelände laufen zu müssen, wo es fast unmöglich war, keine Fußabdrücke zu hinterlassen.

Gorgi war schnell, also blieb mir keine Zeit für einen Umweg
durch den Wald. Außerdem hinterließ man eine leicht zu verfol-
gende Spur, wenn man sich einen Weg durch dichtes, regenschwe-
res Unterholz bahnte. Ich hängte meine Mokassins an meinen
Gürtel, denn auf rutschigem Untergrund läuft es sich barfuß besser. Als ich aufbrach, war es kalt, aber als es wieder zu regnen
anfing, war ich froh, kein Hemd übergezogen zu haben, das sich
rasch vollgesogen und dann schwer am Körper geklebt hätte. Der
Regen wurde heftiger, und ich hoffte, er würde alle meine Spuren
verwischen. Die Bäche, sonst um diese Jahreszeit nur schmale
Rinnsale zwischen den Steinen, schwollen an, und zwei, die ich
durchwaten mußte, waren so tief, daß mir das Wasser bis zur
Taille reichte.

Für den Fall, daß Gorgi meine Spur noch nicht verloren hatte,
watete ich den dritten Bach hinauf, bis ich zu einem Wasserfall
kam, der von einem überhängenden Felsen hinabrauschte. Ich
kletterte den Felsen hoch. Hinter dem Vorhang aus Wasser gab es
eine kleine Höhle, die Raki und ich vor drei Jahren entdeckt hatten. Sie war ein wunderbares Versteck, allerdings sehr feucht.
Hätte ich nicht vor Kälte zu zittern begonnen, wäre ich vermutlich den ganzen Tag dort drin geblieben.

Während ich weiter bergauf lief, hörte es plötzlich auf zu regnen, wenn auch die Luft immer noch vom Geräusch des aus den
Bäumen tropfenden Wassers erfüllt war. Die Sonne kam heraus:
Aus Freude über ihre Wärme hätte ich am liebsten laut gesungen –
wäre da nicht meine Sorge gewesen, von Gorgi entdeckt zu werden. Ich kletterte auf einen Baum, von dem aus ich einen guten
Blick auf die tiefer gelegenen Hügel hatte. Bis jetzt war er nicht zu
sehen, und ich pfiff, um mir die Zeit zu vertreiben – Vogelrufe,
damit er nicht erkannte, daß ich es war, falls er mich hörte.

Ich entdeckte einen langen Ast, auf dem ich mich fast völlig aus-
strecken konnte. Die Sonne brannte so heiß, daß die nasse Rinde
zu dampfen begann. Ich nahm mein Stirnband ab und breitete
mein Haar zum Trocknen aus. Als es mir letzten Winter zusam-
mengefroren war, hatte das Eis meine Schultern blutig geschabt, so
daß ich Raki fast um seine Frauenflechten beneidet hatte.

Der Ast war so bequem, daß ich für einen kurzen Moment beinahe eingeschlafen wäre. Nur daß ich ihn rasch mit den Knien

umklammerte, bewahrte mich vor dem Hinunterfallen: Der Boden schien plötzlich sehr tief unten zu sein. Dabei befand ich mich doch nur schätzungsweise fünfzehn Mann hoch. Ich war froh, daß die Höhe mich nicht schwindelig machte, im Gegensatz zu einigen Jungen, die es schwierig fanden, am Rand einer Felswand zu stehen und hinunterzuschauen. Dann fiel mir ein, daß Piyanah es einst gehaßt hatte, Felswände herabklettern zu müssen ... sie hatte dafür von Raki Mitgefühl erwartet und es immer bekommen. Aber die neue Piyanah kannte kein Mitgefühl, wenn sie bei anderen eine Schwäche entdeckte – im Gegenteil, sie freute sich darüber wie ein hungriger Mann, der erkennt, daß diejenigen, mit denen er sich die Mahlzeit teilen muß, zu erschöpft sind, um zu essen.

Ich würde solange von Raki getrennt sein, bis ich reif genug war, mit ihm den Kopfschmuck zu tragen ... doch von Tag zu Tag erwies ich mich seiner immer weniger würdig. Das war eine sehr unangenehme Erkenntnis, der ich mich aber nicht verschließen konnte. Ich lernte, hart und ausdauernd zu sein, ich lernte, wie ein Junge zu leben und sie in den Dingen zu übertreffen, die man ihnen beibrachte. Sogar beim Ringen hatte ich Kekki zu Boden geworfen und ihm so heftig den Arm verdreht, daß er einen halben Mond lang nicht mit dem Bogen schießen konnte. Dabei hatte ich eine heiße Befriedigung verspürt, für die ich mich nun schämte. Ich betrachtete die Jungen als meine Feinde, dabei waren sie es doch, aus denen unser neuer Stamm bestehen sollte. Ich bereitete mich darauf vor, ein Häuptling wie mein Vater und mein Großvater zu werden ... berühmt für Härte und unerschütterlichen Gleichmut. Doch Raki und ich waren uns einig gewesen, daß jemand zum Häuptling gewählt werden sollte, weil sein Volk ihn liebte.

Ich dagegen hatte getan, was ich konnte, um Neid auf mich zu ziehen und mich unbeliebt zu machen. Jede spöttische Bemerkung, jede Kränkung hatte ich mit einem noch spitzeren und, wie ich hoffte, aus einem noch stärkeren Bogen abgeschossenen Pfeil heimgezahlt. Raki hatte bereits Rokeena glücklicher gemacht, sie von Schmerzen und vielen ihrer Ängste befreit; und es gab noch fünf andere, mit denen er über die neuen Gesetze sprechen konnte, die er in unserem Stamm einführen wollte. Ich hatte keine Freunde gewonnen, wenn man mir auch widerwillig einen gewissen Respekt zollte.

Tekeeni hatte versucht, freundlich zu sein, doch ich hatte gedacht, daß man es mir als Schwäche auslegen würde, wenn ich seine Hilfe annahm. Und nun sprach er nur noch selten mit mir. Ich hatte gewußt, daß Kekki auf hohen Ästen schwindelig wurde, doch statt Verständnis zu zeigen – was mir leichtgefallen wäre, wo ich doch selbst dieses schreckliche ziehende Gefühl im Bauch nur zu gut kannte – hatte ich ihn vor allen anderen dazu herausgefordert, höher als ich zu klettern. Und dann hatte ich mich daran geweidet, wie ihm der Schweiß ausbrach, weil ich genau wußte, wie seine Hände dadurch feucht wurden und er sich, um nicht abzurutschen, so sehr festklammern mußte, daß die rauhe Rinde ihm die Haut von Fingern und Handgelenken scheuerte.

Ich hatte mein Mitgefühl und meine Güte verloren ... und was hatte ich dafür gewonnen? Ich konnte länger rennen, ohne müde zu werden. Die Sohlen meiner Füße waren so hart, daß sie kaum noch bluteten, wenn ich über spitze Steine oder rauhes Eis lief. Ich konnte im Fluß schwimmen, wenn das Packeis gerade erst zu schmelzen begann, und dabei erfolgreich das Klappern meiner Zähne unterdrücken. Ich konnte mir mit einem glühenden Stock das Stammeszeichen auf die Wade brennen und dann Salz in die Brandblasen reiben, ohne eine Miene zu verziehen: Salz, das ich vom Kochplatz gestohlen hatte, um zu beweisen, daß ich die Strafe nicht fürchtete, die auf Diebstahl stand.

Was hatte dieses Jahr mir gebracht? Dicke Haut unter den Füßen; stärkere Kiefermuskeln, weil ich so oft die Zähne zusammengebissen hatte; mehrere Brandnarben ... und die Erkenntnis, daß ich auf dem besten Weg war, die Verachtung, die die Männer den Frauen gegenüber empfanden, in bitteren Haß zu verwandeln. Statt Raki zu helfen, eine Brücke über den Abgrund zu bauen, hatte ich ihn noch breiter gemacht. Der Spott, den ich angesichts dieser Erkenntnis über mich selbst ausgoß, war schlimmer als alles, was ich von den Jungen zu hören bekommen hatte. Schlaue Piyanah! Tapfere, kluge, unerschütterliche Piyanah! Stolz, als trüge sie schon eine rote Feder!

Ich hörte mir selbst zu, und weinte.

Ich hatte mir alles unnötig schwer gemacht, aber vielleicht konnte ich noch einmal neu beginnen. Wenn ich Kekki sagte, daß ich mich auf einem Baum auch manchmal schwindelig fühlte, half das vielleicht. Als ich herunterkletterte, wünschte ich mir, ich hätte in diesem Moment nicht an Kekki gedacht, denn die Beine

baumeln zu lassen und sich zu einem tieferen Ast herabzuschwin-
gen war plötzlich unangenehm – so unangenehm, daß ich mich
ängstlich festklammern mußte, bis das Gefühl, der Baum
schwanke heftig hin und her, wieder nachließ.

Ich beschloß, Gorgi zu suchen und ihm dann eine Chance zu
geben, mich aufzuspüren. Armer Gorgi, wir hätten vielleicht ganz
gut miteinander auskommen können, wenn ich ihm gegenüber
nicht immer so schrecklich unausstehlich gewesen wäre! Ich sah
ihn den Hang hinaufkommen. Er gab sich keine Mühe, sich zu
verbergen, woraus ich schloß, daß er die Hoffnung, mich noch zu
finden, längst begraben hatte. Ich legte mich flach hinter einen
Felsblock, mehr aus Gewohnheit als aus dem wirklichen Wunsch,
mich zu verbergen. Ein Vogelruf wäre vermutlich eine zu offen-
sichtliche Hilfe gewesen, also lockerte ich einen Stein und ließ ihn
den Hang hinabrollen. Er hörte es, denn er ging hinter einem
Baum in Deckung. Es war mir nicht länger wichtig, Gorgi zu entkommen, sondern ich sah das Ganze plötzlich nur noch als inter-
essantes Spiel. Vielleicht konnte das Training mit den Jungen sogar Spaß machen, wenn ich nicht immer bei allem nur das
Schlechte sah. In einem allerdings würde ich nie etwas Gutes finden können, und das war meine erzwungene Trennung von Raki.

Ich kroch durch das freie Gelände. Das Geröll fühlte sich ungewöhnlich spitz und unangenehm an. Dann erreichte ich ein
Dickicht aus niedrigen Erlen und weißen Birken, die so dicht standen, daß ich auf jeden Fall Zweige abbrechen und mich dadurch
verraten würde, wenn ich es durchquerte. Ich brach einige ab und
vermied es nicht einmal, auf tote Äste zu treten. Ich kam zu einem
von Brombeersträuchern umstandenen, kleinen Wiesenstück und
erkannte, warum ich dort bleiben wollte: nicht, weil es ein raffi-
niertes Versteck war oder weil ich müde wurde. Ich wollte mit
Gorgi reden. Daß Gorgi jemand sein konnte, mit dem Raki und
ich uns gerne unterhalten würden, war mir bisher nie in den Sinn
gekommen.

Vielleicht hatte auch zu ihm ein freundlicher Baumgeist gesprochen, denn als er mich sah, tat er überrascht, statt aufzuspringen
und laut zu rufen, daß er seine Beute gefunden hatte.

»Oh, da bist du ja! Wenn du erst später zum Lager zurückgehen möchtest, kann ich Dorrok sagen, ich hätte dich erst kurz vor
Sonnenuntergang entdeckt.« Er machte eine Pause und fügte dann
abrupt hinzu: »Möchtest du, daß ich wieder gehe?«

Gestern noch hätte ich gesagt, daß es mir völlig gleichgültig war, ob er ging oder blieb. »Bitte bleib, Gorgi ... außer natürlich, wenn du gerne gehen möchtest, meine ich.«

Gorgi brach einen Ast ab und schabte mit dem Messer daran herum. Die peinliche Stille zwischen uns war so groß, daß er statt an dem Ast ebensogut an ihr hätte herumschnitzen können. Ich zögerte wie vor einem Kopfsprung in unbekanntes Wasser, um mich dann in eine wahre Wortflut zu stürzen:

»Gorgi, ich habe nachgedacht – und es waren keine sehr angenehmen Gedanken. Ich habe getan, was ich konnte, um euch gegenüber so unausstehlich wie möglich zu sein. Bevor ich Raki verließ, hat sich nie jemand über mich lustig gemacht. Das war neu für mich, und ich habe mich deswegen wütend und bitter und klein gefühlt. Ich wollte beweisen, daß Mädchen genausogut wie Männer sind, wenn sie eine Chance bekommen ... aber ich habe mich dabei euch gegenüber so gemein benommen, daß ihr mich bestimmt alle haßt.«

»Ich hasse dich nicht«, sagte Gorgi.

Ich war so gerührt, daß ich froh war, die Tränen für das ganze Jahr schon früher an diesem Tag vergossen zu haben, denn sonst hätte ich hier vor ihm angefangen zu weinen. »Dafür bin ich dir sehr dankbar, Gorgi. Wirklich. Ich habe dir soviel Grund dazu gegeben, mich zu hassen ... und Kekki und Barakeechi und Tekeeni hassen mich sicher auch. Ich dachte, daß ihr alle euch über mich lustig macht, deshalb habe ich bei euch ständig nach Schwächen gesucht, über die ich mich selbst lustig machen konnte ... ich habe sogar die Baumgeister gebeten, mir dabei zu helfen. Ich habe mich gefreut, als es Kekki schwindelig wurde, als Barakeechi sich das Bein brach, als dein Kanu kenterte und du fast ertrunken wärst ... auf schreckliche, abscheuliche Art gefreut! Daher ist es sehr freundlich von dir, mir zu sagen, daß du mich nicht haßt.«

»Aber wir hassen dich ganz bestimmt nicht, Piyanah. Zuerst waren wir wütend darüber, daß wir mit einem Mädchen zusammenarbeiten sollten. Aber als wir sahen, daß du tapfer bist und deine Sache bei den Übungen sehr gut machst, haben wir versucht, freundlich zu dir zu sein ... aber du hast uns ja nicht an dich herangelassen.«

»Ja, ich weiß ... und ich möchte, daß du verstehst, warum ich mich so dumm benommen habe.«

»Jetzt, wo das geklärt ist, wird es viel leichter für dich sein«, sagte Gorgi freundlich. »Als Tekeeni dir seine Mokassins anbot, nachdem du dir auf dem Eis deinen Fuß aufgeschnitten hattest, hat er das nicht getan, weil du ein Mädchen bist, sondern weil du eine von uns bist, weil du zu uns gehörst.«

»Ich bin nicht wirklich eine von euch ... ich bin empfindlich, und ihr nicht.«

»Vor Dorrok und ein paar von den älteren Jungen müssen wir unempfindlich tun, aber wenn wir unter uns sind, gestehen wir uns schon ein, daß wir es nicht schön finden, verletzt zu werden. Doch du hast das niemals zugegeben, Piyanah, und darum haben wir, immer wenn du in der Nähe warst, so getan, als ob es uns *gefällt*, uns unwohl zu fühlen!«

»Aber ihr strengt euch bei allem so schrecklich verbissen an.«

»Natürlich tun wir das ... weil du ja nur darauf wartest, den Verlierer zu verspotten! Und du bist immer so ernst, Piyanah. Wenn wir jemandem mal einen Streich spielen, machst du ein verächtliches Gesicht und gehst einfach weg.«

»Du hättest auch nicht viel für Streiche übrig, Gorgi«, erwiderte ich erregt, »wenn immer *deine* Decke voller Nesseln wäre, immer *deine* Eßschale mit Galle eingerieben würde, so daß du nichts essen kannst, immer Honig auf *dein* Hemd geschmiert würde, um Feuerameisen anzulocken, immer *dein* Bogen angesägt würde, so daß er beim ersten Schuß in sich zusammenklappt, immer *dein* Kanu ein Leck hätte!«

»Wenn du doch nur ein einziges Mal gelacht hättest oder wenigstens wütend geworden wärst oder uns auch mal ein paar Streiche gespielt hättest ... oder geweint hättest, dann hätten wir schon damit aufgehört. Aber als du nur hochmütig die Nase gerümpft und uns behandelt hast, als wären wir dumme Kinder, haben wir uns natürlich immer wieder etwas Neues einfallen lassen, um dich zu ärgern.«

»Bei den interessanten Dingen wolltet ihr nie, daß ich dabei bin: Ich mußte mir sogar eine Ausrede ausdenken, um nicht zum letzten Stammesfest gehen zu müssen, weil ich mich schämte, dort allein herumzusitzen. Ich wollte nicht, daß Raki sieht, daß niemand von euch mit mir reden mag.«

Er klopfte mir unbeholfen auf die Schulter. »Es tut mir leid, Piyanah. Du mußt dich sehr einsam gefühlt haben ... aber kann das denn nicht von jetzt an anders werden?«

Ich schluckte und hoffte, daß Gorgi dachte, ich hätte eine

Fliege heruntergeschluckt, und kein Schluchzen. »Ich möchte so
gerne, daß es anders wird! Eigentlich sollte es ja ein Geheimnis
sein, Raki und ich versuchen zu lernen, wie wir den Männern und
Frauen zeigen können, daß sie einander nicht zu hassen brauchen … und ich war so dumm, denn durch meine Schuld werden
die Männer die Frauen hassen, mit denen sie in den Wald gehen …
und dann werden die Frauen sie auch hassen, und der trennende
Abgrund wird dadurch noch breiter.«

»Wegen dir werde ich meine Squaw ganz bestimmt nicht hassen, Piyanah. Ich werde daran denken, daß sie besser als ich tauchen kann, daß sie eine bessere Fährtenleserin ist … und daß sie
gestern mit sieben Pfeilen die Zielscheibe getroffen hat, während
es bei mir nur fünf waren. Und ich werde daran denken, daß eine
Schnittwunde am Fuß ihr genauso weh tut wie mir, auch wenn sie
zu stolz ist, es zuzugeben. Wenn ich eine Squaw habe, dann werde
ich sie niemals zurück zu den Squaw-Tipis schicken, wenn sie lieber bei mir bleiben möchte. Ich werde sie als mir in allen Dingen
ebenbürtig ansehen und stolz sein, wenn sie meinen Namen aus-
spricht, und ich werde es als Ehre betrachten, wenn sie die rote
Feder trägt.«

»Oh, Gorgi, lieber Gorgi! Dann habe ich nicht völlig versagt?«

»Nein, du hast nicht versagt, Piyanah. Vielleicht wirst du eines
Tages im Wald verstehen, wie viel du gewonnen hast.«

Er legte seinen Arm um mich, wie Raki es vielleicht getan
hätte. »Dies ist nicht der Wald, wo ich es dir erzählen kann … die
Sonne geht bald unter, und ich muß meine Beute zurück zu Dorrok bringen.«

Dann stiegen wir den Hügel hinab. Sogar die Schatten waren
freundlich, und der Abendstern sprach nicht von Einsamkeit.

DREI JÄGER

Nachdem ich meinen ersten Hirsch getötet hatte, einen fünf-
jährigen Bock, akzeptierten mich offenbar mehrere Jungen
als vollwertiges Mitglied der Gruppe. Aber Gorgi und Tekeeni,
mit denen ich mir jetzt ein Tipi teilte, waren die einzigen, die sich
sichtlich für mich freuten, als Dorrok mich lobte. Daher war ich

froh, daß wir drei ausgewählt wurden, gemeinsam unseren ersten Grizzly zu jagen.

Einen Grizzly zu töten galt als erster wichtiger Schritt auf dem Weg, eine Braune Feder zu werden. Seine Kralle an einer Halskette zu tragen gab einem das Recht, den Jungen, die diese Prüfung noch nicht bestanden hatten, Befehle zu erteilen. Ich freute mich darauf, Befehle geben zu dürfen, denn ich hatte nicht vergessen, wie schwer mir einige Jungen meine ersten Monde gemacht hatten. Im zeitigen Frühjahr lassen sich Grizzlys am leichtesten töten, weil sie nach dem langen Winterschlaf träge und schwerfällig sind; doch weil sie dann nur wenig Fett haben, werden die, die der Stamm braucht, im Herbst gejagt.

Uns wurde gesagt, wo am Rand des Gebirges wir den Bären suchen sollten, aber alle Entscheidungen, wie er am besten zu stellen und anzugreifen war, überließ man uns. Wenn wir innerhalb von fünfzehn Tagen keinen Erfolg hatten, mußten wir zurückkehren und den Fehlschlag eingestehen, und wenn wir den Bären erlegt hatten, mußten wir so schnell wie möglich zurückkommen, damit Nacktstirnen ausgeschickt werden konnten, um den Kadaver hinunter ins Lager zu bringen.

Tagelang sprachen wir drei von nichts anderem. Pfeil um Pfeil wurde aussortiert, entweder weil der Schaft nicht perfekt ausbalanciert war oder weil uns die Federn nicht sauber genug angebracht schienen. Jeder von uns beabsichtigte, eine Hirschledertasche mit Pemmikan und Maismehl mitzunehmen, denn im Hochland konnte es schwierig werden, Nahrung zu finden; außerdem wählten wir eine Schlinge aus, um kleine Vögel zu fangen, eine schwere Keule mit einem steinernen Kopf und einen mit Rohleder umwickelten Holzstab. Gorgi glaubte, daß wir diesen Stab dem Bären in den Rachen stoßen konnten, wenn er versuchen sollte, einen von uns zu beißen. Ich hoffte, daß wir ihn niemals benutzen mußten!

Erst in der letzten Nacht, bevor wir aufbrachen, mußte ich plötzlich an Pekoo denken. Raki und ich hatten ihm immer Honig gegeben, wenn wir welchen auftreiben konnten. Wir hatten den Honig in seinen Futternapf gefüllt, den er in seinen Vordertatzen hielt. Er stellte sich dann jedesmal hoch auf seine Hinterbeine, aufgeregt bemüht, auch noch den letzten Rest Süße aus dem Napf zu schlecken. Als er klein war, wimmerte er, wenn wir ihn allein zurückließen, doch als er älter wurde, blieb er manchmal tagelang

verschwunden, um dann plötzlich zurückzukehren und uns überallhin zu folgen, als sei er nie fort gewesen. Als Mutter starb, war
er unterwegs gewesen und dann nie mehr zurückgekehrt. Wir
hofften, daß er eine Gefährtin gefunden hatte, die keine Menschen
mochte, so daß er sich von Jägern fernhielt. Wir wußten, daß sie
ihn bislang nicht gefunden hatten, denn keines der Bärenfelle, die
sie ins Lager brachten, trug den weißen Fleck auf der linken
Schulter, durch den sich Pekoo von allen anderen Grizzlys unterschied.

Ich versuchte, nicht mehr an Pekoo zu denken. Grizzlys waren
groß und gefährlich, der Stolz des Jägers. Sie hatten nicht das
geringste zu tun mit dem kleinen einsamen Bärenkind, daß sich an
Raki und Piyanah geschmiegt hatte, um sich zu wärmen. Die
Jäger töteten Grizzlys und wurden dafür geehrt und geachtet,
denn der Stamm benötigte die Felle und das Fett der Bären, und
von ihrem Fleisch zu essen verlieh Kraft und Klugheit. Piyanah
war ein Jäger, kein Kind mit einem kleinen Kuschelbären.

Im Morgengrauen brachen wir auf. Die Luft war nebelfeucht,
und Tekeenis Fußabdrücke waren in der grauen Nässe des Grases
deutlich zu erkennen. Wir übernahmen abwechselnd die Führung,
weil es leichter war, in der Spur eines anderen zu gehen, als selbst
voranzulaufen und jeden Schritt zu setzen. Wenn man hinter
einem anderen hergeht, kann man laufen ohne nachzudenken,
denn das gemeinsame Training bewirkt, daß man im genau gleichen Schritt wie die Gefährten geht. Nur ein geübter Fährtenleser
kann erkennen, ob in einer Spur zwei oder zwanzig Krieger gelaufen sind, und selbst er kann sich dabei leicht täuschen.

Später am Morgen entdeckte Gorgi ein paar Tauben und fing
drei von ihnen mit der Schlinge. Wir waren hungrig, und weil wir
keine Zeit damit vergeuden wollten, ein Feuer zu machen, aßen
wir ihr Fleisch roh, mit Salz bestreut. Wir bewegten uns in südwestlicher Richtung entlang der Vorberge, denn dort hatten wir
im vorigen Mond mehrere Grizzlyspuren entdeckt. Es war kein
leicht zu durchquerendes Land, denn es gab viele steile Bachtäler
und Wälder, deren dichtes Unterholz uns zwang, schmalen, sich
windenden Wildwechseln zu folgen, die uns oft in die falsche
Richtung führten.

Am ersten Abend fingen wir ein paar Forellen und rösteten sie
auf glühenden Holzscheiten. Am nächsten Tag erlegte Tekeeni
einen kleinen Hirsch, eine Kuh in ihrem ersten Jahr, so daß wir

mehr frisches Fleisch hatten, als wir tragen konnten. Auch hingen immer noch Nüsse in den Sträuchern, obwohl es schon recht spät im Herbst war. Wir hatten also genug zu essen. Als wir über die Baumgrenze stiegen, sahen wir hoch oben im Geröllhang erste Schneefelder. Die Felsen waren mit jenen Flechten bedeckt, die von manchen Hirscharten gegenüber jedem anderen Futter bevorzugt werden, und in der Ferne entdeckten wir einige Hirschböcke, die der Schnee noch nicht in tiefer gelegene Gebiete vertrieben hatte.

Am Abend des vierten Tages fanden wir die Fährte eines großen Grizzlys, vermutlich eines einzelnen Männchens, denn es gab keine Spuren eines zweiten Bären, obwohl sie sich für gewöhnlich vor dem Winter paaren. Wie es Brauch ist, losten wir aus, wer von uns als erster versuchen durfte, das Tier zu erlegen. Ich hoffte, daß ich ausreichend erfreut wirkte, als das Los auf mich fiel. Man muß sich einem Bären auf weniger als zwanzig Schritte nähern, ehe man einen Pfeil auf ihn abschießt, weil der Pfeil ihn durch den dicken Pelz hindurch sonst nur leicht verwundet, so daß der Bär sich gegen den Jäger wendet und ihn angreift. Der Jäger sollte sich langsam nähern. Wenn der Grizzly sich aufrichtet, kann der Jäger auf dessen weichere Unterseite zielen, wo ein schwerer Pfeil einen sauberen, raschen Tod bringt. Einen verwundeten Grizzly zu verfolgen ist für jeden Jäger eine sehr unerfreuliche Sache. Er weiß, daß er das Tier nicht einfach seinem Schicksal überlassen darf, denn das würde ihm nicht nur Schmach bei seinem Stamm einbringen, sondern auch im Land der Großen Jäger, wo ihn Geschöpfe, die durch seine Schuld unnötige Schmerzen erdulden mußten, vor dem Herrn der Tiere anklagen werden.

Den nächsten Tag brachten wir damit zu, in einem weiten Halbkreis die Umgebung abzusuchen, bis wir herausgefunden hatten, wo die Fährten zusammenliefen. Es handelte sich immer um die Spuren desselben Bären, so daß wir wußten, daß er sich seine Winterhöhle ausgesucht hatte und vermutlich schon die meiste Zeit dort verbrachte. Früh am folgenden Morgen entdeckten wir am Berghang über uns den Eingang einer Höhle. In der Nacht hatte es geschneit, und es gab nur eine einzige, auf die Höhle zuführende Fährte. Wir wußten also, daß er dort drinnen sein mußte.

Ich bemühte mich, so zu tun, als sei das Gefühl in meinem Bauch Hunger – wir hatten seit dem Morgen des Vortags außer

ein paar Streifen Pemmikan nichts mehr gegessen. Aber ich
wußte, daß es in Wahrheit Angst war, die ich in meinem Bauch
spürte – eine andere Angst als damals bei der bevorstehenden
Trennung von Raki, mehr wie vor dem Sprung aus einer bislang
unvertrauten Höhe, aber tiefsitzender, schwerer und überaus unangenehm.

Die Höhle lag nicht in Windrichtung, aber trotzdem krochen
wir auf dem Bauch vorwärts, jede kleine Bodenerhebung als
Deckung nutzend. Wenn der Bär wach war und uns sah, würde er
entweder bergauf fliehen oder uns angreifen, ehe wir darauf vorbereitet waren. Dreißig Schritte von der Höhle entfernt stand ich
auf und legte einen Pfeil an. Gorgi mit seiner Keule und Tekeeni
mit einem Pfeil in der Hand, den er aber nicht angelegt hatte,
standen zehn Schritte hinter mir. Solange ich den Bär nicht verwundet hatte, mein Versagen eingestand oder sie um Hilfe bat,
war es ihnen nicht erlaubt, sich am Töten des Tieres zu beteiligen.

Das Sonnenlicht glitzerte auf dem Schnee, und außer einem
Adler, der hoch über mir kreiste, gab es keine Bewegung. In zwanzig Schritten Abstand blieb ich stehen. Nur ein Jäger, den ein Dämon in den Wahnsinn getrieben hat, würde je eine Höhle betreten, in der er einen Bären vermutet, denn er wäre durch die plötzliche Dunkelheit geblendet, während der Bär ihn gegen das helle
Tageslicht klar und deutlich erkennen könnte. Ich fing an, mich
elend zu fühlen; die Angst in meinem Bauch wurde drückender
und ließ sich schwerer beherrschen.

Ich wußte, daß es klüger war, abzuwarten bis der Bär von sich
aus die Höhle verließ, denn dann würde er höchstwahrscheinlich
schläfrig und von der plötzlichen Helligkeit geblendet sein. Aber
meine Ungeduld war größer als meine Klugheit. Ich hob einen
Stein auf und schleuderte ihn vor den Höhleneingang. Dann, ehe
das Echo verstummte, warf ich noch einen, und noch einen.

Ein großer dunkler Kopf tauchte in der Dunkelheit auf ... und
dann kam der größte Grizzly, den ich je gesehen hatte, hinaus in
die Sonne. Mit hin und her schwankendem Kopf nahm er Witterung auf. Als ich schrie, richtete er sich auf. Doch bevor ich meinen Pfeil abschoß, sah ich, daß seine rechte Schulter weiß war ...
weiß wie bei keinem anderen Grizzly, ausgenommen Pekoo.

Ich war nicht mehr Piyanah, der Jäger; ich war ein Teil von
Raki und Piyanah und Pekoo, die zusammen glücklich gewesen
waren. Ihn zu töten, hätte bedeutet, einen Teil von uns zu töten.

Die Gegenwart hätte jene glückliche Vergangenheit beschmutzt, die uns drei verband.

Gorgi rannte zu mir. »Was ist? Warum schießt du nicht? Schnell, Piyanah ... noch ist Zeit!«

»Ich kann ihn nicht töten«, sagte ich mit Entschiedenheit.

»Piyanah ... du hast doch nicht etwa *Angst?*« Gorgis Stimme klang entsetzt.

»Ich *kann* ihn nicht töten.«

»Dann werde ich es tun«, sagte Gorgi und griff nach seinem Bogen.

»Nicht, laß das! Das darfst du nicht. Er ist *mein* Grizzly.«

»Du hattest deine Chance und hast sie verpaßt ... jetzt versuche ich es«, sagte Gorgi.

»Er ist mein Grizzly, *meiner*, begreifst du nicht? Er hat bei Raki und mir gelebt, ehe wir uns dem Stamm anschlossen.«

Ich sah, daß mir keiner der beiden glaubte. Ich mußte sie dazu bringen, mir zu glauben, sonst würden sie Pekoo töten und die Freundschaft zwischen diesem Bären und uns verraten.

»Wenn ich zu ihm hinaufgehe und er sich von mir streicheln läßt, werdet ihr mir dann glauben, daß er mich kennt?« fragte ich verzweifelt.

»Du bist verrückt, Piyanah«, sagte Tekeeni. »Bestimmt gibt es hier oben Dämonen, die dir etwas eingeflüstert haben. Niemand hat je einen Grizzly als zahmes Kuscheltier halten können; dazu sind sie viel zu wild.«

»Ich werde es euch zeigen ... es euch beweisen. Ihr *müßt* mir gehorchen, bis ich euch um Hilfe bitte. Sonst verstoßt ihr gegen das Gesetz der Jäger.«

»Du bist verrückt«, sagte Tekeeni unglücklich. »Wir werden den anderen ganz bestimmt nicht verraten, daß du Angst hast. Sie werden denken, daß Gorgi die erste Chance hatte, und dann ich an der Reihe war. Es ist sehr mutig für ein Mädchen, mit auf eine Grizzlyjagd zu kommen, und es ist nicht feige für ein Mädchen, dabei Angst zu haben. Wir werden es nie jemandem erzählen, Piyanah, aber laß uns jetzt bitte auf ihn schießen.«

»Ich bin kein Feigling, und ich werde es beweisen! Wartet hier! Ich *befehle* euch, hier zu warten!«

Und ehe sie widersprechen konnten, ging ich den Hang hinauf, auf Pekoo zu. Ob er sich an mich erinnerte? Er hatte mich seit vier Jahren ... nein, seit fünf Jahren nicht mehr gesehen. Wenn doch nur der Wind drehte, dann erinnerte er sich vielleicht an meinen Geruch. Ich pfiff jene Melodie, mit der Raki und ich ihn immer gerufen hatten. Konnte es sein, daß er sie vergessen hatte? Er ließ sich auf alle viere fallen und schwenkte den Kopf hin und her. »Wahrscheinlich sieht er mich noch nicht. Das Pfeifen fällt mir schwer, weil mein Mund so trocken ist. Ich muß langsam gehen, sonst meint er, ich will ihn angreifen.«

»Pekoo«, sagte ich, »Pekoo!« Würde er auf mich losgehen? Langsam kam er mir entgegen. »Soll ich auf ihn warten oder mich ihm weiter nähern?«

Er blieb stehen. Ich sah den weißen Fleck jetzt deutlicher und war mir sicher, daß ich Pekoo vor mir hatte. »Ich muß vergessen, daß ich ein Jäger bin und er ein Grizzly ist ... mich daran erinnern, daß wir beide uns gern hatten, als wir klein waren, und keine Angst voreinander zu haben brauchen ...«

Plötzlich spürte ich, daß meine Angst tatsächlich verflogen war ... das graue, unangenehme Gefühl war nicht mehr da. Ich beschloß, so wie früher mit ihm zu sprechen. »Möchtest du ein bißchen Honig, Pekoo? Komm, laß uns Raki suchen gehen. Milch, Pekoo?«

Ganz langsam ging ich auf ihn zu und streckte meine Hände aus. Er starrte mich an, schnüffelnd, unsicher, ob er mir trauen oder mich angreifen sollte.

»Honig, Pekoo! Erinnerst du dich nicht mehr an den Honig?«

Ich pfiff, und diesmal spitzte er die Ohren. Ich war jetzt so nahe bei ihm, daß ich seine Wärme spüren konnte.

»Wo ist Raki, Pekoo? Schöner, kleiner Pekoo.« Ich legte meine Hand auf seine Stirn und streichelte ihn hinter den Ohren. Er zuckte zusammen und wich ein Stück zurück. Dann setzte er sich auf die Hinterbeine und hob sein Kinn, damit ich ihn am Hals kraulen konnte.

Für einen kleinen Moment erinnerte er sich an mich, oder vielleicht waren es auch nur mein Geruch oder der Klang meiner Stimme, an die er sich erinnerte. Dann schüttelte er sich wie ein Hund nach dem Schwimmen und trollte sich davon, wobei er nur noch einmal kurz stehenblieb, um zu mir zurückzuschauen.

Gorgi und Tekeeni standen noch dort, wo ich sie verlassen hatte. Wir waren alle drei zu verlegen, um zu sprechen. Ich fühlte mich wieder ganz wie die kleine Piyanah, die ohne Raki schrecklich einsam war, aber jede andere Gesellschaft ablehnte. Wenn sie sich jetzt über mich lustig machten, weil ich einen Bären gern hatte, würde ich sie deswegen hassen, und dann war die schreckliche Einsamkeit der ersten Monde wieder da. Warum hatte es kein anderer Bär als Pekoo sein können? Dann hätte ich ihn getötet und mich stolz und tapfer gefühlt ... oder er hätte mich getötet, und ich hätte nicht mehr länger darüber nachdenken müssen, ob ich nun ein Mädchen oder ein Mann war.

Gorgi starrte zu Boden und trat von einem Bein auf das andere. Wahrscheinlich kam es ihm jetzt dumm vor, daß er mich je als gleichwertig akzeptiert hatte. Dann, zu meinem Erstaunen, hörte ich ihn sagen:

»Ich hätte nie gedacht, daß ein Mädchen so tapfer wie eine Rote Feder sein kann.«

Und Tekeeni sagte: »Es tut mir leid, daß ich dich für ängstlich hielt, Piyanah. Erzähle den anderen bitte nichts davon, wie dumm Gorgi und ich uns benommen haben.«

Dann sagte Gorgi: »Dank dir und Raki werden wir in Zukunft alle Squaws respektieren, und wir werden um Aufnahme in euren Stamm bitten.«

Plötzlich waren wir drei glücklich wie nie zuvor. Wir umarmten uns lachend und bewarfen uns gegenseitig mit Schnee ... und vergaßen für einen Moment völlig, daß das Leben der Jäger hart und schwierig ist.

DIE FEDERN DER WAHRHEIT

Ich erfuhr nie genau, was Gorgi Kekki und Barakeechi und den anderen erzählt hatte, die von nun an freundlich zu mir waren, aber ihr Verhalten mir gegenüber veränderte sich so sehr, daß ich glaubte, völlig andere Menschen vor mir zu haben, hätte ich nicht ihre Gesichter wiedererkannt. Von Tag zu Tag wurden sie mir sympathischer, und weil es so erholsam war, nicht ständig in Abwehrstellung sein zu müssen, fühlte ich mich doppelt so stark wie früher.

Es war ungeheuer erleichternd, endlich zugeben zu dürfen, daß mir von dem Geruch der warmen Innereien übel wurde, wenn ich einen Hirsch ausweiden sollte. Statt mich auszulachen, nahm mir

Barakeechi diese Arbeit ab, wenn kein Junge in der Nähe war, der Dorrok davon erzählt hätte. Ein Schnitt am Fuß schmerzte viel weniger, wenn man einem Freund sein Leid klagen konnte, und Sympathie war ein noch besseres Heilmittel als Dorroks grüne Salbe.

Wir kamen überein, unsere Freundschaft vor den anderen zu verbergen, denn wir, die wir zu dem zukünftigen Stamm gehörten, hatten Geheimnisse, die nicht für die Ohren derer bestimmt waren, die sich weiterhin mit der Trennung zwischen Männern und Frauen abfinden wollten. Ein paar von den älteren Jungen hatten offenbar Verdacht geschöpft, denn statt mich zu ignorieren versuchten sie, mir besonders üble Streiche zu spielen. Es war ein Augenblick, so warm und schön wie ein Sonnenuntergang, als vier unserer zukünftigen Tapferen einen dieser Jungen festhielten, mit Fischleim einschmierten und dann in Kletten wälzten. Anschließend fesselten sie ihn mit Riemen, die sie um seine Handgelenke schlangen, an in den Boden gerammte Pflöcke wie eine zum Trocknen aufgespannte Tierhaut, bis der Leim hart geworden war. Ich hielt Tekeeni davon ab, einem anderen Feind Bauchwehbeeren in sein Essen zu tun, weil er nicht genau wußte, welche Menge davon ungefährlich war. Zwei Jahre zuvor hatten sie diesen Streich schon einmal ausprobiert, und damals hatte das Opfer einen solchen Durchfall bekommen, daß es beinahe an Erschöpfung gestorben war.

Danach ließen die Feinde mich in Ruhe. Das war ein Glück, denn Raki schien unsere Streiche nicht sehr lustig zu finden; daher schämte ich mich, daß ich soviel Gefallen daran gefunden hatte. Immerhin gab er mir Recht, daß ein Häuptling gelegentlich Härte zeigen muß.

Da Na-ka-chek nur selten mit uns sprach, entschieden Raki und ich allein, daß wir, solange wir für unsere Federn trainierten, ruhig nebenher Vorbereitungen für unseren künftigen Stamm treffen konnten, ohne ihn wegen der Einzelheiten um Erlaubnis zu fragen. Wir hielten es für eine gute Idee, Gorgi und den anderen Gelegenheit zu geben, einige unserer Squaws kennenzulernen.

Rokeena war inzwischen in der Lage, wenn auch noch recht langsam, ein ganzes Stück zu laufen, so daß ich sie treffen konnte, ohne daß Nona oder eine der anderen Frauen davon erfuhren. Gorgi und Tekeeni gegenüber war sie anfangs sehr schüchtern, gewöhnte sich aber schon bald an sie, obwohl sie immer noch versuchte, ihr vernarbtes Bein zu verstecken. Tekeeni war es, der ihr diese Angst nahm. Statt so zu tun, als sähe er ihre Narbe nicht, zeigte er ihr eine tiefe Narbe auf seinem Arm, die er sich zugezogen hatte, als er beim Sprung von einem glatten Felsen in einen Fischspeer gefallen war. Er sagte, seine Narbe sei eindrucksvoller als ihre, weil sie viel länger sei. Seitdem sprach Rokeena mit ihm über ihr Bein, als wären sie zwei Mädchen, die die Muster ihrer Mokassins verglichen.

Durch das, was Raki und Rokeena mir berichteten, lernte ich das Leben in den Squaw-Tipis beinahe so gut kennen, als hätte ich selbst dort gewohnt. Nur Frauen, die älter als siebzig waren, durften das Wissen beanspruchen, wie man Dämonen besänftigte, und dieser Anspruch stellt die wahre Quelle ihrer Macht dar. Dämonen schienen nicht sonderlich intelligent zu sein, denn sie ließen sich durch kleine Kräuterbündel vertreiben, die man für drei Tage unter dem rechten Arm tragen mußte; und selbst jene besonders gefährlichen, die angeblich durch die Nasenlöcher hinaufkrochen, um dann im Kopf herumzuhüpfen und ihren unfreiwilligen Gastgebern dadurch große Schmerzen zu bereiten, starben oft, wenn fünf Tropfen Stachelschweinöl ins linke Ohr geträufelt und gleichzeitig gewisse magische Worte ins rechte geflüstert wurden. Das Fleisch der Wasserratten wurde wegen seiner hustenstillenden Wirkung gepriesen, und getrocknete und zu einem Pulver zerstoßene Biberknochen sollte man einem Kind geben, wenn es einen Milchzahn verlor, weil der neue Zahn sonst angeblich nicht richtig wachsen würde.

Eines der ersten Gesetze, das wir uns für unseren Stamm ausdachten, bestand darin, daß es keine Alten Frauen geben sollte, denn wenn wir ohne ihren Hokuspokus nicht überleben konnten, brauchten wir es erst gar nicht zu versuchen. Dorrok hatte versprochen, mir beizubringen, wie man einen gebrochenen Knochen behandelt und eine Fleischwunde mit Darm und einer Knochennadel vernäht. Ich hatte bereits gelernt, einen aufgerissenen Hautlappen mit einem langen Dorn wieder zu fixieren, aber die Heilung verlief nicht immer sehr sauber.

Zu meiner Überraschung fragte Rokeena, wie unser Stamm Kinder bekommen sollte, wenn wir nicht wenigstens eine Alte Frau mitnahmen. »Wozu soll das gut sein?« sagte ich. »Raki hat mir erzählt, daß Frauen, die älter als zweiunddreißig sind, keine Kinder mehr bekommen.«

»Die Alten Frauen werden bei der Geburt gebraucht«, sagte Rokeena. »Die Mutter und das Neugeborene müssen beide sterben, wenn niemand die richtigen Rituale ausführt.«

»Daran glaube ich nicht«, sagte ich nachdrücklich, denn die Aussicht, jemanden wie Nona bei uns zu haben, war vollkommen unannehmbar. »Es kann nicht immer schon Alte Frauen gegeben haben ... bei den Damals-Leuten ganz bestimmt nicht, und die Tiere kommen schließlich auch sehr gut ohne sie aus.«

»Niemand, der jünger als siebzig ist, darf während der ersten sieben Tage zu der Mutter und dem Säugling. Wenn es ein Junge ist, platzt bei der Geburt der Bauch der Mutter vom Nabel abwärts an auf, und nur wenn die Wunde richtig verbunden wird, verheilt sie, ohne eine Narbe zu hinterlassen.«

»Ich könnte lernen, diesen Verband anzulegen«, sagte ich, »und Raki auch.«

»Aber wir hätten nicht den richtigen Verbandsstoff. Diese Verbände müssen in Wasser getaucht werden, dem viele geheime Dinge beigemischt wurden. Ich weiß, daß sie Salz verwenden, aber es kommen auch noch viele andere Dinge hinein. Die Verbände müssen im Dunkeln aufbewahrt werden. Nur um den Vollmond herum werden sie drei Nächte lang den Strahlen des Mondlichts ausgesetzt, weil das die Dämonen blendet. Auch das Neugeborene muß sofort nach seiner Geburt bandagiert werden, weil sonst ein Dämon von seinem Körper Besitz ergreifen kann.«

»Rokeena, du mußt versuchen, nicht mehr an Dämonen zu glauben! Baumgeister, Wolken- und Feuergeister sind etwas ganz anderes ... sie sind Botschafter zwischen uns und den Großen Jägern, und immer freundlich ... außer wenn man sich ihnen gegenüber rücksichtslos verhält. Aber Dämonen sind eine Erfindung der Alten Frauen ... und es würde mich nicht wundern, wenn die Stammesältesten ihnen dabei helfen.«

»So etwas solltest du nicht sagen«, entgegnete sie, und in ihrer Stimme schwang echte Furcht mit. »Sie könnten uns belauschen.«

»Wer? Die Alten Frauen oder die Dämonen?«

»Die Dämonen. Sie sind *überall*.«

Ich fing an, mich über sie zu ärgern. »Raki hat dein Bein geheilt. Das müßte dich doch eigentlich überzeugen, daß er viel stärker als die Dämonen ist.«

»Ich weiß, daß Raki stärker ist ... und du auch«, fügte sie eilig hinzu. »Ich meine nur, daß es nichts nützt, so zu tun, als gäbe es sie nicht.«

»Es *gibt* sie nicht – außer du glaubst an sie. Sie sind wie Todesbeeren. Sie springen nicht vom Strauch herunter und fliegen dir in den Mund. Wenn du sie ignorierst, sind sie ziemlich harmlos. Solange du das nicht einsiehst, Rokeena, können wir dich nicht in unseren Stamm aufnehmen.«

»Sag das bitte nicht, Piyanah! Wenn du das nicht sagst, werde ich dir ein sehr wichtiges Geheimnis verraten. Es ist ein Beweis, daß Dämonen etwas sehr Reales sind. Die Alten Frauen würden mich töten, wenn sie davon wüßten. Also sollte ich es euch besser nicht erzählen, wenn ich es nicht wert bin, in euren Stamm aufgenommen zu werden.«

Ich wußte, daß sie eigentlich meinte: »Rakis Stamm«, doch ich sagte nur: »Was für ein Geheimnis?«

»Es kommen nicht alle Kinder aus einem Schlitz im Bauch! Ehe ich vom Baum fiel und mir das Bein verletzte, lief ich oft durch den Wald. Einmal hörte ich dort jemanden stöhnen. Es war eine junge Squaw. Sie hatte ihr Kleid aufgerissen und lag auf der Seite. Ein Neugeborenes, ein Mädchen, lag schreiend neben ihr auf dem Boden. Ich vergaß, daß es Mutter und Kind den Tod bringt, sich dem Geburts-Tipi zu nähern, und rannte zu ihnen. Die Mutter sah mich und kreischte, daß ich weggehen sollte ... aber da war mein Schatten bereits auf sie gefallen. Ich rannte davon, aber ich hatte ihren Bauch gesehen, und darauf war keine Spur von einem Spalt oder einer Wunde.«

»Warum hast du das Raki nicht erzählt? Er hat versucht, etwas über das Kinderkriegen herauszufinden, weil er weiß, wie wichtig das für uns ist, aber niemand will ihm etwas darüber verraten.«

»Ich habe es ihm nicht erzählt, weil ich wußte, daß er glücklicher ist, wenn er nicht an Dämonen glaubt. Ich *weiß*, daß es sie gibt; denn die Squaw ist nie zu den Tipis zurückgekehrt.«

»Was ist mit ihr geschehen? Was ist mit dem Säugling passiert?«

»Ich glaube, allerdings weiß ich es nicht sicher, daß eine der anderen Frauen das Kind zu sich nahm ... denn da war ein neues Kind, und keine andere Squaw war zu der Zeit im Geburts-Tipi gewesen.«

»Die Mutter starb?«

»Ja, die Dämonen haben sie getötet. *Ich* habe sie getötet, weil ich sie sah, ehe das Neugeborene sieben Tage alt war. Darum waren die Dämonen auch wütend auf mich und warfen mich von dem Baum herunter. Und darum wollte ich auch erst nicht glauben, daß Raki mich heilen konnte. Damals wußte ich noch nicht, was für ein starker und außergewöhnlicher Mensch er ist.«

Ich hörte Gorgi pfeifen und wußte, daß es Zeit für mich war, zum Jungenlager zurückzugehen. Ich sagte Rokeena, daß wir uns so bald wie möglich wieder treffen würden und daß sie bis dahin besser jeden Abend vor dem Einschlafen vierzigmal wiederholen sollte: »Ich glaube nicht an Dämonen.«

Wie Raki es nur aushielt, ständig mit solchen Leuten wie Rokeena zusammenzusein! Er tat mir mehr denn je leid ... *mein* Raki mußte bei Squaws leben, die so *dumm* waren! Es war gut, Piyanah zu sein, die dafür trainierte, ein Tapferer zu werden, und wußte, daß nur Dummköpfe und Squaws an Dämonen glaubten. Ich strich mit der Hand über die rauhe Rinde einer Fichte und dankte dem Baumgeist für seinen Schutz.

Da Raki mit dem Einverständnis des Häuptlings Rokeena aus dem Tipi hinaus an die Sonne gebracht hatte, und dennoch keine der von Nona prophezeiten Katastrophen eingetreten war, versuchten die Alten Frauen, einen offenen Konflikt mit ihm zu vermeiden. Statt dessen begnügten sie sich damit, den Mädchen, die schwach genug waren, auf ihr Gerede zu hören, noch schrecklichere Geschichten zu erzählen.

Raki fiel es nicht schwer, Frauenarbeit zu erledigen. Wenn allerdings bei einer von ihm gewebten Decke ein Faden schief saß oder die falsche Farbe hatte, stürzte sich eine der Alten Frauen auf diesen Fehler wie ein Kröte, die nach einer Fliege schnappt; und mit dem Eifer von Hunden, die sich das Fell nach Flöhen absuchen, inspizierten sie eingehend Rakis Mokassins, ob nicht vielleicht eine Perle falsch angenäht war. Der Umstand, daß Raki nie das Essen anbrennen ließ, war eine besondere Enttäuschung für sie, und sie begannen zu glauben, die Männer besäßen von Geburt an die gleichen Fähigkeiten wie die Frauen, seien aber zu stolz, um davon Gebrauch zu machen. Auf die Idee, daß wir es in unserem kleinen Tal mühsam gelernt hatten, Essen zuzubereiten, und daß Mutter uns beigebracht hatte, wie man Mokassins bestickt und Decken webt, schienen sie nicht zu kommen, was uns sehr amüsierte.

Irgendwann gelangten sie offenbar zu dem Schluß, daß die Dämonen, die Raki unter seiner Gewalt hatte, stärker als ihre waren, denn sie gaben vor, nichts zu bemerken, wenn jene Mädchen, die in unseren Stamm aufgenommen werden wollten, manchmal früh am Morgen die Tipis verließen und erst bei Sonnenuntergang zurückkehrten. Dorrok mußte es mitbekommen haben, daß Gorgi und unsere anderen Freunde Raki oft dabei halfen, den Mädchen Fertigkeiten beizubringen, die für würdige künftige Mitglieder der Stammesbruderschaft unverzichtbar waren. Aber wir waren uns nicht sicher, ob er Na-ka-chek darüber informiert oder in eigener Verantwortung entschieden hatte, daß wir unsere Pläne ungestört in die Tat umsetzen durften.

Anfangs waren die Jungen überrascht, wie schwer den Mädchen das Bogenschießen fiel, aber ich machte ihnen klar, daß ich es nur deshalb von Anfang an so gut beherrscht hatte, weil Raki und ich immer alles gemeinsam getan hatten. Allmählich lernten die Mädchen aber, gut mit Pfeil und Bogen umzugehen, und etwa die Hälfte von ihnen erwies sich auch als sehr geschickt mit dem Fischspeer. In mancher Hinsicht hatten sie erstaunlich gute Nerven: Eine, Cheka, die erst dreizehn und sehr schüchtern war, weidete einen Hirsch aus; dabei wurde ihr nicht etwa schlecht, wie ich erwartet hatte, sondern sie ließ die Därme durch ihre Finger gleiten, als bewunderte sie eine neue Halskette. Schon nach kurzer Zeit waren sie alle gute Fährtenleserinnen und Jägerinnen. Das überraschte mich nicht, denn wenn auf mir die ständige Drohung gelastet hätte, eines Tages mit einem Fremden in den Wald gehen zu müssen, hätte ich mir auch möglichst viel von der schlauen Vorsicht scheuen Jagdwildes zu eigen gemacht!

Manchen Jungen gefiel es nicht, wenn ich ihnen sagte, sie sollten Frauenarbeiten erlernen, aber sie erklärten sich bereit, es zu versuchen, als ich ihnen klarmachte, daß in unserem Stamm keine Arbeit als minderwertig gegenüber einer anderen gelten sollte. Gorgi stellte fest, daß es ihm Spaß machte, Mokassins herzustellen, und Tekeeni bestickte ein Hemd mit recht ansehnlichen Fransen … wenn er es auch nur, wie er gestand, mir zuliebe tat. Gorgi sagte: »Den Großen Jägern sei Dank, daß Piyanah kein Gesetz machen kann, wonach auch die Männer Kinder zur Welt bringen müssen«, und diese Bemerkung führte zu einer Diskussion darüber, welche Gesetze in unserem Stamm gelten sollten.

»Niemand *muß* sich eine Squaw nehmen«, sagte ich. »Tut er es aber, dann muß er sie als ebenbürtig betrachten und sein Leben mit ihr teilen; und er muß sich auch an der Erziehung der Kinder beteiligen.«

»Dürfen wir mehr als eine Squaw haben?« fragte Tekeeni, und ein Mädchen setzte rasch hinzu: »Darf eine Squaw mehr als einen Mann haben?«

»Nein«, sagte Raki nachdrücklich, »das geht nicht. Enten paaren sich nur einmal, und uns ist immer gesagt worden, daß die Große Ente unter den Tieren eines der klügsten ist.«

»Ein Hirsch hat mehrere Kühe«, widersprach Tekeeni.

»Darum kämpfen Hirsche gegeneinander«, sagte ich. »Ich glaube, Raki hat recht. Unser Stamm sollte aus gleich vielen Männern und Frauen bestehen, so daß sie alle die Möglichkeit haben, sich zu verheiraten, wenn sie möchten.«

Dann sagte Kekki: »Wer soll sich inzwischen um die Kinder kümmern, wenn die Frauen mit den Männern auf die Jagd gehen dürfen? Sollen das die Nacktstirnen übernehmen?«

»Es wird keine Nacktstirnen geben«, sagte ich. »Wenn jemand von ihnen mitkommen möchte, wird er die gleichen Rechte haben wie alle anderen auch.«

»Aber jemand *muß* die Abfälle beseitigen.«

»Dieser Jemand könntest du sein, oder Gorgi, oder ein anderer, der sich gerade nirgendwo anders nützlich machen kann.«

»Aber du hast doch gesagt, wir dürften alle tun, was uns am meisten Spaß macht«, wandte eines der Mädchen ein, »und niemandem macht es Spaß, Kochtöpfe zu reinigen oder Häute abzuschaben.«

Da sagte Cheka: »Mir macht es Spaß, Fisch zu putzen und Tiere auszunehmen.« Als alle sie daraufhin verblüfft ansahen, versank sie wieder in verlegenes Schweigen. Sie war das Mädchen, das den Hirsch ausgeweidet hatte, und ich beschloß, daß sie bei uns reichlich Gelegenheit haben würde, diesem seltsamen Vergnügen nachzugehen. Mit Unbehagen erinnerte ich mich daran, wie sie die dampfenden Därme befingert hatte.

»Aber wer wird die Abfälle beseitigen?« sagte Kekki, der seine Fragen so häufig zu wiederholen pflegte, bis er eine ihn befriedigende Antwort erhielt.

»Dafür haben wir auch eine Lösung«, sagte Raki, der das Reden bislang weitgehend mir überlassen hatte. »Zu Beginn jedes Mondes halten wir eine Ratsversammlung ab, um zu entscheiden, wer im Mond davor am meisten, und wer am wenigsten für den

Stamm getan hat. Die zehn von uns, die am nützlichsten für den Stamm waren, dürfen im nächsten Mond tun, was ihnen gefällt, und die zehn, die am wenigsten nützlich waren, können dann während dieses Mondes die Rolle der Nacktstirnen übernehmen.«

Gorgi fragte daraufhin: »Was ist, wenn die besten zehn dann alle nur am Fluß sitzen und gar nichts tun wollen?«

»Es kommt darauf an, was für eine Art von ›Nichtstun‹ das ist. Wenn sie nur herumzusitzen scheinen, dabei aber nachdenken, kommt ihnen vielleicht eine Idee, die für den Stamm wertvoller als zehn erlegte Hirsche ist. Wenn das so ist, dürfen sie denken, solange sie wollen. Man wird sie danach beurteilen, wieviel Hilfe sie dem Stamm geben ... wenn die Hilfe gering ist, dürfen sie die Abfälle wegschaffen. Dann kann der Stamm ihnen dankbar sein, weil das Lager nicht nach verfaulendem Fisch oder anderem Unrat riecht, der vergraben werden muß.«

»Und wer wird darüber entscheiden?« fragte Gorgi.

»Piyanah und ich werden immer im Rat sitzen, als der Häuptling, und mit uns sollen vier andere entscheiden, zwei Männer und zwei Frauen – diejenigen, die die meisten Federn tragen.«

»Oh, wir dürfen also auch Federn tragen?« fragte Rokeena und starrte Raki ehrfürchtig an, wie sie es immer tat.

»Ja, aber unsere Federn werden für wirklich wichtige Dinge verliehen. Die weißen Federn werden die am meisten geachteten sein, denn sie erringst du durch eine Idee, oder eine Erinnerung an die Damals-Leute, oder etwas, das die Zeit überdauert und auch noch in tausend Jahren dabei helfen kann, die Brücke über den Abgrund der Trennung zu erhalten. Eine gelbe Feder erhältst du ebenfalls für eine Idee, aber hier handelt es sich um Ideen, die sich in unserem Alltag praktisch verwerten lassen: zum Beispiel eine bessere Art, Kanus zu bauen oder zu töpfern oder Leder zu gerben; oder du kannst sie dir verdienen, indem du eine neue Verwendung für eine Pflanze findest, vielleicht als Nahrungsmittel oder als Salbe; oder indem du etwas entdeckst, das einen gebrochenen Knochen schneller heilen läßt. Grüne Federn zeigen an, daß du mit einem Geist gesprochen und eine Botschaft der Großen Jäger erhalten hast. Dabei ist es egal, ob es ein Baumgeist oder ein Wassergeist war, oder ein toter Freund. Eine grüne Feder bekommst du auch, wenn du Dämonen tötest, entweder indem du jemandem beibringst, nicht länger an sie zu glauben, so daß sie einschrumpfen und sich voller Abscheu davonmachen – oder indem du sie findest, wenn sie sich als Klapperschlangen tarnen, und ihnen dann mit einem Stein den Kopf einschlägst ... ein weißer Stein eignet sich am besten dafür, aber ein Stock tut es auch, wenn du gerade keinen Stein zur Hand hast.«

Ich schaute Rokeena an, um mich zu vergewissern, ob sie zuhörte. Das tat sie, und ich nahm mir vor, sie zu fragen, ob sie sich schon von ihrem Glauben an Dämonen befreit hatte. Dann fuhr Raki fort:

»Braune Federn werden auch weiterhin anzeigen, daß jemand eine Fähigkeit unter Beweis gestellt hat, die nützlich für die Sicherheit und das Wohlergehen des Stammes ist, und Halb-Brüder werden ebenfalls braune Federn tragen dürfen, denn einen Kochtopf herzustellen ist genauso wichtig, wie ihn mit Fleisch zu füllen. Auch die Männer oder Frauen, die das Kochen übernehmen, können sich eine braune Feder verdienen, wenn die Speisen, die sie zubereiten, gut schmecken und die Gesundheit derer verbessern, die davon essen. Wir werden weiter rote Federn haben, die für außergewöhnliche Tapferkeit verliehen werden. Aber in unserem Stamm werden sie verliehen, wenn jemand etwas von wirklichem Wert getan hat, nicht weil er ohne Grund bei einer unsinnigen Mutprobe sein Leben riskiert. Unsere rote Feder könnte dir zum Beispiel verliehen werden, wenn du einem Menschen das Leben rettest, der von einem Grizzly angegriffen wird oder in den Stromschnellen zu ertrinken droht. Wäre ich Häuptling, dann hätte ich Dorrok eine rote Feder gegeben, als er in diese Schlucht herabkletterte, um das Kitz zu retten, das hinunter auf den Felsvorsprung gefallen war. Es wäre dort unten qualvoll verhungert, während seine Mutter oben stand und hilflos zuschaute. Er hat es niemandem erzählt und schien zu glauben, daß er eine Art Verrat am Stamm begangen hatte, weil er es riskiert hatte, wegen einer für den Stamm unwichtigen Sache zum Krüppel zu werden und als Tapferer nutzlos zu sein. Aber es *war* wichtig für Dorrok, das habe ich seinem Gesicht angesehen, als die Mutter das Kitz ableckte, und er zusah, wie es hinter ihr in den Wald trottete. Und doch glaubte er, sich wegen dieser Gefühlsregung schämen zu müssen. Und es ist wichtig für uns, denn ich hoffe, daß Dorrok uns begleiten wird, wenn wir zu unserem ›Ort, wo der Mais wächst‹ gehen, um durch die Federn der Wahrheit unseren Frieden zu finden.«

Das Salz der Gefahr

Hätte es auf unserem Stammesgebiet Salz gegeben, wären wir nicht gezwungen gewesen, mit anderen Stämmen Handel zu treiben. Ich glaube, mein Vater empfand sogar angesichts dieser verhältnismäßig geringfügigen Abhängigkeit von Fremden ein deutliches Unbehagen. Jedes Jahr zur Mittsommerzeit war er gezwungen, zwei Braune Federn in Begleitung von sechs Nacktstirnen, die die Salzkrüge tragen mußten, zum Platz des Tauschhandels zu schicken, der eine Monatsreise entfernt im Süden lag. Biberpelze, mit Perlen besetzte Mokassins und Hemden und Kleider aus mit Fransen besticktem Hirschleder wurden als Tauschware benutzt. Zur Zeit meines Großvaters hatten wir Bögen und Tomahawks geschickt, aber Na-ka-chek sagte: »Der kluge Mann gibt keine Waffen in die Hände von Fremden und zeigt keine Stärke, die als Herausforderung betrachtet werden könnte.«

An dem Tag, an dem das Salz eintraf, gab es abends immer ein großes Fest, und sogar den Nacktstirnen und den Kindern wurde eine Handvoll Salz gegeben, das sie dann auflecken konnten wie Honig, statt es nur im Essen zu schmecken. Es überraschte mich immer, daß wir eine so große Menge Salz im Tausch gegen solche Dinge wie Mokassins erhielten, die doch eigentlich keinen hohen Wert besaßen, solange es Jäger gab, die Hirsche töten, und Squaws, die Häute gerben und Perlenstickereien anfertigen konnten. Es gab Geschichten über ganze Seen aus Salz, wo so viel davon herumlag wie Schnee im Winter; und in einer Legende hieß es, daß im Land der Großen Jäger die Wege in den Lagern mit Salz bestreut waren ... aber das erschien sogar Raki und mir kaum vorstellbar.

Am Tag nach dem Fest des Salzes in unserem sechzehnten Jahr ließ Na-ka-chek mich zu sich rufen. Als ich das Große Tipi betrat, saß Raki bereits bei ihm.

»Ich habe Neuigkeiten für euch beide«, sagte er, »die noch nicht für die Ohren des übrigen Stammes bestimmt sind. In diesem Jahr ist Dorrok nicht nur mit Salz zum Würzen unserer Speisen zurückgekehrt. Er hat Neuigkeiten über drohende Gefahren mitgebracht, die unseren Hunger nach tapferen Taten zu wecken vermögen. Als ich durch den dunklen Rauch zu euch sprach, um euch an eure Verantwortung dem Stamm gegenüber zu erinnern, dachtet ihr, ich hätte euch angelogen, was die Gefährlichkeit der Schwarzen Federn betrifft, obwohl ich euch sogar das Stirnband eines ihrer Krieger zeigte. In den letzten drei Jahren sind sie langsam westwärts gezogen. Die Ältesten haben mir aus diesem Grund geraten, daß unser Stamm sich neue Jagdgründe suchen soll. Ich wäre diesem Rat gefolgt, hätte ich nicht eurer Mutter geschworen, an dem Tag, wenn ihr beide den Doppelten Kopfschmuck anlegt, mit euch zum Teich der Damals-Leute zu gehen und ihr zu sagen, daß ich mein Versprechen erfüllt habe.«

»Die Schwarzen Federn werden unsere Grenzen nicht respektieren?« fragte Raki.

»So weit die Erinnerung der Großväter zurückreicht, haben sie nie einen Sprecher zur Versammlung der Stämme entsandt, die, wie ihr ja wißt, alle sieben Jahre stattfindet. Weil sie so weit weg im Osten lebten, fingen manche Leute an, sie lediglich für eine Legende zu halten. Dorrok hörte am Platz des Tauschhandels, daß der Biber-Stamm, zahlenmäßig klein und nur wegen seiner hochwertigen Töpferkunst bekannt – spurlos verschwunden ist.«

»Wie kann ein Stamm verschwinden?« fragte ich. »Vielleicht sind sie fortgezogen und haben noch keine Nachricht von ihrem neuen Lagerplatz überbracht.«

»Ein Stamm, der weiterzieht, brennt seine Tipis nicht nieder, und es finden sich auch keine Skelette unter den Sträuchern, die die bestellten Felder zu überwuchern beginnen. Und wären sie einer Seuche zum Opfer gefallen, so hätten gewiß einige überlebt und bei ihren Nachbarn um Hilfe gebeten. Die Biber sind niedergemetzelt worden ... von den Schwarzen Federn. Jeder andere Stamm hätte es dem bedrohten Häuptling erlaubt, einen Boten zu seinen Nachbarn zu schicken, um ihnen den Grund für den Kampf mitzuteilen und um Aufnahme für seine Frauen und Kinder zu erbitten, falls seine Krieger unterliegen sollten. Möglicherweise sind bei dem Überfall auf die Biber viele feindliche Krieger getötet worden, so daß sie daraus gelernt haben, sich nicht mehr am Mais anderer Stämme zu vergreifen; oder diese Eroberung stellt sie für mehrere Jahre zufrieden, so daß sie, wenn sie schließlich den Paß überschreiten, dieses Tal hier leer vorfinden, weil wir bereits nach Westen gezogen sind.

Das Wissen um diese ständige Bedrohung ist ein Fleisch, das nur starken Bäuchen bekommt. Die Nachricht muß daher vor

Frauen, Kindern, Nacktstirnen und Jungen unter vierzehn Jahren so lange geheimgehalten werden, bis es unumgänglich ist, sie einzuweihen. Es wird immer eine Braune Feder in den Bergen postiert sein, um den Paß zu beobachten, und eine andere vier Tage flußabwärts, obgleich ich es für unwahrscheinlich halte, daß sie von dort kommen, weil die Wasserfälle den Fluß unpassierbar für Kanus machen. Piyanah wird ihre Ausbildung bei den über sechzehnjährigen Jungen fortsetzen, denn mit ihnen wird sie in den Kampf ziehen – es sei denn, sie ist nicht mehr am Erwerb der Federn interessiert.«

»Natürlich werden Raki und ich zusammen kämpfen«, sagte ich. »Das wollten wir schon, als wir erst elf waren.«

»Rakis Aufgabe wird nicht so einfach sein wie deine, Piyanah. In Zeiten der Gefahr erkennt man am deutlichsten, welche Farbe das Herz eines Menschen hat. Wenn wir bedroht sind, werden die Squaws die kleinen Beschäftigungen vergessen, hinter denen sie sonst ihre Gedanken verbergen. Wenn dann ein Anführer bei ihnen ist, ein Anführer, den sie als einen der ihren anerkennen, werden sie vielleicht an sich unerwartete Stärken und Fähigkeiten entdecken. Dadurch werden sie viel eher ihre Ebenbürtigkeit mit den Männern erkennen, als wenn sie in blindem Gehorsam etwas nachbeten, was man ihnen vorpredigt. Raki wird sie in den Wald führen, nicht wie eine Herde Ziegen, die sich ängstlich verkriechen, sondern als freie Frauen, die ihre Klugheit und Kraft gebrauchen müssen, um ihre Kinder zu beschützen. Ich werde ihnen nicht einmal Nacktstirnen als Beschützer mitgeben. Jene Mädchen, denen Raki beigebracht hat, mit Bogen und Schlinge umzugehen, werden ihm helfen, Nahrung herbeizuschaffen. Sie werden selbst Feuer machen müssen, und das wird sehr dazu beitragen, die Macht des Aberglaubens zu brechen, die die Alten Frauen noch immer über sie ausüben. Raki hat mir erzählt, daß sich eurem Stamm bereits dreißig Mädchen euren Alters anschließen wollen und daß sie geschworen haben, sich Männer ihrer Wahl zu suchen und niemals das Kind eines Mannes auszutragen, dessen Namen sie nicht aussprechen dürfen. Mögen die Schwarzen Federn kommen: Vielen unserer Tapferen werden sie den Tod bringen, aber zugleich helfen sie dabei vielleicht dem Rest von uns, sich zu befreien – von einem Feind, der noch älter ist als das Volk der Aaskrähe: dem Herrn der Trennung.«

Ich wußte, Raki wäre nie auf den Gedanken gekommen, daß er

bei den Squaws bleiben mußte, wenn der Stamm bedroht wurde, aber wir widersetzten uns Na-ka-chek nicht, denn wir hatten beide akzeptiert, daß wir uns seinen Gesetzen unterwerfen mußten, wenn wir je frei sein wollten, unsere eigenen Gesetze aufzustellen. Nur eine Bitte äußerte Raki, ehe wir das Große Tipi verließen:

»Ich habe inzwischen genug über Frauen gelernt, um zu wissen, daß die, die geistige Stärke besitzen, besser als ein Mann Gefahr essen und dabei einen ruhigen Bauch bewahren können. Sie sind es gewohnt, Anspannung auszuhalten, denn sie müssen sich lange Zeit auf unvermeidliche, starke Schmerzen vorbereiten ... schließlich sind sie es, nicht die Männer, die die Kinder gebären. Nur jene, die mit Piyanah und mir mitkommen möchten, will ich mit dieser bedrohlichen Nachricht prüfen. Wenn ich meine Pläne mit ihnen bespreche, beteilige ich sie damit an der Verantwortung, so wie Dorrok und die Roten Federn Piyanah in ihre Entscheidungen einbeziehen. Habe ich dazu deine Erlaubnis?«

»Es heißt, einer Squaw ein Geheimnis anzuvertrauen und sich dann zu wundern, daß die Amseln es dir ins Ohr rufen, sei so dumm, als würde man in einer trockenen Prärie ein Feuer unbewacht lassen und dann überrascht sein, wenn der Himmel bis zum Horizont von Rauch erfüllt ist.«

»Ich bin eine Frau, doch mir vertraust du das Geheimnis an«, sagte ich gekränkt. »Hättest du es meiner Mutter nicht anvertraut? Wie soll Raki die Frauen Freiheit lehren, wenn du selbst noch immer Reden wiederholst, die ohne Weisheit sind?«

Zu meiner Überraschung lachte er, statt wütend zu werden, ein rauhes Lachen wie das Knarren eines Baumes, der zu alt geworden ist. »Das war gut gesprochen, meine Tochter, und ich akzeptierte eine Rüge, wenn sie gerechtfertigt ist. Weil du deine Rolle so gut gespielt hast, vergaß Na-ka-chek völlig, daß du nicht auch sein Sohn bist, sondern seine Tochter.«

Raki und ich glaubten beide nicht an die Bedrohung durch die Schwarzen Federn, weil Vater sie schon einmal benutzt hatte, um uns zu täuschen.

»Vermutlich hat Dorrok am Platz des Tauschhandels irgendeine Geschichte gehört«, sagte ich, »und Vater will unbedingt daran glauben, weil wir dann alle härter arbeiten. Glauben deine Frauen die Sache?«

»Ja«, sagte Raki, »das tun sie. Alles wird dadurch viel interessanter. Ehe ich es den anderen sagte, habe ich mit Rokeena darüber gesprochen, und sie fand, daß sie es auf jeden Fall erfahren sollten, aber schwören müßten, den anderen Frauen nichts davon zu erzählen. Also weihte ich sie nacheinander ein und sagte ihnen, mit wem von ihnen sie diese gemeinsame Verantwortung teilen und vor wem sie es geheimhalten sollten.« Er lachte. »Die anderen waren wütend!«

»Aber warum, wenn sie doch gar nichts darüber wissen?«

»Weil sie spüren, daß es ein Geheimnis *gibt,* und sie versuchen krampfhaft herauszufinden, was es ist. Nona glaubt, daß irgendwelche Dämonen im Spiel sind, und es wird geflüstert, Dorrok hätte nicht nur Salz, sondern auch Perlen mitgebracht, die ich meinen Freundinnen für die Zeremonie des Erwählens geben würde. Sie können nicht verstehen, warum unsere Mädchen unbedingt Schnitzen, Bogenschießen und Fischen lernen wollen. Sie sind darüber sehr wütend und sagen, das Leben der Squaws würde härter als je zuvor werden, wenn die Männer herausfänden, daß die Frauen das Essen nicht nur zubereiten, sondern auch beschaffen könnten. Sie machen sich lustig über uns. Wenigstens könnten wir unsere Dummheit nicht vererben, sagen sie, denn kein Mann würde je mit uns in den Wald gehen.«

»Wollen *sie* denn erwählt werden?«

»Ja. Sie denken praktisch an nichts anderes. Sie wissen nicht, was dort mit ihnen geschieht, aber sie wissen, daß es als schier unerträgliche Schande gilt, nicht erwählt zu werden. Für manche ist es wirklich unerträglich. Im letzten Jahr beging ein Mädchen Selbstmord, weil kein Mann sie erwählt hatte ... sie aß Todesbeeren.«

»Kannst du es ihnen denn nicht erzählen, Raki ... was wirklich geschieht, meine ich?«

Zu meiner Verblüffung wirkte er plötzlich verlegen, was sonst zwischen uns eigentlich nie vorkam. »Also, wir wissen doch auch nicht viel darüber, oder, Piyanah? Ich meine, du auch nicht mehr als ich ... und du bist *wirklich* ein Mädchen.«

»Erzählen die Mädchen denn nichts ... hinterher?«

»Nein«, sagte Raki. »Manche scheinen es zu bedauern, wieder bei den Squaws zu sein, und manche wirken furchtbar erleichtert. Aber sie sprechen nie über das, was im Wald mit ihnen passiert ist.«

»Wird den Mädchen vor der Zeremonie des Erwählens gar nichts gesagt?«

»Nein, da bin ich mir sicher. Sie flüstern, kichern und ärgern sich gegenseitig; manche glauben offenbar, daß die Baumgeister die kleinen Kinder machen, aber das ist bestimmt Unsinn. Wissen die anderen Jungen denn, was im Wald geschieht, Piyanah? Mir erzählen sie sicher nichts, weil ich Frauenkleider trage.«

»Die Jungen prahlen damit, wie sie beim Ringen siegen und die beste Squaw gewinnen wollen, aber ich nehme an, es ist nur deshalb wichtig für sie, weil es beweist, daß sie vollwertige Mitglieder des Stammes sind. Vielleicht werden sie ja eingeweiht, wenn sie Braune Federn werden. Ich bin sicher, daß Gorgi und Tekeeni nichts wissen, denn sie haben das selbst zugegeben, als sie mir versprachen, keine Squaw zu erwählen, bevor sie sich unserem Stamm anschließen.«

Raki seufzte. »Es ist eine schwierige Aufgabe für uns, Piyanah, Männer und Frauen zu lehren, wie sie Kinder haben können, die frei und glücklich aufwachsen, wenn wir noch nicht einmal selbst wissen, wie man Kinder bekommt.«

»Ich bin froh, daß wir zum Stamm zurückgekehrt sind«, sagte ich plötzlich. »Ich möchte gerne, daß wir beide Kinder bekommen. Wären wir in unserem kleinen Tal geblieben, hätten wir niemanden gehabt, der uns erklärt, wie das geht.«

Ich war gerade dabei, an einem Bach oben in den Hügeln mit dem Speer zu fischen, als der tiefe, bedrohliche Ton des Warnenden Horns aus dem Tal heraufrollte. Mein Herz hüpfte wie eine gestrandete Forelle, denn dieser Klang barg so viel Schrecken wie das Rasseln der Klapperschlange. Mein Vater rief den Stamm zusammen, um ihm mitzuteilen, daß Gefahr drohte, Gefahr von den Schwarzen Federn.

Ich nahm meine sechs Fische, schob ihnen einen Schilfstengel durch die Kiemen und rannte den steilen Hang hinab. Als ich das Lager erreichte, hatte sich der übrige Stamm bereits versammelt. Na-ka-chek berichtete ihnen gerade, daß dreihundert Schwarze Federn aus dem Osten im Anmarsch waren, aus jenem Land, das man bisher ›unbewohnt‹ genannt hatte. Es waren Männer in Kriegsbemalung, und sie hatten keine Squaws und Kinder dabei. Als die Frauen das hörten, drängten sie sich dicht zusammen und umklammerten ihre Kinder, als wollten sie auf der Stelle fliehen.

»Wir wissen noch nicht«, sagte Na-ka-chek mit der gleichen ruhigen Stimme, mit der er sonst weit weniger bedeutende Dinge verkündete, »ob die Schwarzen Federn den Paß überqueren und in unsere Jagdgründe eindringen. Falls sie sich nach Nordwesten wenden, werde ich Läufer zu unseren Nachbarstämmen schicken, um sie zu warnen, daß der Feind es möglicherweise auf sie abgesehen hat. Wenn die Großen Jäger uns dessen für würdig erachten, werden sie den Zwei-Bäume-Stamm dazu ausersehen, die Erde vom Geschmeiß der Aaskrähe zu reinigen.«

Bei diesen Worten lief ein zustimmendes Raunen durch die Reihen der Tapferen, und einige Squaws machten sofort weniger ängstliche Gesichter, als sie hörten, daß die Gefahr vielleicht an ihnen vorbeiziehen würde.

»Nur den Narren trifft die Gefahr unvorbereitet«, fuhr Na-ka-chek fort, »daher reiften unsere Pläne bereits, kurz nachdem das letzte Salz unser Lager erreichte. Jene, die ich dazu ermächtigt habe, werden euch sagen, welchen Beitrag jeder von euch zur Abwehr der Gefahr zu leisten hat. Beginnt mit den Vorbereitungen, aber geht ansonsten weiter euren täglichen Aufgaben nach, bis das Warnende Horn euch sagt, daß der Feind den Paß überschritten hat.«

Die Menge zerstreute sich, und ich hatte Gelegenheit, Raki unter vier Augen zu sprechen, ehe er davonging, um den Squaws seine Anweisungen zu erteilen.

»Nie zuvor ist es mir so schwergefallen, zu gehorchen«, sagte er, »und nie habe ich die Tapferkeit, und die Sorge, der Frauen besser verstehen können. Du kannst hierbleiben und kämpfen. Aber ich muß mich mit den Squaws verstecken ... mich verstecken, obwohl ich vielleicht in der Lage wäre, dich zu beschützen, wenn wir zusammen wären. Mich verstecken, statt an deiner Seite zu kämpfen, weil ich nützlicher bin, wenn ich die Squaws aus dem Weg schaffe, damit sie den Kampf nicht behindern!«

»Wenn wir die Schlacht verlieren, bist du in weit größerer Gefahr, Raki. Selbst wenn euch allen die Flucht gelingt, wie willst du eine Horde von Frauen anführen? Die Alten Frauen werden sein wie Steine am Hals eines Schwimmers, und die Squaws und ihre kleinen Kinder werden dich lähmen, als wolltest du durch Ameisenhügel waten. Du wirst sie im Stich lassen müssen, oder zusammen mit ihnen verhungern ... und ich weiß, daß du sie nie im Stich lassen würdest.«

»Weißt du denn nicht, daß mir der Hungertod willkommen sein wird, wenn du im Kampf gefallen bist? Glaubst du, ich will dich in unserem kleinen Tal warten lassen?«

»Es wird schwierig werden, die Spuren dieser vielen Frauen zu verbergen, denn nur unsere Mädchen haben gerlernt, in den Fußspuren der anderen zu laufen. Die Schwarzen Federn werden dir keinen leichten Tod gönnen, wenn sie herausfinden, daß du keine Squaw bist. Sie werden dich foltern, Raki, und von der anderen Seite des Wassers aus werde ich dir nicht beistehen können.«

Ich hörte, wie Dorrok nach mir rief, und wußte, daß wir keine weitere Gelegenheit haben würden, allein miteinander zu sprechen. Die Furcht, die wir füreinander empfanden, war ungleich schwerer zu ertragen als die Angst um unser eigenes Leben.

Dorrok wies mich an, mit Gorgi und zehn anderen Jungen Raki und unseren Frauen dabei zu helfen, die Dinge, die sie dort brauchen würden, zu dem vorgesehenen Versteck zu tragen. Dabei handelte es sich um eine große Höhle, deren Eingang hinter Dornengestrüpp verborgen lag. Sie befand sich nahe genug beim Lager, so daß man es zwischen Sonnenaufgang und Mittag zweimal dorthin und wieder zurück schaffen konnte. Es gab einen Bach in der Nähe, so daß kein Wasser vom Fluß hinaufgeschafft werden mußte, aber ein großer Vorrat an Brot und Pemmikan war vonnöten, denn es würde zu gefährlich sein, Feuer zu machen.

Na-ka-chek hatte Raki gewarnt, daß die Squaws in ihrem Versteck bleiben sollten, bis sie den Klang des Horns hörten. Wenn es nach vierzehn Tagen noch nicht geblasen worden war, sollten sie nach Westen fliehen und um Aufnahme im Lager des benachbarten Häuptlings bitten ... eine Reise, für die sie zwanzig Tage brauchen würden, selbst wenn unterwegs alle gesund und bei Kräften blieben. Er warnte uns außerdem, daß der Feind, wenn wir ihn beim ersten Angriff zurückschlugen, seine Kräfte sammeln und möglicherweise erneut vorstoßen würde. Squaws, die sich zu früh ins Lager zurückwagten, wurden dann häufig gefangengenommen, und die Schwarzen Federn schreckten auch nicht davor zurück, Kinder niederzumetzeln.

Der Weg zu Rakis Höhle führte über eine steil ansteigende Schieferhalde, wo kein einziger Baum oder Strauch einem aus dem Tal kommenden Angreifer Deckung bot. Der Höhleneingang war schmal und teilweise von einem Felsbrocken verdeckt, hinter dem drei Bogenschützen in Stellung gehen konnten. Mehrere der

Mädchen hatten gelernt, mit Pfeil und Bogen umzugehen, aber da hatten sie nur auf Übungsziele schießen müssen, und ich bezweifelte, daß es ihnen ebenso leichtfallen würde, auf Menschen anzulegen. Ihre Loyalität zu Raki stand für mich außer Zweifel, aber würden sie stark genug sein, sich nicht von der Furcht anstecken zu lassen, die wie eine dunkle Wolke die Alten Frauen und jene Squaws umgab, die immer noch an ihrem Aberglauben festhielten?

Für uns andere war eine Frage von besonderer Wichtigkeit: Würden die Schwarzen Federn ihre traditionelle Angriffsmethode benutzen? Davon hing es ab, ob unser Plan Erfolg hatte oder scheiterte. Würden sie lautlos unser Lager umzingeln, sich in der Dunkelheit anschleichen und trockenes Gras an den Tipis aufschichten, um sie dann in Brand zu setzen, so daß die Leute aus den Tipis ins Licht des Feuers stolperten, wo sie, vom Rauch geblendet, eine leichtere Beute waren als von einem Präriefeuer aufgescheuchte Tiere? Würden sie das tun, oder die Regeln eines gerechten, ehrenwerten Kampfes respektieren? Wenn sie sich an die Gesetze des Rates der Federnträger hielten, würden sie uns ihren Angriff einen Tag vorher ankündigen, damit wir Gelegenheit hatten, unsere Frauen und Kinder in Sicherheit zu bringen. Dann würden sich die beiden Häuptlinge treffen und aushandeln, wie viele Tapfere jeder Stamm in den Kampf schicken sollte. Sie würden den Ort festlegen, wo am Morgen des folgenden Tages die Reihen der Krieger gegeneinander vorrückten, der ausgehandelten Vereinbarung entsprechend sich entweder aus einer Deckung anschleichend oder im offenen Angriff aus einem Abstand von hundert Schritten.

»Die Schwarzen Federn sind schon vor über zweihundert Jahren vom Rat der Dreißig Stämme ausgeschlossen worden«, sagte Na-ka-chek. »Wir dürfen nicht vergessen, daß sie die Kinder der Aaskrähe sind und nicht einmal die aufrichtige Grausamkeit eines Berglöwen besitzen. Sie werden versuchen, uns anzugreifen, während wir schlafen, unsere Tipis anzuzünden und unsere Frauen und Kinder niederzumetzeln. Wir werden sie Glauben machen, wir seien eine fette und leicht zu erlegende Beute: Sie werden ein Lager vorfinden, in dem alle zu schlafen scheinen, außer dem Mann am Wachfeuer. Dieser Mann wird die Decke eines Ältesten tragen und die Tapferkeit einer Roten Feder besitzen. Er wird, obwohl er weiß, daß in der Dunkelheit jenseits des Feuers der Tod lauert, unerschütterlich dort sitzen, rauchen und warten, bis der Moment da ist, wenn er seinen Kriegsschrei ausstößt und wir *unsere* Feuer anzünden.«

»Für unsere Feuer«, fuhr er fort, «werden wir außerhalb des Kreises unserer Tipis Holz und mit Fischöl getränktes Stroh bereitlegen. Neben jedem dieser Holzstapel wird ein Mann mit einer glimmenden Fackel stehen, deren Leuchten sorgsam abgeschirmt werden muß. Der Feind selbst wird es sein, der durch einen Ring von Feuern geblendet ist, nicht wir. Wir werden oben auf der Felswand hinter dem Lager bereitstehen, um seinen Blutdurst mit einem heißen Regen aus Pfeilen zu löschen.«

SCHWARZE FEDERN

»Die Schwarzen Federn! Wach auf, Piyanah! Die Schwarzen Federn haben den Paß überquert!« Noch ganz schlaftrunken rannte ich mit Gorgi den steilen Pfad hinunter. Statt einer einsam dasitzenden Gestalt sah ich im Schein des Wachfeuers meinen Vater, der den gefiederten Kopfschmuck trug, und um ihn versammelten sich die Tapferen, um dem Totem ihre Pfeile zu weihen. Am Rand der Menge erblickte ich Raki mit den Squaws, die den übrigen noch nicht in die Höhle gefolgt waren.

Mein Vater hob seine rechte Hand, und das Stimmengewirr verstummte. Er sprach zum Totem des Stammes, und die Herzen seines Volkes öffneten sich seinen Worten:

»Botschafter der Großen Jäger, in deren Andenken wir leben, wir bieten dir unsere Pfeile dar, auf daß sie zielsicher gegen deine Feinde fliegen mögen. Wenn wir auch nicht mehr sind als Tropfen in einem großen Fluß, so stehen wir, die Männer vom Stamm der Zwei Bäume, doch für den Morgen und gegen die Dunkelheit, und im Namen derer auf der anderen Seite des Wassers kämpfen wir gegen die Kinder der Aaskrähe.

Wenn wir in deinem Namen sterben, bitten wir um Aufnahme in die Glücklichen Jagdgründe; und wenn wir in deinem Namen siegen, so mögen sich die Bäume freuen, daß wir unter ihnen leben, die Flüsse, daß unsere Kanus zu ihrem Wasser gehören, und die Tiere, daß wir sie in unserem Land nicht betrogen haben.

Mögen wir uns durch unsere Tapferkeit und unsere Ausdauer des Totems würdig erweisen, das du uns gegeben hast. Mögen unsere Pfeile die Scharfsicht des Adlers besitzen, und mögen unsere Bogensehnen stark sein wie der Große Weiße Hirsch, welchen nur die Auserwählten deiner Sonne je sahen.

In deine Obhut befehle ich mein Volk, und ich, Na-ka-chek, spreche nicht nur im Namen meiner Tapferen, denn deinem Schutz übergebe ich auch die Frauen, Kinder und Nacktstirnen, da ich sie als mir gleichgestellt anerkenne. Im Namen der Mutter meiner Söhne erbitte ich, daß auch sie ehrenvoll in dein Land eingehen dürfen.«

Dann traten die Träger der roten Feder, die Braunen Federn und alle von uns, die für den Schutz unseres Volkes kämpfen würden, vor das Totem und knieten nieder. In unseren ausgestreckten Händen hielten wir jene rot und gelb gefiederten Pfeile, die nur gegen erklärte Feinde des Stammes benutzt werden durften.

Dann knieten wir vor Na-ka-chek, der uns mit den Fingern das Stammeszeichen auf die Stirn malte, die beiden ineinander verschlungenen Dreiecke im gelben Kreis, Symbol für Männer und Frauen unter der Sonne. Doch nur Raki und ich waren uns noch dieser tieferen Bedeutung bewußt. Auf die Stirnen Rakis und unserer dreißig Frauen malte er das Zeichen ebenfalls.

Dann sah ich Raki den Pfad in die Berge hinaufgehen. Bei ihm waren junge und stolze Frauen, Frauen, die sich fürchteten, und Frauen, die sich als Schutz vor Dämonen eine Decke über den Kopf hielten und dunkel wie die Schatten schlafender Fledermäuse dahinschlurften. Ich blickte ihnen nach, bis sie hinter dem Lichtschein des Feuers im Wald verschwunden waren.

Mit Gorgi und Tekeeni kletterte ich zu der uns zugewiesenen Stelle auf den hinter dem Lager emporragenden Felsen. Es war uns verboten zu sprechen, und in meinem Kopf begannen die Gedanken zu rasen. »Ich muß vergessen, daß ich auch eine Squaw bin. Gorgi und Tekeeni sind aufgeregt ... für sie sind die Schwarzen Federn einfach eine neue Jagdbeute. Sie haben recht: Piyanah hat beim Tod eines Hirsches manchmal im Herzen heimlich geweint, aber anders als die Tiere sind Schwarze Federn ohne Würde, also kann sie ungerührt zusehen, wie ihre Pfeile das Blut der Feinde trinken, und dabei vor Begeisterung lachen und schreien. Schwarze Federn sind keine wirklichen Menschen, sie sind eine Legende, aus Angst und Schatten geboren, und sie sind

Schuld, daß der Fluch der Trennung lebendig bleibt. Ihre Squaws
hassen sie, und ihre Kinder fürchten sie. Denke an ihre Squaws,
Piyanah, denen deine Pfeile die Freiheit schenken werden.

Ich hätte nicht gedacht, daß ich ohne Raki an meiner Seite
würde kämpfen müssen. Wir haben nie wirklich an die
Schwarzen Federn geglaubt. Wird Raki den Weg in unser kleines
Tal finden? Sind die Maiskolben noch dort und warten darauf,
daß wir sie aufheben? Damals, als wir elf Jahre alt waren, hatten
wir keine Angst davor, über das Wasser zu gehen ... wir brauchen
uns auch jetzt nicht zu fürchten. Und es ist völlig unmöglich, daß
ich Angst habe, denn sonst wäre mir bestimmt übel geworden,
als ich vom ›Mahl der Kämpfer‹ aß. Vor der Schlacht gibt es Salz,
so viel man davon essen kann. Auch das Blut wird salzig
schmecken. Meine Haut ist mit Bärenfett eingerieben ... das
erschwert es einem Feind, mich beim Nahkampf zu packen. Und
werde ich verwundet, gelangt das Fett in mein Blut, so daß ich,
statt schwach zu werden, die Kraft des Bären erlange. Ich bin
froh, daß Pekoo sich an mich erinnert hat, denn der Herr der
Grizzlys wird mich deshalb beschützen. Ein Pfeil wird sich heiß
wie Feuer anfühlen ... Raki und ich dachten, er wäre wie der
Stich einer Hornisse. Ich würde lieber einen Pfeil spüren als einen
Tomahawk. Falls sie mich skalpieren, hoffe ich, daß ich vorher
schon tot bin. Aber ich werde nicht sterben, denn Raki und ich
werden einen neuen Stamm anführen, und diese Schlacht hier
wird nur eine Geschichte sein, die wir am Wachfeuer erzählen,
wenn wir alt sind.«

Ich spürte, wie Gorgi und Tekeeni, die neben mir auf dem
schmalen Felssims lagen, sich anspannten. Die Rote Feder hatte
zwei neue Äste auf das Feuer gelegt: das Signal, daß die
Schwarzen Federn lautlos wie Giftschlangen durch den Wald auf
uns zu schlichen.

Unsere schußbereit auf den Felsen wartenden Krieger machten
das Halbrund des Steilhangs zu einem einzigen gespannten Bogen.
Unten am Fluß bewegte sich ein Schatten, und neben mir legte
Gorgi bereits einen Pfeil an, obwohl wir erst schießen durften,
wenn der Feind sich zu dem Felseinschnitt östlich des Lagers
zurückzog. Der Mann am Wachfeuer schien gedankenverloren
seine Pfeife zu rauchen.

Die Schatten kamen näher. Sie umzingelten die Squaw-Tipis.
Die Nacht unterhalb des Großen Tipis veränderte sich ... nun be-

stand die intensive Dunkelheit dort aus Männern und aus Felsen.
Bald würden wir wissen, ob Na-ka-chek mit seiner Vermutung
recht hatte, daß die Schwarzen Federn ihrer Tradition folgen und
zuerst die Tipis umzingeln würden, ehe sie angriffen.

Der Mann am Wachfeuer warf einen weiteren Scheit aufs
Feuer ... die Schwarzen Federn hatten das Lager eingekreist. Die
Rote Feder wußte, daß dreihundert Augenpaare ihn beobachteten. Es war gut möglich, daß er ihr erstes Opfer wurde, allein und
schutzlos; und doch rührte er sich nicht, paffte gelassen seine
Pfeife wie ein Ältester, der gerade eine Pause beim Erzählen einer
wohlbekannten Geschichte macht.

Plötzlich sprang er auf und stieß einen Kriegsruf aus. Das Lager war nicht länger dunkel, denn der Ring aus Feuer, den wir
vorbereitet hatten, flammte auf ... unsere Feuer, nicht die Gras-
bündel, mit denen die Schwarzen Federn unsere Tipis hatten in
Brand setzen wollen.

In der plötzlichen Helligkeit sah ich die Feinde: Ihre mit Öl ein-
geriebenen Körper schimmerten, ihre Rippen waren mit Holz-
kohle angemalt, so daß sie wie Skelette aus der Unterwelt aussahen. Ich sah die Rote Feder sterben, doch bevor sein Körper zu
Boden fiel, hatte sein Tomahawk vier Feinde getötet. Ich sah Dorrok einen Mann skalpieren, so mühelos, wie er einem Biber das
Fell abzog. Er hielt den Skalp hoch, lachte und warf ihn in einen
leeren Kochtopf, ehe er einem anderen Feind nachsetzte.

Ich lernte, daß der Tod grotesk sein und ein Mensch weiterlau-
fen kann, während sein halb abgehackter Kopf ihm auf den
Rücken herabbaumelt. Ich erlebte, daß sogar eine Rote Feder vor
Schmerzen schreit, wenn ihm ein Pfeil zitternd in der Augenhöhle
steckt. Ich hörte Gorgi vor Aufregung schluchzen, und meine
Hände waren so schweißnaß, daß ich fürchtete, meinen Bogen
nicht richtig spannen zu können.

Die Feuer brannten höher. Ich sah meinen Vater in einem
Getümmel kämpfender Männer. Sie standen zu dicht für Pfeil und
Bogen, und ich hörte die dumpfen Schläge von Tomahawks und
Keulen. Der Schädel einer Braunen Feder wurde in zwei Hälften
gespalten, so daß ihm die weiße Masse seines Gehirns über die
Schultern floß, ehe er niederstürzte. Sogar über den Rauch hinweg
drang mir heißer, süßer Blutgestank in die Nase. Unsere Feuer
breiteten sich aus, und Flammenzungen begannen an einem der
kleineren Tipis zu lecken.

Ein Verwundeter kroch den Hang hoch auf mich zu, Schutz in der Dunkelheit suchend. Ich wollte ihm helfen, doch Gorgi hielt mich zurück, und ich sah die Schwarze Feder am Stirnband des Mannes. Er hustete, ein harter, trockener Husten wie bei einem kranken Tier; sein Körper krümmte sich, als müßte er sich übergeben. Das Feuer erfaßte plötzlich den Stamm einer Kiefer, und im Licht der Flammen sah ich, daß ein zerbrochener Pfeil zwischen seinen Schulterblättern steckte. Die Helligkeit war so groß, daß ich sogar die Farbe des Blutes erkennen konnte, das ihm aus dem Mund sprudelte. Er hustete immer weiter. Ich konnte es über den Lärm der Schlacht hinweg hören.

Viele unserer Leute starben, ehe die wenigen überlebenden Schwarzen Federn versuchten, in den Wald zu entkommen.

»Jetzt!« rief Gorgi. »Jetzt! Der erste, der an diesem Felsen vorbeiläuft, gehört mir.«

»Ich habe ihn erwischt!« sagte Gorgi. »Der zweite ist für dich, Piyanah. Da! Er versucht, sich zu verstecken.«

Ich hielt das Leben dieses Mannes zwischen Daumen und Zeigefinger, als sei er eine Ameise. Ich sah, wie sich seine Rückenmuskeln bewegten, als er hastig versuchte, einen Pfeil anzulegen. Der Tod einer Schwarzen Feder zählt noch weniger als der Tod einer Ameise. Ich spürte, wie der Pfeil meinen Bogen verließ, und sah die Ameise taumeln und herumwirbeln. Dann versuchte sie wegzukriechen. Mit meinem dritten Pfeil tötete ich den Mann. Der Jäger läßt das verwundete Tier nicht entkommen. Es ist herrlich, eine Schwarze Feder zu töten! Endlich erkannte ich, was es heißt, ein Jäger zu sein. Diesmal verdarb mir kein Mitleid, wie ich es beim Erlegen meines ersten Hirschs verspürt hatte, den Triumph. Das Blut eines Feindes ist heiß und rot und schön, und durch es wird der Tapfere stark!

»Ich werde mir seinen Skalp holen«, sagte ich und stellte mich aufrecht auf den Felssims.

»Nein, Piyanah, wir sollen hier oben bleiben«, sagte Tekeeni.

»Ich werde mir seinen Skalp holen, und noch einen für Raki.«

Ich sprang den steilen Abhang hinunter, und Gorgi und Tekeeni folgten mir. Die Schwarzen Federn versuchten zu fliehen, andernfalls wären wir vermutlich nie bis zu der Stelle gekommen, wo ich meinen Feind hatte fallen sehen. Ich packte ihn an den Haaren und zog seinen Kopf zurück, bereit, ihm die Kehle durchzuschneiden, falls sich seine Augen bewegten. Sein Kiefer hing

schlaff herunter, und seine Augen waren leer wie weiße Steine. Es
ist schwieriger, einen Skalp zu nehmen, als einen Biber zu häuten.
Ich schnitt zu tief und riß ihm das halbe Ohr ab. Sein Schädel-
knochen war weiß und sauber, mit nur einem einzigen Blutrinnsal
darauf.

»Sie sind fort«, sagte Gorgi. »Er muß der letzte von ihnen gewesen sein. Er war ein tapferer Mann, Piyanah. Immerhin ist er
als letzter geflohen.«

»Er ist kein Mann«, sagte ich leidenschaftlich. »Er ist weniger
als ein Tier ... glaubst du, ich würde einem *Mann* seinen Skalp
nehmen?«

Aber ich wußte, daß ich log. Dieses dichte, kräftige Haar war
mehr als der Skalp einer Schwarzen Feder, mehr als das Zeichen
dafür, daß ich es wert war, in die Reihen der Jungen Tapferen aufgenommen zu werden. Er war alle Männer, die mich verspottet
hatten, alle Männer, vor denen sich die Squaws gefürchtet hatten,
wenn sie mit ihnen nach der Zeremonie des Erwählens in den
Wald gehen mußten. Er war mein Vater und mein Großvater; er
war die Verkörperung der Ältesten ohne Weisheit, und die Roten
Federn, die niemals Verständnis für die Einsamkeit der Squaws
aufgebracht hatten. Ich mußte noch einen Skalp für Raki holen ...

»Wir müssen sie verfolgen. Da, schaut! Dorrok und die Braunen Federn folgen ihnen auch ... keiner darf entkommen!«

»Aber wir müssen Dorroks Befehle befolgen«, sagte Gorgi. »Er
hat uns gesagt, daß wir auf dem Felsen bleiben und den Weg in
den Wald beobachten sollen.«

»Ihr braucht nicht mitzukommen ... wenn ihr Angst habt. Ihr
braucht nicht mitzukommen, wenn ihr euch nicht meinem Stamm
anschließen wollt. Ihr könnt euren eigenen Stamm gründen, in
dem es keine Squaws gibt, die euch in die Gefahr führen!«

Aber sie gehorchten Dorrok, und ich war zu stolz, um kehrt-
zumachen, als ich merkte, daß sie mir nicht folgten. Es war sehr
dunkel, und der Skalp an meinem Gürtel war feucht und roch
nach Blut. Die Bäume waren schwarz wie Krähen und beobachteten mich stumm. Ein Blutklumpen tropfte aus dem Skalp, und ich
spürte ihn an meinem Bein herunterkriechen wie eine Schnecke.
Ich wollte den Skalp wegwerfen, oder ihn unter einem so schweren Stein begraben, daß ich mich nie mehr an ihn erinnerte, selbst
wenn ich es versuchte. Aber ich knotete ihn noch fester an meinen
Gürtel, um mich daran zu erinnern, daß ich jetzt ein Junger Tapfe-

rer war. Ich würde bis Tagesanbruch im Wald bleiben müssen, um Gorgi dann erzählen zu können, daß ich, wie angekündigt, nach einer Schwarzen Feder gesucht hatte, die ich töten konnte.

Ich hörte eine plötzliche Bewegung und wirbelte herum. Der Krieger der Schwarzen Federn hatte offenbar keine Waffen mehr, denn er packte mich in einem Ringergriff ... es war ein Griff, den Raki mir beigebracht hatte, so daß ich in der Lage war, mich zu befreien. Er strömte einen unangenehmen, ranzigen Geruch aus. Es gab kein Mondlicht, so daß ich ihn nur als dunklen Umriß vor den noch dunkleren Bäumen wahrnahm. Ich wagte nicht wegzulaufen, denn dann hätte er gewußt, daß er es mit einer Frau zu tun hatte.

Ich zog mein Messer, aber er hatte mich offenbar gehört, denn als er mich wieder packte, entwand er es meiner Hand, so daß es klirrend auf einen Stein fiel. Ich riß an seinem Ohr, dieser rasche Griff, den mir Gorgi gezeigt hatte, und spürte, wie es sich von seinem Kopf löste. Er versuchte, die große Ader an meinem Hals durchzubeißen, aber ich drehte meinen Kopf weg, und seine Zähne gruben sich tief in meine Schulter, stießen bis auf den Knochen hinab. Wenn er mich doch nur tötete, ehe er merkte, daß ich eine Frau war!

Er warf mich zu Boden und preßte mir sein Knie gegen die Rippen. Seine Hände, die ich an den Gelenken umklammert hatte, entglitten mir, schossen hoch und drückten mir die Kehle zu ... ich wußte, daß ich diesem tödlichen Griff nichts mehr entgegenzusetzen hatte. Das Blut dröhnte in meinen Ohren, als sei ich zu tief getaucht ... ich würde sterben, und er würde meinen Skalp nehmen. Würde ich auf der anderen Seite des Wassers auch noch verstümmelt sein ... würde Raki mich in unserem kleinen Tal wiedererkennen ... würde er erst als alter Mann sterben, so daß ich noch viele Jahre auf ihn warten mußte?

Plötzlich ließ der schreckliche Schmerz in meiner Brust nach, und ich hörte die Schwarze Feder laut aufschreien. Sein Kopf wurde nach hinten gebogen, über einem Knie, das ihm jemand zwischen die Schultern preßte ... Daumen, starke, schöne Daumen, die ich liebte, drückten in seine Augenhöhlen. Seine Hände ließen plötzlich meine Kehle los, und ich wälzte mich zur Seite. Ich hörte, wie sein Genick brach, als Rakis Hände es über sein Knie nach hinten bogen.

Ich war nicht länger Piyanah, die Tapfere. Ich war ein Mäd-

chen, das weinte, weil es Angst gehabt hatte und nun sehr glücklich war. Und Raki sagte, er würde nie wieder zulassen, daß ich in
irgendwelchen Schlachten mitkämpfte. Dann hob er mich hoch
und trug mich tiefer in den Wald.

EIN GANZ NEUER ZAUBER

Keine Furcht mehr unter den dunklen Bäumen; aber ein Frieden,
wie ich ihn nicht mehr erlebt hatte, seit wir Kinder gewesen
waren. Die einzigen Schatten hier waren zart wie die kleinen, flü-
sternden Blätter der weißen Birken, und statt schwer tropfendem
Blut gab es nur das saubere Plätschern von Wasser auf den Steinen. Piyanah, die Tapfere, gehörte ins Land der Schatten. Ich war
Rakis Squaw, und wir waren frei, uns zu lieben.

Ich sah zu, wie er das Tuch, mit dem ich meine Brüste bedeckt
hatte, mit dem Bachwasser tränkte. Plötzlich spürte ich wieder,
daß dort, wo die Zähne der Schwarzen Feder mein Fleisch bis
zum Knochen aufgerissen hatten, meine Schulter schmerzhaft
pochte. Ich fragte mich, wie wir hierher gekommen waren ...
Raki hatte mich getragen, und dann waren wir an einem Bach
entlang bergauf gegangen. Ich war nackt und mein Körper sauber,
also hatte Raki offenbar das Blut abgewaschen.

Das Wasser kühlte die Hitze in meiner Schulter, und Rakis
Hände waren sicher und sanft, als er die Wundränder auseinan-
derzog, damit die Kühle dort hineintropfen konnte.

»Hast du seinen Skalp genommen, Raki?« fragte ich.

»Ja.«

»Warum?«

»Weil ich ihn haßte ... ein hellroter Haß, stark wie Feuer. So
habe ich noch nie zuvor empfunden, Piyanah; es ist ein sehr star-
kes Fleisch, von dem ich da gegessen habe, denn es ließ mich in
einer einzigen Nacht erwachsen werden. Wir sind jetzt beide erwachsen, Piyanah. Ich bin ein Mann, und du bist meine Frau ...
und dieses Wissen ist stärker als jedes andere Gesetz, denn es ist
das große Gesetz der Jäger.«

»Aber wird es Vater anerkennen, wenn wir zum Stamm zurückkehren?«

»Wir gehen nicht zurück – noch nicht. Dem Tapferen ist es erlaubt, mit seiner Squaw in den Wald zu gehen. Hast du etwas dagegen, meine Squaw zu sein, Piyanah?«

Ich schaute zu ihm auf und lachte. »Wollte ich denn je etwas anderes als mit dir zusammensein, mein Raki? Wir haben beide einen Feind getötet und seinen Skalp genommen, also sind wir beide Junge Tapfere ... das gibt uns doppelt das Recht zusammenzusein, denn Piyanah, der Tapfere, nimmt sich Raki zur Squaw.«

»Dieses Rollenspiel gilt nur für den Stamm, nicht zwischen uns. Du bist meine Frau, Piyanah, verstehst du? *Meine* Frau!«

Er war so ernst, daß ich den Drang spürte, ihn ein wenig zu necken. »Darf ich denn den Namen des Mannes aussprechen, der mir die Ehre seiner Aufmerksamkeit zuteil werden läßt, oder soll ich schweigen und fünf Schritte hinter dir gehen, wie es sich für eine gehorsame Squaw gehört?«

»Du sollst mir nur gehorchen, wenn ich denke, daß du in Gefahr bist. Wenn die Schwarzen Federn zurückkommen, will ich, daß du bei den Squaws bleibst. Dieser Kerl hätte dich getötet, wenn ich nicht rechtzeitig gekommen wäre.«

»Aber Tapfere müssen es riskieren, getötet zu werden.«

»Vielleicht erlaube ich es, daß du an meiner Seite kämpfst, weil ich versprochen habe, wir würden einander in unserem kleinen Tal nicht warten lassen ... aber nie wieder werde ich zulassen, daß du allein in Gefahr gerätst. Du brauchst niemandem außer mir zu gehorchen, Piyanah, und ich werde dir nur dann etwas befehlen, wenn ich sehe, daß dein Mut dich blind für die Gefahr macht.«

Mein geliebter Raki! Nie zuvor hatte ich ihn so reden hören, und es war eine wunderschöne neue Erfahrung. »Was wirst du tun, wenn ich nicht gehorche?«

»Du *wirst* gehorchen«, sagte Raki.

»Du meinst, weil du stärker bist, wirst du einen Ringkampf gegen mich gewinnen? Ich habe zwei neue Griffe gelernt, die ich dir noch nicht gezeigt habe.«

»Nicht, weil ich stärker bin, sondern weil ich ein Mann bin, *dein* Mann.«

Warum liebte ich Raki in diesem Moment mehr als je zuvor? Die Haut seines Rückens war glatt wie Birkenrinde, und seine Muskeln bewegten sich fließend und geschmeidig. Er hatte die Stirn gerunzelt und starrte, weil er mich nicht anschauen wollte, zu einem Baum auf der anderen Seite der Lichtung. An seiner

Schläfe pulsierte eine Ader, als sei er gerannt, obwohl er sich nicht bewegt hatte, seit er mit dem nassen Tuch vom Bach zu mir hochgestiegen war.

»Ich bin froh, daß *du* mich gefunden hast, nicht Gorgi«, sagte ich. »Ich bin lieber mit dir hier als mit ihm.«

»Auch Gorgi sollte froh darüber sein ... wenn ihm sein Skalp lieb ist!«

»Wie hart du bist, Raki!« sagte ich, bemüht, ernst zu bleiben. »Daß ich eine Schwarze Feder skalpiert habe, heißt doch noch lange nicht, daß ich versehentlich auch meine Freunde skalpiere.«

»Dazu hättest du gar keine Gelegenheit, denn *ich* würde Gorgi auf der Stelle skalpieren, wenn er es wagte, dich hierher in den Wald zu bringen!«

»Aber ich bin schon oft mit Gorgi im Wald gewesen.«

»Von jetzt an nicht mehr. Verstehst du? Das ist ein Befehl, Piyanah!«

»Ein Jammer, daß mir Gehorsam so schwerfällt!«

Raki starrte nicht länger zu der Birke hinüber. Er schaute mich an, mit einem Gesichtsausdruck, der mir bei ihm völlig neu war, wütend, aufgeregt und verwirrt zugleich.

Er faßte mich an den Schultern. »Du wirst lernen zu gehorchen, *jetzt* ... und besser, du lernst es schnell, wenn du nicht willst, daß ich deine Freunde töte. Du *bist* meine Frau?«

Meine Arme schlangen sich um seinen Hals, und unter meinen Händen fühlte sich die glatte Haut seines Rückens lebendig und aufregend an. »Ich bin immer schon deine Frau gewesen.«

Mein Herz hämmerte, als ob ich einen steilen Berg hinaufgerannt wäre, aber darüber hinweg konnte ich sein Herz hören.

»Damit, zu einer einzigen Person zu werden, müssen wir nicht warten, bis wir einen Stern im Himmel bekommen«, sagte er leise. Dann waren mein Körper und seiner nicht länger getrennt. Ihre Freude verschmolz zu einer warmen, strahlenden Flamme, und wir waren beide Teil dieser neuen Flamme. In ihrem Leuchten sahen wir einander näher und deutlicher als je zuvor. Die Freude war so gewaltig, daß wir aufschrien und es einfach geschehen ließen, von ihr mit Wellen warmen Lichts überflutet zu werden, Licht, wärmer als die Sonne und weicher als dicke, flauschige Biberpelze.

Dann fühlten wir Frieden, und eine Gemeinschaft, die aller Einsamkeit ein Ende setzte.

Die Angst davor, wieder zum Stamm zurückgehen zu müssen, wollte aus den Schatten hervorkriechen, aber wir verscheuchten sie. Wir mochten beide nichts töten, also ging Raki davon, um ein paar Pilze zu sammeln, die sich roh verspeisen ließen. Als er zurückkam, pfiff er vor sich hin und trug ein in ein altes Hemd geschnürtes Bündel.

»Woher hast du das?« fragte ich.

»Gorgi hat es gebracht.«

»Gorgi ... aber wie hat er uns gefunden?«

»Er ist unserer Spur gefolgt, und als er sah, daß du verwundet bist, ging er, um Dorrok Bescheid zu sagen. Dorrok sagte, daß wir drei Tage allein hier draußen bleiben dürfen, und wies Gorgi an, uns etwas zu essen zu bringen.«

»Das war sehr freundlich von Gorgi«, sagte ich warmherzig.

»Ja, und es war sehr geschickt, daß er es schaffte, unserer Spur zu folgen ... besonders, wenn man bedenkt, daß er im Moment nur auf einem Auge sehen kann.«

»Ist er in der Schlacht verletzt worden? Als ich ihn verließ, war ihm noch nichts geschehen.«

»Aber als *ich* ihn verließ! Ich habe ihm einen Schlag verpaßt ... und zwar ziemlich kräftig. Ich sollte ja bei den Squaws bleiben, aber als ich die Feuer sah und wußte, daß die Schwarzen Federn tatsächlich angriffen, hielt ich es dort nicht länger aus. Als ich das Lager erreichte, waren sie schon geflohen. Ich konnte dich nicht finden und fürchtete schon, daß du gefallen warst. Ich suchte dich zwischen den Toten, aber dann erzählte Gorgi mir, du seiest in den Wald gegangen. Er glaubte nicht, daß du wirklich versuchen würdest, einen zweiten Skalp zu holen, deshalb ließ er dich allein gehen. Ich sagte ihm – mit meiner Faust – daß das ziemlich dumm von ihm war. Sobald er dazu wieder in der Lage war, folgte er mir, um mir bei der Suche nach dir zu helfen.«

»Was sehr nett von ihm war, Raki, und noch viel netter war es, das mit Dorrok für uns zu regeln.«

»Ja, das war es wohl«, gab Raki widerwillig zu, »aber dafür, daß er dich einfach allein gehen ließ, verdient er eigentlich noch Schlimmeres als bloß ein blaues Auge.«

»Ist sein Auge sehr schlimm zugerichtet?«

»Nicht schlimm genug«, sagte er unbarmherzig. »In ein paar Tagen wird man kaum noch etwas davon bemerken.«

»Vielleicht ist er mir ja nicht gefolgt, weil er Angst hatte, skalpiert zu werden ... von dir.«

Statt wütend zu werden, kicherte Raki nur. »So dumm ist nicht einmal Gorgi!«

An unserem letzten Abend, bevor wir zum Stamm zurückkehren mußten, lagen wir neben dem Bach im hohen Gras. Die weißen Stämme der Birken leuchteten im warmen Licht der untergehenden Sonne, und sogar die Vögel klangen schläfrig, als hätten sie gerade unseren neuen Zauber praktiziert.

»Glaubst du, daß die Damals-Leute diesen Zauber auch kannten, Raki?«

»Ich denke schon. Mutter erzählte, daß ihnen alle Geheimnisse des Glücklichseins vertraut waren, also müssen sie auch das gekannt haben.«

»Was für ein schrecklicher Gedanke, daß so viele Generationen unseres Volkes getrennt voneinander leben mußten, nur weil sie etwas so wunderbar Einfaches vergessen hatten.«

»Sie können es nicht völlig vergessen haben, sonst gäbe es nicht immer noch eine Legende über zwei Menschen, die zu einem einzigen Stern werden.«

»Aber was wäre es doch für eine Zeitverschwendung gewesen, wenn wir damit bis nach unserem Tod gewartet hätten!«

»Glaubst du, daß unsere Leute uns verstehen, wenn wir ihnen davon erzählen, oder wird es schwer zu erklären sein?« fragte Raki.

»Darüber habe ich mir noch gar keine Gedanken gemacht. Es ist schon möglich, daß es schwer zu erklären ist ... wenn man versucht, es in Worten auszudrücken, klingt es ziemlich verrückt und albern.«

»Daß man ein Stern wird, klingt verrückt, wenn man nicht weiß, was es für ein Gefühl ist.«

»Ja, da hast du recht ... im Himmel sitzen, funkeln oder sich in Wolken hüllen.«

Zwei Streifenhörnchen jagten einander auf einem Ast hinterher. Plötzlich bemerkte ich, wie Raki sie sehr aufmerksam beobachtete. »Piyanah«, sagte er langsam, »diese Streifenhörnchen ... und wir ... und die Damals-Leute. Glaubst du, daß es bei allen immer der *gleiche* Zauber ist?«

Ich dachte einen Moment nach und sagte dann mit Nachdruck:

»Nein, das bezweifle ich. Aber auf jeden Fall bin ich mir sicher, daß unser Zauber nichts mit dem zu tun hat, was mit den Squaws geschieht, die von den Männern in den Wald geführt werden ... denn dann würden sie doch wohl kaum froh sein, wenn sie es hinter sich haben und wieder bei den anderen Squaws sind.«

»Da hast du sicher recht«, pflichtete mir Raki bei, »denn wenn sie unseren Zauber entdeckt hätten, würden die Männer sie niemals zu den Squaw-Tipis zurückgehen lassen.«

»Aber *wir* müssen zurück.«

»Ja«, sagte er, »wir müssen zurück. Letzte Nacht habe ich an Rokeena und Gorgi und die anderen gedacht. Die Damals-Leute haben uns ein Geheimnis gezeigt, das wir an die anderen weitergeben müssen, denn es ist ungeheuer wichtig, ein Geheimnis zu haben, aus dem ein *wirklicher* Stamm geboren werden wird.«

»Werden wir unseren Zauber noch einmal miteinander teilen können, bevor wir Braune Federn sind?«

»Ich glaube nicht. Aber wir haben jetzt zwei Himmel, an die wir uns erinnern können: dieses Birkenwäldchen hier und unser kleines Tal. Wir können nicht zur selben Zeit hier und in der normalen Welt des Lagers leben. Ich könnte es nicht ertragen, ständig mit den Squaws zusammenzusein und mich dabei immer wieder an diesen Zauber zu erinnern, und ich könnte es nicht ertragen, wenn du mit Gorgi und Tekeeni zusammen bist und dich dabei daran erinnerst. Wir müssen es beide vergessen, bis wir die ganze Zeit über zusammensein können.«

Ich versuchte, ihn zu trösten. »Jetzt, wo wir so früh Junge Tapfere geworden sind, dauert es doch nur noch ein weiteres Jahr.«

»Erinnerst du dich noch, was du empfunden hast, als ich sagte: ›*Nur* sieben Jahre‹?«

»Ich weiß, Raki, aber wenn ich nicht ›nur‹ sage, muß ich weinen ... und das würde uns unsere letzte gemeinsame Nacht verderben ... und jetzt, wo wir so viel mehr haben, woran wir uns erinnern und worauf wir uns freuen können, wird es bestimmt leichter sein, die restliche Zeit durchzuhalten.«

Dennoch schien ein Jahr länger zu sein als alle Flüsse der Erde, als wir früh am nächsten Morgen in das Lager zurückkehrten: Raki, die Squaw, und Piyanah, der Junge Tapfere, beide mit dem Skalp einer Schwarzen Feder am Gürtel.

TOTENKANU

Entgegen meiner Vermutung hatten die Begräbnisriten noch nicht stattgefunden. Zwar waren die toten Feinde von Nacktstirnen in einer nicht mehr benutzten Tongrube begraben worden, die von nun an tabu war, doch den letzten unserer Toten hatte man soeben erst ins Lager zurückgebracht, und seine Gefährten hatten auf ihn gewartet, um alle gemeinsam die Reise in das Land der Großen Jäger antreten zu können.

Dreiundsiebzig unserer Tapferen waren gefallen; sie lagen in einem Halbkreis zwischen dem Totem und dem Wachfeuer, in ihre Decken gehüllt, als ruhten sie vor Tagesanbruch. Wenn der Freund eines in der Schlacht getöteten Tapferen seine Hand auf dessen kalte Stirn legt und, weil die Toten nicht gut hören können, sehr laut spricht, nimmt der Gefallene diese Botschaft mit sich ins Land jenseits des Sonnenuntergangs; und wenn dann im Westen ein fallender Stern zu sehen ist, weiß der Freund, daß seine Botschaft dort gewissenhaft übermittelt wurde.

Ich wünschte, ich hätte Raki um Rat gefragt, ob wir einen von ihnen bitten sollten, Mutter mitzuteilen, daß wir die Damals-Leute nicht vergessen hatten. War es für die Toten leichter, die Worte der Toten zu verstehen als die der Lebenden? Sie mußte unsere Worte doch eigentlich auch hören können, ohne daß sie den Umweg durch das Ohr eines Leichnams machten? Aber das konnten wir nicht mit Sicherheit wissen. Bestimmt würde sie traurig sein, wenn alle anderen, die sich versammelt hatten, um unsere Tapferen willkommen zu heißen, Nachrichten von den Lebenden erhielten, während sie allein kein Wort von ihrer Tochter und ihrem Ziehsohn empfing.

Im Lager herrschte Stille, mit Ausnahme des Holzhackens für die Totenfeuer unten am Fluß. Ich legte meinen Bogen vor das Totem, um ihm dafür zu danken, daß mein Leben verschont worden war, und um ihm zu berichten, daß meine Pfeile ihr Ziel nicht verfehlt hatten. Ich beschloß, zuerst einen Boten zu suchen, ehe ich den Skalp zum Tipi der Ältesten brachte. Wenn die Toten den Skalp an meinem Gürtel sahen, wußten sie, daß ich nun ein Junger Tapferer war und die Privilegien eines jüngeren Bruders für mich beanspruchen durfte.

Nur fünf unserer Toten waren skalpiert worden. Offenbar hatten sie die fliehenden Schwarzen Federn bis in den Wald verfolgt, denn im Getümmel der für ihn verlorenen Schlacht hatte der Feind wohl kaum Gelegenheit gehabt, Trophäen zu sammeln. Diese fünf Körper trugen nun neue Skalps aus Biberpelz, um zu zeigen, daß sie als mächtige Jäger im siegreichen Kampf gefallen waren. Die Biberfelle hatte man ihnen auf das Fleisch ihrer Stirnen genäht. Zu beiden Seiten der gefallenen Tapferen waren kleine, aromatisch riechende Feuer entzündet worden, doch der Rauch vermochte nicht alle Fliegen fernzuhalten. Manchmal mußte ich sie verscheuchen, um das Gesicht darunter erkennen zu können.

Die Rote Feder, die rauchend am Feuer gesessen hatte, um uns das Signal für die Schlacht zu geben, hatte ihre Ruhe mit in den Tod genommen: Seine Augen waren geschlossen, und seine starken Hände hielten noch den Bogen und den Tomahawk, die er auf seine lange Reise mitnehmen würde. Ihn wollte ich nicht gerne behelligen, also suchte ich nach einem anderen Boten.

Ich entdeckte einen Jungen, der oft mit Gorgi und mir zum Speerfischen gegangen war. Offenbar hatte ihn ein einziger Hieb mit dem Tomahawk getötet. Sein Hals war durchtrennt und nun mit schmalen Lederstreifen auf die Schultern genäht worden, damit er nicht als Krüppel vor die Großen Jäger treten mußte. Ich hatte Angst, daß sein Kopf zur Seite kippen würde, wenn ich ihm meine Hand auf die Stirn legte. Ich schämte mich für diese Angst und hoffte, daß er meine Gedanken nicht hören konnte.

Sie hatten den Pfeil aus der Augenhöhle von Dorroks Freund entfernt, den ich früh in der Schlacht hatte sterben sehen, und statt dessen einen weißen Stein eingesetzt, der wie ein Auge angemalt worden war. Seine Lippen waren zurückgezogen, so daß es aussah, als knurrte er mit entblößten Zähnen. Das tat mir leid, denn er war immer ein freundlicher Mann gewesen, und nun würden seine Freunde jenseits des Sonnenuntergangs vielleicht denken, er sei bösartig und wild geworden, ehe er Gelegenheit hatte, sich einen Geistkörper zu machen, den er anstelle dieses zerfallenden Traums aus Fleisch tragen konnte.

Ich hatte nicht gewußt, daß Barakeechi getötet worden war, bis ich ihn zwischen zwei Braunen Federn liegen sah. Sein Gesicht war unversehrt, aber die Verwesung hatte blaue Flecken um seinen Mund entstehen lassen, als hätte er Holunderbeeren gegessen.

Ich schlug seine Decke zurück und sah eine Pfeilwunde über seiner linken Brust. Etwas bewegte sich dort ... es waren Maden in der Wunde, Maden in Barakeechi, der immer der Fröhlichste von uns allen gewesen war! Er war freundlich und tapfer, und er hatte sich unserem neuen Stamm anschließen wollen ... sein Tod war viel wirklicher für mich als bei den anderen.

Ich legte meine Hand auf seine Stirn. »Barakeechi, ich weiß, du kannst mich hören, denn du bist immer ein Freund von Raki und Piyanah gewesen. Du bist der erste von unserem neuen Stamm der Federn, der in den Sonnenuntergang reist. Wirst du bitte meiner Mutter von unserem Stamm erzählen, Barakeechi? Erzähle ihr, daß Raki und ich die Damals-Leute nie vergessen haben und daß sie, wenn sie Sehnsucht nach der Erde haben, als Kinder der Federn in unserem Stamm wiederkehren können, denn unser Volk wird so glücklich miteinander sein, wie sie es einst waren. Lebewohl, Barakeechi, bis wir eines Tages auf der anderen Seite des Wassers zusammen lachen, wenn Raki und ich uns dir anschließen werden.

Im Tipi der Ältesten werden in deinem Namen zwei neue Skalps hängen. Sie haben dich getötet, Barakeechi, daher bin ich froh, daß ich einen von ihnen in den Tod geschickt habe. Du lächelst, weil du erkannt hast, daß der Tod nur bedeutet, über einen anderen Berg in ein Tal zu reisen, wo es keinen Winter gibt. Wenn ich Angst habe, werde ich mich an dein Lächeln erinnern. Sage meiner Mutter, daß wir uns erinnern.«

Am Mittag wurden die Leichname hinunter zu den Feuern getragen, die schon seit dem Morgen gebrannt hatten, so daß nun, wenn trockenes Holz auf die glühenden Scheite geschichtet wurde, helle Flammen mit großer Hitze emporprasselten. Jeder Tapfere wurde von zwei Männern getragen, auf einer Bahre, die an langen Stangen befestigt war, damit die Träger zu beiden Seiten des Feuers stehen und sie sanft in die Flammen senken konnten.

Na-ka-chek hatte Raki und mir erlaubt, Barakeechi diesen letzten Dienst zu erweisen. Zum erstenmal seit fünf Jahren waren wir beide gleich bekleidet, mit dem Hirschlederhemd eines Jungen Tapferen, und an die Rückseite unserer Stirnbänder waren Haare aus dem erbeuteten feindlichen Skalp geknotet, ein Autoritätssymbol, das fast soviel galt wie eine Feder.

Narrok trommelte schon seit dem Morgengrauen den Todesrhythmus. Squaws standen entlang des Pfads, um den Toten bei ihrer Reise zuzusehen. Einige von ihnen hätten eigentlich Trauer über den Verlust eines Sohnes oder des Vaters eines ihrer Kinder empfinden müssen. Doch auch wenn ihr Haar mit der weißen Asche der Trauer bestreut war, las ich mehr Neugierde als Schmerz in ihren Augen. Sogar unsere Frauen, die etwas abseits von den andern standen, zeigten keinerlei Gefühle ... aber warum sollten sie auch etwas empfinden, wo doch Barakeechi unter den Toten der einzige war, mit dem sie je gesprochen hatten, der einzige, mit dem sie vielleicht ihre Zukunft geteilt hätten? Oft hatten sie die Jäger ein getötetes Tier ins Lager bringen sehen; für die meisten von ihnen war ein Mann ein fremdartigeres Tier als ein Hirsch ... und Fremde werden weder geliebt noch bedauert.

Die Hitze des Feuers war so groß, daß es uns schwerfiel, Barakeechi sanft abzusetzen. Der Gestank verbrennenden Fleisches verursachte mir Übelkeit. Ich fragte mich, wie lange es dauern würde, bis ich wieder gebratenes Fleisch essen konnte, ohne daß mir dabei dieser Geruch in die Nase kroch.

Barakeechi war jetzt nur noch der äußere Umriß eines Menschen, schwarz und rot im Feuer. Bald würde er zu Asche zerfallen sein, und nur ein paar verkohlte Knochen würden noch davon künden, daß ein Mann und ein Baum sich zu dieser Sternenfackel hier vereint hatten. Schweigend standen wir daneben und sahen zu, wie die Glut abkühlte.

Dann kam der Häuptling in Begleitung der Ältesten, um von jedem der verbrannten Körper eine Handvoll Asche zu nehmen. Vor dem Totenkanu, das von acht Roten Federn auf den Schultern getragen wurde, hielt Na-ka-chek die Asche hoch in den Himmel und sprach den Namen jedes Mannes aus, der gestorben war, auf daß der Stamm leben konnte. Er sprach von dessen Mut und Zähigkeit; von den Stromschnellen, die er bezwungen hatte, während der Fluß zornig gewesen war; von den Tieren, die er getötet hatte, und den Bärenkrallen, die er an seiner Halskette trug. Dann bat er die Großen Jäger, diesen Mann bei ihnen aufzunehmen, als tapferen Gesandten Na-ka-cheks, des Häuptlings des Zwei-Bäume-Stammes.

Während er die Asche in das Totenkanu warf, hallte der Name des Helden von den Bergen wieder, denn wir, die wir seine Gefährten gewesen waren, riefen zum Abschied laut seinen Namen.

Bei Sonnenuntergang wateten die Träger in den Fluß hinaus, bis die Strömung das Totenkanu von ihren Schultern hob und davontrug. Sanft, dann immer schneller trieb es der Großen Stromschnelle entgegen. Im Westen sah ich einen fallenden Stern. Da wußte ich, daß Barakeechi und meine Mutter sich nun gemeinsam darüber freuten, daß wir die Damals-Leute nicht vergessen hatten.

TEIL III

BRAUNE FEDERN

Jetzt, wo Raki und ich Junge Tapfere waren, erlaubte uns Na-ka-chek, schon vor unserem siebzehnten Geburtstag an den Prü-fungen für den Erwerb einer braunen Feder teilzunehmen. Seit unseren Nächten in dem Birkenwäldchen haßten wir es mehr denn je, voneinander getrennt zu sein, so daß wir sein Angebot bereitwillig annahmen. Das letzte Jahr unserer Trennung würde sich dadurch um mehrere Monde verkürzen, denn eine Braune Feder hatte das Recht, sich eine Squaw zu erwählen!

Die Prüfungen mußten allein bestanden werden, auch wenn man gemeinsam dafür trainierte. Mir war gar nicht bewußt ge-wesen, wie sehr ich mich bislang auf die Gegenwart Gorgis oder einer der anderen Jungen verlassen hatte. Nun entdeckte ich, um wieviel schwieriger es war, mich ganz allein bis an die äußerste Grenze meiner Belastbarkeit anzutreiben oder den schwierigeren Weg auf einen Felsen zu wählen, ohne jemanden an meiner Seite zu haben, der seinen Mut mit mir teilen konnte. Und ich wußte, daß ich nicht nur ihren Mut wollte, sondern auch ihre Bewunde-rung ... die Befriedigung, wenn ein Freund stolz auf mich war oder jemand mich beneidete, der mich noch nicht als ebenbürtig akzeptierte.

Die erste Prüfung hörte sich sehr einfach an ... wenn ein ande-rer sie zu bewältigen hatte: Es galt, innerhalb von drei Tagen mit dem Kanu so weit wie möglich flußaufwärts zu paddeln. Eine Braune Feder, die man nie zu Gesicht bekam, beobachtete ständig, wie gut der Prüfling sich dabei hielt. Falls er erschöpft zusammen-brach, machte er Dorrok, der möglicherweise persönlich zu-schaute, durch seine Schwäche Schande und blamierte ihn vor dem Stamm. Wir hatten schon viele andere Ausdauerprüfungen in Kanus über uns ergehen lassen, aber jedesmal hatte es eine fest-gelegte Entfernung gegeben, die wir in einer vorgeschriebenen

Zeit bewältigen mußten. Wenn man die Entfernung vorher
kannte, konnte man sich sagen: »Nur noch eine Flußbiegung, nur
noch zweihundert Paddelschläge ... noch einhundert, ehe ich
mich in den Tiefschlaf fallen lassen kann, der auf eine schwere
Ausdauerübung folgt.« Doch dieses Mal hatte ich keine Ahnung,
wieviel von mir erwartet wurde: Konnte ich es wagen, während
eines Viertels der Zeit zwischen einem Sonnenaufgang und dem
nächsten zu schlafen, oder mußte ich kürzere Ruhepausen machen? Wenn ich am ersten Tag zu weit fuhr, war ich am dritten
Tag möglicherweise so erschöpft, daß ich nur noch wenig vorankam. Dann war für jedermann offensichtlich, daß ich nicht gelernt hatte, meine Kräfte vernünftig einzuteilen.

Raki hatte sich dieser Prüfung unmittelbar vor mir unterzogen
und kehrte an dem Abend, bevor ich aufbrechen sollte, ins Lager
zurück, doch Dorrok erlaubte mir nicht, mit ihm zu sprechen, so
daß ich nicht in Erfahrung bringen konnte, wie weit flußaufwärts
er es geschafft hatte.

Ich brach im Morgengrauen auf und gelangte erst am Abend
zu einer Stromschnelle. Es war mühsam, das Kanu allein am Ufer
entlang zu tragen, aber wenigstens war der Boden eben, so daß
meine Füße sicheren Halt fanden. Ich war weiter gekommen, als
ich es je zuvor an einem Tag geschafft hatte, daher entschied ich,
daß ich es mir leisten konnte, etwas Brot und Pemmikan zu essen
und mich dann bis zum Mondaufgang auszuruhen.

Weil die Herbstregenfälle noch nicht begonnen hatten, führte
der Fluß nur wenig Wasser. So konnte ich das Kanu dicht am Ufer,
wo die Strömung gering war, zügig vorantreiben. Nur das gleichmäßige Eintauchen meines Paddels durchbrach die Stille. Um die
Schläge möglichst regelmäßig zu halten, lauschte ich in Gedanken
dem Klang von Narroks Trommel; laut zu singen hätte mich zu
viel Atem gekostet. Der Fluß verlief nun längere Zeit durch offenes Land, und der Mond wies mir einen Weg über das schwarze
Wasser. Manchmal sprang ein Fisch, oder in der Ferne bellte ein
Kojote. Dann hörte ich wieder für sehr lange nur das leise Seufzen
meines ins Wasser eintauchenden Paddels.

Vor Tagesanbruch schlief ich eine Weile im Kanu. Ich hatte es
am Ufer festgebunden, um an Land zu schlafen, aber das Gras
war naß vom Tau gewesen, und ich hatte keinen Schutz vor dem
kühlen Wind gefunden. Ich wünschte, ich hätte mir ein zweites
Hemd mitgenommen, um darin zu schlafen, auch wenn das zu-

sätzliche Gewicht vielleicht eine Verzögerung bedeutet hätte. Aber so fror ich zu sehr, um wirklich schlafen zu können.

Nach Sonnenaufgang paddelte ich weiter flußaufwärts. Als ich die nächste Stromschnelle umgehen mußte, schien mir das Kanu schwerer als beim ersten Mal zu sein. Vielleicht lag es daran, daß meine Füße auf dem lockeren Kies neben der Stromschnelle immer wieder wegrutschten, oder meine Arme wurden allmählich müde. Gegen Mittag war ich so schläfrig, daß ich das Kanu an einem über den Fluß hängenden Baum festband und badete, bis ich mich etwas erfrischter fühlte. Ich zwang mich dazu, etwas Pemmikan zu kauen, obwohl ich nicht hungrig war. Dann lag ich auf einem sonnenheißen Felsen und sehnte mich nach Schlaf, wußte aber, daß ich nicht einschlafen durfte, da ich sonst vor Sonnenuntergang nicht wieder aufgewacht wäre. Wenn jemand mit mir gefahren wäre, hätte abwechselnd einer von uns schlafen können, während der andere wach blieb, was die Reise wesentlich angenehmer gemacht hätte.

Wieder nahm ich mir vor, nur bis Mondaufgang ein wenig zu schlafen, doch als ich plötzlich erwachte, stand der Mond bereits hoch am Himmel, und ich wußte, daß ich kostbare Zeit vergeudet hatte. Noch halb blind vom Schlaf stolperte ich hinunter zum Ufer und zog das Kanu ins Wasser. Das Paddel fühlte sich sehr schwer an, als sei es aus Zedernholz, statt aus Birke. Es fiel mir nicht leicht, in einem gleichmäßigen Rhythmus zu paddeln. Mehrfach kam ich seitlich vom Kurs ab, was mich nutzlose Anstrengung kostete und jedesmal ein Stück zurückwarf.

Ein Kreischen zerriß die Stille des Waldes. »Das war nur ein Dachs«, sagte ich laut. Aber stießen Dachse tatsächlich solche Schreie aus? Es hatte geklungen wie ein von Entsetzen oder Schmerzen gepeinigtes Kind. Ich wollte rasch die nächste Flußbiegung erreichen, hinter der ich mich vor der Quelle des Geräusches in Sicherheit wähnte. Ich paddelte schneller. Der Mond verbarg sich teilweise hinter Wolken, so daß nur ein ganz schwacher silbriger Glanz die Dunkelheit erhellte. Ich wußte, daß ich dringend eine Ruhepause benötigte, wagte aber nicht, mich dem bewaldeten Ufer zu nähern, da sich zwischen den Bäumen für mich nun plötzlich unbekannte Schrecken verbargen. Und am anderen Ufer konnte ich nicht landen, weil dort Felsen steil in tiefes Wasser abfielen und die Strömung zu schnell war.

Das Kanu prallte gegen ein Hindernis und kenterte beinahe.

»Natürlich war das nur ein großer Ast«, sagte ich laut. »Du bist ja schließlich keine Squaw, die an Wasserdämonen glaubt! Du hast *keine* Hand gesehen, die den Bug umklammerte, Piyanah. Das war nur ein Schatten. ... Es war *keine* Hand, und wenn du denkst, daß es doch eine war, dann hast du nur geträumt.«

Der Klang meiner eigenen, mich scheltenden Stimme ließ die Dunkelheit nur noch tiefer und undurchdringlicher erscheinen ... und es war keine freundliche Dunkelheit.

»Wenn du zu feige bist, dich am Ufer auszuruhen, mußt du weiterpaddeln, Piyanah, sonst wird das Kanu von der Strömung rückwärts getrieben. Willst du, daß Dorrok sich für dich schämen muß? Willst du Raki und die Federn verraten, nur weil du zu faul bist, um noch ein kleines Stück zu paddeln?«

Meine Schultern schmerzten, als hätte jemand mit der Keule auf sie eingeschlagen. Ich stimmte einen Kriegsgesang an, um den Rhythmus zu halten, um wach zu bleiben. Ein Streifen gelben Lichts spiegelte sich auf dem Wasser. Allmählich löste sich die Dunkelheit auf und graue Baumgeister wurden sichtbar, freundliche Geister, vor denen die singenden Vögel sich nicht fürchteten. Nebel stieg aus dem Wasser auf wie Rauch. Wäre es doch nur Rauch gewesen! Der Rauch eines Feuers, an dem ich mich aufwärmen und schlafen konnte; der Rauch eines Kochfeuers, so daß ich heiße Suppe hätte essen können, statt lediglich einen Streifen Pemmikan, den zu kauen ich zu müde war.

Das Kanu war zu schwer, um es auf das steile Ufer zu ziehen, also mußte ich weiterpaddeln, bis ich einen kräftigen Strauch entdeckte, an dessen Wurzeln ich es festbinden konnte. Ich konnte keinen trockenen Schlafplatz finden, sogar unter den Bäumen war der Boden naß. Aber ich sah einen Laubhaufen, in den ich hineinkroch, um mich zu wärmen. »Ich darf nur eine kleine Weile schlafen! Morgen kann ich schlafen ... nicht jetzt. Morgen früh kann ich schlafen.«

Ich erwachte erst am Mittag, in der Mittagshitze eines Herbstes, dessen Flammen bereits die Wälder zu färben begannen. Ich badete im Fluß, vergeudete aber keine Kraft durch Schwimmen. Der lange Schlaf hatte mich erfrischt. Ich spürte einen wahren Heißhunger auf Brot, und sogar der Pemmikan war angenehm zu kauen.

Bei Sonnenuntergang brauchte ich eine Pause, wagte aber nicht einzuschlafen. Ich brach mir einen langen Dorn von einem

Strauch ab, und jedesmal wenn meine Augenlider zu schwer wurden, um sie offenzuhalten, trieb ich ihn in mein Bein, bis ich vor Schmerz zusammenzuckte. Auf kaltem, harten Boden ist es schwer, so entspannt zu liegen, daß die Muskeln sich wirklich erholen können. Von den Bäumen tropfte der Regen, langsamer, monotoner Regen, der es zusätzlich erschwerte, meinem Körper jenen Schlaf zu verweigern, nach dem er sich sehnte – Schlaf für den er mit dem schmerzhaften Stich eines Dorns bestraft wurde. Ich fing an, meinen Körper dafür zu hassen, daß er mich zum Schlafen verführte, und mich selbst zu hassen, weil ich meinen Körper so quälte.

Vor Mondaufgang hörte es zu regnen auf. Das Kanu glitt an dunklen Baumreihen vorbei, die nicht länger bedrohlich auf mich wirkten. Ich stellte mir vor, daß sie Menschen waren, die mir dabei zuschauten, wie ich mir meine Feder erkämpfte.

»Sie verspotten dich, Piyanah. Hör doch, sie sagen, daß Piyanah bloß eine Squaw ist, die so tut, als sei sie ein Junger Tapferer. Piyanah, sag deinen Armen, sag deinen Rückenmuskeln und deinen Schenkeln, sie sollen nicht um Erholung betteln, weil die Zuschauer das hören und sich über dich lustig machen werden. Laßt mich nicht im Stich, Arme! Seht, der Mond ist weit über den Himmel gewandert. Schon bald bricht der Tag an, an dem wir uns endlich ausruhen können. Nein, Piyanah, schau nicht zurück! Vor dir auf dem Wasser wirst du das Licht des Sonnenaufgangs sehen. Sie sollten es das Land jenseits des Sonnenaufgangs nennen, das Land, in das die Menschen gehen, wenn ihre Nacht lang war und sie so entsetzlich erschöpft sind. Zähle die Paddelstöße, Piyanah, hundert von ihnen sind eine Faser deiner braunen Feder. Immer weiter ... weiter. Der Rhythmus des Paddels wird jetzt langsam wie der Herzschlag eines Sterbenden. Ich höre eine Stromschnelle. Wird der Sonnenaufgang mich erlösen, ehe ich dieses wütende Wasser erreiche? Ich werde es nicht mehr schaffen, das Kanu zu tragen, auch wenn es einen breiten Pfad gibt und keine Felsen überklettert werden müssen. Der Mond ist immer noch sehr hell. Nein, Piyanah! Es ist die Morgendämmerung – die Morgendämmerung, Piyanah!«

Ich befand mich nahe am Ufer. Hätte ich mich mitten im Strom befunden, wäre ich wahrscheinlich ohnmächtig geworden, und die Strömung hätte mir wieder einiges von der Strecke geraubt, die ich bewältigt hatte. Ich beobachtete meine Hände dabei, wie sie das Kanu an einem dicht am Wasser stehenden Baum festbanden. Langsam und mit großer Willensanstrengung kletterten meine Füße ans Ufer. Ich fiel mit dem Gesicht nach unten ins freundliche Gras, und der Schlaf umfing mich wie ein Mantel aus Biberfell.

Ich glaubte zu träumen. Da war ein Feuer, und Essensduft stieg mir in die Nase. Ich lag auf einem Haufen aus trockenem Gras, unter einer warmen Decke. Ich setzte mich auf und sah Dorrok, der gerade einen neuen Ast aufs Feuer warf. Hinter ihm leuchtete der Fluß rot im Licht des Sonnenuntergangs.

»Raki hat es bis hierher geschafft, und ich auch«, sagte er. »Keiner der anderen ist weiter gekommen als bis zu der Stelle, die du gestern abend erreichtest. Ich habe damit gerechnet, daß du genau so weit kommen würdest wie Raki und ich. Darum habe ich hier auf dich gewartet.«

»Dann schämst du dich nicht für mich? Oh, Dorrok, ich bin ja so froh!«

»Nein, Piyanah«, sagte er sanft, »ich werde mich niemals für meinen Häuptling schämen.«

Ich hatte bereits fünf Hirsche erlegt, die älter als fünf Jahre gewesen waren, so daß ich nur noch einen Grizzly töten mußte, um meine Prüfung als Jäger zu bestehen. Mit meinen Fähigkeiten als Fährtenleserin und meinem Geschick, im Wald zu überleben, war Dorrok, wie er sagte, bereits zufrieden.

Die Bärenjagd würde nach dem gleichen Muster verlaufen wie damals, als ich Pekoo begegnet war, nur daß ich diesmal nicht Gorgi und Tekeeni bei mir haben würde. Wenn der Grizzly angriff, gab es für mich keine Rettung. Wenn ich zu schwer verwundet wurde, um es nach Hause zu schaffen, würde ich sterben, allein. Die Grizzlys waren meine Freunde. Nun mußte ich einen von ihnen töten, um zu beweisen, daß ich eine Jägerin war.

Vermutlich hätte ich bei dieser Prüfung versagt, hätte ich nicht den Körper eines kleinen Mädchens gesehen, das in eine Grizzlyhöhle gegangen war. Er war zu einer blutigen Masse zerschmettert, und das unversehrte Gesicht eine Maske des Entsetzens. Die Spur des Bären, der es getötet hatte, führte in die Berge. Dorrok gewährte mir das Recht, den Tod des Mädchens zu rächen.

Sechzehn Tage lang folgte ich dieser Fährte; zweimal sah ich den Bären von weitem, ein einzeln lebendes Männchen ohne weißen Fleck. Ich wußte also, daß es nicht Pekoo war. Er war wachsam und zog jeden Tag in ein neues Gebiet weiter. Mehrfach versuchte ich, mich anzuschleichen, doch obwohl ich sorgfältig auf meine Deckung achtete, entfernte er sich jedesmal, ehe ich mich auf Bogenschußweite nähern konnte.

Würde er sich nie eine Höhle suchen, vor der ich ihm auflauern konnte? Es war bereits der erste Schnee gefallen. Bald schon würde ich zu Dorrok zurückkehren und ihm mein Versagen eingestehen müssen. Wenn Dorrok mir dann nicht erlaubte, im Frühling einen Bären zu töten, würde ich bis zum nächsten Herbst auf meine braune Feder warten müssen, auf meine braune Feder und auf Raki.

Nachts einen Bären zu jagen verstieß gegen alle Regeln, die man mir beigebracht hatte, und ich weiß nicht, wie ich auf die Idee kam, es zu versuchen. Ich befand mich in offenem Gelände, wo viele große Geröllbrocken über eine weite Bergflanke verstreut lagen. Ich wußte, daß der Bär sich zwischen ihnen versteckte, aber wenn ich ihm dorthin folgte, hatte er alle Vorteile auf seiner Seite. Es schien verrückt, aber es war der einzige Weg, ein weiteres Jahr der Trennung zu vermeiden.

Langsam bewegte ich mich gegen den Wind vorwärts, einen Pfeil schußbereit auf der Bogensehne, das Tomahawk griffbereit am Gürtel hängend. Ich bat den Großen Bären und Pekoo um Vergebung, daß ich diesen aus ihrem Stamm verstoßenen Gesetzlosen bestrafen mußte. Vielleicht hörten sie mich und sorgten dafür, daß er tief und fest schlief, denn ich sah ihn. Er lag ausgestreckt da, halb verborgen hinter einem großen Stein.

Ein Strahl des Mondlichts fiel auf seine Schulter, so daß er ein gutes Ziel für den schwierigen Schuß ins Herz bot. Als der Pfeil sich ihm unter dem Vorderbein ins Fleisch bohrte, versuchte er aufzuspringen. Dann fiel er auf die Seite, und Blut sickerte ihm aus dem Maul.

Mit einem weiteren Pfeil auf der Sehne wartete ich ab, doch er rührte sich nicht mehr. Ich beobachtete ihn, bis seine Augen sich langsam öffneten. Er blinzelte nicht, aber möglicherweise beobachtete er mich trotzdem? Langsam schlich ich mich näher heran. Seine Augen wurden glasig, also wußte ich, daß ich nicht zu den Jägern gehören würde, die sterben, weil sie einen verwundeten Grizzly für tot halten.

Ich hackte ihm die Vorderpfoten ab, als Beweis, daß ich meine

Prüfung bestanden hatte und es verdiente, die Bärenkrallen an meiner Halskette zu tragen. Dann, ehe ich ihn verließ, bat ich den Großen Bären, ihn wieder in seinen Stamm aufzunehmen, denn die Fehde zwischen seinem Volk und uns war nun beendet.

Ich stopfte die Bärenpfoten in einen Lederbeutel, in dem ich zuvor Brot aufbewahrt hatte. Am dritten Tag verschnürte ich diesen Beutel so fest es nur ging, um den Gestank in Schach zu halten. Jeden Abend zündete ich ein Feuer an, und in der Morgendämmerung gab ich Rauchsignale, um Raki mitzuteilen, daß ich auf dem Weg nach Hause war. Ich wußte, wie ungeduldig er auf diesen Rauch wartete, ebenso wie ich, als er im Mond zuvor seinen Bären erlegt hatte.

Die Berge waren bereits schneebedeckt, und auch an den tiefer gelegenen Hängen lag der Schnee schon bis in die Täler hinab. Nun standen mir nur noch zwei Prüfungen bevor – der Wintermarsch, und die Besteigung des Lauschers, des höchsten Berges in dieser Gegend. Ich wußte, daß Dorrok mir den Aufstieg auf den Lauscher erst im Frühling erlauben würde, aber das war nicht schlimm, denn Raki und mir konnten unsere braunen Federn ohnehin frühestens beim nächsten Aussaatfest verliehen werden, das vor dem Mond des Erwählens stattfand.

Sieben Tage draußen in der großen Kälte zu verbringen klingt sehr einfach – sieben kleine, mit dem Stammeszeichen markierte Holzscheiben scheinen keine besonders schwere Last zu sein. Aber jede dieser Scheiben muß zu einer für die Prüfung ausgewählten Stelle gebracht werden, als Beweis, daß man dort gewesen ist; und man muß sieben Tage ohne wärmendes Feuer auskommen.

Die Kälte kann grausamer als Berglöwen sein: Sie kann dir die Finger von den Händen nagen und deine Füße verkrüppeln. Sie kann deine Ohren und Nasenflügel wegfaulen lassen. Sie kann giftig wie eine Klapperschlange sein und dir die Haut entstellen wie Feuer. Es war ein schwacher Trost, daß Raki und ich am gleichen Tag zu dieser Prüfung aufbrachen, denn unsere Marschrouten lagen zu weit voneinander entfernt, um einander rechtzeitig beistehen zu können, wenn wir das Herannahen des stillen, weißen Todes spürten.

Beide wählten wir die gleiche Kleidung: kniehohe, mit Biberfell gefütterte Mokassins; eine Fellmütze, die Stirn und Ohren bedeckte; ein pelzgefüttertes Hemd und darüber ein Mantel aus eingeöltem Leder. Unser Essen, Brotstangen und Pemmikan, trugen wir in eine Decke eingerollt auf den Schultern. Dorrok hatte uns geraten, ein Tomahawk mitzunehmen, mit dem man Zweige zum Bau eines Unterschlupfs abhacken konnte, und eine Schlinge, mit der sich etwas warmes, rohes Fleisch erbeuten ließ, das uns helfen würde, der Kälte zu trotzen.

Daran, ein zweites Paar Schneeschuhe mitzunehmen, brauchte man uns nicht erinnern, denn wir hatten den Jungen Tapferen nicht vergessen, der im vergangenen Winter nicht von dieser Prüfung zurückgekehrt war. Gorgi und ich waren dabeigewesen, als der schmelzenden Schnee seinen Körper freigab. Er hatte nur noch einen Schneeschuh getragen. Den zweiten, den er offenbar verloren hatte, so daß er im tiefen Schnee nicht mehr weiter konnte, fanden wir nicht. Die Kälte ist manchmal eifersüchtig auf die Lebenden, aber den Toten gegenüber verhält sie sich freundlich: Der Junge Tapfere hatte ausgesehen, als hätte er eben erst um Aufnahme in die Glücklichen Jagdgründe gebeten.

Die Prüfung begann mit Tagesanbruch. Die erste Etappe war leicht zu bewältigen, so daß ich damit rechnete, rechtzeitig am Ziel zu sein, um mir noch vor Sonnenuntergang einen Unterschlupf bauen zu können. Es war windstill, und die Sonne schien bleich und klar. Statt des ersten dieser sieben Tage, hätte es einfach irgendein ganz gewöhnlicher Tag sein können. Neuschnee knirschte unter meinen Füßen, und die in weiße Decken gehüllten Bäume schwiegen so feierlich wie die Ältesten während des Stammesrats. Ich sah einen Schneehasen und freute mich, daß ich weder durchgefroren noch hungrig genug war, ihn töten zu müssen. Er setzte sich auf die Hinterbeine und sprang dann durch das endlose Weiß davon. Später sah ich einen Hirsch. Er stand reglos da und beobachtete mich; dann folgte er gemächlich einem schmalen Wildwechsel, als ob er wußte, daß ich nicht als Jäger kam.

Gegen Mittag wurde die Sonne wirklich warm. Ich zog Mantel und Hemd aus, damit mein Körper die sanfte Hitze speichern und sich so für die Nacht wappnen konnte. Ich legte die erste Holzscheibe in eine Spalte an einem hohen Felsen und schnitt dann Kiefernzweige ab, um daraus einen Unterschlupf zu bauen, und weitere, auf denen ich schlafen konnte. Hinter dem Felsen gab es eine ebene, windgeschützte Stelle, die sich leicht vom Schnee befreien ließ. Hätte ich Feuer machen dürfen, wäre es ein freundlicher Lagerplatz gewesen. Dennoch schlief ich gut und erwachte in der Hoffnung, daß Raki einen noch besseren Unterschlupf gefunden hatte.

Bis zum vierten Tag blieb das Wetter freundlich, dann begann es zu schneien. Unter den Bäumen war ich geschützt, aber im offenen Gelände trieb der stärker gewordene Wind mir schwere Flocken ins Gesicht, die an meinen Wimpern kleben blieben und es mir zusätzlich erschwerten, meinen Weg nicht aus den Augen zu verlieren. Wäre mir diese Gegend nicht sehr vertraut gewesen, hätte ich vermutlich nie das nächste Etappenziel gefunden, denn nur jene Felsen, an deren steilen Flanken der Schnee keinen Halt fand, boten eine sichere Orientierungshilfe. Der Schnee versuchte, mich herabzuziehen, und verschluckte meine Spuren, noch ehe ich zehn neue Schritte gemacht hatte. Hier gab es keine Bäume, aus deren Zweigen ich mir einen Unterschlupf hätte bauen können, also hackte ich den Schnee in Blöcke, aus denen ich einen Halbkreis formte – drei Lagen dieser Blöcke und darüber meine mit Steinen beschwerte Decke als Dach. Ich wußte, daß ich unter Schnee begraben werden würde, wenn aus dem heftigen Wind ein richtiger Sturm wurde, aber ich hätte die Nacht nicht überstanden, wenn ich auf dem Hügel ungeschützt den stechenden Messern des Winters ausgesetzt gewesen wäre.

Ich wagte nicht zu schlafen, denn ich mußte meine Hände und Füße vor den Frostdämonen beschützen, die hinaufkrochen, um sie anzugreifen. Wenn sie gefühllos wurden, mußte ich sie sofort mit Schnee abreiben. In starker Kälte bedeutet der Schmerz Sicherheit, denn auf Taubheit in den Gliedern folgt schon bald die noch tiefere Taubheit des Todes. Als ich spürte, wie die Dämonen mich in den Schlaf locken wollten, stolperte ich ins Freie, schwang meine Arme und stampfte mit den Füßen auf, bis mein Blut wieder so frei floß wie Wasser unter dem Eis.

Im grauen Licht des Morgens mußte ich mir den Weg nach draußen freischaufeln. Mir war so kalt, daß ich den ersten Schneehasen tötete, den ich zu Gesicht bekam. Sein Blut war Wärme, und Salz, und Leben. Es leuchtete im Schnee wie eine rote Feder. Ich haßte die Kälte dafür, daß sie mich zwang, das Weiß mit dem hellroten Glanz des Todes zu besudeln. Sie haßte ich noch mehr als mich selbst für dieses Verbrechen an dem Hasen, der wie ich versucht hatte, die Härte des Winters zu überstehen.

In der nächsten Nacht verkroch ich mich in einer kleinen Höhle, wo ich mir einen Schlafplatz in den losen Boden scharrte. Es schneite nicht mehr, aber der Wind blies noch immer heftig. An einem Zweig vor dem engen Höhleneingang hingen Eiszapfen und rasselten gegeneinander wie die Knochen eines Skeletts – Knochen, die von den Sehnen noch an ihrem Platz gehalten wurden, so daß die menschliche Gestalt erhalten blieb. Die Idee der rasselnden Knochen wurde stärker, bis ich fast das Skelett der Schwarzen Feder vor mir sah, das Raki und ich fünf Monde nach der Schlacht entdeckt hatten. Der Krieger war offenbar auf einen Baum geklettert, um sich zu verstecken, und hatte seinen Körper in der Gabelung zweier großer Äste abgestützt, während das Blut, das wir immer noch als riesigen dunklen Fleck an dem Baumstamm sehen konnten, langsam aus seinen Wunden sickerte. Auch wenn er eine Schwarze Feder gewesen war, hoffte ich doch, daß er schon tot gewesen war, als die Bussarde kamen, um ihm das Fleisch von den Knochen zu picken.

Ich spürte, wie ich in die Kälte hinabsank, und versuchte, meinen Geist in unser kleines Tal zu schicken, um festzustellen, ob Raki dort schon auf mich wartete. Wenn er der Kälte zum Opfer gefallen war, dann wäre es so leicht gewesen, mich ihm anzuschließen, denn wenn man nicht gegen die Kälte ankämpfte, war sie freundlich. Einschlafen war ganz einfach. Wenn ich einschlief, würde ich mich in der Wärme unseres Tals wiederfinden, wo ewiger Sommer herrschte. Ich glaubte, die Maiskolben noch dort liegen zu sehen, wo wir sie zurückgelassen hatten. Ich rief: »Raki! Raki!« Doch niemand kam den Pfad zum Bach herab oder aus dem freundlichen Wald, um mir zu antworten. Wenn Raki dort gewesen wäre, hätte er mir gewiß geantwortet. »Raki muß noch am Leben sein!« sagte ich laut. Und die Eiszapfen schienen zu flüstern: »Raki lebt.«

Ich stand auf, schwang meine Arme und stampfte mit den Füßen, bis Gefühl in meine Hände zurückkehrte und ich die Finger wieder bewegen konnte. »Dank Raki bin ich stärker als die Kälte! Er ist mein Feuer, meine Sonne, meine Wärme; denn Liebe ist stärker als die Kälte, als Trennung und Dunkelheit.« Ich schlief, und als ich erwachte, glitzerte draußen der Schnee in der Sonne, unter einem strahlend blauen Himmel. Ich legte meine nasse Kleidung ab und breitete sie auf einem Felsen zum Trocknen aus. Das Licht und die Hitze, die ein Teil von Raki waren, schenk-

ten mir ihre Kraft. Ich wußte, der Herr des Winters hatte mich
herausgefordert, und weil ich mich seiner Herausforderung gestellt hatte, akzeptierte er mich nun als Freund.

Ich marschierte durch eine saubere weiße Welt, die in einem
Licht erstrahlte, das die Wachfeuer von tausend Stämmen wider-
zuspiegeln schien. Ich war sicher, daß Raki und ich unversehrt ins
Lager zurückkehren würden, daß ich von nun an jede Nacht
Schutz unter Bäumen finden und Sterne am Himmel sehen würde,
während die grauen Wolken des Todes sich hinter den Bergen ver-
krochen.

Ich wußte es, und am siebten Tag bewahrheitete sich diese
Vision. Als ich vom westlichen Hügel zum Kreis der Tipis hinabstieg, kam Raki den Pfad aus dem Osten herab.

Nie war mir ein Winter so lang erschienen, aber schließlich hörten
wir doch noch das Krachen des Eises, als der nahende Frühling
den Fluß in Bewegung brachte. Ich wußte, daß der Lauscher nun
bald bereit sein würde, sich von mir als letzte meiner Prüfungen
herausfordern zu lassen. Ich hatte schon oft die unteren Hänge
dieses Berges bestiegen, war über steiles Geröll bis zu der oberen
Geröllhalde hinaufgeklettert, und im vergangenen Sommer hatten
Gorgi und ich es bis zum Fuß des mächtig emporragenden Gipfels
geschafft. Dieser Gipfel sah aus wie der Finger eines Großen
Jägers, der den Weg in das Land ohne Schatten wies. Raki hatte
den Gipfel im Herbst bezwungen. Ich wußte, daß es ein sehr
schwieriger Aufstieg sein mußte, denn er hatte Angst um mich.
Ich versprach, ein Rauchsignal zu senden, bevor ich loskletterte,
und ein weiteres, wenn ich sicher wieder abgestiegen war. Raki
durfte mich nicht begleiten, weil die Prüfungen immer allein bewältigt werden mußten. Aber am Fuß der Schlucht unterhalb des
Gipfels wartete er mit Gorgi und Tekeeni auf mich, die diese
Prüfung ebenfalls bestanden hatten, während ich den Grizzly gejagt hatte. Wenn sie das zweite Rauchsignal nicht erhielten, wußten sie, daß ich abgestürzt war, und würden kommen, um nach
mir zu suchen.

Der Fels war fest, so daß sogar ein Vorsprung, auf dem ich nur
mit einem Zeh Halt fand, mein ganzes Gewicht tragen konnte,
aber nirgendwo gab es einen Sims, der breit genug gewesen wäre,
um sich darauf auszuruhen. Ich mußte also die ganze Zeit in der
Steilwand mein Gleichgewicht halten, ohne eine Pause machen zu

können. Meine gesamte Aufmerksamkeit richtete sich darauf, mein Gewicht behutsam von einer Hand auf die andere zu verlagern. Es gab für mich nichts anderes mehr als die vom Wind glatt geschliffene Felswand, während ich verzweifelt nach jedem noch so kleinen Vorsprung oder Spalt suchte, der es mir ermöglichte, meine Position zu verändern. Einmal wäre ich fast abgestürzt und mußte mich mit einer Hand an einer messerscharfen Kante festklammern. Dabei wurde meine Handfläche so tief aufgeschnitten, daß mir das Blut den Unterarm herabfloß und auf die Wange tropfte, ehe ich mich zu einem sichereren Halt hinaufziehen konnte.

Ein Adler stieß aus dem Himmel herab, so nah, daß ich den Wind seiner Flügel spüren konnte. Reglos hing ich in der Wand, denn ich wußte, daß ich hinunter auf die Felsen stürzen würde, wenn er mich angriff. Zweimal hörte ich das Rauschen seiner Flügel und wartete auf seinen tödlichen Schnabelhieb. Dann schwang er sich wieder in die Höhe, bis er nur noch ein dunkler Punkt im eisblauen Himmel war.

Daß meine linke Hand nun blutverschmiert war, erschwerte es mir zusätzlich, einen sicheren Halt zu finden. Ich war im Schatten geklettert und hatte für lange Zeit nicht gewagt, in die Tiefe zu schauen, damit mir nicht schwindelig wurde. Plötzlich schien mir die Sonne ins Gesicht. Die Erkenntnis, daß der Gipfel nun nicht mehr weit sein konnte, gab mir den Mut, mich zurückzulehnen und hinauf zu schauen. Da war eine schmale Felskante, die nach rechts oben führte. Sie war nicht breiter als meine Handfläche, aber nach all den winzigen Ritzen und Buckeln, an denen ich mich hatte festklammern müssen, erschien sie mir sicher wie ein Pfad am Flußufer. Sie führte mich aus den Schatten hinauf zum Gipfelfelsen, der Krone des Lauschers.

Die Erleichterung war so groß, daß ich mich hinlegen mußte. Meine Beine verweigerten mir den Dienst. Meine Zähne klapperten, als sei es sehr kalt, doch zugleich spürte ich, wie der Schweiß an meinem Körper hinabbrann. Es war noch nicht wichtig, daß ich nun eine Braune Feder war, denn die Braunen Federn liebten Härte und Ausdauer, und ich sehnte mich nur nach Ruhe – Ruhe auf sicherem, flachen Boden, wo keine Gefahr drohte, abzustürzen.

Dann mußte ich an Raki denken und daran, daß es endlich keine Prüfungen mehr gab, die uns voneinander trennten. Meine Erschöpfung war vergessen. Ich stand auf, streckte die Hände

zum Himmel und dankte den Großen Jägern, daß sie mir eine
Liebe geschenkt hatten, die mich ihrem Land näher sein ließ als
der Gipfel selbst dieses gewaltigen Berges.

DIE BRÜCKE

Einen Tag, nachdem Na-ka-chek Raki und mir unsere braunen
Federn verliehen hatte, ließ er uns in das Große Tipi rufen.
»Ihr habt meine Gebote erfüllt«, sagte er, »und euch die Privilegien der Stammesbruderschaft verdient. Ich wünsche, daß ihr im
nächsten Frühling, am Tag der Aussaat, Häuptling eures eigenen
Stammes werdet, denn das ist die Zeit des Wachstums und der
Wiedergeburt. Ihr werdet dann erst achtzehn Jahre alt sein und
könnt daher nicht sagen, daß ich euch zu spät Autorität übergebe.
Es ist das Gesetz der Zwei Bäume, daß jede Braune Feder frei ist,
ihre eigenen Entscheidungen zu treffen ... und an der Zeremonie
des Erwählens teilzunehmen, die am nächsten Vollmond stattfindet. Wenn ihr beide es wünscht, kann ich euch nicht länger hindern, das Tipi miteinander zu teilen ...«

Mein Herz machte Sprünge wie ein junger Hirsch. Raki und
ich würden wieder zusammen leben ... der Zauber aus dem Birkenwäldchen würde zu uns zurückkehren. War es tatsächlich so,
daß wir von nun an keine einsamen Sonnenaufgänge mehr fürchten mußten?

Mein Vater hatte noch nicht zu Ende gesprochen. »Es ist nicht
länger notwendig, daß Raki bei den Squaws und Piyanah bei den
Tapferen lebt. Ihr seid frei, selbst zu entscheiden, was ihr von jetzt
an tun wollt, aber ich bitte euch, zunächst den Rat des Mannes
anzuhören, der noch immer euer Häuptling ist. Ich werde euch
den doppelten Kopfschmuck erst im Frühling geben, und bis dahin sind es noch zehn Monde. Wenn Piyanah vorher schon Rakis
Squaw wird, könnten die Jungen Tapferen vergessen, daß sie eine
von ihnen ist. Sechs Jahre lang habt ihr beiden mir sehr oft Anlaß
gegeben, überaus stolz auf euch zu sein, ein Stolz, den ich manchmal kaum verbergen konnte. Ich bitte euch um zehn weitere
Monde, damit ich das Versprechen erfüllen kann, das ich eurer
Mutter gab.«

Offenbar sah er meine Enttäuschung, denn er sagte ungewöhnlich sanft:»Im Vergleich zu den vergangenen Jahren bitte ich euch um nur sehr wenige Beschränkungen: Ihr sollt lediglich nicht in einem Tipi zusammen wohnen und mehr an das Glück eures zukünftigen Stammes denken als an die Erfüllung eurer augenblicklichen Wünsche. Daß ich euch darum bitte, hat seine Gründe ...«

Ich merkte, daß er nach den richtigen Worten suchte und empfand plötzlich Mitleid mit ihm. Noch nie hatte ich Na-ka-chek zögernd und unsicher erlebt.

»Welche Gründe, Vater? Nenne sie uns, und wir werden verstehen.«

»Wenn ein Mann mit seiner Squaw in den Wald geht oder das Tipi mit ihr teilt, werden ihnen Kinder geboren. Ich möchte, daß ihr beide euren Stamm gleichberechtigt anführt, und während der ersten Monde in unvertrautem Land muß Piyanah weiterhin wie ein Mann denken. Es wird viele Entscheidungen geben, die ihr gemeinsam treffen müßt; und für eine Frau ist es nicht leicht, klar zu denken, wenn sie die Last einer Schwangerschaft zu tragen hat.«

»Ich verstehe«, sagte Raki. »Piyanah soll frei bleiben, damit wir unser Volk gemeinsam in das Land seiner Zukunft führen können.«

Wir verließen das Tipi und gingen den Pfad zum Fluß hinunter.

»Er hat unseren Zauber gemeint, nicht wahr, Raki?«

Er nickte.

»Dann wissen nicht nur die Damals-Leute, die Tiere und wir beide davon ... sondern es ist ein Zauber, den alle Menschen kennen?«

»Das Wetter, die Bäume und die Berge gehören allen Menschen, doch jeder sieht sie anders. Eine Wolke kann ein schöner Anblick sein, oder stolzer als das Lied einer Goldamsel, oder die Drohung kommenden Regens ... oder einfach *nur* eine Wolke, gewöhnlich und ohne besondere Bedeutung. Unser Zauber wird von den Menschen ganz unterschiedlich empfunden: Er kann Lachen sein, das Ende der Einsamkeit und die Stimme der Sterne; oder er kann so kalt wie die Grausamkeit der Trennung sein, grau und einsam ... einsam wie Tränen, die jemand um ein nie gehörtes Lied weint, mit dem eigentlich die Liebenden den Sonnenaufgang preisen sollten.«

»Warum haben wir nach unseren Nächten im Birkenwäldchen kein Kind bekommen?«

»Das weiß ich nicht, Piyanah. Vielleicht sind unsere Kinder noch nicht bereit, durch unsere Körper in die Welt zu kommen.«

»Glaubst du denn, unser Sohn würde jetzt kommen, wenn wir wieder unseren Zauber miteinander teilen?«

»Ja ... und es wird nicht leicht sein, jetzt noch einmal zu warten. Ich dachte, wenn wir unsere braunen Federn erhalten hätten, wären wir frei für den Zauber. Die Sehnsucht nach dir war für mich schlimmer als Hunger und Durst. Ich weiß jetzt, warum Hirsche im Herbst kämpfen, denn obwohl ich die Großen Jäger um mehr Einsicht bat, hatte ich oft den Wunsch, Gorgi und Tekeeni zu töten, wenn sie in dir nicht den Tapferen sahen, sondern eine Frau, schön und zauberhaft.«

»Bin ich denn schön, Raki?«

»Sind eine weiße Hirschkuh, eine Birke, ein Bergsee oder ein Sonnenaufgang schön, Piyanah? Denke an sie und sei dir bewußt, daß du dich mit ihrer Schönheit messen kannst. Dann wirst du begreifen, warum jeder, der dich anschaut, die Federn der Morgendämmerung tragen sollte.«

»Auch für mich ist es schwer gewesen, Raki. Ich möchte so gern deine Squaw sein; dir dein Essen kochen und mir sogar neue Verzierungen für deine Mokassins ausdenken. Ich würde sie mit kleinen Perlen schmücken, mit ganz vielen Perlen, auch wenn es eine große Mühe wäre, sie anzunähen! Ich würde gern mein Haar in viele kleine Flechten legen, um zu zeigen, daß ich deine gehorsame Squaw bin, allerdings würde ich mir kein Bärenfett hineinschmieren, nicht einmal dir zuliebe, denn ich kann den Geruch nicht ausstehen!«

»Ich auch nicht, Piyanah. Ich mag deinen Geruch. Du duftest nach sonnenwarmem Moos, nach jungem Laub, nach sprudelndem Wasser und der weißen Freude des ersten Schnees.«

»Nicht nur, um etwas Nützliches für dich tun zu können, sehne ich mich manchmal danach, deine Squaw zu sein. Ich mag Rokeena sehr gern, aber wenn sie dich anstarrt und dabei aussieht wie ein krankes Ziesel, möchte ich ihr am liebsten eine Ohrfeige verpassen oder sie an den Haaren ziehen, um herauszufinden, ob sie, statt immer nur sanft zu lächeln, auch den Mut hat, um den Mann zu kämpfen, den sie so heiß begehrt!«

»Bist du etwa eifersüchtig auf Rokeena?« Er lachte. »Wie

dumm und wie schön von dir! Jetzt brauche ich mich nicht mehr zu schämen, wenn ich Gorgi gegenüber ähnliche Gedanken hege ... wobei er allerdings ganz sicher nicht mit einer Ohrfeige davonkäme! Dieser Zauber unserer Liebe ist wirklich sehr stark, nicht wahr?«

»Ja«, sagte ich, »so stark, daß wir ihn selbst dann niemals vergessen könnten, wenn wir ihn unter einem weißen Stein, größer als ein Berg, vergraben würden.«

»Aber es wäre doch schrecklich, wenn wir das täten!«

Und dann mußten wir über uns selbst lachen, weil wir so ernst waren. Immerhin schien die Sonne warm, und der trennende Abgrund aus sieben Jahren würde nun bald für immer hinter Raki und Piyanah liegen.

Kekki und zwölf andere, die zusammen mit uns ihre braunen Federn erhalten hatten, wollten an der Zeremonie des Erwählens teilnehmen, obgleich die Frauen, mit denen sie in den Wald gehen wollten, bereits unserem Stamm angehörten und nie mehr in die Squaw-Tipis zurückgehen würden. Raki und ich waren uns sicher gewesen, daß Na-ka-chek uns gleich, nachdem wir alle Prüfungen bestanden hatten, den Doppelten Kopfschmuck geben würde. Daher hatten wir nie die Möglichkeit in Betracht gezogen, noch bis zum nächsten Frühling beim Zwei-Bäume-Stamm bleiben zu müssen. Nun wurde mir klar, daß die anderen Frauen, falls sie schon nach dem nächsten Vollmond den Zauber anwendeten, hochschwanger sein würden, wenn wir uns auf die lange Reise machten, um unser neues Zuhause zu suchen. Na-ka-chek hatte gesagt: »Piyanah muß frei sein, wie ein Mann zu denken, wenn sie den neuen Stamm anführt.« Für die anderen Frauen würde es noch schwerer sein, sich neben den Männern zu behaupten, wenn sie während der ersten Monde unseres neuen Stammes die Last geborener oder noch ungeborener Kinder tragen mußten.

Raki war mit dem Häuptling auf die Jagd gegangen und würde erst in drei Tagen zurückkehren, am Abend vor der Zeremonie des Erwählens. Die Enttäuschung schmerzte immer noch brennend, daher wußte ich, daß die anderen es nur schwer akzeptieren würden, noch einmal fast ein ganzes Jahr warten zu müssen. Es würde hart für die Frauen sein, wenn wir ihnen sagen mußten, daß sie weiter unter dem Schatten der Alten Frauen zu leben hatten, bis wir sie endlich in die Freiheit führen konnten. Aber war das wirklich nötig? Na-ka-chek hatte gesagt, Raki und ich sollten noch nicht das Tipi teilen, aber er hatte uns erlaubt, alles andere gemeinsam zu tun. Wir konnten ein kleines Lager für die Squaws bauen, die mit uns kommen wollten. Dort hatten sie Ruhe vor den Alten Frauen und waren nicht ständig dem Spott und den Einflüsterungen jener Squaws ausgesetzt, die sich immer noch an das Spinnennetz falscher Überlieferungen klammerten und nicht den Mut hatten, sich zu befreien.

Je mehr ich über diese Idee nachdachte, desto besser gefiel sie mir. Die Frauen erhielten so die Möglichkeit, sich an die Freiheit zu gewöhnen, daran, ohne den Schutz alter Gewohnheiten zu leben. Sogar Raki und mir war es zunächst schwergefallen, uns fern der vertrauten Tipis sicher zu fühlen – bis wir unser kleines Tal gefunden hatten. Die Frauen wußten bereits, mit welchen Männern sie ihre Zukunft teilen wollten, aber bislang hatten sie sie nur heimlich treffen können, in ständiger Furcht vor dem Zorn der Alten Frauen, falls diese dahinterkamen. Wenn die Liebe sich vor der Sonne verbergen muß, ist es schwerer für sie, stark zu werden, denn im Dunkeln gedeiht nur die Brut der Aaskrähe gut. In einem eigenen Lager würden sie in der Lage sein, sich in Freundschaft und Gleichheit jenes Zaubers würdig zu erweisen, den Raki und ich bereits kennengelernt hatten. Der Zauber würde ein neues Feuer in ihnen entfachen, aber zunächst mußten sie zusammen Humor und Mitgefühl entdecken und gemeinsame Erfahrungen teilen, damit sie auch genug Holz für dieses Feuer hatten.

Da Raki unterwegs war, beschloß ich, meinen Plan mit Dorrok zu besprechen. Er saß in seinem Tipi und war gerade damit beschäftigt, einen Fischspeer mit Sand abzuschmirgeln. Als ich eintrat, blickte er auf, und aus alter Gewohnheit grüßte ich ihn auf die gleiche respektvolle Weise wie während meiner Ausbildung. Da lachte er, und mir wurde klar, daß nun, wo wir beide den gleichen Rang einer Braunen Feder hatten, zwischen uns keine Förmlichkeiten mehr nötig waren. Ich setzte mich auf eine gefaltete Decke am Fußende seiner Schlafmatte.

»Dorrok«, begann ich, »ich möchte, daß du den anderen sagst, daß sie nicht an der Zeremonie des Erwählens teilnehmen sollen. Ich bin mir nicht sicher, wieviel sie darüber wissen. Wirst du es ihnen erklären?«

»Was zwischen Männern und Frauen passiert, meinst du?«

»Ich meine den Zauber, der Kinder hervorbringt ... obwohl ich annehme, daß daran für die meisten Leute gar nichts Zauberhaftes ist.«

»Aber für dich ist es Zauberei, Piyanah?«

»Ja. Ich dachte, es wäre ein Zauber, den nur Raki und ich entdeckt hätten; bis wir gestern erfuhren, daß ihn alle Menschen praktizieren und daß so Kinder gemacht werden.«

»Es war der Tag nach der Schlacht, als ihr ihn entdeckt habt, nicht wahr, Piyanah?«

»Ja. Dann hast du es die ganze Zeit gewußt? Darum hast du uns durch Gorgi mitteilen lassen, daß wir drei Tage lang wegbleiben dürften?«

»Als ich hörte, daß du allein einen zweiten Skalp holen wolltest, bin ich dir gefolgt, Piyanah. Aber Raki war noch schneller. Ich sah, wie er die Schwarze Feder tötete; ich sah, wie er dich in den Wald trug. Und ich wußte, daß ihr beide dort den Zauber finden würdet, den so wenige von uns je entdecken.«

»Hast du ihn auch gefunden, Dorrok?«

»Nein, meine gute Piyanah. Vor siebzehn Jahren wurde ich Vater eines Sohnes. Das war meine Pflicht gegenüber dem Stamm, eine Pflicht wie die Jagd oder die Reise zum Platz des Tauschhandels, um Salz zu holen. Es war die einzige Pflicht, bei der ich fast versagt hätte. Das Mädchen hatte Angst vor mir. Ich versuchte, freundlich zu ihr zu sein, aber ich konnte sie nicht dazu bewegen, ihre schreckliche Fügsamkeit aufzugeben. Ich glaube, wenn ich ihr gesagt hätte, daß ich ihr nun die Hände abhacken würde, hätte sie immer noch stumm dagelegen und in diesem verzweifelten Gehorsam, hinter dem sie ihre Angst zu verbergen suchte, zu mir hoch gestarrt. Seit du mich die Gesetze der Großen Jäger gelehrt hast, habe ich mich oft als Verräter an ihnen gefühlt ...«

»Du bist niemals ein Verräter gewesen, Dorrok«, sagte ich sanft.

»Weil ich Hunger hatte, habe ich einmal eine Hirschkuh getötet, obwohl sie ein Kitz hatte. Das Kitz sah mit an, wie ich ihr den Bauch aufschlitzte, um sie auszuweiden. Es lebte bis zum Abend, dann tötete ich es ebenfalls, denn ohne die Milch, die ich ihm gestohlen hatte, hätte es keine Überlebenschance gehabt. Ich habe dich und Raki bis an die äußerste Grenze eurer Kräfte getrieben, weil ich fürchtete, die Liebe, die ich für euch empfand, sei ein Beweis für meine Schwäche. Ich war stolz, wenn ich mein Herz

gegen die Liebe verhärtete, und schämte mich, wenn ich Mitgefühl empfand. Auf so viele Arten habe ich die Großen Jäger verraten, aber kein Verrat wiegt so schwer, wie der, den ich beging,
als ich dieses Mädchen in den Wald führte. Ich haßte sie dafür,
daß sie nicht weinte und um Erbarmen bat. Als ich sie so stumm
leidend dort liegen sah, hatte ich Angst, daß mein Körper versagen würde und ich meine Pflicht gegenüber dem Stamm nicht
erfüllen konnte.

Später fragte ich sie, wie sie es gelernt hätte, derartig gleichmütig und teilnahmslos zu sein. Da antwortete sie ganz nüchtern,
so wie ich vielleicht eine Fischfalle oder das Herstellen eines Pfeils
beschreiben würde: ›Das Erwählen ist viel weniger schmerzhaft,
als ich erwartet hatte. Wenn ich gewußt hätte, wie leicht es ist, die
Berührung eines Mannes gleichmütig zu ertragen, hätte ich mir
nicht so viele Dornen unter die Fingernägel geschoben und keinen
Hüftgürtel aus Stachelschweinborsten unter meinem Kleid getragen.‹ Ihren Gleichmut zu brechen wurde zu einer Herausforderung für meinen Stolz. Erst versuchte ich, ihr Vergnügen zu bereiten, und als mir das nicht gelang, wollte ich, daß sie wenigstens
vor Schmerzen wimmerte. Aber sie blieb die ganze Zeit gehorsam,
und in ihren Augen sah ich nichts als den schrecklichen, geduldi-
gen Haß der Squaw.«

»Gebar sie einen Sohn?«

»Ja«, sagte Dorrok, »einen Sohn, der nie meinen Namen erfuhr, einen Sohn, den sie dafür gehaßt haben muß, daß er wie ich
aussah, einen Sohn, bei dem sie froh war, als er endlich für immer
die Squaw-Tipis verließ. Ich bin froh, daß sie starb, ehe er das
Totenkanu bestieg. Denn sonst hätte ich mit ansehen müssen, wie
sie, als sein Körper zu den Totenfeuern getragen wurde, lächelnd
am Wegrand gestanden hätte, lächelnd vor Genugtuung darüber,
daß ein Teil von mir viel zu jung sterben mußte.«

»Barakeechi war dein Sohn?«

»Er *ist* mein Sohn … und eines Tages, wenn ich den Federn des
Morgens gefolgt bin, wird er von der Verbindung zwischen ihm
und mir erfahren.«

»Er weiß es schon jetzt. Er liebt dich, Dorrok. Ich weiß, daß er
dich ebenso liebt wie ich.«

Er nahm meine Hand und hielt sie einen Moment in seiner,
berührte dann behutsam die Schwielen auf meiner Handfläche
mit seinem Zeigefinger. »Du liebst mich trotz dieser Schwielen,

die du mir zu verdanken hast? Trotz der Narben, die du an deinen Füßen trägst, weil ich dir nie einen steinigen Pfad erspart habe? Trotz der Narbe auf deiner Schulter, die dich daran erinnert, daß ich von dir verlangte, auf einen Felsen zu klettern, der zu steil für dich war?«

»Vielleicht liebe ich dich gerade wegen dieser Narben, Dorrok. Du hast mir geholfen, stark und standhaft genug zu werden, um das Versprechen, das ich meiner Mutter gab, erfüllen zu können. Und durch deine Liebe zu mir hast du dein Versprechen an deinen Sohn erfüllt.«

»Dann haben wir eine starke Brücke über den Abgrund gebaut ... Ehre und Standhaftigkeit ...«

»Und Liebe, Dorrok.«

»Ja, und Liebe. Ohne Liebe müssen alle Brücken zu Staub zerfallen.« Dann änderte sich seine Stimme, weil er offenbar immer noch ein wenig Angst vor der Wärme seiner Gefühle hatte. »Aber du bist gewiß nicht hergekommen, damit wir über mich sprechen. Es geht um das Erwählen?«

»Ja, Dorrok. Was wissen die anderen darüber, wie man Kinder bekommt?«

»Sehr wenig. Ich müßte sie heute abend oder spätestens morgen darüber aufklären, was sie tun müssen, um ihre Pflicht gegenüber dem Stamm zu erfüllen.«

Dann berichtete ich Dorrok von meinem Plan und davon, daß Raki und ich den Zauber erst anwenden durften, nachdem wir den Doppelten Kopfschmuck erhalten hatten.

»Na-ka-chek ist ein weiser Mann, und in euch vereint sich seine Weisheit mit der eurer Mutter«, sagte er. »Ich werde denen, die mit uns in den Süden gehen wollen, sagen, daß sie alle an der Zeremonie des Erwählens teilnehmen sollen, aber nur der Form halber, aus Respekt vor den Gesetzen des Zwei-Bäume-Stammes. Sie sollen mit ihren Squaws in den Wald gehen, aber nur, um sie vor den Alten Frauen in Sicherheit zu bringen. Morgen werden wir einen Platz suchen, wo wir ihr Lager einrichten können, und Unterstände für sie bauen, die sie benutzen können, bis wir neue Tipis für sie angefertigt haben. Ich werde Gorgi und den anderen sagen, wie sie das Recht erwerben, den Zauber mit den Frauen zu teilen, und daß sie, wenn sie ihn verraten, damit zugleich die Damals-Leute und die Großen Jäger verraten. Wenn sie einander lieben, sind sie es wert, den Zauber miteinander zu teilen und die

Eltern eines Stammes zu werden, den man einst das Singende Volk
nennen wird, weil die künftigen Generationen in ihm glücklich
zusammenleben werden.«

DIE DREISSIG STÄMME

In jenem Jahr fand die Versammlung der Dreißig Stämme statt,
zu dem alle Stammesbrüder mit ihren Häuptlingen reisten; und
wenn die Entfernung nicht zu groß war, begleiteten sie einige Jungen und Frauen, um sich um die Kochtöpfe zu kümmern. Na-ka-
chek war einverstanden, daß uns nur jene Frauen begleiteten, die
in unseren künftigen Stamm aufgenommen werden wollten. So
hatten nun die Frauen, die sich vor der Zeremonie des Erwählens
über sie lustig gemacht hatten, Grund, neidisch zu sein. Dorrok
erzählte uns, daß die Tapferen der dreißig Stämme auf dem
großen gemeinsamen Lagerplatz in allen Arten von Disziplinen
miteinander wetteiferten und ihre Geschicklichkeit und Härte
unter Beweis stellten. Es würde Kanurennen und andere Wettkämpfe geben, und Festessen, die die ganze Nacht dauerten.

Als Söhne des Häuptlings würden Raki und ich mit Na-ka-
chek am Rat der Federnträger teilnehmen, wo alle Streitigkeiten
zwischen den Stämmen geregelt wurden. Das steigerte unsere Aufregung noch, denn wir hofften, daraus mehr zu lernen als aus
dem, was unsere eigenen Ältesten am Wachfeuer erzählten ... vielleicht erhielten wir dort sogar Anregungen für die neuen Gesetze
unseres künftigen Stammes. Zum erstenmal würden wir Leute
treffen, deren Lebensweise sich von der des Zwei-Bäume-Stammes
unterschied. Wir mußten möglichst viel über ihre Bräuche und
Jagdgründe in Erfahrung bringen, um zu entscheiden, in welche
Richtung wir auf der Suche nach unserem »Ort, wo der Mais
wächst« aufbrechen sollten. Vielleicht gab es Gegenden, in denen
der Winter kürzer war. Andererseits war es sinnlos dorthin zu
ziehen, wenn die benachbarten Stämme uns feindlich gesonnen
waren oder Alte Frauen hatten, die noch abergläubischer als
Nona waren.

Die Reise dauerte einunddreißig Tage. Das Marschieren war
langsam und einfach, weil wir immer erst nach Tagesanbruch auf-

brachen und schon vor Sonnenuntergang unser nächstes Lager
aufschlugen. Wir rasteten sogar mittags, um eine Mahlzeit einzu-
nehmen und eine längere Ruhepause einzulegen, als die meisten
von uns benötigten.

Einem der Ältesten, einem sehr alten Mann, der nur noch selten seinen Platz am Wachfeuer verließ, fiel es offensichtlich sehr
schwer, mit uns Schritt zu halten. Doch obwohl ich einmal, als er
sich die Mokassins ausgezogen hatte, entdeckte, daß seine Füße
mit aufgescheuerten Blasen bedeckt waren, sah ich ihn nie humpeln. Ich schlug Raki vor, daß wir eine Bahre für ihn anfertigen
sollten, denn er war so dünn, daß es leicht gewesen wäre, ihn
selbst steile Pfade hinaufzutragen. Doch Raki sagte, daß der Alte
über einen solchen Vorschlag tief beleidigt gewesen wäre.

Es gab viel Wild, so daß unsere Kochtöpfe immer gut gefüllt
waren. Am späten Nachmittag gingen einige von uns ein Stück
voraus, um Holz für die Feuer zu sammeln, das Fleisch zu schneiden und die Vögel so zu zerteilen, daß man sie über der Glut
rösten konnte. Statt als einsame Gruppe hinter den Männern her-
zutrotten, wie es gewöhliche Squaws getan hätten, marschierten
unsere Frauen in dem langen Schritt mit uns mit, den wir ihnen
beigebracht hatten. Junge Tapfere halfen ihnen dabei, ihre Lasten
zu tragen: Salz und Maismehl, und die Dinge, die wir mitführten,
um Tauschhandel zu treiben.

Als Na-ka-chek das sah, lächelte er mich an und sagte: »Das
allein ist schon ein Triumph für dich, Piyanah; denn bislang hätte
ein Tapferer es vorgezogen, in heißer Asche zu stehen, bis ihm die
Füße wegbrennen, statt wie eine Frau oder eine Nacktstirn Lasten
zu tragen.«

Vor vierzehn Jahren hatte Narrok diese Reise unternommen,
nicht als blinder Trommler, sondern als Braune Feder, die entweder eine rote Feder erringen oder ins Land jenseits des Sonnenuntergangs reisen wollte. Wenn er zwei Finger auf die Schulter des
vor ihm Gehenden legte, marschierte er immer noch sicher und
ohne zu zögern. Meistens ging ich mit ihm, so daß ich ihm die
Wolkenschatten auf den Hügeln beschreiben und ihm von Blumen
erzählen konnte, die ich aus unseren heimischen Jagdgründen
nicht kannte. Narrok, der in der Lage war, hinter der Welt der
gewöhnlichen Sicht den Glanz des Westens wahrzunehmen, freute
sich dennoch, wenn ich ihm mit meinen unzureichenden Worten
zu beschreiben suchte, was ich sah: eine blühende Rankenpflanze,

die eine Decke aus Himmelsfarbe um einen großen Baum gelegt hatte, der im Kampf mit dem Donnerfeuer gestorben war; tanzende Insekten in einem Sonnenstrahl unter dunklen Kiefern, ein im Dämmerlicht leuchtender Teich aus Orchideen.

Am letzten Tag unserer Reise durchquerten wir einen dichten, überwiegend aus Föhren und Lärchen bestehenden Wald, wo ein dichter Nadelteppich den Rhythmus unserer Schritte dämpfte, so daß unsere Schar von zweihundert Männern und Frauen sich nicht lauter anhörte als ein einzelner Jäger. Raki und ich waren mit Dorrok vorausgegangen. Plötzlich sah ich die Strahlen der Abendsonne durch die Baumreihen vor uns brechen, und dann hörte der Wald so abrupt auf, als sei er Gras, das vom Herrn der Bäume mit der Sichel gemäht worden war. Nach dem langen Marsch unter den düsteren Bäumen war das Licht so hell, daß es mich für einen Moment blendete. Dann sah ich, wie das Land jäh hinunter zu einer Ebene abfiel, die so gleichmäßig von steilen Hängen umrahmt war, daß sie wie eine Eßschale der Götter wirkte. Nur an einer Stelle gab es in diesem Bergring eine Öffnung: Aus einer engen Schlucht ergoß sich dort ein Fluß, der wie eine schlafende Schlange seine Windungen durch die Ebene legte.

Hunderte von Feuern schickten ihren Rauch empor in den Himmel, grauen Rauch, als würden die Geister der Bäume, die dort gestanden hatten, immer noch über das Land wachen, das ihnen einst Leben gab. Ich hatte mich auf den Anblick vieler Menschen vorbereitet, mir aber nicht klargemacht, wie seltsam es sein würde, Hunderte, ja sogar viel mehr als zehnmal hundert von ihnen zu sehen: nicht nur ein Kochfeuer, sondern mehr als ich zählen konnte; nicht ein Großes Tipi, sondern neunzehn, im Kreis um ein Wachfeuer aufgestellt, das größer war als ein Totenfeuer.

Na-ka-chek führte uns in die Ebene hinunter. Raki und ich gingen unmittelbar hinter ihm, gefolgt von den Ältesten und den Roten Federn. Dann kamen die anderen in der Reihenfolge ihres Ranges ... so daß die Frauen natürlich als letzte gehen mußten. Braune Federn trugen stolz das Tipi meines Vaters und das Tipi der Ältesten, denn diese Gegenstände der Verehrung mehrten das Ansehen derjenigen, in deren Obhut sie gegeben wurden. Die Tipis hatten keine doppelten Häute, weil Sommer war, aber sie waren neu mit Szenen aus der Geschichte des Zwei-Bäume-Stammes bemalt worden: Es gab Bilder von Hirsche und Vögel jagenden Männern und dazwischen Symbole, deren Bedeutung nur die Ältesten kannten. Auch die Geschichte unseres Sieges über die Schwarzen Federn war in Schwarz und Rot rechts neben den Eingang gemalt worden, damit alle von unserem Triumph erfuhren, ohne daß wir lauthals damit prahlen mußten. Wenn ein Mann auf eine Frage, die ihm ein Freund stellt, aufrichtig antwortet, gilt das als höflich, doch nur ein Aufschneider erzählt ungefragt eine Geschichte, die seinen eigenen Glanz oder den seines Stammes erhöht.

Als Söhne des Häuptlings hätten Raki und ich das Große Tipi mit Na-ka-chek teilen können, doch er wünschte, daß ich als eine Braune Feder behandelt wurde, weil es weniger leicht auffallen würde, daß ich ein Mädchen war, wenn wir uns beim übrigen Stamm aufhielten.

Der Lagerplatz, den man uns zuwies, befand sich westlich von den Großen Tipis in der Nähe des Flusses. Mit Kiefernzweigen gedeckte Schutzhütten waren dort für uns vorbereitet worden, was, wie ich später erfuhr, in der Verantwortung jenes Häuptlings lag, auf dessen Land die Versammlung stattfand. Sein Stamm war viel größer als unserer und hatte viele Nacktstirnen. Einige von ihnen waren Söhne von Feinden, die in einer Schlacht gegen die Gehörnte Kröte gefangengenommen worden waren, einen Stamm, den die Bruderschaft der Stämme vor dreißig Jahren wegen eines Verstoßes gegen die Gesetze des fairen Kampfes ausgeschlossen hatte.

Man hatte einen großen Stapel Feuerholz für uns bereitgelegt, und daneben waren Kochsteine aufgehäuft; sogar eine Reihe frisch gefüllter Wasserkrüge wartete auf uns. Nach so viel Gastfreundschaft überraschte es uns nicht, als zwei Nacktstirnen uns fünf Schilfrohre mit jeweils sechs darauf aufgespießten Fischen und zwei geräucherte Hirschkeulen brachten. Und dann, als sei das noch nicht genug, erhielten wir einen Korb mit gebratenen Eiern und einen kleinen Krug mit Salz. Salz – so beiläufig überreicht, als handelte es sich um ein gewöhnliches Geschenk wie Hirschfleisch oder eine Decke!

Der Lagerplatz jedes Stammes war durch mit Schnitzereien verzierte Pfähle markiert, an denen Federnbündel und Bänder aus Stachelschweinborsten befestigt waren. Es war, als hätte einer der Großen Jäger ein riesiges Gebiet mit der Hand hochgehoben und die Berge und Ebenen durch seine Finger rieseln lassen, bis nur noch die Menschen übrig waren; völlig verschiedene Menschen, die, weil sie nicht mehr durch viele Tagesreisen voneinander getrennt waren, plötzlich alltäglich wirkten. Niemand erwartet, daß ein Fremder genau wie er selbst ist, aber hier gab es so viele Fremde, und sogar ihre Sprache war schwer zu verstehen. Manche hatten viel dunklere Haut als wir, andere eine ungesund gelbliche Farbe, als hätten sie ständig im Dunkeln gelebt. Die Frauen rührten in den Kochtöpfen, und die Tapferen betrachteten einander prüfend und gaben vor, nichts Ungewöhnliches an all den Dingen zu finden, die ihnen genauso fremd erscheinen mußten wie uns.

Statt das Stammeszeichen nur auf der Stirn zu tragen, hatten manche bunte Flecken auf den Wangenknochen oder dem Kinn, und anderen waren die Symbole ihres Stammes auf die rechte Schulter oder die Brust tätowiert. Wie neidisch wären die Frauen, die nicht mit uns gereist waren, auf den Schmuck gewesen, den ich andere Squaws tragen sah! Halsketten aus blauen oder rot und weiß gemaserten Steinen, die größer als Taubeneier waren. Es gab Halsketten aus Muscheln und aus kunstvoll geschnitzten Holzscheiben, Stirnbänder mit Perlen aus bemaltem Leder, oder – das waren die bei weitem schönsten – mit leuchtend bunten Federn, die aus dem Gefieder sehr seltener Vögel stammen mußten.

Viele Frauen hatten ihre Decken auf dem Boden ausgebreitet, so daß man die Webmuster bewundern konnte. Manche dieser Decken waren blau wie das Gefieder eines Hähers, mit hineingewebten dunklen moosgrünen Fäden. Es gab also offenbar Färbestoffe, die uns völlig unbekannt waren. Unsere neuen Hemden und Kleider wirkten hier nicht mehr sehr beeindruckend: Wir sahen feinere Hirschlederkleidung und kunstvollere Stickereien, als sie in unserem Stamm hergestellt wurden. Damit, daß wir ein Kriegerstamm waren, der keine Zeit für schöne Verzierungen hatte, konnten wir uns nicht trösten. Die Leute vom Springwasser-Stamm, für ihre Tapferkeit berühmte Krieger von hohem Ansehen, besaßen Tomahawks, deren Griffe aus einem besonderen gelben Metall bestanden. Sie gewinnen es aus dem Fluß, nach dem ihr Stamm benannt ist, und beim Tauschhandel ist es noch wertvoller als Salz. Ihre Gürtel waren damit besetzt, und die Schäfte ihrer Speere; sie trugen sogar Armbänder, die in demselben reichen Gelb funkelten. Auf ihren Körpern sah man die Narben vieler Schlachten. Um ihre dünnen, stolzen Münder spielte das verschwiegene Lächeln von Siegern, die wissen, daß auch der nächste Kampf nur eine weitere Geschichte sein wird, die sie später einmal am Wachfeuer ihren Kindeskindern erzählen können.

Als wir einen Stamm sahen, der aus dem fernen Süden gekommen war, wußten wir, daß es dort Essen im Überfluß geben mußte, denn sogar die Krieger waren beinahe fett und lachten oft. Ihre Frauen waren glatt und rund wie Haselmäuse, mit leisen Stimmen und kleinen, molligen Händen. Sie gingen ein wenig watschelnd, wie Enten mit gestutzten Flügeln. Das war der einzige Stamm, in dem die Männer überhaupt Notiz von den Frauen nahmen. Ich sah, wie ein Mann einer Squaw, die sich über einen Kochtopf beugte, in freundlicher Weise auf ihr Hinterteil klopfte. Sie fühlte sich durch diese Art der Aufmerksamkeit ganz offensichtlich geschmeichelt, denn als er weitergegangen war, kicherte sie, und die Augen ihrer beiden Gefährtinnen waren rund vor Neid.

Jeden Abend gaben die Geschichtenerzähler die Legenden ihres jeweiligen Volkes zum Besten, und allen, die sich versammelten, um ihnen zu lauschen, wurde etwas zu rauchen oder zu trinken angeboten. Im Lager des Springwasser-Stammes tranken Raki und ich einen Becher einer dunkelbraunen Flüssigkeit. Sie hatte einen scharfen, bitteren Geschmack, und alles, was ich hinterher anschaute, schien wie im Hitzedunst zu flimmern. Raki sagte mir später, das Getränk hätte bei ihm die gleiche Wirkung gehabt. Die Geschichten, die wir dort hörten, handelten alle vom Krieg. Die Springwasser-Leute behaupteten sogar, die Schwarzen Federn in den Osten vertrieben zu haben, wenn auch zu der Zeit der Ahnen. Wir zweifelten am Wahrheitsgehalt dieser Legende, denn sie beschrieben die Schwarzen Federn als doppelt so groß wie gewöhnliche Männer, mit Köpfen nackt wie Eier.

»Das erklärt vermutlich, wieso sie keine Schwarzfeder-Skalps besitzen«, flüsterte Raki, und ich nickte zustimmend.

Sie hatten aber einige andere Skalps mitgebracht, die unter anerkennendem, respektvollem Gemurmel von Hand zu Hand herumgereicht wurden. Es handelte sich um rothaarige Skalps, so alt, daß die Haut hart wie Holz war. Angeblich stammten sie von sehr gefährlichen Feinden, die vor mehr als fünfhundert Jahren in langen Kanus aus dem Sonnenuntergang gekommen waren und die Gabe besaßen, sich in Fische verwandeln und so durchs Wasser entkommen zu können, wenn sie verfolgt wurden.

In der Hoffnung, etwas Neues über die Damals-Leute zu erfahren, hörten wir uns nach und nach alle Geschichtenerzähler an. Wir hörten Geschichten über Mut und Gerissenheit, über harte Bewährungsproben und sogar Geschichten zum Lachen, aber die Weisheit, die wir suchten, fanden wir in keiner. Es gab Legenden vom Morgen der Welt, die stark unseren eigenen ähnelten, aber mit anderen Ausschmückungen versehen waren, um sie den Bräuchen des jeweiligen Stammes anzupassen. Die Geschichte vom ersten Mann und der ersten Frau hörten wir auch bei einem Stamm aus dem Südwesten, der die schönsten Töpferwaren herstellte, die ich je gesehen hatte ... sogar Minshi hätte zugeben müssen, daß sie schöner waren als alles, was er herzustellen vermochte.

Der letzte Geschichtenerzähler, dem wir lauschten, gehörte zu dem Stamm aus dem Süden, dessen wohlgenährte Männer und Frauen uns an unserem ersten Abend aufgefallen waren. Sie nannten sich die Leute aus dem Lächelnden Tal, und ihre Geschichten unterschieden sich ziemlich stark von denen der übrigen Stämme. In einer fand der Held einen Zauberbaum, aus dem ihm reife Früchte in den Mund fielen, und genoß es, darunter in der Sonne zu sitzen. In einer anderen wurde eine Frau von einem Feuergeist verführt, der ihr zum Dank für die Freuden, die sie ihm bereitet hatte, einen magischen, niemals leer werdenden Kochtopf schenkte. Das Essen aus diesem Topf schmeckte den Männern so gut, daß sie nie unzufrieden waren. Von da an brauchte die Frau nicht mehr zu arbeiten und konnte behaglich im Schatten dösen, solange sie nicht die Fliege verscheuchte, die sich ihr alle sieben Tage auf die Stirn setzte. Die Fliege wurde ihr vom Feuergeist geschickt, um sie daran zu erinnern, daß er, wenn sie vergaß, ihm dankbar zu sein, sich bei der Großen Fliege über sie beschweren würde. Die Große Fliege würde ihr dann zur Strafe eine summende, stechende Wolke schicken, so daß sie keinen Augenblick mehr zur Ruhe kam. Die Geschichte endete glücklich, denn die Frau hielt auf ihrer Stirn einen Tropfen Honig für die Fliege bereit. Weil die Große Fliege dankbar für diese freundliche Geste gegenüber ihrem Volk war, wies sie die Fliegen an, sogar bei heißem Wetter niemanden vom Stamm der Frau zu belästigen.

Hinterher sprachen Raki und ich mit einem dieser Leute aus dem Lächelnden Tal. Wir waren die einzigen Fremden an ihrem Wachfeuer, vermutlich weil alle anderen es vorzogen, Geschichten vom Töten, über Skalps und Blutvergießen zu hören. Manche seiner Worte unterschieden sich von unseren, aber nicht so stark, daß wir ihren Sinn nicht verstanden hätten. Sie sprachen alle sehr gern von ihrem Land, das siebzig Tagesreisen entfernt im Süden lag. Auch schämten sie sich nicht zuzugeben, daß es für sie ebenfalls sehr aufregend und ungewohnt war, so viele Fremde zur gleichen Zeit am gleichen Ort zu sehen, was sie uns sofort noch sympathischer machte.

Ich wußte, daß Raki ebenso fasziniert wie ich war, als wir ihren Worten lauschten. Sie wußten nichts von den Damals-Leuten, aber sie hatten Dinge zu berichten, die für unsere Zukunft gleichermaßen wichtig waren. Schnee sahen sie nur hoch oben auf den Bergen, die ihr Land vor dem Norden abschirmten. Es war so fruchtbar, daß sie in einem Jahr drei Ernten einbringen konnten, und in ihren Flüssen gab es so viele Fische, daß ein Jäger nicht aus Hunger Wild zu töten brauchte, sondern nur wenn ihn das Jagdfieber packte. Sie waren stolz auf ihr sorgloses Leben, stolz auf das freundliche Wetter und die fruchtbare Erde – so wie wir stolz darauf waren, daß wir dem Winter trotzten und die langen Kältemonate überstehen konnten, indem wir von den Essensvorräten zehrten, die wir im Sommer angelegt hatten, wie ein Bär Fett für seinen Winterschlaf speichert. Rote Federn gab es bei ihnen nicht, aber statt sich deswegen zu schämen, lachten sie und sagten: »Warum sollte ein Mann ohne Grund sein Leben riskieren, wenn er es so schön und angenehm hat?«

Sie waren froh, daß ihre Körper nicht schlank und fest waren. »Ist denn eine fette Hirschkuh nicht einer halb verhungerten vorzuziehen?« fragten sie. »Und klingt eine Waldtaube mit einem vollen Kropf nicht viel angenehmer als ein hungriger Häher?« Statt sich mit den Taten ihrer Tapferen zu brüsten, erzählten sie uns voller Stolz, daß der Sohn ihres Häuptlings eine neue Fischfalle gebaut hätte, die viel weniger Arbeit mache und mit der sich trotzdem die gleiche Anzahl Fische fangen ließe. Statt über Skalps sprachen sie über Sträucher und Bäume, die sie in ihrem Tal angepflanzt hatten, weil diese wohlschmeckende Früchte und Beeren trugen. Und damit sie sich ohne große Mühe abernten ließen, hatten sie sie gleich neben ihrem Dorf gepflanzt.

»Wie beschäftigt ihr eure Leute?« erkundigte sich Raki. »Gibt es unter ihnen keinen Streit, wenn das Leben für sie so leicht ist?«

»Wenn jemand Streit sucht, wird er fortgeschickt, bis er den Dämon in sich besiegt hat, der durch ihn Zwietracht am Wachfeuer zu säen versucht.«

»Was ist, wenn er sich weigert, zu gehen?« fragte ich.

»Er weigert sich nicht«, sagte der Mann aus dem Lächelnden Tal sanft. »Es ist gegen unsere Gesetze, und wenn er nicht gehorcht ... dann halten wir ein Festmahl, um die Sorge zu vergessen, die wir empfinden, wenn einer von uns ungehorsam gegen die Gesetze gewesen ist.«

»Kümmert es ihn denn, wenn ihr euch deswegen sorgt?«

»Nein, es kümmert ihn nicht«, sagte der Mann mit der gleichen Sanftheit. »Und wenn doch, macht uns das keine Sorgen mehr, denn dann ist er tot. Es gibt nur eine Sünde, die bei unserem Volk mit dem Tod bestraft wird: die Sünde, andere absichtlich unglücklich zu machen. Das ist unser oberstes Gesetz, denn wenn Leute unglücklich sind, bekommen sie Bauchweh und allerlei Krankheiten, und dann weinen sie, werden dünn und sterben.«

»Aber du hast uns noch nicht gesagt, womit ihr euch beschäftigt«, sagte Raki.

»Wir *denken* ... an die Vergangenheit, oder an die Zukunft, oder an den heutigen Tag: je nachdem, was gerade am angenehmsten ist. Wenn sie alle drei gleichermaßen wunderbar sind, denken wir an alle drei zugleich.«

Wir luden die Leute aus dem Lächelnden Tal nicht in unser Lager ein, denn es war uns klar, daß sie unsere Legenden schockierend finden würden. Sie wären entsetzt gewesen, wenn sie gehört hätten, daß wir es für besser hielten, zu rennen als zu gehen, zu gehen als stillzustehen, zu stehen als sich hinzulegen; daß wir es für ein besonderes Verdienst hielten, mit so wenig Essen wie möglich auszukommen, die schwierigsten und gefährlichsten Felsen zu besteigen und zu rennen, bis wir vor Erschöpfung umfielen. Für solche Geschichten hätten sie uns keine Bewunderung gezollt, sondern, im Gegenteil, Mitleid und Bedauern für einen Stamm empfunden, der durch seine Dummheit zweifellos dem Untergang geweiht war.

Als wir zu unserem Lagerplatz zurückgingen, sagte Raki: »Sie haben Zeit zum Nachdenken, Piyanah. Wir brauchen ja nicht unbedingt wie sie fett und faul zu werden, aber wir *brauchen* Zeit zum Nachdenken. Unser Winter ist so lang und kalt ... wenn man friert, ist es schwer, an etwas anderes zu denken, als daran, wie man sich warmhalten und ob man sich je wieder sattessen kann. Und den größten Teil unseres Sommers verbringen wir damit, uns auf den Winter vorzubereiten.«

»Ja, wir alle brauchen Zeit zum Nachdenken. Lange Gedanken, die wie die Schwungfedern sind, mit denen ein Vogel fliegen kann.«

»Piyanah! Wir werden unser Volk in den Süden führen. Dort werden sie lernen, daß Härte und Ausdauer nicht alles sind, was ein Mann mitbringen muß, um im Land jenseits des Sonnenuntergangs willkommen zu sein.«

»Ja, Raki«, sagte ich, »wir werden nach Süden ziehen.«

DER RAT
DER FEDERNTRÄGER

An jedem Abend traf ein weiterer Stamm ein, bis schließlich am achten Tag, bei Vollmond, alle dreißig versammelt waren und das große Fest stattfand, mit dem der Mond des Rates feierlich begonnen wurde. Raki und ich begleiteten Na-ka-chek und saßen hinter ihm am Wachfeuer bei den Großen Tipis. Alle Häuptlinge trugen reichen Federnschmuck und Gewänder, die kunstvoll mit Perlen, Stachelschweinborsten oder Federn verziert waren. Sogar noch inmitten all dieses Prunks ragte der Häuptling des Springwasser-Stammes besonders heraus, denn sein langer grüner Umhang war mit kleinen goldenen Tafeln besetzt; sie hatten die Form von Vögeln und Fischen und waren so blank poliert, daß sie im Schein des Feuers lebhaft funkelten und glitzerten.

Jeder Häuptling war in Begleitung seines Sohnes oder Blutsverwandten gekommen, den er zu seinem Nachfolger ausgewählt hatte. Die jungen Männer starrten Raki und mich an; vielleicht überraschte es sie, daß wir zu zweit waren. Hätte ich von dem Brauch gewußt, daß jeder Häuptling hier verkündete, wen er zu seinen Nachfolger ausgewählt hatte und wodurch der Betreffende sich auszeichnete, wäre ich vor dem Festmahl zweifellos nervös gewesen. Vielleicht wiegte das üppige Essen und das dazu gereichte Getränk, das mit Honig und verschiedenen, in unseren

Jagdgründen nicht vorkommenden Kräutern zubereitet war, mich
in Sicherheit; denn es ist schwer, Angst zu haben, wenn der Körper sich wohlfühlt und nicht unmittelbar bedroht ist.

Jeder junge Mann starrte ausdruckslos vor sich hin, während
seine Qualitäten gepriesen wurden. Ich fühlte mich an die Squaws
während der Zeremonie des Erwählens erinnert. Am Ende jeder
Rede herrschte Schweigen, als Zeichen allgemeiner Zustimmung.
Wären bei einem der vorgestellten jungen Männer von Ratsmit-
gliedern Zweifel geäußert worden, ob er es wert war – sollte der
jetzige Häuptling während der folgenden sieben Jahre sterben – in
den Rat aufgenommen zu werden, hätte er sich einer näheren
Überprüfung seiner Autorität und seiner Kenntnis der Stammesgesetze unterziehen müssen.

Mein Vater kam als letzter an die Reihe. Als Raki und ich vor-
treten mußten, um uns von diesen schweigsamen Männern mustern zu lassen, deren stolze Gesichter uns aus den Schatten am
Rand des Feuerscheins anstarrten, fühlten meine Beine sich plötzlich an, als seien sie gerannt, bis sie mich nicht länger tragen
konnten.

»Ruhig, Piyanah!« Rakis Stimme war nur ein Flüstern, aber
mein Körper hatte es auch gehört und gehorchte.

Weiß und Gelb, Blau und Grün und Rot; ein Wall aus mächtigen Federn umgab uns. Augen, so unnachgiebig wie die der Falken, kalt und starr blickend. Hände, ruhig wie der Rauch, der aus
den langen Pfeifen aufstieg. Auch ich mußte jetzt ganz ruhig und
unerschütterlich bleiben. Ich suchte mir einen tief über dem Horizont stehenden Stern und schwor, den Blick nicht von ihm zu wenden und meinen Lidern kein einziges Flattern zu gestatten ...

Mein Vater sprach langsam und ruhig. »Ich, Na-ka-chek,
Häuptling des Zwei-Bäume-Stammes, habe mein Volk an eine
Wegscheide geführt, wo es gilt, zwischen dem Alten und dem
Neuen zu wählen. Ich bin zu reich an Jahren, um noch die Hügel
einer unbekannten Zukunft zu ersteigen; doch diese beiden hier
werden nach mir herrschen und jene meines Volkes, die mit ihnen
zu gehen wünschen, unter ihrem eigenen Totem in ein neues Land
führen.«

Er machte eine Pause, um die Bedeutung der folgenden Worte
zu unterstreichen: »Nie zuvor hat ein Häuptling einen Mann und
eine Frau dazu ausersehen, gleichberechtigt einen Stamm anzu-
führen.«

Niemand rührte sich, aber ich konnte die Spannung, die auf seine Worte folgte, förmlich mit den Händen greifen.

»Ich wiederhole: Dieser Mann und diese Frau, Raki und Piyanah, sollen gleichberechtigt über einen neuen Stamm herrschen. Sie werden handeln wie eine einzige Person und im Rat mit einer Stimme sprechen. Jene meines Volkes, die unsere alte Lebensweise beibehalten möchten, werden bei mir bleiben und ihren eigenen Nachfolger wählen, wenn ich sterbe. Ihr habt noch nie eine Frau in der Mitte eures Rates gesehen, aber es gibt kein Gesetz dagegen. Es heißt, daß nur ein Tapferer die Häuptlingswürde erben kann. Doch Piyanahs Ausbildung war nicht weniger hart als bei jedem Mann, der eine Braune Feder trägt. Sie trägt sieben Bärenkrallen an ihrer Halskette und hat mit einem einzigen Pfeil aus zweihundert Schritten Entfernung einen laufenden Hirsch erlegt. Sie hat nie um Schonung gebeten, und im Kampf hat sie eine Schwarze Feder getötet und skalpiert.

Alles, was sie getan hat, hat auch Raki vollbracht. Sie sind Bogen und Bogensehne, Pfeil und Köcher, Morgen und Abend ihrer Tage. Wenn irgend jemand Piyanahs Stärke anzweifelt, möge er sie herausfordern; oder aber anerkennen, daß im nächsten Frühling der neue Stamm dem zweifachen Häuptling in das Land seiner Zukunft folgen wird.«

Das Schweigen war so undurchdringlich wie die Stille, die auf ein Donnergrollen folgt. Dann sagte ein junger Mann, der zu dem Stamm der gelbhäutigen Menschen gehörte, in schroffem Ton: »Ich, T'cha, weigere mich, mit einer Squaw im Rat zu sitzen.«

»Ein Mann darf sich nicht weigern, mit jenen im Rat zu sitzen, die den gleichen Rang einnehmen wie er«, sagte Na-ka-chek.

»Keine Squaw kann einem Mann ebenbürtig sein! Schwäche läßt sich nicht in Stärke verwandeln, indem man eine braune Feder an ein Stirnband steckt. Eine Frau mit uns im Rat sitzen zu lassen würde bedeuten, die Federn zu entehren. Immer sind die Federn ein Gegenstand der Verehrung gewesen, und nun machst du sie zum Kopfschmuck für deine Squaw!«

»Ihre braune Feder gilt so viel wie die deine«, sagte mein Vater. »Wenn du daran zweifelst, wieso forderst du sie dann nicht heraus?«

Der junge Mann schnaubte verächtlich. »Ich kämpfe nicht gegen Frauen ... ebensowenig wie ich Aas esse.«

Angesichts dieser neuerlichen Beleidigung drehten einige Häuptlinge die Köpfe und starrten den Sprecher mit kalter Mißbilligung an, während die übrigen ihn einfach nicht beachteten. Ich nehme an, sie hätten T'cha beigepflichtet, wenn er angemessen würdevolle Worte gewählt hätte. Aber die Gesetze der Höflichkeit waren strikt, und wer sie mißachtete, mußte mit einem Verweis rechnen.

Dann sprach der Häuptling des Springwasser-Stammes: »Wie es scheint, war dieser junge Mann hier so sehr damit beschäftigt, die Kriegskunst zu erlernen, daß er nicht genügend Gelegenheit hatte, sich auch die Kunst der höflichen Rede anzueignen, wie sie sich vor dem Rat geziemt. Er ist also offenbar fest entschlossen, nicht mit der Tochter von Na-ka-chek im Rat zu sitzen. Wäre es da nicht eine für alle Beteiligten annehmbare Lösung, einen Wettkampf zwischen den beiden auszurichten, dessen Sieger wir dann akzeptieren, während der Verlierer von allen künftigen Ratsversammlungen ausgeschlossen wird?«

Diese Rede fand allgemeine Zustimmung. Einige alte Männer gestatteten sich sogar ein schmales Lächeln. Der Gelbhaut blieb nichts anderes übrig, als den Vorschlag zu akzeptieren, er brachte dabei aber so viel Widerwillen zum Ausdruck, wie er es vor den Häuptlingen wagte. Er grinste mich höhnisch an, und da freute ich mich auf den Wettkampf mit ihm, denn dieses Hohnlächeln aus seinem Gesicht zu wischen würde noch besser sein, als eine Schwarze Feder zu skalpieren.

Als der älteste Häuptling sich erhob und damit anzeige, daß die Ratsversammlung beendet war, wäre ich gerne noch geblieben, um mich mit einigen der Häuptlingssöhne zu unterhalten, aber Raki forderte mich in ziemlich scharfem Ton auf, ihn zurück in unser Lager zu begleiten. Ich fragte mich, warum er so verärgert war. Als wir uns weit genug von den anderen entfernt hatten, um ungestört sprechen zu können, sagte er:

»Dein Vater ist ein Narr, dich diese Herausforderung annehmen zu lassen. Dieser Mann ist gefährlicher als eine Schwarze Feder; er wird versuchen, dich zu töten.«

»Er wird es nicht schaffen, mich zu töten, Raki. Ich werde zusammen mit dir unseren neuen Stamm in den Süden führen.«

»Laß dich von deiner Zuversicht nicht dazu verleiten, leichtsinnig zu sein, Piyanah! Wenn ich zugelassen hätte, daß du mit einem der anderen Söhne sprichst, wärst du womöglich ein weiteres Mal herausgefordert worden ... deswegen habe ich dich zum Aufbruch

gedrängt. Jetzt fühlst du dich sehr mutig, doch morgen kann dieser Mut verflogen sein ... und dann hast du keine Möglichkeit
mehr, es dir anders zu überlegen.«

»Ich will es mir nicht anders überlegen«, sagte ich gekränkt.
»Ich will sehen, wie diese höhnischen Augen aus seinem gelben
Gesicht quellen, weil ich ihm meine Daumen in die Augenwinkel
presse. Ich will sehen, wie sein Kanu in den Stromschnellen ken-
tert, und ihm ins Gesicht lachen, wenn das Wasser ihn hinabzieht,
während ich an ihm vorbeifahre.«

»Der Honigwein spricht aus deinem Mund, Piyanah. Er macht
dich glauben, daß es dir gefällt, Menschen zu töten. Dabei weißt
du sehr gut, daß du es sogar haßt, einen Hirsch töten zu müssen.«

»Es ist viel schlimmer, einen Hirsch zu töten, als dieses gelbe
Scheusal ... und es hat mir immer Spaß gemacht, Schlangen und
Spinnen zu töten.«

»Du hast Angst vor Klapperschlangen.«

»Na ja, vielleicht habe ich das ... aber er ist eine Schlange, vor
der ich mich nicht fürchte ... und es ist nicht nett von dir, mir einreden zu wollen, ich hätte Angst.«

»Hast du denn wirklich keine Angst? Es ist Unsinn, daß du
versuchst, deine Gefühle vor mir zu verbergen.«

»Vielleicht hat ein Teil von mir Angst«, gab ich widerstrebend
zu, »aber ich werde nicht auf diesen Teil hören, solange er nicht
so laut schreit, daß mir nichts anderes übrigbleibt. Ich wünschte,
du würdest aufhören, wütend zu sein, Raki. Wenn nicht, werde
ich mich elend fühlen, und wenn ich mich elend fühle, vergesse
ich, daß ich ein Tapferer bin, und dann werde ich mich beim
Ringen nicht mehr an die richtigen Griffe erinnern können.
Meinst du, daß Ringen eine der Wettkampfdisziplinen sein wird?«

»Das werden die Häuptlinge entscheiden. Wenn du die Herausforderung ausgesprochen hättest und sie sofort akzeptiert worden wäre, hätte er selbst die Wahl gehabt. Aber wie die Dinge liegen, wird der Rat die Disziplinen auswählen. Ich bin nicht wütend
auf dich, Piyanah. Ich bin wütend auf Na-ka-chek. Er hätte uns
vorwarnen müssen. Wärest du erst einmal sieben Jahre lang zusammen mit mir Häuptling gewesen, hätte der Rat dich anstands-
los akzeptiert, und falls nicht, wären wir der Versammlung der
Stämme eben ferngeblieben ... es war töricht von ihm, *schon jetzt*
von den anderen zu verlangen, daß sie dich anerkennen.«

»Aus welchem Grund hat er es dann getan?«

»Honigwein!« sagte Raki. »Deshalb bin ich so wütend auf ihn. Schneller, als totes Fleisch Maden anlockt, scheint Honigwein den Leuten zu Kopf zu steigen und sie selbstgefällig und eitel zu machen. Na-ka-chek – ein Narr, weil er zu viel Honigwein getrunken hat!«

»Glaubst du wirklich, daß Honigwein so eine starke Wirkung hat?«

»Du zweifelst daran? Komm, ich zeige dir, was es anrichtet.« Statt weiter in Richtung unseres Lagers zu gehen, wandte er sich nach Osten. Selbst ohne den Vollmond wäre die Nacht hell erleuchtet gewesen, denn zusätzlich zum Licht der Feuer trugen viele Leute Fackeln bei sich.

»Da!« sagte Raki. »Honigwein kann so stark wie ein Tomahawk sein, wenn auch seine Wirkung weniger lange anhält.«

Drei Männer lagen ausgestreckt auf dem Boden, schwer atmend, mit weit geöffneten Mündern. Raki stieß einen von ihnen mit dem Fuß an, aber er grunzte nur und schlief weiter.

»Der da ist eine Rote Feder«, sagte Raki angewidert, »und der hier auch.«

Der Mann lag auf seinem Gesicht. Ich hielt ihn für tot, bis er sich plötzlich auf die Seite drehte und unzusammenhängend vor sich hin brabbelte.

»Es sind nicht bloß ein paar, sondern gleich Hunderte von ihnen«, sagte Raki. »Wenn die Sonne morgen zurückkehrt, wird sie denken, hier hätte eine Schlacht stattgefunden ... aber keiner von ihnen hat sich eine Feuerbestattung verdient.«

»Bestimmt trinkt die gelbe Schlange so viel, daß seine Arme brechen wie trockene Zweige und seine Beine schwach wie vermodernde Pilze sein werden«, sagte ich hoffnungsvoll, denn Raki hatte meine Vorfreude auf den Wettkampf ziemlich gedämpft.

»Es wird in jedem Fall sein letztes Festmahl sein, denn wenn du ihn nicht tötest, werde ich es tun.«

»Aber wenn er in einem gerechten Kampf siegt, darfst du ihn nicht töten, Raki ... doch er wird sowieso nicht gewinnen.«

Er wirbelte mich herum und packte meine Schultern so fest, daß ich beinahe laut aufgeschrien hätte. »Wir wurden in diese Sache hineingezogen, also ist es nicht deine Schuld. Aber das ist wirklich das letzte Mal, daß ich zulasse, daß du dich in Gefahr begibst. Du bist *meine* Frau, auch wenn ich noch nicht offen Anspruch auf dich erheben darf. Ich werde jeden Mann töten, der

dir Schmerzen zufügt; jeden Mann zum Krüppel schlagen, der
dich beleidigt; jedem Mann den rechten Arm brechen, der dich är-
gert! Das ist *mein* oberstes Gesetz, wichtiger als alle anderen.
Wenn es dir also kein Vergnügen macht, dir Blutbäder anzuschauen, Piyanah, solltest du besser keine Beleidigungen herauf-
beschwören ... denn ich werde jede davon rächen.«

Am nächsten Morgen verbot mir Raki, an einem der anderen
Wettkämpfe teilzunehmen, solange die Häuptlinge nicht entschieden hatten, in welcher Disziplin die Gelbhaut und ich gegeneinander antreten würden. Er wollte nicht, daß ich meine Muskeln
überanstrengte und dadurch im Nachteil war. Ich widersetzte
mich dagegen und sagte ihm, ich fände es ungerecht, weil er mir
so die Chance nahm, zu beweisen, daß eine Squaw in vielen
Dingen den Männern ebenbürtig war. Doch er entgegnete:

»Du wirst im Kampf gegen T'cha genug Gelegenheit haben,
das unter Beweis zu stellen. Es ist besser, wenn er dich bis dahin
für einen unwürdigen Gegner hält, denn übergroßes Selbstvertrauen ist ein fast ebenso gefährlicher Gefährte wie die Angst. Soll
er nur weiter Honigwein trinken und feiern; soll er mit der Demütigung prahlen, die er der eingebildeten Squaw bereiten will ... um
so mehr werden seine eigenen Worte sich gegen ihn wenden!«

Also mußte ich mich damit zufriedengeben, Raki zuzuschauen,
was sich aber als wirklich tiefe Befriedigung erwies. Bei den Ring-
kämpfen wurde als sein erster Gegner einer von den Springwasser-
Leuten ausgelost, dann trat er gegen Tapfere zweier nördlicher
Stämme an. Anschließend wurde er von jenen, die zuvor zu dumm
gewesen waren, sein Können zu erkennen, mit neuem Respekt betrachtet: Ein gebrochenes Bein, eine ausgekugelte Schulter und ein
verrenktes Handgelenk sind so wertvoll wie Bärenkrallen, wenn
sie den Gegnern im Ringkampf beigebracht werden!

Gern hätte ich am Bogenschießen teilgenommen, besonders als
ich sah, daß T'cha in dieser Disziplin schwächer als ich war. Hof-
fentlich hatte er mitbekommen, daß Raki aus einer Entfernung
von zweihundert Schritten mit sieben Pfeilen das Ziel getroffen
hatte, einen bemalten Hirsch nicht größer als eine Hand, während
es bei ihm nur drei gewesen waren. Aber sie hatten nicht in der
gleichen Gruppe geschossen, daher erfuhr die Gelbhaut vermutlich nicht, daß einer von uns sie übertroffen hatte.

Nach den ersten beiden Tagen wurde es sehr langweilig, den
Wettkämpfen zuzuschauen. All diese gut trainierten Läufer waren

so schnell, daß der eine Schritt Vorsprung des Siegers höchstens
für seine Freunde von Bedeutung war. Ein Ringkampf gleicht dem
anderen, es sei denn, man fiebert aus persönlichen Gründen mit
einem der beiden Ringer mit ... Raki zuzusehen erfüllte mich mit
Stolz und war doch zugleich eine Qual, und ich war erleichtert,
daß Dorrok, Gorgi und Tekeeni alle ihre Kämpfe gewannen. Nur
Gorgi zog sich dabei im Kampf gegen einen Springwasser-Krieger
eine Verletzung zu, einen böse verstauchten Daumen, der es ihm
unmöglich machte, an den weiteren Bogenschieß-Wettbewerben
teilzunehmen.

Es überraschte mich, wie viele unterschiedliche Arten von
Schlingen benutzt wurden: Manche Stämme hatten spezielle
Steine mitgebracht, statt vor Ort passende auszuwählen, und andere benutzten Steine mit einem Loch darin, die an einem Riemen
getragen werden konnten. Der Wettkampf im Schlingenwerfen
fand in einem sumpfigen Gelände neben dem Fluß statt, wo sich
zahlreiche Vögel aufhielten. Zwei Männer aus jedem Stamm stellten sich am Flußufer auf, in einer Reihenfolge, die zuvor ausgelost
worden war. Früh am Morgen waren Squaws ausgeschickt worden, um sich im Ried zu verstecken. Auf ein verabredetes Signal
hin gingen sie in einer langen Reihe langsam auf die Jäger zu, die
Vögel vor sich her treibend.

Der erfolgreichste Jäger tötete vierzehn Vögel, aber von unseren Männern war niemand unter den ersten drei. Ich war froh,
daß Raki sich nicht für diese traurige, unwürdige Form der Jagd
gemeldet hatte. Uns war beigebracht worden, daß man Tiere
rasch und ohne sie in Angst zu versetzen töten soll. Es widerte uns
beide an, zusehen zu müssen, wie diese Wolke aus Vögeln in den
Tod gehetzt wurde. Oft zielten die Jäger schlecht; ein Vogel mit
einem gebrochenen Bein entkam, zu einem langsamen Hungertod
verurteilt, ein anderer glitt mit gebrochenem Flügel hilflos herab
und rannte ins Ried, um sich zu verstecken.

Jeden Abend versammelte sich der Rat der Federnträger, die
Häuptlinge und die Ältesten, um Streitigkeiten zwischen Stämmen
zu schlichten, deren Häuptlinge sich nicht hatten einigen können.
Da der Zwei-Bäume-Stamm in keine Unstimmigkeiten verwickelt
war, die vom Rat geschlichtet werden mußten, waren diese Versammlungen für uns nicht sonderlich interessant.

Die Ältesten redeten langsam und bedächtig. Unablässig
schleppte sich das Gemurmel ihrer gefühllosen Stimmen dahin, so

daß Raki mich mehrfach anschubsen mußte, damit ich nicht einnickte. Endlose Argumente und Gegenargumente bezüglich der genauen Festlegung der Grenze zwischen zwei Jagdgründen, oder um Fragen wie diese zu klären: Hatte ein Jäger versehentlich einen Hirsch auf das Land eines benachbarten Stammes verfolgt, ohne sich der Grenzübertretung bewußt zu sein, oder hatte er absichtlich dem Häuptling, auf dessen Land er den Hirsch erlegt hatte, das in einem solchen Fall als Tribut übliche Lendenstück vorenthalten? War der Hirsch verwundet gewesen und hatte der Jäger ihn demnach nur verfolgt, um seiner Pflicht gegenüber dem von ihm angeschossenen Tier nachzukommen? War der Hirsch älter als fünf Jahre gewesen? Wie viele Hirsche waren in jener Saison getötet worden? Benötigte der Stamm dringend Fleisch? ... So viele Worte wegen einer so belanglosen Sache wie einer Hirschlende!

Als ich Na-ka-chek darauf ansprach, erzählte er mir, ehe dieses Gesetz, daß alle anders nicht beizulegenden Streitigkeiten vor den Rat der Federnträger zu bringen seien, eingeführt wurde, habe man wegen derartig unbedeutender Dinge Kriege geführt.

In der darauffolgenden Nacht wurde über einen Stamm im Südwesten diskutiert, in dem kürzlich eine geheimnisvolle Krankheit gewütet hatte, der mehr als die Hälfte von ihnen zum Opfer gefallen war. Der Stamm hatte einen Sprecher entsandt, der um eine Verkleinerung ihrer Jagdgründe nachsuchte. Im Ausgleich dafür baten sie um Getreide und Dörrfleisch, um sie im kommenden Winter vor dem Hungertod zu bewahren. Dieser Bitte wurde zugestimmt, und dann folgten scheinbar endlose Verhandlungen über den genauen Verlauf der neuen Grenzen: Welcher Teil des Landes sollte welchem der drei Häuptlinge zugesprochen werden, denen die angrenzenden Jagdgebiete gehörten; sollten sie dafür mit Getreide aus drei Ernten zahlen, oder würden zwei Jahre genügen, bis der durch die Krankheit verkleinerte Stamm sich wieder durch eigenen Anbau versorgen konnte?

Nur ein einziges Mal wurde eine Squaw erwähnt: Sie war von einer Nacktstirn aus einem anderen Stamm geraubt worden. Der Häuptling des Stammes, zu dem die Squaw gehörte, hatte als Zeichen, daß der Vorfall bedauert wurde, den Skalp der Nacktstirn erhalten, forderte aber vom Stamm der Nacktstirn eine zusätzliche Entschädigung. Schließlich einigte man sich darauf, diese Entschädigung auf sechs Hirschhäute und vierzig Pfeile festzusetzen. Darüber, was mit der Squaw geschehen war, verlor niemand von ihnen ein Wort!

Na-ka-chek erzählte mir, daß in der Zeit der Großväter, ehe die dreißig Stämme sich geeinigt hatten, diese Gesetze zu befolgen, nur weit bedeutendere Angelegenheiten vor den Rat gebracht worden waren. Damals, wie heute, konnte ein Stamm um Hilfe bitten, der von einem gesetzlosen Stamm angegriffen worden war. Dann entsandten die anderen Häuptlinge die erforderliche Zahl von Tapferen, um den Überfall zu rächen. Seit die Macht der dreißig Stämme geachtet wurde, kam es kaum noch zu solchen Überfällen, so daß die wichtigste Aufgabe des Rates heute darin bestand, rote Federn zu vergeben. Diese wurden nur während der Versammlung der Stämme verliehen; allerdings konnte ein Häuptling, unterstützt von seinen Ältesten, jeden seiner Tapferen, der eine besonders mutige Tat vollbracht hatte, für würdig erklären, eine rote Feder zu empfangen. In diesem Fall entschied der Rat nach eingehender Prüfung, ob dieser Bitte entsprochen wurde.

Am vierzehnten Tag verkündeten die Häuptlinge die Namen jener Tapferen, die bereit waren, sich den lebensgefährlichen Prüfungen zu unterziehen, bei denen man eine rote Feder erringen konnte. Ich hatte viele Geschichten über die gräßlichen Dinge gehört, denen die Krieger sich aussetzen mußten, um diese höchste aller Ehren zu erwerben, und war froh, daß Raki und ich keine solche Feder brauchten, um unseren Stamm zu führen. Ich hatte den Felsen gesehen, von dem Narrok in die ewige Dunkelheit gesprungen war. Raki und ich waren auf seine Spitze geklettert und es hatte uns bei dem Gedanken gegraust, daß jemand es wagen konnte, aus dieser Höhe in einen so kleinen Teich zu springen.

In diesem Jahr waren es zwölf Tapfere, die für sich das Recht beanspruchten, eine rote Feder zu erwerben. Der erste von ihnen wurde dazu bestimmt, sich der Marter durch die Feuerameisen zu unterziehen. Der zweite sollte auf den Felsen des Todes klettern. Der dritte sollte von Tagesanbruch bis Sonnenuntergang mit auf den Rücken gefesselten Händen in einer Grube voller Klapperschlangen ausharren ... in dem Wissen, daß seine einzige Überlebenschance darin bestand, die ganze Zeit über völlig regungslos dazustehen, selbst wenn ihm die Schlangen über die Füße krochen.

Während die schrecklichen Prüfungen nacheinander aufgezählt wurden, war ich den Großen Jägern zunehmend dankbarer dafür, daß Raki und ich uns nie solchen Qualen würden unterziehen müssen. Jeder der Männer stand unbewegt wie ein Totem, als die ihm bevorstehende Marter verkündet wurde; dann hob er zum Zeichen seiner Zustimmung die rechte Hand. Hätte er abgelehnt, wären ihm die Privilegien eines Tapferen aberkannt worden, und je nach der Milde seines Häuptlings hätte er fortan entweder als Nacktstirn oder als Halb-Bruder sein Dasein fristen müssen. Doch jemand der so viel Schande über seinen Stamm brachte, durfte auf nicht viel Milde hoffen.

Was veranlaßte diese Männer, einen gräßlichen Tod zu riskieren, nur um eine rote Feder an ihrem Stirnband tragen zu können? Von ihrem Stamm geehrte Tapfere waren sie bereits, warum stürzten sie sich also bereitwillig in eine solche Gefahr? Zweifelten sie an ihrer Tapferkeit und glaubten, sie sich auf diese Weise selbst beweisen zu müssen? Oder taten sie es aus Liebe gegenüber ihrem Stamm und ihren Traditionen, damit ihr Häuptling ihre rote Feder in seinem Kopfschmuck tragen konnte und spätere Generationen sich an sie erinnerten?

Plötzlich hörte ich, wie der Häuptling des Springwasser-Stammes meinen Namen aussprach. Meinen Namen und den von T'cha. Ich spürte, wie Raki neben mir alle Muskeln anspannte. Ich war beinahe erleichtert, nun endlich zu erfahren, in welcher Disziplin wir uns messen sollten, und zu aufgeregt, um mich darüber zu wundern, daß diese Entscheidung zusammen mit den Prüfungen für die künftigen Roten Federn bekanntgegeben wurde. Als ich sah, daß T'cha aufstand, erhob ich mich ebenfalls und trat in den Schein des Wachfeuers.

»T'cha und Piyanah«, sagte der Häuptling des Springwasser-Stammes, »wir haben beschlossen, daß ihr beide nur an zukünftigen Ratsversammlungen teilnehmen dürft, wenn ihr eine rote Feder tragt. Wenn Piyanah eine solche Feder erringt, kann T'cha nicht länger behaupten, daß eine Squaw zu Unrecht im Kreis der Federnträger sitzt. Und T'cha kann nicht mit uns im Rat sitzen, wenn sich zeigen sollte, daß er schwächer als eine Squaw ist. Also müssen sich beide das Recht auf eine rote Feder erwerben ... oder sie werden von allen zukünftigen Versammlungen der Stämme ausgeschlossen. Die Prüfung, die wir euch auferlegen, ist schwer, aber vor vierzehn Jahren hat einer aus meinem Volk sie bewältigt.«

Er schwieg einen Moment und berührte eine rote Feder in seinem Kopfschmuck. »Sein Körper ist im vorigen Jahr gestorben, aber sein Mut lebt hier, bei mir. Dort, wo der Fluß die Ebene der Versammlung verläßt, fließt er unterirdisch weiter, durch Höhlen, in denen, wie es heißt, außergewöhnlich bösartige Dämonen hausen. Wenig ist über diese Höhlen und die Tunnel bekannt, durch die sie miteinander verbunden sind, denn nur wenige sind je von dort zurückgekehrt. Ich wiederhole: Die Prüfung der Finsteren Höhlen ist eine sehr schwere ... aber sie ist zu bewältigen. Akzeptiert ihr unsere Entscheidung?«

Ich hob meine rechte Hand, und T'cha ebenso. Ich hatte es ganz unwillkürlich getan, nicht zu zögern gewagt, damit sie mir nicht anmerkten, wie sehr ich mich fürchtete.

»Ihr habt zwei Tage, um euch vorzubereiten«, sagte der Springwasser-Häuptling. »Jedem von euch wird ein für diese Prüfung geeignetes Kanu zur Verfügung gestellt.«

Der älteste Häuptling erhob sich und zeigte dadurch das Ende der Ratsversammlung an, und ich bereitete mich innerlich auf das Entsetzen in Rakis Augen vor.

DIE HÖHLEN

Ich war froh, daß Raki früh am Morgen aufgebrochen war, um am Ausgang der Finsteren Höhlen auf mich zu warten – denn hätte er zugeschaut, wie ich das Kanu bestieg, das mich auf die andere Seite des Wassers tragen sollte, hätte sein Anblick auch noch den letzten Rest jenes Stolzes vertrieben, der mich abhielt, von der Prüfung zurückzutreten. Sogar Na-ka-chek hatte versucht, mir die Fahrt durch die Höhlen auszureden. Er sagte, die Häuptlinge hätten diesen Vorschlag nur gemacht, weil sie glaubten, T'cha und ich würden uns weigern und damit unseren Anspruch auf einen Sitz im Rat der Federnträger verlieren.

T'cha war von Leuten aus seinem Stamm umringt; seine Stimme klang laut und arrogant, aber der Schweiß auf seiner Stirn verriet, wie sehr er sich fürchtete. Ich stand mit Dorrok und Gorgi zusammen, während Tekeeni den Bug meines Kanus festhielt. Ich sah, wie sich seine Lippen bewegten, und wußte, daß er dem Kanu sagte, es möge gut auf mich achtgeben. Menschen aus allen Stämmen hatten sich versammelt, um unsere Abfahrt zu beobachten;

sogar die Häuptlinge waren gekommen. Ich wußte, nur wenige würden auf der anderen Seite bei Raki warten, denn die meisten glaubten nicht, das wir je wieder das Tageslicht sehen würden, wenn unsere Kanus erst einmal in der Höhlenöffnung unter den Felsen verschwunden waren.

»Ich *weiß*, daß es einen Weg hindurch gibt«, sagte Dorrok erneut. »Ich habe einmal mit einem Mann gesprochen, der durch diese Prüfung seine rote Feder gewann. Hätte ich damals allerdings geahnt, was geschehen würde, hätte ich ihm gewiß aufmerksamer zugehört ... es war vor sieben Jahren, aber ich denke, an die wichtigsten Dinge erinnere ich mich noch. Du wirst Höhlenkammern durchqueren, in denen das Wasser sich zu Seen ausweitet. Du hast also die Chance, dir selbst deinen Weg zu suchen, wenn du dich von der Hauptströmung fernhältst. Es gibt Stellen, wo die Höhlendecke fast das Wasser berührt. Lege dich flach ins Kanu und schütze deinen Kopf mit dem Paddel. Achte vor allem darauf, daß deine Fackel nicht ausgeht, denn ohne Licht bleibt dir nichts anderes übrig, als dich von der Strömung treiben zu lassen. Du *wirst* es schaffen, Piyanah, denn die anderen, die es nicht schafften, glaubten an Dämonen. Denke daran, daß es keine Dämonen gibt ... und vor Echos oder Fledermäusen brauchst du dich nicht zu fürchten ... Echos können dir nichts anhaben, auch wenn sie wie ein Feind klingen. Wenn du vor dir Licht im Wasser siehst und wieder ins Freie kommst, halte dich nah am Südufer, wo es eine gute Abfahrt durch die Stromschnelle gibt. Die Stromschnelle ist einfach; du und Raki, ihr habt oft nur zum Spaß weit schwierigere bewältigt. Denke daran, daß das Tageslicht am Höhlenausgang hinter der Höhlenkammer mit dem großen Strudel sichtbar wird.«

Als ich die verzweifelte Überzeugung in seiner Stimme hörte, wurde mir klar, daß er mit meinem Tod rechnete. Ob ich ihn bitten sollte, Raki eine letzte Botschaft von mir zu übermitteln? Doch mir fielen keine passenden Worte ein, denn ich mußte die Furcht verbergen, die von Moment zu Moment in mir wuchs, mußte sie sogar vor mir selbst verbergen.

Das Los entschied, wer von uns beiden als erster fahren würde. Es fiel auf T'cha. Er zog sein Hemd aus und stieg, nur mit einem Lendenschurz bekleidet, in sein Kanu. Als es sich vom Ufer entfernte, feuerte ihn sein Stamm mit lauten Rufen an. Einige aus der übrigen Menge, die an beiden Ufern aufgereiht stand, stimmten in die Rufe ein.

Ich sah zu, wie sein Kanu allmählich Fahrt aufnahm. Es hatte
den Anschein, als müßte es an dem niedrigen Höhleneingang zerschellen. Er paddelte durch die Strömung zur Flußmitte. Offenbar
steuerte er eine Stelle an, wo der Eingang ein klein wenig höher
war. Er duckte sich, und ein Seufzen stieg aus der Menge auf, als
sein Kanu unter den Felsen verschwand.

»Siehst du, es ist einfacher, als es scheint«, sagte Dorrok. »Der
Eingang ist hoch genug, auch wenn es so aussieht, als würde sogar ein Stück Treibholz an der Höhlendecke anstoßen. Halte die
Fackel hoch, sobald du im Tunnel bist ... auch wenn das Licht nur
schwach ist, wird es dir zeigen, wann du dich ducken mußt.«

Ich ging hinunter zu der Stelle, wo Tekeeni das Kanu festhielt.
Er blickte auf und sagte: »Alles ist bereit. Ich habe ein Messer,
einen Strick, eine glimmende Fackel und eine Ersatzfackel in dein
Kanu gelegt. Außerdem ein paar Streifen Verbandszeug, falls du
dich an einem spitzen Stein verletzt. Der Blutverlust könnte dich
schwächen, verbinde eine Wunde also sorgfältig.«

»Ich hoffe, du hast mir auch zwei Handvoll Mut eingepackt«,
sagte ich und brachte ein, wie ich glaube, überzeugend klingendes
Lachen zustande.

Ich wandte mich zu Dorrok um. »Sage dem Stamm, daß sie für
heute abend ein Festmahl vorbereiten sollen, um unseren Sieg
über die Gelbhäute zu feiern ... und daß ich da sein werde, um
mitzufeiern.« Aber in Gedanken fügte ich hinzu: »Ich werde da
sein, auch wenn ihr mich nicht sehen könnt.«

Würde der Geist Piyanahs auf dem Fest willkommen sein?
Oder würden sogar die Tapferen sich vor ihr fürchten und er-
schaudern, wenn sie an ihnen vorbeiging?

»Die Großen Jäger sind bei dir«, sagte Tekeeni leise.

»Sage Raki ...« Ich zögerte, während ich mein Hemd auszog.
»Nein, ich werde es ihm selbst sagen ... heute abend.«

Ich spürte, wie die Strömung das Kanu von Tekeeni wegzog.
Der Zwei-Bäume-Stamm stieß einen lauten Ruf aus, und hundert
und zehnmal hundert Kehlen stimmten in ihn ein. Kraft durchflu-
tete mich ... hundertmal hundert Squaws waren durch Hunger,
bei der Geburt, in Krankheit und Einsamkeit gestorben, ohne daß
je laut um sie getrauert worden wäre. Ihre Tapferkeit war nie
anerkannt worden, doch weil Piyanah mit einem Kanu in die Fin-
sternis fuhr, würden die dreißig Stämme von nun an im Gedächtnis behalten, wie mutig eine Squaw sein konnte.

Wie T'cha paddelte ich durch die Strömung und gelangte rechtzeitig in die Flußmitte, um eine Stelle zu wählen, wo ich in den Tunnel unter den Felsen hineingleiten würde. Ich vergewisserte mich, daß die Fackel glühte und ein Ersatzpaddel sicher an der Bordwand des Kanus befestigt war. Sollte mir mein Paddel aus den Händen gerissen werden, wäre ich völlig hilflos gewesen ohne ein zweites, mit dem ich steuern konnte.

Das Wasser brüllte, als sei es wütend, daß es durch diesen engen Höhleneingang gepreßt wurde. Ich sah zwei kleine Strudel und schoß zwischen ihnen hindurch, wohlwissend, daß ich an den Felsen, die den Eingang bewachten, zerschmettert worden wäre, hätte einer der beiden mich erfaßt. Der Tunnel schien sich zu öffnen wie das Maul eines riesigen schwarzen Fisches. Ich duckte mich und hielt mir das Paddel über den Kopf. Meine Finger schrammten am Felsen entlang, aber nur ganz leicht, berührten ihn kaum.

Plötzlich schwang das Kanu herum und wäre beinahe gekentert. Ich mußte es riskieren, mit dem Kopf gegen die Höhlendecke zu schlagen, und mich hinknien, um das Kanu mit dem Paddel ins Gleichgewicht zu bringen. Als es wieder sicher geradeaus fuhr, packte ich mit der linken Hand die Fackel und wirbelte sie über meinem Kopf durch die Luft. Einen schrecklichen Augenblick lang fürchtete ich, sie sei erloschen; dann sah ich ein paar schwache Funken, und eine kleine Flammenzunge zuckte durch die Dunkelheit.

Die Höhle war hier viel höher, als ich erwartet hatte, und die Felswände ragten senkrecht aus dem Wasser auf ... sie schienen trocken zu sein, denn es glitzerte keine Feuchtigkeit auf ihnen. Das Wasser floß glatt und ohne Wirbel, so daß es mir leichtfiel, einen geraden Kurs zu halten. Ich begann, Zuversicht zu schöpfen. Dann sah ich, daß die Wände enger wurden. Das Kanu nahm Fahrt auf. Vor mir lag ganz offensichtlich eine Stromschnelle. Der Fluß gurgelte darauf zu wie Wasser, das durch den engen Hals eines Kruges schießt. Ich konnte nicht gleichzeitig die Fackel halten und weiterpaddeln. Wenn es in der Stromschnelle Felsen gab, würde ich sie ohnehin nicht rechtzeitig sehen ... selbst in hellem Tageslicht hätte sich das Kanu bei dieser Geschwindigkeit nicht mehr steuern lassen. Ich hielt die Fackel bis zum letzten Augenblick hoch, um soviel wie möglich zu sehen ... ich spannte jeden Muskel an, um das Kanu am Kentern zu hindern ... in die-

sem schwarzen Wasser hätte kein Schwimmer eine Chance gehabt.

Das Kanu machte einen Satz vorwärts. Ich schwang die Fackel
herunter und stemmte mich gegen das Paddel, um den Bug des
Kanus in Strömungsrichtung zu halten ... wenn er auch nur ein
Stück herumschwang, mußte es unweigerlich umkippen und un-
tergehen. Das Brüllen des Wassers war lauter als tausend Dämonen ... in dieser Dunkelheit fiel es leicht, an Dämonen zu glauben,
wenn angesichts der unmittelbar drängenden Gefahr überhaupt
Zeit für solche Gedanken blieb.

Das Wasser schüttelte das Kanu so sehr durch, daß es mir
regelrecht den Atem raubte. Ich keuchte und bekam eine Ladung
Spritzwasser in den Mund, an der ich beinahe erstickte. Jeden
Augenblick rechnete ich damit, daß das Kanu in einen Wasserwir-
bel geriet und ich vollends die Kontrolle verlor. Gerade als der
Zug, gegen den sich meine Arme anstemmten, unerträglich zu
werden schien, wurde das Kanu plötzlich langsamer. Ich erinnerte
mich, was Dorrok mir gesagt hatte, und schaffte es, das Kanu aus
der Hauptströmung herauszusteuern. Ich erwartete, daß es jeden
Moment an der Felswand entlangschrammte. Doch da war keine
Wand, und mit mehreren kräftigen Paddelstößen gelangte ich in
ruhiges Wasser, wo ich die Strömung kaum noch spürte.

Ich erkannte, daß ich mich in der ersten Höhlenkammer befand, wo der Fluß einen unterirdischen See bildete. Die Fackel
glomm noch, und nachdem ich sie angeblasen hatte, flammte sie
auf. Der See war groß, mehr als dreimal so breit wie der Fluß
draußen im Freien, und er weitete sich noch vor mir, während ich
das Kanu langsam treiben ließ. Hier ragten die Wände nicht senkrecht auf, und an ihrem Fuß gab es einen schmalen Sandstrand, an
den sich steiler ansteigender Kiesrand anschloß. Ich beschloß,
mich hier etwas auszuruhen, ehe ich die Fahrt fortsetzte. Jetzt, wo
die unmittelbare Gefahr überstanden war, fühlten sich meine
Arme und Beine plötzlich schwach an und schrien nach Erholung
von dem Kampf gegen das tosende Wasser.

Ich band das Kanu mit dem Strick, den Tekeeni mir mitgegeben
hatte, an eine Felsnadel, die aus dem Uferboden herausschaute.
Nach einer kurzen Rast kletterte ich am Ufer entlang, um nach-
zuschauen, welches Hindernis ich als nächstes zu passieren hatte.
Das Klettern war nicht sehr schwierig, auch wenn zwischen dem
Kies und Geröll einzelne Felsnasen aufragten. Im Licht der Fackel

sah ich, daß der Wasserstand im Winter deutlich höher sein mußte, denn über meinem Kopf gab es unverkennbare Spuren der Auswaschung.

Zum erstenmal hatte ich Zeit, an Dämonen zu denken; und daran, wie entsetzlich allein ich in dieser kalt widerhallenden Dunkelheit war, tief unter der Erde, mit einer Fackel als einziger Begleitung. Ein schrecklicher, wimmernder Laut hallte durch die Höhle wider.

»Das ist nur eine Fledermaus!« sagte ich laut und hörte mich selbst antworten: »Keine Fledermaus gibt solche Töne von sich.«

Das Echo antwortete: »Keine Fledermaus gibt solche Töne von sich ... von sich ...«

»Du bist nur ein Echo!« rief ich.

»Nur ein Echo ... ein Echo«, pflichtete die Höhle mir bei.

»Ich habe keine Angst!«

Aber mein Ruf, der hochmütig und unbekümmert hatte klingen sollen, schallte fragend zurück: »Keine Angst? Keine Angst?«

Dann war nur noch das Rauschen des Wassers zu hören. Ich glaubte, in der Ferne Narroks Trommel wahrzunehmen, bis ich erkannte, daß es der Klang meines eigenes Herzens war.

Wieder ertönte das schreckliche, wimmernde Schreien. »Das muß ein Vogel sein«, redete ich mir verzweifelt ein, »oder der Wind, der durch eine Felsspalte pfeift. Es kann kein Dämon sein, denn Mutter und Barakeechi würden es niemals zulassen, daß mich hier, wo ich so allein in der Dunkelheit bin, ein Dämon angreift.«

Wieder hallte das Wimmern durch die Höhle.

»Selbst wenn du ein Dämon bist«, rief ich zurück, »habe ich keine Angst vor dir. Du klingst, als ob du unglücklich bist und Schmerzen hast. Hast du Schmerzen, du elender Dämon?« Die Echos ahmten meine Stimme nach, schienen sich über mich lustig zu machen, und ich schrie noch lauter: »Hast du Schmerzen?«

Diesmal war auch die Antwort lauter ... und sie enthielt Worte, nicht nur unverständliches Wimmern: »Schmerzen ... Schmerzen ...«

Dämonen konnten nicht mit menschlicher Stimme sprechen! Plötzlich wurde mir klar, wer diese Laute ausstieß. Es war eine menschliche Stimme, verzerrt durch die Echos. Der eingebildete T'cha rief eine Squaw um Hilfe!

Es dauerte noch zwei weitere Hilfeschreie, bis ich mir über die

Richtung im klaren war. Zu meiner Erleichterung sah ich, daß der
Fluß in die nächste Höhlenkammer durch eine viel breitere Öffnung strömte, an der das Wasser weit weniger aufgewühlt war.
Ich wußte nun, daß T'cha sich auf der anderen Seite des Sees
befand. Ich rief ihm zu, daß ich zurückging, um mein Kanu zu
holen, und bald bei ihm sein würde. Er antwortete nicht. Ich rief
erneut, hörte aber nichts außer den ersterbenden Echos meiner
eigenen Stimme.

Der Rückweg war leichter, weil ich nun wußte, wie ich am
besten die Felsen umging. Wie ich gehofft hatte, befand sich auch
auf der anderen Seite der Hauptströmung ruhigeres Wasser, aber
der See erstreckte sich so weit in die Dunkelheit jenseits des Feuerscheins meiner Fackel, daß ich nie seine wahre Ausdehnung herausfand. Ich band das Kanu so nah am Eingang der zweiten
Höhlenkammer fest, wie es mir gefahrlos möglich schien. Dann
suchte ich das schräg aufragende, steinige Ufer ab, das hier breiter
war als auf der anderen Seite der Höhle.

Ich fürchtete schon, T'cha sei vom Wasser weggespült worden,
nachdem ich ihn zum letztenmal gehört hatte. Noch vor kurzem
hatte ich ihn töten wollen, doch nun hoffte ich inständig, daß er
noch lebte ...

Er lag halb im Wasser, und obgleich er ohne Bewußtsein war,
atmete er noch. Über sein Gesicht rann ein dünner Blutfaden, der
jedoch lediglich von einem Schnitt über seinem rechten Auge
stammte. Ich tastete seinen Kopf ab, fand aber keine Schwellung
oder Wunde. Dann ließ ich meine Hände über seine Arme und
Rippen gleiten. Erst als ich ihn unter den Schultern faßte, um ihn
weiter aus dem Wasser zu ziehen, sah ich seine Beine. Sie waren
oberhalb der Knie zerschmettert worden. Knochensplitter ragten
aus dem Fleisch. Ich hatte schon verletzte Männer gesehen, und
Dorrok hatte mir beigebracht, mit ruhiger Hand klaffende Wunden zuzunähen. Doch nun krümmte ich mich und übergab mich.

Ich hatte gehofft, daß T'cha noch lebte; aber unter diesen Umständen wäre der Tod für ihn eine Erlösung gewesen. Vielleicht
schafften sie es, ihm die Beine abzuschneiden. Möglicherweise
waren Gelbhäute freundlich zu ihren Halb-Brüdern ... und immerhin war er der Sohn ihres Häuptlings. Wäre er ein Tier gewesen, hätte ich ihn getötet, um ihn von seinem Körper zu befreien.
Doch er war ein verwundeter Mann und brauchte Hilfe.

Er stöhnte; das grauenhafte Stöhnen eines Menschen, dessen

Schmerzen auch bei allergrößter Tapferkeit unerträglich waren. Ich zwang mich, seine Beine genauer zu untersuchen. Es gab keine Hoffnung, daß er sie je wieder gebrauchen konnte – sie waren oberhalb der Knie zu Brei zerquetscht. Hätte ich es nicht mit eigenen Augen gesehen, ich hätte nie für möglich gehalten, daß Felsen und Wasser mit einem so unbarmherzigen Griff zupacken konnten. Ich konnte ihn nicht hier allein zurücklassen, dem sicheren Tod ausgeliefert. Wenn ich ihn zu seinem Volk zurückbrachte, konnten sie ihm nichts geben außer Mitleid, ein Mitleid, daß er niemals akzeptieren würde. Er hatte geschworen, einer hochnäsigen Squaw eine Lektion zu erteilen, die es gewagt hatte, einen Sitz im Rat der Federnträger zu fordern. Wenn ich ihn rettete, würde der Spott, den er sogar als Krüppel erdulden mußte, grausamer als Hornissen sein ...

»Wir alle sind Kinder der Großen Jäger«, sagte ich laut. »Ihre Gesetze gelten für Tiere und für Menschen gleichermaßen. Ich muß den Mut aufbringen, T'cha gegenüber ebenso mitfühlend zu handeln, wie ich es bei einem verwundeten Hirsch täte ... ich muß ihn auf die andere Seite des Wassers schicken.«

Ich mußte jemanden bitten, sich um ihn zu kümmern ... »Barakeechi! Barakeechi! Im Namen unserer Freundschaft, nimm dich dieses Mannes an und lehre ihn die Gesetze des Westens, denn er ist eine Gelbhaut und hat vielleicht in deinem Land keine Freunde aus seinem eigenen Volk.«

T'cha regte sich. Ich dachte, er würde die Augen öffnen, ehe ich den Stein auf seine Schläfe niedersausen ließ.

Er stöhnte, und ein Zucken lief durch seinen Körper. Dann war er frei; befreit von Beinen, die ihn nicht länger quälten. Die Beine waren nur noch totes Fleisch, und er konnte frei umhergehen.

Erst jetzt wurde mir klar, daß die Großen Jäger, nachdem ich sie gebeten hatte, ihn in meinem Namen bei sich aufzunehmen, von mir die Durchführung des angemessenen Bestattungsrituals erwarteten. Er war ein Tapferer, der bei einer Prüfung gestorben war; er hatte sich Anspruch auf ein reinigendes Feuer und den Schutz durch das Totenkanu verdient. Obgleich er nicht mehr lebte, war ich immer noch für seinen Körper verantwortlich, so daß mein Kanu uns beide tragen mußte.

Das Ufer war breit genug, um das Kanu aus dem Wasser zu ziehen. Er war schwer, aber es gelang mir, ihn hineinzuheben, und es war noch Platz genug, daß ich auf seinem Körper knien konnte.

Das Kanu hing nun tiefer im Wasser, was die Weiterfahrt gefährlicher machte, aber nicht so gefährlich, daß es gerechtfertigt gewesen wäre, ihn zurückzulassen. Sein Kopf lag im Heck; die Augen waren geschlossen, aber sein Unterkiefer war ihm hinunter auf die Brust gesackt.

Ich konnte das zerquetschte Fleisch seiner Beine unter meinen Knien spüren. Sie waren noch warm, und voll von gerinnendem Blut. Ich hatte meine Furcht hinter mir gelassen und war jetzt beseelt von einem verzweifelten Willen, durchzuhalten. Ich wußte, daß mein weiteres Schicksal, ob ich aus diesen schrecklichen Höhlen entkommen oder mit dem Mann, den ich getötet hatte, sterben würde, bereits feststand. Wenn ich starb, würde Mutter überrascht sein, mich mit einer Gelbhaut als Gefährten in das Land jenseits des Sonnenuntergangs kommen zu sehen.

Ruhig und gleichmäßig glitt das Kanu durch die zweite Höhlenkammer. Vor mir sah ich die Öffnung der dritten Kammer, bei der es sich um jene mit dem großen Strudel handeln mußte. »Sie ist rund wie ein Kochtopf«, hatte Dorrok gesagt. »Halte dich dicht an der Wand und versuche, die Öffnung am anderen Ende zu erreichen. Halte dich am Rand, sonst wirst du hinab in das schwarze Wasser gezogen.«

Ich spürte, wie der Bug sich nach links drehte und mußte die Fackel wegwerfen, weil ich beide Hände und meine ganze Kraft brauchte, um das Kanu durch Paddeln dicht am Rand der Kammer zu halten. Wenn irgendwelche Felsen aus der Höhlenwand ragten, würde das Kanu aufgerissen werden, das wußte ich. Zweimal spürte ich, wie es die Wand berührte, und drückte mich mit der linken Hand vom Fels weg. Der Strudel versuchte, mich in seine wirbelnde Strömung hineinzuziehen, während ich an der Wand entlangglitt und nach der Öffnung suchte, durch die ich hinaus in Sicherheit gelangen konnte. Wenn ich nur gewußt hätte, wo sie sich befand, dann hätte ich in einer letzten, gewaltigen Anstrengung aus diesem Wirbel des Todes ausbrechen können.

Plötzlich bemerkte ich in der Wand eine Stelle, wo die Dunkelheit nicht vollkommen war ... gab es dort wirklich ein schwaches, graues Licht? Das konnte der Eingang zu einem Tunnel sein ... wenn ich mich irrte und das Kanu dennoch darauf zu steuerte, würde es am Felsen zerschellen. Ich stieß das Paddel mit aller

Kraft ins Wasser und spürte, wie es sich unter der Belastung bog. Das Kanu machte einen Satz vorwärts ... weg von dem Strudel.

Der Tunnel wand sich wie eine Schlange; er wurde immer niedriger, aber das Licht wurde gleichzeitig heller. Ich ließ die Dunkelheit hinter mir!

Vor mir sah ich einen Streifen aus strahlend hellem Licht, unmittelbar über der Wasseroberfläche. Ich mußte mich flach auf T'chas Körper werfen; die zersplitterten Oberschenkelknochen knirschten unter meinen nackten Brüsten. Die Höhlendecke war so niedrig, daß sie einen langen Hautfetzen von meinem Rücken abschürfte.

Wieder schien ich Dorroks Stimme zu hören: »Halte dich nah am Südufer des Flusses, wenn du aus der Dunkelheit kommst.«

Ich paddelte mit verzweifelt schnellen Stößen. Dicht vor mir kam das weiße Wasser der Stromschnelle in Sicht. Als ich ihren oberen Rand erreichte, sah ich, daß unterhalb Menschen am Ufer warteten. Offenbar hatten sie mich gesehen, denn ich hörte ihre Rufe über den Lärm des tosenden Wassers hinweg.

Dorrok hatte recht ... es gab einen Weg zwischen den grausamen Felsen hindurch ... tiefes, grünes Wasser, durch das ich schon vielen solcher Stromschnellen unversehrt entkommen war; inmitten von Felsen, die ich im hellen Tageslicht deutlich sehen konnte. Zwischen zwei weißen Gischtwirbeln schoß ich hinab in ruhiges Wasser.

Ich sah Raki das Ufer hinab auf mich zurennen. Er schloß mich in die Arme ... ich vergaß, daß ich jetzt eine Rote Feder war; ich war seine Squaw, die zu ihm zurückkehrte.

Raki führte mich, den Arm um meine Schulter gelegt, das steile Ufer hoch hinter einen Felsen, wo wir vor den Blicken der anderen geschützt waren, die mit ihm hier gewartet hatten. Ich zitterte, und meine Zähne klapperten, als sei ich halb erfroren. Er zog mich dicht an sich und tröstete mich wie ein Kind, das aus einem Traum voller schrecklicher Dämonen erwacht war.

»Entschuldige, Raki. Bis zu dem Moment, als ich wußte, daß ich in Sicherheit war, hatte ich keine Angst. Es ist nur mein Körper der jetzt Angst hat, nicht ich ... schäme dich also bitte nicht für mich ... schäme dich bitte nicht. Die anderen haben doch nicht gesehen, daß ich geweint habe, nicht wahr?«

»Sie haben eine Rote Feder gesehen, die sich einen Moment

zurückzieht, um sich das Blut von ihren Wunden zu waschen, ehe
sie sich zu ihrer Tat beglückwünschen läßt.«
»Aber ich bin doch gar nicht verwundet …«
»Da ist frisches Blut auf deinem Rücken, wo ein großes Stück
Haut abgeschürft wurde. Deine Brüste und Schenkel sind von getrocknetem Blut bedeckt … bist du sehr schwer verletzt?« Seine
Stimme war rauh vor Sorge. »Wenn du schwer verletzt wärest,
könntest du ja nicht sprechen …«
Ich schaute an mir herunter und erkannte, daß ich für den
Menschen, der mich liebte, einen schrecklichen Anblick bieten
mußte. »Das ist nicht mein Blut. Es ist von T'cha. Ich mußte mich
auf ihn legen, weil der letzte Tunnel so niedrig war. Die Blutklumpen waren wie Schnecken, Raki.« Ich hörte mich selbst lachen
und konnte nicht damit aufhören. »Große rote Schnecken, die ich
mit meinen Brüsten zerdrücken mußte …«
»Still, Piyanah!«
Ich wollte nicht wegen T'cha lachen, aber das Lachen schüttelte mich, als sei ich ein Baum im Sturm.
Raki hob mich hoch, und ich klammerte mich an ihn und versuchte, an seiner Schulter diese schrecklichen Töne zu ersticken,
die ich ausstieß. Ich hörte ein Platschen, als er mit mir in einen
kleinen Teich stieg; ich spürte das scharfe Prickeln kalten Wassers,
als er mich unter einen kleinen Wasserfall hielt. Ich keuchte, als
das Wasser sich über mich ergoß, dann wurde mein Körper schlaff.
»Lieg still, Piyanah.« Er bettete meinen Kopf in seinem Arm
und rieb mich mit Sand, dann mit einer Handvoll Blättern ab, bis
mein Körper sauber war.
Dann lag ich neben Raki im warmen Gras; alles war wieder sicher und so wie immer. Die Höhlen waren nicht länger ein Teil
von mir; sie waren nur eine Geschichte, die ich in späteren Jahren
am Wachfeuer erzählen würde, denn ich konnte sie von nun an
durch die Augen einer neuen Piyanah betrachten.
»Soll ich ihnen sagen, daß ich T'cha getötet habe?« fragte ich.
»Nicht bevor wir Na-ka-chek um Rat gefragt haben.«
»Wo ist er?«
»Er wartet darauf, dir deine rote Feder zu überreichen.«
»Weiß er denn schon, daß ich sie gewonnen habe?«
Raki lächelte. »Er ist in den Fluß gewatet und hat den Bug
deines Kanus festgehalten, aber du schienst nur mich zu sehen.
Tekeeni, Gorgi und Dorrok waren auch dort.«

»Aber sie waren doch auf der anderen Seite der Höhlen. Wie konnten sie so schnell hierher gelangen?«

»Schau, wo die Sonne steht. Sie ist ein großes Stück weitergewandert, seit du in die Dunkelheit fuhrst.«

FACKELLICHT

Wachfeuer glühten in der Abenddämmerung, als ich das Lager der Gelbhäute erreichte. Allein ging ich an den mit Schnitzereien verzierten Eingangspfosten vorbei und trat in den Kreis schweigender Menschen, die die Bahre des jungen Mannes umringten, von dem sie gehofft hatten, er werde als Nachfolger seines Vaters ihren Stamm führen.

Die Männer waren nackt, ihre Körper als Zeichen der Trauer mit weißer Asche eingerieben. Sie starrten mich aus feindseligen Augen an. Sie hatten gewußt, daß ich kommen würde, weil es Sitte ist, daß der Sieger dem im gerechten Kampf Geschlagenen seinen Abschiedsgruß darbietet. Sie haßten mich, weil ich bewiesen hatte, daß die Höhlen keine unbezwingbare Prüfung waren; sie haßten mich, weil ich als zusätzliche Demütigung T'chas Körper zu ihnen zurückgebracht hatte; sie haßten mich, weil sie sich nun nicht mehr so sicher fühlten, daß die Verachtung, die sie ihren Squaws entgegenbrachten, gerechtfertigt war.

Kiefernfackeln brannten am Kopf und an den Füßen des Leichnams, an seiner linken Hand und an seiner rechten Hand, damit er nie in Dunkelheit wandern mußte, ganz gleich, ob er nach Norden, Süden, Osten oder Westen reiste. Der Häuptling stand mit versteinertem Gesicht neben seinem Sohn. Langsam hob er seine rechte Hand zum Gruß. Er erwies einer Roten Feder, die das Recht erworben hatte, künftig im Rat der Federnträger zu sitzen, die gebührende Höflichkeit, aber ich wußte, daß er sich diese Hand eher abgehackt hätte, als sie zur Begrüßung einer Squaw zu erheben.

Wenn ich nur die üblichen Abschiedsworte sprach, würde niemand je erfahren, daß ich T'cha getötet hatte ... außer Raki, und er würde noch nicht einmal Na-ka-chek davon erzählen, denn ich hatte beschlossen, meine Entscheidung ganz allein zu treffen.

Möglicherweise würden die Gelbhäute mich töten und es gegenüber dem Rat als gerechte Rache für den Mord an einem verwundeten Mann hinstellen. Schwieg ich aber, würde ich mit dem Wissen leben müssen, daß meine Rechtschaffenheit, die Quelle meines Stolzes, lediglich eine schwache Flamme in der Dunkelheit der Höhlen hervorzubringen vermocht hatte, die, vom Tageslicht herausgefordert, flackerte und erlosch.

Ich hörte meine Stimme, aber sie klang, als spräche jemand anderes, jemand, der dicht neben mir stand und dennoch von Piyanah getrennt war.

»Häuptling der Gelbhäute, Vater T'chas, ich spreche zu dir von gleich zu gleich als ein Kind der Großen Jäger. Jeder Stamm steht unter dem Schutz eines anderen Totems. Doch alle Totempfähle sind nur ein Widerhall der Bäume, die im Land jenseits des Sonnenuntergangs wachsen, und der Geist aller Totems ist ein Widerhall der Stimme der Herren des Morgens. Im Lichte dieser Erkenntnis sind alle Totems aus dem Holz desselben Baumes geschnitzt, und alle Menschen sind Brüder.

Weil T'cha und ich Brüder sind, gewährte ich ihm eine Gnade, die auch er mir nicht vorenthalten hätte. Er bat mich um meine Hilfe, und ich schenkte ihm Freiheit. Hätte ich ihn nicht von den Fesseln seines Körpers befreit, hätte er Qualen erdulden müssen, die selbst die Kräfte des größten Kriegers übersteigen. Hätte er weiterleben müssen, wäre der Stolz T'chas von den stetigen Tropfen des Mitleids ausgehöhlt worden, welches dann das einzige Wasser gewesen wäre, das man ihm noch gegeben hätte, um seinen Durst zu löschen.

Ich bat die Großen Jäger, mich meine Entscheidung in Rechtschaffenheit und Mitgefühl treffen zu lassen. Und als sie mir antworteten, bat ich sie um den Mut, ihm die Freiheit für die Reise in ihr Land zu schenken. Wasser und Felsen hatten seine Beine zerschmettert, aber es war ein Stein in meiner Hand, der den Knochen über T'chas Schläfe zerschmetterte.«

Ein Raunen lief durch die Menge der Gelbhäute. »Tod! Tod der Frau, die T'cha ermordete! Tod …«

Haß kroch auf mich zu, als würde ich von Giftschlangen umzingelt.

»Wenn T'cha zu euch sprechen könnte, würde er euch meine Freundschaft bestätigen!«

»Tod! Tod der Squaw, die T'cha ermordete!«

Ihr Haß war eine dunkle Flut, deren Wellen über mir zusammenzuschlagen drohten. Ich packte eine der Bestattungsfackeln und hielt sie hoch über meinen Kopf.

»Möge dieses Licht in meiner Hand bezeugen, daß ich bei meinem Körper und meinem Geist gelobe, kein Feind T'chas zu sein. Mein Volk auf der anderen Seite des Wassers hat meine Stimme gehört, die darum bat, ihn in Freundschaft dort willkommen zu heißen.«

»Sie hat T'cha getötet. Rache! Tötet sie! Tötet sie!«

Haß wie ein Rudel hungriger Wölfe in der Nacht. Der Häuptling beugte sich über den Körper seines Sohnes. »Sprich, T'cha. Sagt sie die Wahrheit? Oder schreit dein Geist nach Vergeltung?«

Die plötzliche Stille war scharf wie Eis. Der Häuptling starrte hinunter auf das Gesicht des toten Jungen. Erwartete er, daß der Leichnam den Mund öffnete und Worte äußerte, die mir die Freiheit oder den Tod brachten?

Langsam hob der Häuptling seinen Kopf, doch er schaute weder mich noch seinen Stamm an. Es war, als blickte er in die Augen von jemandem, der neben mir stand und den er zu kennen schien. Er streckte die Hände aus, um sie auf die Schultern seines Sohnes zu legen, der für uns übrige Anwesende unsichtbar blieb.

Dann sanken seine Hände herab. Er hob den Kopf, um T'cha nachzublicken, der nun offenbar davonging, vorbei an den Trauernden, vorbei an den Pfählen, die die Grenzen ihres Lagers markierten, dem Fluß entgegen.

Sehr sanft nahm der Häuptling mir die Fackel aus der Hand und hielt sie sich über den Kopf, wie ich es getan hatte.

»Möge diese Fackel bezeugen, daß auf dieser Seite und auf der anderen Seite des Wassers das Blut T'chas das Blut der Bruderschaft zwischen dem Stamm der Gelbhäute und dem Stamm der Zwei Bäume ist. Denn mein Sohn, der tot war, ist zu mir gekommen, nach Hause gebracht wie sein Körper, dank der Tapferkeit der Roten Feder.«

Dann zog er aus seinem großen Kopfschmuck eine rote Feder und steckte sie in mein Stirnband.

Ich entfernte mich auf dem gleichen Weg, den auch T'cha gegangen war, und schweigend blickten die Gelbhäute mir nach ... aber mich erwartete Raki, auf dieser Seite des Flusses.

Ich hatte gesagt:»Wir müssen zu Na-ka-chek gehen und ihm
mitteilen, daß nun Frieden zwischen uns und den Gelbhäuten
herrscht«, doch als wir zu seinem Großen Tipi kamen, fanden wir
es leer vor. Der Kreis der Ratsversammlung war ungewöhnlich
still. Nur ein einsamer Ältester saß rauchend am Wachfeuer. Als
wir vorbeigingen, blickte er auf und sagte:
»Eine Rote Feder sollte so stolz auf ihre Höflichkeit sein wie
auf ihre Tapferkeit.« Dann, als wir nicht antworteten, fügte er
hinzu:»Der Häuptling der Zwei Bäume gibt am Lagerplatz seines
Stammes ein großes Fest. Der Rat der Federnträger wartet darauf,
mit Na-ka-chek den Ruhm seiner Tochter zu feiern. Die Kleider,
die ihr beide zu diesem Anlaß tragen sollt, liegen in seinem Tipi
für euch bereit.«
»Ich habe Dorrok gebeten, ein Fest vorzubereiten«, sagte ich
langsam,»aber das habe ich nur gesagt, weil ich wollte, daß er an
meine Rückkehr glaubt.«
»Der Häuptling kann seinem Stamm Befehle erteilen, ohne
seine Tochter um Erlaubnis zu fragen.« Die Worte klangen kalt,
doch der alte Mann lächelte.»Aber ich sollte euch nicht durch
viele Worte aufhalten, sonst werden die, die euch erwarten, ungeduldig.«
Offenbar hatte man mich gesehen, als ich wieder aus dem
Großen Tipi kam, und jemand hatte ein verabredetes Signal gegeben, denn als ich auf unser Lager zuging, flossen die vielen verstreut brennenden Fackeln zu zwei Strömen zusammen, eine
Gasse aus Feuer, die mich nach Hause geleitete.
Aus allen Stämmen waren sie gekommen, die Nacht mit den
dröhnenden Gesängen zu erfüllen, die einen siegreichen Krieger
willkommen heißen. Jetzt wurde mir klar, wieso Raki gesagt hatte,
er werde vorauslaufen, um Na-ka-chek über den Grund meines
späten Kommens zu unterrichten. Er wollte diesen Triumph nicht
mit mir teilen, weil die rote Feder uns voneinander trennte. Am
liebsten hätte ich sie aus meinem Stirnband gerissen und in Stücke
zerbrochen, um zu zeigen, daß einer Squaw ihre Liebe mehr bedeutete als alle Tapferkeitsauszeichnungen.
Die Funken der Fackeln sprühten hoch in die Luft, als seien sie
Regen, der in den Himmel zurückkehrt. Langsam ging ich weiter,
die rechte Hand zum Gruß erhoben. Wie ein starker Wind schienen die Gesänge mich vorwärtszureiben ...»Piyanah, die Kriegerin, ist siegreich ... der Bison nennt sie seinen Bruder ...«

Der Gesang des Springwasser-Stammes: »Piyanah ist der Bruder des starken Flusses, und die Stromschnellen sind stolz darauf, von ihr bezwungen zu werden.«

»Möge die Sonne in ihrem Herzen auch im Winter Wärme spenden, und mögen die Bäume ihrer Jahre voller Früchte hängen«, sangen die Leute aus dem Lächelnden Tal.

Dann hörte ich vor mir den Gesang meines eigenen Volkes. Mein Herz klopfte, als wollte es die Bögen meiner Rippen sprengen ... »Piyanah ist zu uns zurückgekehrt. Piyanah, der die weißen Birken zurufen: ›Kleine Schwester, nimm uns als Holz für dein Kanu.‹ Piyanah, der die Pfeile zurufen: ›Laß uns in deinem Köcher vom Sieg träumen, bis wir von deiner Bogensehne springen dürfen.‹«

Das war viel mehr als ein Klang, der mich vorantrug wie rasch fließendes Wasser einen Zweig – es waren die Stimmen der Menschen, die ich kannte und liebte. Dorrok, der mir den Weg zu persönlichem Mut gewiesen hatte. Tekeeni, dessen Lachen mich aus tiefer Verzweiflung erlöst hatte. Gorgi, der seinen Stolz und seine Güte mit mir geteilt hatte. Narrok, der mich seinen fernen Horizont hatte erschauen lassen und mich lehrte, dem, was meine Augen sahen, Ehre zu erweisen. An ihren Fackeln hatte ich meine eigene entzündet; ihr Licht hatte mich durch die Höhlen getragen.

Ich war waffenlos gewesen, und sie hatten mir die Waffen geschenkt, die ich nun als die meinen betrachten durfte. Die Pfeile der Willensstärke, den Bogen der Rechtschaffenheit, die Mokassins von Wahrheitsstreben und Ehrgeiz, das Stirnband der Erkenntnis, den Schild des Gleichmuts und der Zähigkeit. Sie hatten die Weisheit ihrer Herzen mit mir geteilt und mich dadurch erst in die Lage versetzt, meine Fackel in leuchtender Gemeinschaft mit ihnen hochzuhalten. Ich hatte geglaubt, Raki und ich müßten ganz auf uns gestellt dem Licht unseres einzelnen Sterns folgen. Jetzt wußte ich, daß alle Sterne Funken vom Licht des Herrn des Morgens sind. Ich hatte gelernt, daß Menschen nicht nur in einem Stamm zusammenleben, weil sie gegenseitigen Schutz vor Hunger, Kälte und Feinden benötigen. Sie können einander nichts geben, solange sie nicht den Gesang gehört haben. Sie können nur Mut, Ausdauer, Weisheit oder besondere Kenntnisse und Fertigkeiten erwerben, wenn andere diese Gaben mit ihnen teilen. Jede Fackel erhält ihr Licht von einem lebendigen Feuer; und wenn diese

Fackel dann das Licht nicht weitergibt, fängt sie schon bald an zu tropfen und erlischt.

So lange Zeit hatte ich darum gekämpft, meine Unabhängigkeit von den Männern unter Beweis zu stellen, daß ich darüber die Abhängigkeit aller Menschen, Männern und Frauen, von der Menschheit vollkommen vergessen hatte. Ich war ein einzelner Wassertropfen gewesen, und jetzt war ich Teil eines großen Flusses: Ich war ein von Winterstürmen geschüttelter junger Baum gewesen, und jetzt war ich ein Wald: Ich war ein einzelnes Maiskorn gewesen, das allein in der Mahlschüssel lag, und jetzt gehörte ich zum Rhythmus des wachsenden Feldes. Ich war allein gewesen, weil ich zu blind, zu stolz und zu taub gewesen war, um die Gemeinschaft zu erkennen, die jenseits der kalten Gesetze eines Stammes lebendig sein kann.

Das Wissen um diese Gemeinschaft begleitete mich während des Festes. Die Häuptlinge gehörten derselben Generation wie mein Vater an, doch sie verhielten sich nun nicht länger unnahbar und distanziert, denn sie waren mit mir stolz auf die errungene Feder. Gemeinsam trafen sie die Entscheidungen im Rat der Federnträger, und in dieser Nacht konnten sie nicht nur Honigwein und in Honig gebackene Wildente miteinander teilen, sondern auch Lachen und Menschlichkeit.

Die Roten Federn und die Tapferen starrten mich nicht länger feindselig an, denn sie akzeptierten mich nun als eine der ihren. Unsere Frauen nahmen in völliger Gleichheit mit den Männern an diesem Fest teil, und das hatte es selbst zur Zeit der Ahnen nicht gegeben.

Raki deutete mit dem Kopf zu einem Mann vom Springwasser-Stamm, der zusammen mit Rokeena einen Becher Honigwein trank, und flüsterte mir zu: »Wenn die Sterne das sehen, werden sie denken, daß die Zeit der Damals-Leute zurückgekehrt ist.«

»Morgen werden sie sehen, daß Frauen mehr können, als mit den Männern Honigwein trinken.«

Vater hatte sein Einverständnis dazu gegeben, daß unsere Frauen sich mit zwanzig Männern aus anderen Stämmen im Bogenschießen und Schlingenwerfen messen durften. Ob die Frauen gewannen, was dreimal in fünfzehn Runden geschah, oder ob sie verloren, in jedem Fall nahmen sie, wie nach einem Wettkampf üblich, gemeinsam mit ihren Gegnern die Abendmahlzeit ein ... mit Männern, die noch vor einem Mond jeden verspottet hätten, der ihnen vorausgesagt hätte, daß sie einmal eine Squaw als ebenbürtige Wettkampfteilnehmerin anerkennen würden.

Aber diese Dinge gehörten zum morgigen Tag, denn Raki und ich beobachteten immer noch Rokeena und den Mann vom Springwasser-Stamm.

»Du bist jetzt gleichermaßen ein Mann und eine Frau, Piyanah«, sagte Raki. »Du könntest allein einen Stamm führen ... «

»Nein, Raki! Ich kann nichts ohne dich tun. Das weißt du, Raki, das mußt du doch wissen.«

Er nahm meine Hände. »Natürlich werden wir immer zusammen sein ... ich habe nur gesagt, daß du allein einen Stamm führen *könntest*. Doch wenn die Großen Jäger sich an ihre Jugend erinnern, werden sie dafür sorgen, daß das niemals notwendig sein wird.«

Schon bald dämmerte der Morgen, und die Häuptlinge machten sich auf den Rückweg zu den Tipis der Ratsversammlung. Die letzten Fackeln wurden gelöscht, und jene, die vom Honigwein berauscht waren, regten sich kurz im grauen Licht, um dann weiterzuschlafen.

Raki und ich gingen hinunter zum Fluß, wo er eine Decke im kurzen, trockenen Gras ausbreitete. Als die Sonne hinter den Hügeln aufging, schliefen wir ein. So blieb unser Versprechen an Na-ka-chek gewahrt, noch nicht zusammen in einem Tipi zu wohnen.

DIE MARTER DER TAPFEREN

Erst als ich am nächsten Morgen zu Na-ka-cheks Tipi ging, erfuhr ich, daß die Häuptlinge und ihre künftigen Nachfolger im Rat der Federnträger sich nur am Ufer versammelt hatten, um meiner Fahrt in die Finsteren Höhlen beizuwohnen, weil es Sitte war, daß sie den Anwärter auf eine rote Feder bei ihren Prüfungen zuschauten. Er warnte mich, daß es schwer für mich sein würde, gleichmütig und unbewegt zu bleiben, wenn ich einen tapferen Mann sterben sah, weil in der Prüfung die Grenze seiner Belastbarkeit überschritten wurde.

»Denke daran, Piyanah: Mitgefühl zu zeigen, würde ihnen ihre Aufgabe noch schwerer machen. Ich gewann meine rote Feder bei der Feuerprüfung: Zwanzig kleine Stammeszeichen wurden auf meinen Körper gebrannt. Die Verbrennungen waren nicht tief und heilten innerhalb eines Mondes, aber sie wählten die Stellen auf meiner Haut so, daß ich die größtmöglichen Schmerzen erleiden mußte ... die weiche Haut unter den Achselhöhlen, die Innenseite der Oberschenkel, unter den Fußsohlen. Es war nicht leicht, dabei langsam und tief zu atmen, kein einziges Mal vor Schmerz aufzustöhnen und meine Gesichtsmuskeln glatt und unbewegt zu halten.

Fast hätte ich versagt, weil eine Frau zu wimmern anfing, als Rauch von meiner rechten Brustwarze aufstieg, wo sie mir das Brandzeichen aufsetzten. Bis zu diesem Augenblick war ich mit meinem Schmerz allein gewesen, und ich konnte mich ihm entziehen, weil er ein Feind war, gegen den ich kämpfen mußte. Ich war nicht Na-ka-chek, Sohn des Häuptlings; ich war Na-ka-chek, eine Verkörperung aller Menschen, die im Laufe der Generationen gegen den Schmerz gekämpft ... und gewonnen hatten. Das Mitleid jener Frau zerrte mich in die Wirklichkeit zurück. Ich war nicht länger ein Symbol für den Menschheitskampf gegen den Schmerz. Ich war ein einzelner Mensch, Schmerzen erleidend, die ein Teil von mir waren. Statt mich als einsamen Helden zu sehen, wußte ich plötzlich, daß es Menschen gab, die ich um Hilfe hätte bitten können; es gab keine Notwendigkeit für mich, allein zu kämpfen. Der Schmerz war ein Feind, dem ich selbst Einlaß in mein Reich gewährt hatte. Ich selbst hatte ihn herbeigerufen und mich seinen Qualen ausgeliefert; wie konnte ich da erwarten, daß die Tapferkeit und der Mut der Ahnen auf meiner Seite waren? Es war das letzte Brandzeichen von zwanzig, und mein kleiner, sterblicher Leib ertrug den Schmerz nur mit allergrößter Anstrengung ... noch ein weiteres Brandzeichen, und Na-ka-chek hätte gezuckt, geschrien und die rote Feder verraten.«

»Wenn diese Frau dich geliebt hätte«, sagte ich, »hätte sie dir Kraft gegeben, keine Schwäche. Sie hätte dir ihren Mut und ihre Ausdauer übermitteln können, statt wegen des Schmerzes, den sie angesichts deiner Leiden empfand, laut zu wimmern. Raki und ich haben das gelernt, als wir durch die Prüfungen zum Erwerb der braunen Feder gingen. Er gab mir seine Stärke, nicht seine Angst, seinen Glauben, daß ich Erfolg haben würde, nicht seine Furcht vor meinem Scheitern. Als ich durch die Höhlen fuhr, war er ein Teil von mir: Er ließ mich glauben, daß wir zusammen stärker als das finstere Wasser waren. Die Liebe zwischen uns war klar wie der Stern, den wir eines Tages am Himmel entzünden werden. Die zusätzliche Kraft in meinen Armen, die es mir ermöglichte, das Kanu sicher durch die Strömung zu steuern, kam von ihm, ebenso wie der Stoß, durch den das Kanu aus dem Strudel freikam, und der Lichtstrahl, der mir den Weg aus den Höhlen zeigte. Und es war seine Stimme, deren Ruf mich in der letzten Stromschnelle meinen Weg zwischen den Felsen finden ließ. Er nahm die Qual, die die Gefahr, getrennt zu werden, in uns beiden auslöste, ganz allein auf sich. Er nahm meine Angst in seinem Bauch auf, so daß mein Körper ruhig war und ich klar denken konnte. Es ist sehr schwer, einander so lieben zu lernen, daß der eine zum anderen sagen kann: ›Gib mir deine Angst, ich werde sie für dich tragen‹, statt zu wimmern, weil die Liebe dich verwundbar für so viele Tränen macht.«

»Du bist weise wie deine Mutter, Piyanah … und ich bin sehr stolz, zwei solchen Frauen Ehre erweisen zu dürfen.«

Er sah, wie dieses Eingeständnis seiner Gefühle mich rührte, doch statt sich sofort wieder zu verschließen, wie er es sonst nach solchen kurzen Anflügen von Warmherzigkeit immer getan hatte, lächelte er und legte seine Hand auf meine Schulter. Er sagte:

»Na-ka-chek versuchte auf seine Art ebenfalls, dir seine Stärke zu geben, wenn du sie brauchtest. Als er Raki und dich voneinander trennte, durchlitt er erneut die Trennung von deiner Mutter. Als er euch aus eurem kleinen Tal zurückrief, erwachte er aus seinem Traum vom Glück, das er während dreier Monde eines Sommers in einem Birkenwäldchen gefunden hatte. Es war nicht leicht, meine Tochter, daß ich dir nie durch Güte und Verständnis deine Tage verschönern konnte, wie es einst deine Mutter tat. So viele Male habe ich mich danach gesehnt, mit dir über sie zu sprechen und so vielleicht in deinen Worten ein Echo ihrer Stimme zu hören. Ich wollte dich lieben und verwöhnen, weil du ihre Tochter bist, und mußte doch immer neue Entbehrungen und Opfer von dir fordern, weil du mein Sohn bist.

Ich ließ Raki nicht nur deshalb wie eine Squaw leben, weil ich wußte, daß es von entscheidender Bedeutung dafür sein würde, eine Brücke über den Abgrund zu bauen, sondern auch um durch ihn Buße zu tun. Ich habe einst deine Mutter verraten, weil ich fürchtete, daß die Tapferen die rote Feder in meinem Stirnband nicht mehr achten würden, wenn ich mein Tipi mit einer Frau teilte. Und dennoch ließ ich Raki wie eine Frau leben: Ich sah, wie er sich die Pfeile des Spotts aus dem Fleisch zog und sich mit dem Wasser der Weisheit das Gift aus den Wunden wusch. Obwohl er von so vielen dieser Pfeile getroffen wurde, ist sein Fleisch rein … Und ich, Na-ka-chek, der von seinem Stamm geehrte Häuptling, wäre sogar vor einem einzigen solchen Pfeil feige geflohen, aus Angst, die Wunde könnte eitern und mich umbringen.«

»Lieber Vater!« sagte ich lächelnd. »Weißt du, daß ich dich nie zuvor, nicht einmal in der Tiefe meines Herzens, so zu nennen wagte? Für einen Betrachter mag es scheinen, als hätten wir beide, seit ich eben dein Tipi betrat, nur mit gekreuzten Beinen auf einer bunten Decke gesessen, aber in Wahrheit haben wir eine Brücke über *unseren* Abgrund gebaut. Es trennt uns keine Kluft mehr, auf deren anderer Seite ich dich unerreichbar und stolz im Schmuck deiner Federn stehen sehe, wie einst, in der Nacht nach unserer ersten Reise. Wir müssen nicht länger Befehle erteilen, Gehorsam versprechen und mit lauter, klarer Stimme Gesetze verkünden: Wir können über die Dinge sprechen, die unser Herz bewegen, Vater, leise, liebevoll und ohne jedes Wort abzuwägen.«

»Ja, Piyanah«, sagte er sehr sanft. »Wir haben unseren Abgrund überwunden. Doch leider ist das erste, was ich dir über diese Brücke bringen muß … Angst. Das erste, was ich dir sagen muß, jetzt, wo wir Seite an Seite stehen, ist zugleich der Bruch eines Versprechens, das ich Raki gab.«

Furcht regte sich in mir wie eine unruhige Schlange. »Was für ein Versprechen?« fragte ich, bemüht, meine Stimme fest klingen zu lassen.

»Dir nicht zu sagen, daß er sich als Prüfling für eine rote Feder gemeldet hat. Er hat es getan, als klar war, daß du die Fahrt durch die Höhlen annehmen würdest. Er sagte: ›Piyanah und ich werden immer alles miteinander teilen und daher auch Federn der gleichen Farbe tragen.‹ Nicht sein Stolz trieb ihn dazu, Piyanah, sondern das Wissen, daß du nur eine sehr kleine Chance hattest, diese Prüfung zu überleben. Falls du zurückkehrtest, wollte er deiner roten Feder mit seiner Ehre machen. Falls du dagegen auf der anderen Seite des Wassers auf ihn gewartet hättest, wäre die Prüfung für ihn eine Möglichkeit gewesen, dir nachzufolgen, ohne dem Stamm Schande zu bereiten.«

Die schrecklichen Torturen, denen sich die Prüflinge unterziehen mußten, kamen mir in den Sinn. Ich hatte von ihnen gehört, sie aber noch nicht mit eigenen Augen gesehen. Raki, der mit Honig eingerieben wurde, so daß Scharen von Feuerameisen über ihn herfielen und seinen Körper bedeckten wie ein Leichentuch. Raki, in dessen Fleisch das Feuer tiefe Wunden brannte, ohne daß ihm ein Schrei über die stolzen Lippen kam, während nur seine Augen verrieten, welche schrecklichen Qualen er litt. Raki, der abstürzte, als seine blutigen Finger schon fast den oberen Rand der Klippe erreicht hatten; sein sich in der Luft überschlagender Körper, kurz bevor die grausamen Zähne der wartenden Felsen ihn zermalmten.

»Welche Prüfung muß er bestehen?« Es überraschte mich, daß meine Stimme klang, als würde ich eine ganz normale Frage stellen.

»Den Adlerfelsen.«

Narroks Prüfung! Dann war es möglich, daß auch Raki sein Augenlicht verlor. Dachte er, wenn er in den Himmel schaute, bereits: »Ich muß meine Augen mit diesem leuchtenden, klaren Blau füllen und mir die Schönheit der Wolken genau einprägen, damit diese Dinge mich durch die lange Nacht begleiten.« Dachte er: »Ich darf Piyanah nicht anstarren, sonst wird sie ahnen, daß etwas nicht stimmt. Ich werde mich immer an Piyanahs Gesicht erinnern, an die Art, wie sie sich bewegt, und an die warmen Herbstfarben ihrer Haut. Aber nie werde ich sehen können, wie sie unsere Kinder anlächelt, oder ihre stille Heiterkeit, wenn wir zusammen alt werden.«

»Es heißt, der Adlerfelsen sei weniger gefährlich als die Höhlen, Piyanah«, sagte mein Vater. »Du mußt fest daran glauben, wir *müssen* fest daran glauben, daß die Großen Jäger uns diese weite Reise nicht machen ließen, nur um uns zu einem Felsen zu führen, der nicht bestiegen werden kann. Bei Sonnenuntergang wird der Stamm sich freuen, daß meine beiden Kinder Träger der roten Feder sind.«

»Ja, Vater, darauf müssen wir uns freuen ...«

Ich wußte, daß Raki sich fragen würde: »Wie lange kann ich es vor Piyanah verbergen? Hätte ich es ihr schon gestern sagen sollen, damit sie Zeit gehabt hätte, sich innerlich darauf vorzubereiten ... wo doch das Zuschauen für sie noch viel schrecklicher sein wird als für mich der Sprung? Wird sie verstehen, warum ich es ihr erst im letzten Moment sage, oder werden Schmerz und Verwirrung das letzte sein, was ich in ihren Augen sehe?«

Raki wartete mit einigen anderen Häuptlingssöhnen außerhalb

der Tipis darauf, sich in die Prozession zum Ort der Prüfungen einzureihen. Ich ging zu ihm und bemühte mich verzweifelt, meine Stimme ruhig und zuversichtlich klingen zu lassen.

»Morgen wirst du die rote Adlerfeder tragen.«

»Dann ... weißt du es?«

»Ja, und ich weiß, daß du es schaffst, Raki. Du hattest nie Höhenangst, und ich weiß, daß die Großen Jäger den Teich, in den du springst, für dich tief, sicher ... und einfach machen werden.«

»Du sorgst dich also nicht um mich?«

»Ein bißchen ... aber ich hatte schon so oft Angst um dich, und nie ist dir etwas passiert. Diesmal weiß ich, daß alles gutgeht. Die Federn der Zukunft werden wie Flügel sein, auf denen du sicher durch die Luft gleiten wirst ... unsere Flügel, Vergangenheit und Zukunft, werden dich sicher durch das Heute tragen.«

»Ich bin sicher, daß mir nichts geschehen wird, Piyanah«, sagte er zuversichtlich. »Ich hätte es dir schon gestern erzählen sollen, aber weil ich so schreckliche Angst um dich hatte, während du in den Höhlen warst, wollte ich dir die Heimsuchung durch den gleichen Dämon ersparen ... den Dämon, der aus eingebildeten Schrecken gemacht ist.«

»Ich bin froh, daß ich es erst heute erfahren habe. Wenn man sehr erschöpft und müde ist, fällt es viel schwerer, voll Zuversicht nach vorn zu blicken ...«

Es blieb uns keine Zeit für weitere Worte, weil wir Vater in der Prozession der Häuptlinge folgen mußten.

Wir standen am Rand der Klapperschlangengrube. Seit dem Morgengrauen war ein Mann dort unten, und jetzt hatten wir fast Mittag. Fünf Schlangen krochen über die kleinen Steine am Boden der Grube. Eine hatte sich zusammengerollt und rasselte wütend, bereit zuzustoßen. Eine andere kroch über den nackten Fuß des Mannes, der seine Zehen im krampfhaften Bemühen, regungslos zu bleiben, in den Sand krallte.

Ich sah deutlich, welche Angst er durchstand, denn sein Körper war schweißbedeckt, und das schwarze Haar klebte an seinem Kopf, als hätte er gebadet. Er stand breitbeinig, und die Anstrengung der völligen Bewegungslosigkeit ließ die Muskeln seiner Waden und Oberschenkel hervortreten. An einer roten Linie um seine beiden Handgelenke erkannte ich, daß er die Fäuste geballt hatte, damit die Riemen, mit denen seine Hände auf den Rücken gefesselt waren, ihm tief in die Haut schnitten. Ich wußte, er hatte diesen scharfen, klaren Schmerz gebraucht, um sich aus schwindeliger Benommenheit herauszureißen, aus lähmender Angst vor dem Tod, der ihm um die Füße kroch.

Ich bin nicht sicher, wie lange es dauerte, aber schließlich spürte ich, daß seine reglose Anspannung gleich zusammenbrechen würde. Die Sonne brannte, und ich sah, wie sich die Pupillen seiner Augen weiteten und seine Nasenflügel bebten, während er versuchte, durch tiefes Atmen sein rasendes Herz zu beruhigen. Seine Nackenmuskeln traten hervor wie dicke Riemen. Dann sank ihm plötzlich das Kinn herunter auf die Brust, und er begann zu schwanken ...

Die erste Klapperschlange biß ihn in die rechte Kniebeuge, so daß er nach vorn auf sein Gesicht fiel. Er landete auf einer zweiten Schlange, die zweimal hintereinander zustieß, genau in seine Kehle. Er wimmerte wie ein verängstigtes Kind und versuchte, auf die Füße zu kommen, seine gefesselten Hände hilflos nach hinten stoßend.

Hinter ihm wurde eine Holzstange in die Grube heruntergelassen. Ein Tapferer seines Stammes glitt daran hinab und erschlug zwei Schlangen mit seinem Tomahawk. Zwei andere Tapfere warfen Fischspeere und töteten damit die übrigen Schlangen. Als sie den Mann aus der Grube hoben, begann sich das Fleisch um die punktförmigen Bißwunden bereits schwarz zu verfärben. Sie legten ihn auf den Boden und breiteten eine Decke über ihn.

Die Häuptlinge gingen weiter. Der Mann hatte bei einer Prüfung versagt. Er würde sterben, er war für sie nicht länger von Bedeutung.

»Versuchen sie denn nicht wenigstens, das Gift auszusaugen?« flüsterte ich Raki zu.

»Wenn es noch einen Sinn hätte, würden sie es tun; aber er ist von vier Schlangen gebissen worden, zweimal in den Hals. Er wird schon bald sterben ... sein Stamm weiß es, und er selbst auch. Noch ehe er kalt ist, werden sie Holz für sein Totenfeuer sammeln.«

Raki und ich saßen in einem Kreis, der eine Ratsversammlung hätte sein können. Doch statt eines Wachfeuers befand sich in der Mitte ein nackter Mann, der, unbewegt wie ein Totempfahl dastehend, darauf wartete, daß zwei Tapfere aus verschiedenen Stämmen ihn für seine Prüfung vorbereiteten.

Auf ein Zeichen seines Häuptlings – er gehörte dem Stamm der Donnernden Herden an – legte er sich mit weit gespreizten Beinen auf den Boden, die Arme zur Seite ausgestreckt. Seine Knöchel und Handgelenke wurden an Holzpflöcken festgebunden. Neben ihm standen auf der einen Seite zwei Tonkrüge, auf der anderen ein mit Lehm abgedichteter und fest verschlossener Binsenkorb.

Einer der Tapferen nahm den ersten Krug, goß hellen Honig auf den Körper des Mannes und verteilte ihn gleichmäßig auf seiner Haut, vom Hals bis zu einer Linie in der Mitte zwischen Bauchnabel und Lenden, von den Schultern bis zu den Ellbogen, und von den Knien bis zu den Fußsohlen. Dann entnahm er dem zweiten Krug mehrere Handvoll einer Paste, die an dickes Bärenfett erinnerte, aber fast schwarz war und einen beißenden Geruch ausströmte. Damit bedeckte er alle Körperpartien des Mannes, auf denen kein klebriger Honig glänzte. Nur Gesicht und Kopf ließ er ganz frei.

Jetzt entfernte der zweite Tapfere den Deckel des Binsenkorbs und kippte den Korb um. Ein dunkler Strom, brodelnd wie kochendes Harz, ergoß sich auf den Boden; ein Strom, der sich in mehrere rasch vorwärtskriechende Rinnsale zerteilte ... Ameisenrinnsale. Einen kurzen Moment wandten sie sich suchend in verschiedene Richtungen, dann marschierten sie in drei langen Reihen zu dem Festmahl, das man für sie vorbereitet hatte.

Die Ameisen, die auf die Hand des Mannes zu klettern versuchten, fielen herunter und starben, wenn sie die schwarze Paste berührten, aber die anderen krochen in einem stetigen Fluß über ihre Toten hinweg und bedeckten den Körper des Mannes in schrecklicher Schnelligkeit und Entschlossenheit. Einige verirrten sich auf sein Gesicht, das immer noch unbeweglich war, wie aus Holz geschnitzt, obwohl die Unterlippe anschwoll und blutete, nachdem eine Ameise dort eine Kerbe ins Fleisch gebissen hatte.

Der Mann schien nun ein Hemd und Beinkleider zu tragen, die schwarzrot in der grellen Sonne schillerten, bestehend aus in ihrer Gier nach Honig wild übereinander krabbelnden Ameisen. Wenn er sich bewegte, würden sie über ihn herfallen, als ob gleichzeitig tausend Krieger ihre Pfeile auf ihn abschossen. Selbst wenn es ihm gelang, die ganze Zeit stocksteif dazuliegen, konnte es immer noch sein, daß sie, wenn sie den Honig verspeist hatten, Hunger auf Menschenfleisch bekamen; und Ameisen können einen Kadaver bis auf die Knochen abnagen, mit einer noch schrecklicheren Zielstrebigkeit als Bussarde.

Erst jetzt bemerkte ich die Honigspur, die von ihm weg zu dem halbleeren Krug führte. Dieser schmale Pfad würde sie vielleicht auf der Suche nach frischer Beute von ihm weglocken; ein schmaler, leuchtender Pfad als einzige Hoffnung, dieser Masse von Feinden siegreich standzuhalten.

Ich konnte es nicht länger ertragen, auf das Gesicht des Mannes zu schauen, das trotz dieses zitternden Leichentuchs auf seinem Körper immer noch so entsetzlich ruhig blieb. Also versuchte ich, das flaue Gefühl in meinem Bauch zu beruhigen, indem ich statt dessen ein paar der Häuptlinge beobachtete. Um den Mund des Springwasser-Häuptlings spielte ein kaltes Lächeln. Für ihn war dieses grausame Schauspiel ein sinnliches Vergnügen, das ihm jene Wärme bot, die er bei Frauen nie gefunden hatte, eine Befriedigung, besser als guter Pfeifenrauch. Dem Häuptling der Donnernden Herden merkte man nur an seinen Händen an, wie unruhig er innerlich war: Er hatte sie so fest zu Fäusten geballt, daß die Haut über den Knöcheln ganz weiß war. Sein Gesicht war ausdruckslos, und es gelang ihm gut, seine Schultern und Oberschenkel locker zu halten, aber seine Hände verrieten, unter welcher Anspannung er stand. Ob er, ein wenig zumindestens, nachvollziehen konnte, was ich für Raki empfand? Oder dachte er nur an den Ruhm, den die neu errungene Feder seinem Stamm bringen würde?

Bei einigen älteren Häuptlingen, die bei dieser Prüfung schon viele Male zugeschaut haben mußten, war die Gleichgültigkeit nicht gespielt: Die Prüfungen waren Bestandteil der Stammesgesetze, eine Pflicht, die es zu erfüllen galt, weil es so Brauch war, etwas, was in ihnen weder Schrecken noch Mitgefühl weckte. Nur der Häuptling der Leute aus dem Lächelnden Tal gab sich keine Mühe, seine Abneigung gegen diese Dinge zu verbergen; man sah ihm deutlich an, daß er dem Spektakel nur beiwohnte, damit sein Volk auch weiterhin den Schutz der dreißig Stämme genoß. Er vermied es, den Prüfling anzuschauen. Er ließ seine Pfeife ausgehen und forderte seinen Sohn auf, ihm vom nächsten Feuer einen glühenden Scheit zu holen, ohne sich darum zu kümmern, daß eine solche Störung als unhöflich galt. Er kratzte sich seinen behäbigen Bauch, langsam und nachdenklich, zog dann einen Mokassin aus und beschäftigte sich eingehend damit, einen Dorn aus seinem Fuß zu entfernen. Seine zur Schau gestellte Langeweile wirkte sehr überzeugend, aber ich spürte, daß er sich in Wahrheit ebenso unwohl fühlte wie ich. Wenn ich noch Zweifel gehabt hatte, ob unser Stamm nach Süden gehen sollte, so waren sie nun endgültig ausgeräumt!

Plötzlich lief ein Raunen durch die Zuschauer. Ich fürchtete schon, daß die Ameisen sich nun über den Mann hermachten, so daß es mir nur mit großer Willenskraft gelang, hinzuschauen. Doch die Ameisen hatten die neue Honigquelle entdeckt und stürzten mit solcher Eile darauf zu, daß stellenweise drei oder vier von ihnen übereinander krabbelten. Inmitten der schwarzen Flut zeigten sich erste Hautinseln; die Inseln wurden größer, als gehe das Hochwasser eines Flusses ganz plötzlich zurück. Noch gab es einen dicken schwarzen Ring um seinen Bauchnabel, wo die Nachhut des Feindes sich an einer kleinen Honigpfütze labte, ehe sie zu neuen Jagdgründen aufbrachen. Dann schien einer ihrer Anführer sie zu rufen, denn sie stürmten in Richtung des Kruges davon, sich furchtlos über die Klippen von Knie oder Schulter stürzend, um durch den Wald der Grashalme darauf los zu marschieren.

Der Häuptling der Donnernden Herden stand auf, zückte sein Jagdmesser, durchtrennte die Riemen an Handgelenken und Knöcheln und zog den Mann, der seinem Stamm neuen Ruhm eingebracht hatte, auf die Beine. Dann strich er mit seinem Zeigefinger über die Stammeszeichen auf Stirn und Brust der neuen Roten Feder. Sein Sohn reichte dem Häuptling einen brennenden Holzscheit, mit dem er Feuer an den Honigkrug mit den fressenden Ameisen legte. Die Flammen zuckten hoch; diesmal waren es die Ameisen, nicht der Mann, die nicht länger gebraucht wurden.

Ich hatte damit gerechnet, noch einmal mir Raki sprechen zu können, ehe er sich auf seine Prüfung vorbereitete, aber offenbar fand er, daß es für uns beide leichter war, wenn wir nicht krampfhaft versuchten, unsere Gedanken in Worte zu fassen. Eine Menschenmenge hatte sich auf dem zum Adlerfelsen hochführenden Hang versammelt, doch ich ging mit den Häuptlingen zu meinem Stamm, der am Rand des Teichs wartete, in den Raki springen mußte.

Der tiefe Bereich des Wassers wirkte nicht größer als ein langes Kanu, und der Felsen ragte darüber endlos in den Himmel. Konnte Raki von dort oben sehen, daß nur ein Viertel des Teichs sicher war, während sich im restlichen Teil gleich unter der Wasseroberfläche gefährliche Gesteinskanten befanden? Oder würden die sich darin spiegelnden Wolken ihn daran hindern, die Farbe des Wassers richtig zu deuten?

Dorrok, Gorgi und Tekeeni standen in meiner Nähe, aber Narroks Anwesenheit bemerkte ich erst, als ich eine ruhige Stimme sagen hörte:

»Er wird es schaffen, Piyanah. Im Gegensatz zu mir hat er weder seine Augen noch das Licht in seinem Herzen mißachtet. Ich war hin- und hergerissen zwischen dem Wunsch zu sterben und dem Willen zu leben; deshalb wurde ich zum Gefangenen zwischen beiden Seiten des Wassers, bis ihr, du und Raki, mich wieder ganz ins Leben zurückholtet.«

»Er ist bereit!« rief jemand aus der Menge.

Raki wirkte kleiner und breiter, was vermutlich an der Höhe lag. Narrok faßte meinen Arm. »Gleich wird er aus dem Teich steigen und vor dir stehen. Bleib ruhig, Piyanah, schenke ihm deine Tapferkeit, damit er ruhig bleibt.«

Die Menge stöhnte auf, als der Körper durch die Luft stürzte, zu nah an der Felswand. Blankes, ungläubiges Entsetzen schlug als dunkle Flut über mir zusammen. Ich sah Blut sich im Wasser des Teichs ausbreiten wie Rauch. Warum rennt niemand herbei, um Rakis Körper aus dem Wasser zu ziehen? Ich kann mich nicht bewegen. Warum geht Dorrok nicht für mich? Warum lassen sie zu, daß ein fremder Häuptling Raki anfaßt? Raki, dessen Gesicht eine zerquetschte rote Fleischmasse ist ...

Ich hörte die Stimme meines Vaters, sehr weit weg, aber doch fest wie Stein: »Die Gelbhaut hat versagt, Piyanah, aber Raki wird gewinnen!«

»Die Gelbhaut?« Ich wollte vor Erleichterung weinen und lachen und kreischen. Der Arm, der verdreht von einer zerschmetterten Schulter herabbaumelte, von dem toten Körper, den der Häuptling der Gelbhäute in seinen Armen trug, war nicht Rakis Arm! Er war gelb ... es war nicht Raki!

»Ruhig, Piyanah!« Dorroks Stimme, scharf und befehlend. Voller Scham wurde mir bewußt, daß ich laut aufgeschluchzt hatte.

»Es tut mir leid, Dorrok. Ich wußte nicht, daß noch ein zweiter Mann springen würde ... ich dachte, es war Raki. Worauf warten sie jetzt, Dorrok?«

»Darauf, daß das Blut sich absetzt und der Teich wieder klar wird. Es dauert nicht mehr lange.«

In meinem Kopf formten sich die Worte eines verzweifelten Hilferufs: »Großer Adler, erinnere dich bitte an deinen Felsen und schenke Raki die Kraft deiner Flügel. Großer Fisch, laß ihn richtig ins Wasser eintauchen. Große Jäger, beschützt ihn, beschützt ihn ...«

Raki stand hoch über mir auf der Klippe; er streckte die Hände über den Kopf, als dankte er den Herren des Himmels. Langsam, sehr langsam stürzte er sich in die Tiefe. Sein Körper krümmte sich wie ein Bogen, seine Arme waren ruhig wie Adlerflügel im Gleitflug.

»Er schafft es! Es gelingt!« jubelte Dorrok.

Ich sah Raki vorbeisausen und im grünen Wasser verschwinden. Ich hörte, wie Tausende von Zuschauern in Beifallrufe ausbrachen. Ich sah ihn auftauchen und sich das Wasser aus den Augen schütteln.

Dann spürte ich seinen Arm, naß und wirklich und lebendig, um meine Schultern. Ich versuchte, den Großen Jägern zu danken, versuchte, ihm nicht einfach um den Hals zu fallen, versuchte, ruhig zu sagen: »Ich wußte, daß dir nichts geschehen würde, Raki.«

Aber vor allem versuchte ich, nicht vor Freude darüber zu weinen, daß unser Glück jetzt sicher in unseren Händen lag – nachdem ich schon geglaubt hatte, es wäre am Fuß des Adlerfelsens für immer zerschmettert worden.

TEIL IV

DIE WAHL DER SQUAWS

Der letzte Winter, bevor im ersten Frühlingsmond Raki und ich als Rote Federn zum zweifachen Häuptling eines neuen Stammes werden sollten, war wie das stille silberne Dämmerlicht, das die Nacht vom Tag trennt. Seit unserer Kindheit hatte es Barrieren gegeben, die zwischen uns standen. Nun trennte uns nur noch die Zeit; und sie strömte so stetig voran wie ein Fluß ohne Stromschnellen, der kein Hochwasser und keine sommerliche Trockenheit kannte.

Unsere Frauen blieben in dem kleinen Lager, das wir abseits von den Squaw-Tipis für sie gebaut hatten. Zu den dreißig, die uns zur Versammlung der Stämme begleitet hatten, waren inzwischen fünf weitere gestoßen, die mit uns in den Süden ziehen wollten. Wir waren uns einig, daß auch fünfunddreißig Männer mitkommen sollten, alle ungefähr in unserem Alter, so daß jede Squaw die Möglichkeit hatte, sich einen Mann zu nehmen. Neben Dorrok gab es noch zwei ältere Männer, die unser Stammeszeichen auf der Stirn zu tragen wünschten: Tenak und Hajan, Rote Federn, mit denen wir uns auf dem Rückweg vom Treffen der Stämme angefreundet hatten. Tenak wollte mitkommen, weil er stets neue Abenteuer suchte und der Ansicht war, wir würden im Süden vielleicht auf einen noch wilderen Stamm als die Schwarzen Federn treffen. Und Hajan verbrachte jedes Jahr mehrere Monate auf Wanderschaft außerhalb des Lagers, um Gegenden zu erkunden, in die unser Volk noch nie vorgedrungen war. Den Norden und Westen kannte er, und er wußte von einem Paß über die Berge im Süden, zu dem er uns führen wollte.

Wir hatten gehofft, daß so viele Mädchen wie möglich Ehemänner finden würden, bevor wir die Reise antraten. Aber Raki und ich hatten nicht damit gerechnet, daß gleich alle fünfunddreißig von Tapferen erwählt werden würden, die ganz erpicht darauf waren, unseren neuen Gesetzen gemäß die Bedingungen der Ehe zu erfüllen. Vielleicht lag es nicht nur an den Squaws, sondern auch an der Aussicht, zu fernen Horizonten aufbrechen zu können, daß sie so begeistert zu uns stießen. Nach unseren Gesetzen konnten die jungen Männer nicht mehr im Ringkampf entscheiden, wer von ihnen die erste Wahl bei den Squaws hatte: Jetzt mußten sie die gleiche Rolle spielen wie die männlichen Tiere im Wald und ihre Federn, ihre Lieder, ihre Tüchtigkeit einsetzen, um eine Frau zu betören; als ob sie keine Rothäute waren, die sich doch immer soviel auf ihre stolze Zurückhaltung eingebildet hatten, sondern Truthähne oder Hirsche.

Gorgis Wahl überraschte mich. Er hatte sich für Cheka entschieden, das Mädchen, das ich damals vor vier Jahren einen Hirsch ausweiden gesehen hatte.

»Du darfst dich auf keinen Streit mit ihr einlassen, Gorgi«, sagte ich, »oder sie wird dein Jagdmesser nehmen und dir die Eingeweide aus dem Bauch schneiden, während du schläfst. Ist sie immer noch so gierig nach dem Geruch von warmem Blut?«

»Nein, Piyanah«, sagte Gorgi ernst, »ich habe ihr geholfen, ihren Vater zu vergessen, oder jedenfalls verblaßt ihre Erinnerung an ihn – auch wenn es so langsam geht, wie wenn man einen Blutfleck aus weißem Leder wäscht.«

»Ihr Vater? Aber sie kannte doch gewiß seinen Namen gar nicht?«

»Es braucht keinen Namen, um ein Totem aus Haß zu erzeugen. Er muß sehr grausam gewesen sein, als er mit Chekas Mutter in den Wald ging, denn von da an war diese Frau verrückt vor Haß. Cheka hat sich uns anfangs nur angeschlossen, weil sie lernen wollte, wie man mit einem Bogen schießt, um sich an den Männern rächen zu können. Sie hat keine Hirsche ausgeweidet, sondern den Mann, der ihr Vater war. Wenn sie Fischen die Bäuche aufschlitzte, dachte sie dabei an den Bauch des namenlosen Mannes, der ihre Mutter in den Wahnsinn trieb.«

»Dann haßte sie auch Raki?«

»Nein, denn ihn hat sie ja als ›Nicht-Mann‹ kennengelernt.«

»Warst du für sie auch ein ›Nicht-Mann‹, Gorgi? Wie hast du es fertiggebracht, daß sie dich lieber in die Arme nimmt, als dir mit ihren Händen die Kehle zuzudrücken?«

Wir saßen auf einem umgestürzten Baum neben einem zugefrorenen Bach, und ich hatte, bis ich mich für das zu interessieren begann, was Gorgi mir erzählte, mit der Spitze meines Bogens Bilder in den Schnee gezeichnet. Jetzt hörte ich damit auf und schaute ihn an.

»Sag mir, Gorgi, *hält* sie dich auch für einen ›Nicht-Mann‹?«

Um meinem Blick auszuweichen, tat er so, als sei er völlig damit beschäftigt, sich einen Dorn aus dem Fuß zu ziehen.

»Wärest du jetzt auch so verlegen, wenn du einen Berglöwen gezähmt hättest?«

»Ja, wenn er mir nur folgen würde, wenn ich vor ihm weglaufe! Ich weiß, es klingt komisch, Piyanah, du darfst also ruhig über mich lachen. Ich habe keine Ahnung, warum ich mich für Cheka entschieden habe. Es war, nachdem mir klarwurde, daß dir immer nur Raki etwas bedeuten würde – als Ehemann, meine ich. Ich war eifersüchtig auf Raki, und wütend auf dich, weil du ihn mir vorzogst; und meine Wut und Eifersucht machten mich einsam. Cheka war auch einsam, denn die anderen Mädchen mochten sie nicht, vielleicht weil sie sie für böse hielten oder weil sie erkannten, daß sie die Schönste von ihnen ist. Ich tat, was ich konnte, um Chekas Bewunderung zu erringen. Wenn ich dachte, daß sie mich beobachtete, tat ich die gefährlichsten Dinge – aus einer Höhe ins Wasser springen, die sich keiner von den anderen zutraute, oder auf einen so schwierigen Felsen klettern, daß ich dabei vor Angst schwitzte. Ich trug neue Hemden und schmierte mir Bärenfett ins Haar. Ich baute ein Kanu für sie. Aber sie blieb gleichgültig. Dann passierte mir etwas furchtbar Dummes und Lächerliches – ich fiel von einem Baum und krachte mit dem Kopf auf einem Stein! Als ich fiel, war es Mittag, und erst kurz vor Sonnenuntergang kam ich wieder zu mir. Als ich die Augen öffnete, dachte ich, ich wäre in die Glücklichen Jagdgründe eingegangen: Mein Kopf lag auf Chekas Schoß, und sie küßte mich und weinte vor Erleichterung, weil sie schon gefürchtet hatte, ich wäre tot!«

Er seufzte. »Frauen sind schwer zu begreifen, Piyanah, auch wenn man sie liebt. Als Cheka sich in mich verliebt hatte, erzählte sie mir von ihrem Haß auf ihren Vater. Und jetzt kann sie nicht einmal mehr zuschauen, wenn jemand ein Tier ausweidet, ohne daß ihr schlecht wird – ganz zu schweigen davon, es selbst zu tun.«

Ich wußte nicht recht, was ich zu Cheka sagen sollte, also sagte ich: »Ich bin froh, daß Rokeena sich für Tekeeni entschieden hat.«

»Ja, nachdem er ihr damals half, ihre Scham wegen der Narbe am Bein zu überwinden, war das wohl zu erwarten gewesen. Die beiden sind einander sehr ähnlich: gutmütig, treu und nicht übermäßig gescheit.«

Eine Weile saßen wir in freundschaftlicher Verbundenheit schweigend nebeneinander, dann sagte Gorgi plötzlich: »Es gibt da eine Frage, die ich dir schon lange stellen wollte; und wenn du sie nicht beantworten möchtest – könntest du dann einfach vergessen, daß ich sie dir je gestellt habe?«

»Natürlich, Gorgi.«

»Wißt ihr beide, Raki und du, eigentlich genau, was Männer und Frauen tun, wenn sie zusammen in den Wald gehen? Ich meine, habt ihr es selbst schon getan, oder hat man euch nur davon erzählt?«

»Ja, Gorgi, wir haben es getan.«

Er seufzte tief und erleichtert. »Nach dem Angriff der Schwarzen Federn?« Ich nickte, und er fuhr fort: »Tekeeni und ich haben das damals vermutet, obwohl wir selbst nicht viel darüber wußten. Auf dem Treffen der Stämme redeten einige Krieger aus anderen Stämmen über Frauen – meistens wenn sie nach einem Fest betrunken waren. Sie prahlten herum, sprachen aber nie über Einzelheiten. Cheka sagt, daß sie keine Angst vor mir hat, aber ich muß immer wieder an den Mann denken, der ihre Mutter in den Wahnsinn trieb. Ich würde lieber sterben, als Cheka auch nur den leisesten Schmerz zuzufügen. Ist das, was Männer und Frauen zusammen tun, sehr unangenehm für die Frauen, Piyanah?«

»Nein, es ist wunderschön für sie – wenn die beiden einander lieben. Du brauchst nur ein Streifenhörnchen- oder Zieselpärchen zu beobachten, dann siehst du, wieviel Freude beide an diesem Zauber haben. Er wird nur häßlich und unangenehm, wenn man ihn mit dem grausamen Dornengestrüpp dummer Tabus umgibt.«

Er machte ein so ernstes Gesicht, daß ich das Bedürfnis verspürte, ihn zum Lachen zu bringen.

»Sich zusammen hinzulegen ist sehr angenehm, wenn man es im Moos oder auf einer Decke aus Biberfell tut, aber schrecklich, wenn es auf einem Dornenbusch geschieht. Chekas Mutter hat Dornen erwischt, aber das wird Cheka nicht geschehen.«

»Danke, Piyanah, daß du mir das gesagt hast«, seufzte er leidenschaftlich, »könntest du es bitte auch Cheka erzählen?«

»Ich denke, sie wird warten müssen, bis sie es selbst herausfindet. Raki und ich haben darüber beraten, ob wir es den anderen schon jetzt sagen sollen, aber er war dagegen, weil sie dann vielleicht nicht mehr bis zum Frühlingsmond warten wollen. Es sind nur noch dreiundfünfzig Tage, es wird also nicht so schlimm für sie sein, sich noch ein wenig zu gedulden.«

»Aber warum sollen sie warten?«

»Weil Frauen, deren Bäuche dick von einer Schwangerschaft sind, unsere Reise in den Süden wohl kaum bewältigen könnten«, sagte ich nachdrücklich. »Ich möchte, daß wir erst unseren ›Ort, wo der Mais wächst‹ finden, ehe wir Kinder bekommen.«

»Aber du bist doch auch nicht schwanger geworden«, wand Gorgi ein.

»Das war sehr weise von den Großen Jägern; doch jetzt, wo wir wissen, daß Kinder entstehen, wenn man den Zauber anwendet, sollten wir nicht mehr darauf hoffen, daß sie ein weiteres Mal auf uns achtgeben. Natürlich mag es noch eine ganze Weile dauern, bis sie entscheiden, daß nun der richtige Zeitpunkt für das Kind ist, das Raki und ich bekommen werden. Aber ich finde es ungerecht, dem Kind zuzurufen: ›Wir sind bereit für dich‹, wenn wir es in Wahrheit noch gar nicht sind. Solange unser Stamm noch keinen festen Lagerplatz gefunden hat, werde ich viel zu beschäftigt damit sein, Raki zu helfen. Ich hätte gar nicht die Zeit, in Ruhe darüber nachzudenken, was für einen Körper sich unser Sohn wünscht und auf welche Weise er gerne geboren werden möchte.«

NA-KA-CHEK

Na-ka-chek war zum Teich des fallenden Wassers gegangen, um dort meiner Mutter zu sagen, daß der Schwur, den er ihr geleistet hatte, am kommenden Vollmond erfüllt sein würde. Ich wußte, er rechnete damit, daß das dunkle Wasser plötzlich dünn und leuchtend werden würde, so daß er einen Blick in ihr Land werfen konnte, als würde er aus einer engen Höhle ein weit entferntes, in helles Sonnenlicht getauchtes Schauspiel betrachten. Er hoffte, Mutter inmitten strahlender Menschen zu sehen, und er wollte sie bitten, ihm ein Zeichen zu geben, daß sie sich erinnerte und ihm vergeben hatte.

Oft hatte ich ihm klarzumachen versucht, daß das Land jenseits des Sonnenuntergangs nicht weit entfernt ist, daß jene, die dort wohnen, unsere nahen Gefährten sein können, auch wenn ihre Stimme die Stille ist, und ihr Lachen das Tanzen der Zweige im Wind. Doch er weigerte sich, das zu glauben, und sagte: »Ich habe einen Eid geschworen, Piyanah, und erst wenn er erfüllt ist, kann ich es wieder wagen, das Wort an deine Mutter zu richten.«

Ich wußte, daß meine Mutter ihn liebte und daher nicht auf die Erfüllung irgendwelcher Eide warten würde. Sie würde nicht am Teich des fallenden Wassers an ihn denken, sondern war gewiß stets bei ihm und hatte wohl immer wieder versucht, ihn zu trösten, wenn er sich einsam fühlte. Also ging ich jede Nacht, wenn der Mond seine Bahn über das Meer des Himmels zog, zum Großen Tipi, wo er mit seinen Gedanken an sie allein gewesen war. Ich sprach laut mit ihr, obgleich ich wußte, daß ihr Volk auch die stillen Gedanken hört.

»Mutter, laß ihn daran glauben, daß du ihm ebenso nahe bist, wie du mir nahe bist; nicht nur wenn ich in Gefahr bin, Schmerzen oder Sorgen habe, sondern auch an allen ganz gewöhnlichen Tagen. Er starrt jetzt hinunter in den Teich, dem er damals deinen Körper übergab. Ein Licht leuchtet im dunklen Wasser; für einen Moment glaubt er, es sei der schwache, weit entfernte Schein der Fackel, die du durch die langen Höhlen zwischen deinem Land und dieser kleinen Erde trägst. Er ruft deinen Namen, damit der Klang seiner Stimme dich zu ihm führt. Dann verstummt er, denn er erkennt, daß das Licht nur ein Stern war, der sich im Wasser spiegelte. Eine Wolke verhüllt den Mond, und der Wind rauscht sorgenvoll in den Bäumen.

Laß nicht zu, daß er noch länger allein ist, Mutter. Er ist nur deshalb ernst, weil er es nicht wagt, sich an die Freude zu erinnern, die er einst aufgab; er ist nur deshalb verschlossen und zurückhaltend, weil er so einsam ist. Früher habe ich geglaubt, er wäre kaltherzig und verständnislos. Ich habe ihn gehaßt, Mutter, weil ich dachte, daß er mir Raki wegnehmen wollte. Ich dachte, er wäre eifersüchtig auf unser Glück, weil er sein eigenes verloren hatte. Aber er war nicht streng und schroff zu uns, weil wir Fremde waren, sondern weil er uns für einen Teil von sich hielt – und, Mutter, für eine Rote Feder ist es schwer, gut zu sich selbst zu sein.

Oft hat er zu mir gesagt: ›Die Tapferkeit deiner Mutter war so viel größer als meine eigene; und ich habe sie verraten. Ihre Weisheit war wie die Sonne, und ich habe versucht, sie blind zu machen.‹ Er dachte, daß du ihn nur annehmen würdest, wenn er immer weiter Ausdauer und Zähigkeit bewies, daß du ihn nur lieben würdest, wenn es ihm gelang, so weise wie hundert Älteste zu werden.«

Ich wußte, daß sie mich hörte, und doch sah ich an jedem Abend, daß er sie nicht hörte: Ich wartete an der Waldlichtung auf ihn, die er auf seinem Weg nach Hause überqueren mußte, und wenn er dann wieder nicht kam, ging ich durch die länger werdenden Schatten zu seinem Tipi.

In der fünften Nacht spürte ich ihre Nähe so stark, daß ich fast meinte, sie berühren zu können. War es nur ein Schatten, oder sah ich sie wirklich am Eingang seines Tipis stehen? Dann ging sie vor mir her durch das stille Lager, und ich folgte ihr. An dem Felsen, wo sie damals, als wir Kinder waren, auf uns gewartet hatte, blieb sie stehen. Ich wußte, sie wollte, daß ich meine Kleider auf diesem Felsen zurückließ. Den Pfad, auf den sie mich führte, durfte man nur betreten, wenn man alles abgelegte, was Menschen voneinander trennte.

Unter meinen Füßen, die dem Rhythmus von Mutters Schritten folgten, war das Moos kühl und tief. Weil ich mit ihr gehen durfte, fühlte ich mich so sicher und geborgen, wie Raki und ich uns nicht mehr gefühlt hatten, seit wir Kinder waren. Jetzt rannte ich, so rasch es ging, hinter ihr her, denn ich wußte, daß sie sich nur so langsam bewegte, damit mein sterblicher Körper mit ihr Schritt halten konnte.

Über das Rauschen des Wasserfalles erhob sich ein langsamer, gleichmäßiger Gesang. Behutsam ging ich weiter, nicht länger ungeduldig, denn die Töne, die ich hörte, waren völlig zeitlos. Der warme Eifer des Feuers lag darin, aber keine Eile, denn dieses Licht war nicht gebunden an die Brenndauer einer Fackel oder eines Holzscheites. Hier war Wachstum ohne Tod, Freude ohne Sorge, Schnelligkeit ohne Ermüdung, denn Gestern und Morgen reichten einander wie Zwillingsschwestern die Hände.

Dann stand ich am Fuß des Wasserfalls und sah Na-ka-chek durch den feinen, kühlen Sprühnebel. Er saß, tief in Gedanken versunken, mit gekreuzten Beinen auf dem Boden. Oder war er eingeschlafen? Sein Kopf war vorgebeugt, als drücke ihn das Gewicht seines Federschmuckes. Hinter dem Wasserfall erhob sich noch ein anderer Nebel: ein heller Dunstschleier wie Sonnenlicht, das man durch einen Regenvorhang sieht. Da waren Menschen in diesem Nebel ... zwei Menschen, jung und dennoch reich an Jahren. Ich wußte, daß für sie der Mond ewig zwischen denselben Bäumen schien. Sie waren zeitlos. Ich konnte sie nicht sehen, und doch wußte ich, daß sie einander zärtlich umarmten. Ich konnte sie nicht hören, und doch wußte ich, daß sie lachten und einander die süßen Wahrheiten wiedervereinter Liebender zuflüsterten.

Ich wußte, daß auf eine Weise, die ich nicht verstand, meine Stimme, meine Augen, mein Gehör zu einer Brücke zwischen ihnen geworden waren. Während Na-ka-cheks Körper dort schlafend an dem Teich saß, hatte sein Geist sich frei und glücklich emporgeschwungen, und ich wußte, daß ich ihm helfen konnte, sich an diese Wahrheit zu erinnern, wenn er aufwachte.

Langsam, noch halb schlafend, wie es schien, stand er auf. Er nahm den Federnschmuck vom Kopf und zog sein schweres Zeremoniengewand aus. Nackt und stark wie ein Baum stand er dort, die Hände zum Himmel erhoben.

»Große Jäger, ich bin nicht länger allein!« Wärme, Stärke und Sicherheit lagen in seiner Stimme. Dann warf er den Kopf zurück und lachte; das starke, tiefe Lachen eines Menschen, dessen Herz vor Freude überfließt.

Er schaute sich um, anscheinend erstaunt über den Klang seines eigenen Lachens; auch ich war erstaunt, denn nie zuvor hatte ich ihn lachen gehört. Er sah mich, reagierte aber nicht überrascht, sondern schien es wie Raki als ganz natürlich zu empfinden, daß ich bei ihm war.

»Es ist ungewöhnlich, wenn ein Mann aus Freude darüber lacht, daß er ein Narr war ... und ich bin ein großer Narr gewesen, meine Piyanah ... aber was spielt das für eine Rolle, jetzt, wo ich nach Hause zurückgekehrt bin? Narrok kann ohne Augen sehen, doch ich hatte Augen und weigerte mich, sie zu gebrauchen. Es ist nicht gut, blind, stolz oder einsam zu sein. Es war dumm, mühsam einen Berg über eine schwierige Steilwand zu erklettern, obwohl es einen einfachen, gut begehbaren Pfad hinauf gab. Aber es ist in jedem Fall gut, den Gipfel zu erreichen. Es war dumm, im Winter auf die Reise zu gehen, obwohl der Fluß nach dem Schmelzen des Eises mühelos mit den Kanus hätte befahren werden können – doch sogar ein Narr freut sich, wenn er endlich das Tal erreicht. Setz dich her zu mir, Piyanah, und hör dir an, warum dein Vater ein Narr gewesen ist, und wie er in dieser Einsicht Freude gefunden hat.

Ständig trieb ich mich selbst und alle, die unter meiner Führung standen, zu unbarmherzigen Mühen an, dazu, von zwei Wegen immer den schwierigeren zu wählen: Und das alles tat ich, um mich deiner Mutter würdig zu erweisen. Die roten Federn in meinem Kopfschmuck, auch Rakis und deine Federn, sollten ein Schatz sein, den ich ihr zum Dank für ihre Vergebung anbieten konnte. Ich wollte ihr meinen Stolz, meine Tapferkeit, meine Ausdauer und die Ehre meines Stammes anbieten. Den Mut, den Unternehmungsgeist und die Freiheit, die Raki und dich auszeichnen, und die Zukunft eurer Federn als Versöhnungsgabe, um dafür ein einziges Wort der Anerkennung von deiner Mutter zu erhalten. All das bot ich ihr an in der Hoffnung, daß sie dafür wenigstens einen einzigen Strahl ihrer Sonne durch diesen Teich zu mir heraufsenden würde. Wortreich, mit vielen wohlklingenden Argumenten, habe ich in den letzten fünf Tagen darum gebeten, daß sie mir verzeiht ... doch sie hat nichts davon gehört!

Dann begann ich an dich zu denken ... du wirst ihr sehr ähnlich, Piyanah, sogar in deinem Aussehen. Ich fragte mich, was ich zu dir sagen sollte, wenn du fortgehst ... du wirst ja schon bald fortgehen, und ich möchte so gerne, daß du mich in guter Erinnerung behältst. Würdest du von mir hören wollen, wie stolz ich auf dich bin, oder wie sehr ich deinen Mut, deine Weisheit und deine Ausdauer achte? Dann dachte ich: ›Wie kann ich wissen, was Piyanah gerne von mir hören möchte, wenn ich noch nicht einmal mein eigenes Herz kenne? Was möchte ich selbst gerne von Piyanah hören, ehe sie mich verläßt?‹ Da war die Antwort leicht, denn ich wünschte mir vor allem anderen, daß du zu mir sagst: ›Ich liebe dich, Na-ka-chek.‹

Du hast es schon einmal beinahe zu mir gesagt. Das war an dem Morgen, nachdem du deine rote Feder errungen hattest. Weißt du noch, wie du lächeltest und sagtest: ›*Lieber* Vater‹? Und dann sagtest du: ›So habe ich dich nie zuvor genannt ... wir haben eine Brücke über *unseren* Abgrund gebaut.‹ Damals wollte ich dir sagen: ›Ich liebe dich, Piyanah‹, aber ich dachte, ein Häuptling und eine Rote Feder dürften einander ihre Herzen nicht öffnen, weil das ein Zeichen von Schwäche wäre. Plötzlich wußte ich, was deine Mutter gerne von mir hören wollte, wenn meine Worte ihr überhaupt noch irgend etwas bedeuteten.

Ich sagte: ›Ich liebe dich‹; immer wieder, mit ganz normaler Stimme, als säße sie neben mir und könnte alles hören. Die Worte schienen in dem Teich widerzuhallen, und ich dachte, daß das Wasser sie als Echo zu mir zurückwarf. Aber es war kein Echo, Piyanah – es war ihre Stimme! Ich sah sie. Es war ganz normal und natürlich, sie in meine Arme zu nehmen und zusammen mit ihr über den Mann zu lächeln, der hier am Teich saß, den Mann, der versucht hatte, sich mit der Macht der Federn Liebe zu erkaufen, obwohl diese Federn vergessen hatten, vor Freude zu singen.

Einst dachte ich, Liebe wäre ein Wort, das nur von einem Mann und einer Frau im Sommerwetter gebraucht werden konnte, die ihre Pflicht gegenüber dem Stamm vergessen hatten. Jetzt habe ich gelernt, daß dieses Wort stärker als jeder Kriegsruf ist und die Weisheit der Generationen enthält. Es ist das Wissen der Ältesten, und die Rote Feder der Krieger. Es ist wie die Federn des Morgenvogels, und es ist das Kanu, mit dem die Lebenden und die Toten den großen Fluß überqueren. Es ist der Vollmond und die Mittagssonne, der lebendige Regen und die Wärme des Wachstums. Liebe! – die eine Stimme, an der die Träger der Singenden Federn ihre Brüder und Schwestern erkennen, und sich selbst.«

Häuptling
des Reiher-Stammes

Während des Winters hatten unsere Leute für uns das Häuptlingstipi angefertigt. Es bestand aus doppelten Häuten und war mit Szenen aus Rakis und meinem Leben bemalt: zwei Menschen, die auf einem Paß stehen und eine schwarze Rauchsäule beobachten, das Skalpieren der Schwarzen Federn, ein Kanu, das in die Finsteren Höhlen hineinfährt, Rakis Sprung vom Adlerfelsen. Doch ein großer Teil der Tipihaut war unverziert, da unser Volk noch keine eigene Stammesgeschichte besaß, die aufgezeichnet werden konnte. Statt von einem Mittelpfosten wurde das Tipi von acht Pfählen aus Birkenholz gestützt, das leicht zu tragen ist. Vögel und andere Tiere waren in die Pfähle geschnitzt, zwischen

Bändern in Weiß und Rot, unseren Stammesfarben. Am Tag bevor
Raki und ich Häuptling wurden, sollte das Tipi zu jener Stelle getragen werden, wo einst das Tipi meiner Mutter aufgestellt worden war, als Na-ka-chek an diesem neuen »Ort, wo der Mais
wächst« das Lager aufgeschlagen hatte. Dort würden wir den
Mond der Vereinigung beginnen. Diesen Namen würde unser
Stamm von nun an dem ersten Frühlingsmond geben, um daran
zu erinnern, daß Männer und Frauen zusammen die Liebe genossen hatten, ehe sie zu ihrer Reise nach Süden aufbrachen.
Die Vorbereitungen für diese Reise waren fast abgeschlossen.
Jeder Mann hatte eine Plane aus gegerbtem Leder angefertigt,
zwei Körperlängen breit und eine lang, die sich über gekreuzte
Pfähle oder einen niedrigen Ast spannen ließ, als Wetterschutz,
unter dem er mit seiner Frau schlafen konnte. Fast alles, was wir
mitnehmen würden, mußte neu hergestellt werden. Die Männer
hatten Tomahawks gefertigt, Bögen für Jagd und Kampf, Fischspeere, Seile aus Rohleder. Die Frauen nähten Ledersäcke für
Pemmikan und Mais, Wasserhäute, Hemden und Pelzumhänge;
sie flochten Angelschnüre oder sammelten Federn für Pfeilschäfte.
Zehn Squaws stellten unter Rokeenas Anleitung Hochzeits-
gewänder für Raki und mich her, und weil wir sie erst am Tag
unserer Hochzeit sehen sollten, mußte ich immer pfeifen, ehe ich
das größte Frauentipi betrat, damit sie sie vor mir verstecken
konnten. Ich wußte, daß sie aus weißem Hirschleder gefertigt
wurden, denn ich hatte ein paar Fetzen davon neben der Decke
liegen sehen, unter der sie die Gewänder versteckten. Und ich vermutete, daß sie mit Federn verziert sein würden, denn Tekeeni
hatte mehrere Blauhäher erlegt, die für Rokeena waren, wie er
sagte.
Ich nähte die zeremoniellen Mokassins für Raki – obgleich ich
oft meinen Stolz bereute, der mich daran hinderte, sie von jemand
anderem fertigstellen zu lassen. Zum Perlenannähen braucht man,
wie ich Gorgi eingestand, noch mehr Geduld als zum Anschleichen an eine Bergziege. Er wußte, was das bedeutete, denn zu
Beginn des Winters hatten wir sieben Tage in den Bergen zuge-
bracht, bis es uns endlich gelungen war, den ersten von acht
Böcken zu erlegen, die das feine, weiße Fell für die Häuptlings-
decken lieferten.
Bevor sie ihren Stammesschwur leisten, müssen alle Häuptlinge
zwei Tage und zwei Nächte fasten; in dieser Zeit dürfen sie nichts

zu sich nehmen außer Wasser, und auch das nur bei Sonnenaufgang und Sonnenuntergang. Sie dürfen sich nicht hinlegen und
schlafen, sondern müssen mit gekreuzten Beinen in einem abseits
aufgeschlagenen Tipi sitzen, damit sie klar und deutlich hören,
wenn die Großen Jäger zu ihnen sprechen, selbst wenn ihre Stimmen so leise sind wie das Flüstern eines fallenden Blattes. Für dieses Fasten trug man die beiden Tipis, in denen Raki und ich allein
gelebt hatten, seit wir Rote Federn geworden waren, zu den beiden gegenüberliegenden Enden der halbmondförmigen Steilwand
hinter dem Lager. Während dieser Zeit der Trennung, die ein
Symbol für all das war, was wir auf uns genommen hatten, um
eine noch größere Einheit zwischen uns zu erreichen, trug Raki
des Squawkleid, das er angezogen hatte, als wir uns einst zum
erstenmal trennten. Ich legte den Lendenschurz, die Brustbinde
und das aus groben Flicken zusammengenähte Hemd an, die
gleichfalls zu dieser Zeit bitterster Einsamkeit gehörten.

Ich wußte, daß im benachbarten Tipi die Vorbereitungen für
das Hochzeitsfest in vollem Gange waren. Dennoch herrschte
Stille, denn alle flüsterten nur leise miteinander, um uns bei unserem Lauschen auf die Botschaft der Großen Jäger nicht zu stören.
Ich fühlte mich in jene Nacht unserer Kindheit zurückversetzt, als
wir gesehen hatten, wie meine Mutter und mein Vater sich über
den Bogen der Klippen hinweg angeschaut hatten, durch so viel
mehr voneinander getrennt als nur die steilen Felsen. Zwischen
Raki und mir sang die Liebe wie eine Bogensehne, und die Liebe
unseres Stammes würde der Pfeil sein, der von diesem Bogen
empor zur Sonne flog.

Daß ein Mann und eine Frau in völliger Gleichheit die Ehe
eingingen, hatte es selbst zu der Zeit der Ahnen in keinem Stamm
gegeben. Auf meine Frage, welche Worte Raki und ich für unseren ewigen Eid verwenden sollten, hatte Na-ka-chek mir geantwortet: »Deine Mutter hat mir gegenüber den Wunsch geäußert,
daß ich die Worte, die euch vereinen, in der Zeit der Morgendämmerung sprechen soll. Dann werdet ihr beide, du und Raki,
als der neue Häuptling jene Männer und Frauen miteinander
vermählen, die euch auf dem neuen Pfad folgen wollen, den ihr
beschreitet.«

»Mit welchen Worten sollen wir unser Volk vereinen?«

»Das müssen euch eure Herzen sagen. Es müssen Worte wie
frisches Quellwasser sein, denn Worte werden wie Wasser schal,

wenn man sie zurückhält und nicht frei fließen läßt. Deine Mutter sagte mir, daß der leuchtende Fluß, der ihr Land mit dem unseren verbindet unaufhörlich fließen muß. Obgleich in jeder seiner Wellen immer wieder die gleiche Weisheit widerhallt, bleibt diese Weisheit dennoch nur lebendig, wenn der Fluß stets kraftvoll strömt und sprudelt.«

»Dann, Vater, ist nur jene Weisheit von Wert, die in der Gegenwart lebendig und sichtbar ist?«

»Weisheit ist immer besser als Dummheit; denn ist nicht in der Wüste sogar schales Wasser kostbar? Doch wenn wir in Gemeinschaft mit den Damals-Leuten wandeln, gibt es für uns keinen Durst mehr, denn dann können wir jederzeit Wasser aus der ewigen Quelle des Lebens schöpfen.«

Bei Mondaufgang des zweiten Tages hörte ich, wie vielstimmiger Gesang aus dem Kreis der Tipis aufstieg. Mühsam stand ich auf. Meine Beine waren verkrampft vom langen regungslosen Sitzen. Ich schlug den Tipi-Eingang zurück, so daß ich hinausschauen konnte. Zwei lange Reihen von Fackelträgern wanden sich die Pfade zwischen den Klippen empor, die eine in meine, die andere in Rakis Richtung. Sie kamen, um uns für die Hochzeit vorzubereiten.

Die vorausgehenden Frauen trugen in Harz getränkte Holzscheite, die sofort hell aufflammten, wenn man eine Fackel daranhielt. Daraus schichteten sie auf dem nackten Felsboden vor dem Tipi ein Feuer auf. Zwar mußte ich schweigen, bis ich gemeinsam mit Raki den Eid sprach, aber es tat gut, mich nun ganz der Obhut der Frauen anzuvertrauen, denn ich war erschöpft von dem überstandenen Fastenritual. Vier Frauen, unter ihnen Rokeena, trugen Krüge mit dampfendem, nach Balsam duftendem Wasser in das Tipi. Sie breiteten bunte Decken auf dem Boden aus; dann wuschen sie mein Haar und meinen Körper und rieben meine schmerzenden Muskeln mit Kiefernöl ein.

Schläfrig von der wohligen Hitze lag ich neben dem Feuer, bis ich aufgewärmt und trocken war. Dann schlief ich im Tipi, bis sie das Hochzeitsgewand brachten. Es war schöner als alle, die ich je gesehen hatte – sogar bei der Versammlung der Stämme – bestickt mit weißen und roten Perlen und mit den Federn von Goldamsel und Häher, die mit dem Haar der Frauen, die das Gewand angefertigt hatten, angenäht worden waren. Man hängte mir die Halsketten meiner Mutter um, rot und weiß und blau, und schmückte

mich mit einem Stirnband aus roten Brustfedern; sogar in mein
Haar wurden weiße und rote Wollfäden geflochten.

Jenseits des Schattensees, der das Halbrund der Klippen füllte,
sah ich das Feuer, das die Männer für Raki entzündet hatten. Der
Mond stand bereits tief am Himmel. Ob Raki sein Herz ebenso
klopfen hörte, wie ich das meine – so, als wären wir auf einen
hohen Berg gestiegen und näherten uns dem Gipfel? Plötzlich
flammten dreißig andere Feuer entlang der Sichel des Steilhangs
auf, als ob sie mit einer einzigen Fackel entfacht worden waren.
Das war das Signal, auf das ich gewartet hatte: seit Monden, seit
Jahren, vielleicht seit Generationen.

Gefolgt von den Frauen, die in einer langen Reihe hinter mir
ihre Fackeln trugen, ging ich den Pfad zum Totem hinunter. Ich
sah, wie sich die Lichter von Rakis Fackelträgern auf mich zu bewegten. Die beiden Prozessionen bildeten ein so vollkommenes
Echo, daß sie wie Spiegelungen in einem stillen See wirkten.

Der weiße Stein, der einst die Grenze markiert hatte, die wir
nicht überschreiten durften, war heruntergetragen und vor das
Totem gelegt worden. Drei mit weißen Ornamenten bemalte
Schalen aus rotem Ton und drei hölzerne Tabletts mit für die
Zeremonie benötigten Symbolgegenständen standen auf dem
Stein. Ich hatte damit gerechnet, nur Augen für Raki zu haben,
und erinnere mich noch, daß es mich überraschte, wie genau ich
alle Einzelheiten wahrnahm, bis hin zu einem einzelnen Maiskorn, das aus der mittleren Schale gefallen war.

Seite an Seite standen wir vor dem Häuptling, und hinter uns
warteten in einer Reihe die Männer und Frauen, an die wir das
Band der Einheit weiterreichen würden, das Na-ka-cheks Worte
nun zwischen uns knüpften. Im Lichtschein der Fackeln wirkte
sein Gesicht zeitlos wie das Totem, als seien Holz und Fleisch
beide von derselben Hand geschnitzt worden. Die braunen,
weißen und roten Federn seines Kopfschmucks schienen ihr eigenes geflügeltes Leben zu besitzen. Niemand hätte ihn anschauen
können, ohne Ehrfurcht zu empfinden und – das wurde mir zum
erstenmal bewußt – die neue Kraft, den neuen Mut und die neue
Liebe zu spüren, die Na-ka-chek aus einer verborgenen Quelle des
Lebens schöpfte und auf seine Umgebung ausstrahlte.

Ich hatte erwartet, er würde laute und klangvolle Worte benutzen, als spräche der Herr der Bäume aus dem Himmel zu uns,
doch zu meiner Überraschung war seine Stimme ungewohnt sanft

und leise, fast als ob er ein vertrautes Gespräch mit Raki und mir führte, statt sich an den ganzen Stamm zu wenden.

»Raki und Piyanah, die Großen Jäger haben es mir gestattet, euch an meinem ›Ort, wo der Mais wächst‹ willkommen zu heißen, so daß wir voneinander lernen können und uns an das erinnern, was verlorenging, um gemeinsam danach suchen, bis wir es wiederfinden. Die Gesetze meines Stammes haben euch voneinander getrennt, aber ihr habt eine Brücke über den Abgrund gebaut. Daß ihr Mann und Frau seid, trennte euch, doch über die Brücke gelangtet ihr zur Einheit. Ihr seid der Mann und der ›Nicht-Mann‹, die Frau und die ›Nicht-Frau‹: Indem ihr beides seid, seid ihr eins, und im Einssein seid ihr beides. Nun ist der Augenblick gekommen, wo ihr andere lehren müßt, daß sie in der Zweiheit die Einheit finden können, und in der Einheit die Zweiheit.

Als ihr seinerzeit zu mir kamt, hielt ich euch für jung und hilflos, Kinder, die gehorchen und lernen mußten. Damals erkannte ich nicht, daß ihr bereits über jene Eigenschaft verfügtet, aus der alles andere geboren wird, die *eine* Eigenschaft, die von den Großen Jägern über alles andere gestellt wird. Ich sah diese Eigenschaft in eurem Mut aufscheinen, in eurer Ausdauer und eurer Rechtschaffenheit. Sie zeigte sich sogar in jenen Fertigkeiten, die ihr von anderen erlerntet, dem Schnitzen und dem Herstellen von Pfeilen. Da begann ich mich zu fragen: Was ist das für eine Eigenschaft, über die ihr sogar schon als Kinder verfügtet? Ich wußte, sie ist die Sehne, ohne die Bogen und Pfeil wertlos sind. Ich wußte, sie ist der Wetzstein, ohne den der Tomahawk stumpf wird. Ich wußte, sie ist der Fluß, ohne den die Menschen verdursten müssen. Dennoch, obgleich ich das Vorhandensein dieser Eigenschaft erkannte, konnte ich sie nicht beim Namen nennen. Es ist ein kleines Wort, und zu meiner Zeit hielten Männer, selbst wenn sie jung und töricht waren, es für unter ihrer Würde, dieses Wort in den Mund zu nehmen. Liebe lautet der Name dieser Eigenschaft.

Weil ihr einander liebt, wart ihr auch immer fähig, euch selbst zu lieben. Dadurch konntet ihr zu euch selbst finden, und so brachtet ihr etwas von der Weisheit der Damals-Leute hierher, die schon vor langer Zeit den Sorgenvogel aus ihrem Land vertrieben haben, um in Frieden zu leben. Auf diese Liebe sollt ihr euren Eid schwören, und von nun an werdet ihr an jedem Morgen, Mittag und Abend sagen: ›Ich liebe uns beide als Mann und Frau; ich liebe mich selbst, den Mann und die Frau in mir; und mit Augen, die offen für diese Liebe sind, schaue ich auf alle anderen Männer und Frauen.‹«

Dann trat Na-ka-chek vor, um Rakis und mein Stirnband miteinander zu vereinen. Dies tat er, indem er meine rechte und Rakis linke Hand nahm und sie mit den beiden Stirnbändern zusammenband, Puls an Puls. Doch zuvor ritzte er mit einem Messer, das er von dem weißen Stein genommen hatte, je einen kleinen Schnitt in unsere Handgelenke, damit unser Blut sich vermischte. Dann verkündete er mit lauter Stimme, so daß alle es hören konnten:

»Raki und Piyanah sind auf Erden von einem Blut.«

Er schnitt Raki und mir eine Haarsträhne ab und legte sie in eine der Tonschalen. Dann nahm er einen glühenden Scheit vom Feuer und zündete die Haare damit an, so daß sie zu Asche verbrannten. Aus der zweiten Schale schüttete er Wasser über die Asche. Aus der dritten Schale streute er Salz in das Wasser und sagte:

»Dieser Eid soll, auch nachdem eure Körper wieder zu Staub geworden sind, weiter Bestand haben. Denn dieses Wasser ist Wasser vom Fluß des Lebens, und dieses Salz ist der Schatz der Weisheit, die ihr mit den Jahren erworben habt und die ein Teil von euch geworden ist.«

Dann hielt er uns die Schale hin, und als wir getrunken hatten, sagte er: »Raki und Piyanah sind auf der anderen Seite des Wassers von einem Geist.«

Dann traten vier Älteste vor, die nördlich, südlich, östlich und westlich des Totems gestanden hatten. Jeder von ihnen trug einen der reich mit Schnitzereien verzierten Zeremonienschilde, die im Tipi der Ältesten aufbewahrt wurden und so alt wie der Stamm selbst waren. Auf dem ersten und dem zweiten Schild lagen die Kleider der Trennung, die wir während des Fastens getragen hatten. Mein Vater nahm sie, hielt sie hoch zum Himmel und sagte:

»Aus Trennung wurde Einheit geboren, und aus Erde soll Feuer geboren werden.«

Dann ging er zum Wachfeuer und warf die Kleider hinein. Auf den beiden anderen Schilden lag für Raki und mich je ein Federkopfschmuck, die einander glichen wie das Flügelpaar eines großen Vogels. Wir knieten vor Na-ka-chek nieder, und er setzte jedem von uns den Kopfschmuck auf, das Zeichen seiner Autorität, und der unseren. Dabei sagte er:

»Denkt im Namen dieser Federn immer daran, daß ihr gelobt habt, jetzt und für alle künftigen Generationen, immer auf den Vogel des Morgens zu schauen, der allein den Sorgenvogel von eurem Stamm fernhalten kann.«

Und während er sprach, ging hinter den Hügeln die Sonne auf und überflutete das Lager unterhalb der Sichel aus Felsen mit ihrem Licht, und die Fackeln verblaßten vor der Helligkeit des Morgens.

Dann sagte er: »Da ihr das Lied der Federn gehört habt, soll euer Totemtier eines mit Flügeln sein.«

Dann warteten wir alle schweigend und erwartungsvoll, in dem Wissen, daß der erste Vogel, den wir nun sahen, das Totemtier unseres Stammes für die künftigen Generationen sein würde.

Kein Vogelruf durchbrach die Stille. Ich sah, wie zwei Älteste Blicke tauschten, und wußte, daß sie es als unheilvolles Omen betrachten würden, wenn sich kein Vogel zeigte. Raki und ich sahen den Reiher als erste – zwei Reiher, die sehr tief über das Lager hinweg zum Fluß flogen. Die Erleichterung der Menge war spürbar wie ein Windhauch.

»Raki und Piyanah, ich, Na-ka-chek, erkläre im Namen meines Totems, daß ihr von nun an bis zu dem Tag, da ihr für immer den Fluß überschreitet, Häuptling des Reiher-Stammes sein sollt. Was ich euch gab, sollt ihr an euer Volk weitergeben. Und sie sollen euch das geben, was sie mir gaben. Eure Ehre soll ihre Ehre sein, eure Tapferkeit soll ihre Tapferkeit sein, so wie ihre Federn euren Kopfschmuck zieren und ihre Liebe in euren Herzen wohnen soll.«

Raki und ich wußten, daß die innige Einheit, die wir beide erreicht hatten, den anderen, ausgenommen vielleicht Gorgi und Cheka, in dieser Form noch nicht zugänglich war. Wir hatten zu beiden Seiten des Wassers in unserem Namen gesprochen und eine Brücke zwischen der Erde und den Sternen gebaut, während jene, die mit uns aufbrachen, erst noch lernen mußten, eine Brücke über die trennenden Schluchten hier auf der Erde zu bauen. Daher ließen wir die Mitglieder unseres Stammes ihr Ehegelübde einstweilen nur im eigenen Namen und noch nicht im Namen künftiger Generationen ablegen.

Als erste kamen Rokeena und Tekeeni an die Reihe: sie aufrecht und von stiller Heiterkeit, so ganz anders als das verkrüppelte Mädchen, das einst in den Squaw-Tipis Zielscheibe des Spotts gewesen war; er eine Handbreit größer als sie, mit ernstem Mund – dahinter verbarg sich die Lücke des »Freundschafts-Zahnes«, den Raki noch immer an seiner Halskette trug. Die Gegenstände auf den hölzernen Tabletts waren auf unseren Wunsch bereitgelegt worden, weil wir wußten, daß sie durch ihre Symbolkraft das Ritual unterstützen würden, das wir durchführen wollten. Es war ein Ritual, das unsere Herzen uns eingegeben hatten und das uns doch wohlvertraut war, weil wir während der vergangenen zwei Jahre viele Male in Gedanken nach den richtigen Worten gesucht hatten. Auf dem ersten Tablett lagen zwei Mokassins, einer für den Mann und einer für die Frau. Darauf war mit weißen und roten Perlen unser neues Stammeszeichen gestickt, zwei ineinander verschlungene Dreiecke. Daneben lagen zusammengebunden ein Männer- und ein Frauenstirnband.

Dann sagten Raki und ich, mit einer Stimme sprechend: »Wenn wir euch eure Mokassins geben, auf welche Reise sollen sie euch führen?«

Rokeena und Tekeeni antworteten: »Zueinander, zu unseren Freunden, zur Sonne.«

Und wir fragten sie: »Wovon sollen sie euch wegführen?«

Sie antworteten: »Von dem Sorgenvogel, vom Herrn der Aaskrähe, von der Einsamkeit.«

Wir reichten ihnen die Mokassins, und sie zogen sie an. Dann knieten sie nieder und gaben uns die Mokassins zurück, damit wir sie wieder auf den weißen Stein legten.

Dann nahmen wir die Stirnbänder und sagten: »Was bedeuten sie für euch?«

»Sie erinnern uns daran, nie zu vergessen, daß uns der Name unseres Gefährten auf der Stirn geschrieben steht, tiefer als ein Brandmal, deutlicher als ein Stammeszeichen.«

Wir fragten sie: »Warum sind diese beiden Bänder zusammengebunden?«

Und sie antworteten: »Weil sie vereint über eine Stärke verfügen, die nie gebrochen werden kann, jedoch getrennt voneinander auf ihre eigene Substanz begrenzt sind.«

Dann nahmen wir von dem zweiten Tablett einen Maiskolben und einen Pemmikanstreifen und fragten: »Welches Rätsel ist in diesen Dingen verborgen, für das ihr selbst die Lösung wißt?«

Rokeena sagte: »Mais ist die Weisheit der Zukunft. Er gedeiht, wenn die Liebe die Furchen durch den Ackerboden zog.«

Und Tekeeni sagte: »Pemmikan ist die Erinnerung an die Vergangenheit, in der wir heute stark sind und die uns in Zeiten des Vergessens neue Kraft geben kann; so wie wir auch in der Zeit, ehe die klare Erinnerung an die Damals-Leute zurückkehrte, am Leben erhalten wurden.«

Vom dritten Tablett nahm ich Zündspäne und Salz, und wir sagten:

»Wie lautet das Wort des Feuers, und was ist die Stimme des Salzes?«

Rokeena und Tekeeni antworteten gemeinsam: »Das Feuer ist die Erinnerung und die Hoffnung. Es begleitet uns sogar durch eisige Kälte und tiefe Dunkelheit. Das Salz ist die Stimme der Großen Jäger. Es erinnert uns im Namen der Liebe an alles Gute und Schöne. Indem wir es essen, erkennen wir an, daß wir den Kiefernzapfen ebenso wie den Herrn der Bäume, die Felsen ebenso wie die Großen Jäger unsere Ahnen nennen dürfen.«

Wie Na-ka-chek es bei uns getan hatte, nahmen wir dann ihr rechtes und sein linkes Handgelenk und ritzten ihre Haut mit dem Messer ein und banden ihre Hände zusammen, so daß ihr Blut sich vereinte.

Dieses Ritual führten wir bei Gorgi und Cheka durch und bei allen siebzig, die mit uns kommen wollten.

Hätte ein Fremder von den Klippen auf das Lager heruntergeschaut, so hätte er zwischen unserem Fest und den Festmählern, die die anderen Rothäute der dreißig Stämme zu feiern pflegten, vermutlich kaum einen Unterschied gefunden. Junge Hirsche wurden über glühender Asche gebraten, und appetitanregende Düfte stiegen aus zwanzig Kochtöpfen auf. Teller mit gesalzenem Fisch wurden von Hand zu Hand weitergereicht, und in Ziegenbutter und Honig gebackene Kuchen stapelten sich auf Schalen aus rotem und gelbem Ton.

Wäre der Fremde aber den steilen Pfad herabgestiegen, hätte er gewiß geglaubt, von den Baumgeistern verhext worden zu sein oder zu viel Honigwein getrunken zu haben. Denn dann hätte er Männer und Frauen zusammen essen, reden und singen sehen, in trauter Gleichheit. Und er hätte zwei Häuptlinge gesehen, einen Mann und eine Frau, die Seite an Seite auf einer weißen Decke saßen, gewebt aus der Wolle von Bergziegen, die die Frau im Winter im Hochgebirge selbst erlegt hatte. Und selbst wenn der Fremde die Mokassins der Frau betrachtet hätte, wäre ihm immer noch verborgen geblieben, daß es ein Mann gewesen war, der sie mit Perlen bestickt hatte – ein Mann, dessen Hände die Fertigkeiten des Jägers und der Squaw, des Kriegers und der Frau gleichermaßen geschickt beherrschten.

Wenn der Fremde sich im Schatten einer Kiefer verborgen hätte, um ungestört beobachten zu können, hätte er gesehen, daß das Fest bis zum Sonnenuntergang dauerte. Er hätte einen alten Mann, der seinem Kopfschmuck nach ebenfalls Häuptling war, in das Große Tipi gehen sehen. Und er hätte die Ältesten zum Tipi der Ältesten gehen, und die Alten Frauen und die Kinder, viele Tapfere und Squaws ihren Unterkünften zustreben sehen, wie es Sitte war.

Doch er hätte auch beobachten können, wie der Mann und die Frau, die beide einen Gefiederten Kopfschmuck trugen, und mit ihnen dreiundsiebzig weitere Männer und Frauen am Wachfeuer sitzenblieben, auf das neue Äste geworfen wurden, so daß es vor der untergehenden Sonne mächtig aufloderte. Und als die Schatten sich herabsenkten, von denen die Erde bis zur Rückkehr der Sonne bewacht wurde, hätte er gesehen, wie diese Männer und Frauen, paarweise, Hand in Hand davongingen, um im Wald ihres Sonnenaufgangs miteinander allein zu sein.

Der Mond
der Vereinigung

Es war, als hätte ich von unserer Kindheit geträumt, als wir jede Nacht zusammen geborgen und nackt unter unserer Decke aus Biberfell geschlafen hatten. Aber es war kein Traum, ich war wach.

Raki bewegte sich, zog mich näher an sich und flüsterte: »Laß mich nicht aufwachen.«

»Wach ruhig auf, Raki, denn dieser Traum geht auch am Morgen weiter.«

Offenbar konnte er es erst wirklich glauben, als wir gemeinsam

vor unserem Tipi standen und sahen, wie die Sonne unserer Zukunft das Tal in warmes Licht tauchte. Rakis Körper hob sich
stattlich und prachtvoll wie eine mächtige Flamme gegen den roten Himmel ab, während die Bäume aus dem Nebel aufragten, als
seien sie von den Großen Jägern geschickt worden, um uns Gesellschaft zu leisten.

»Einen Mond lang brauchen wir nicht an Gestern und Morgen
zu denken. Wohin sollen wir gehen, um diese Zeit miteinander zu
teilen?«

»Zu den Orten, von denen wir dachten, wir würden sie erst auf
der anderen Seite des Wassers wiedersehen.«

»Wohin zuerst, Piyanah? Zu dem Birkenwäldchen oder in
unser kleines Tal?«

»Zum Birkenwäldchen, denn dort bedrängte uns die Trennung
von allen Seiten. Es war wie eine Flußinsel bei Hochwasser: Jeden
Tag sahen wir sie kleiner und kleiner werden und wußten, daß die
Strömung uns schon bald voneinander forttragen würde.«

»Ist es denn notwendig, daß wir uns an diese sorgenvolle Zeit
erinnern?«

»Möchtest du denn die Freude vergessen, die wir damals empfanden, Raki? Wenn du ein paar Perlen von deinen Mokassins
verlierst, würdest du die Schuhe dann wegwerfen, obwohl sie sich
leicht ausbessern lassen? Die Mokassins unserer Erinnerung werden uns immer zu Jugend, Freude und Hoffnung zurückführen.
Wir müssen sie nur anziehen, dann können wir auch noch, wenn
wir alte, stolze Federnträger sind, mit der Stimme der jungen
Liebe zu jenen sprechen, die sich wie wir von einem dürren, un-
fruchtbaren Pfad abgewandt haben, um einen neuen Stern zu finden in einem Himmel, der zuvor kalt und leer gewirkt hatte.

Jetzt sehen wir diesen Stern hell leuchten wie eine brennende
Fackel, aber wie könnten wir je die Zeit vergessen, als es kalt wie
in jenen Schneestürmen war, in denen ein Jäger aus Not zum Un-
menschen zu werden droht?

Wir haben gelernt, daß die Weisheit der Großen Jäger zu allen
Zeiten gegenwärtig ist, denn die Federn des Vogels der Zeit kön-
nen einen Menschen zu allen Tagen seiner Jugend und seines
Alters tragen, die er erlebte, seit der erste Rotholzbaum in den
Himmel wuchs. Weißt du noch, Raki, wie wir damals, als wir
Kinder waren, unerfreuliche Gedanken zu vergraben pflegten und
die Stelle dann mit einem weißen Stein markierten, als Warnung,

sie nie wieder auszugraben? Ein weiterer weißer Stein soll die Perle sein, mit der wir diese Mokassins unseres Glücks vollenden, so daß wir sie tragen können, ohne unsere Erinnerungen zu fürchten.«

»Was sollen wir vergraben?«

»Den Schmerz der Trennung. Gemeinsam werden wir unter den Birken ein Grab ausheben, und wir, die wir lebendig sind, werden Hand in Hand davongehen und dieses Grab zurücklassen und lachen – wie wir schon so oft gemeinsam gelacht haben müssen, wenn die Körper unserer Generationen zur freundlichen Erde zurückkehrten.«

Als wir den Pfad zum Fluß hinuntergingen, sang eine Goldamsel in einer Rottanne, und wir blieben stehen, um ihr zu lauschen.

»Das muß die Große Goldamsel sein«, sagte Raki, »denn kein normaler Vogel könnte so klar und deutlich verkünden: ›Raki und Piyanah sind glücklich.‹«

»Und das da muß das Große Streifenhörnchen sein, das davoneilt, um alle Geschöpfe des Waldes aufzufordern, sich mit uns, die wir in ihre Geheimnisse eingeweiht sind, zu freuen.«

»Sogar die Herren der Bäume sind mit uns verbunden, Piyanah.« Er nahm meine Hand und legte sie auf die Rinde eines Kastanienbaumes. »Die Bäume sind warm vor Leben. Gestern waren sie genauso lebendig, nur konnten wir an diesem Leben nicht teilhaben, aber heute sind sie ein Teil von uns.«

»Und ebenso das Gras ... sogar die Felsen sind lebendig.«

Er lächelte: »Könnte es sein, daß wir im Schlaf gestorben sind und uns bereits auf der anderen Seite des Wassers befinden?«

»Vielleicht ist Totsein und wirkliches Lebendigsein ein und dasselbe. Gestern waren wir zwei Menschen, doch jetzt, zusammen, sind wir ein Kind der Großen Jäger. Weil wir dieses Kind sind, können unsere Augen das Leben in den Bäumen sehen, können unsere Ohren das Lachen des Westwinds hören, und wissen unsere Herzen, daß der Fluß singt: ›Liebt das Leben, und lebt durch die Liebe.‹ Ja, Raki, das ist es, was mit uns geschehen ist: Wir lieben wirklich das Leben ... erst jetzt ist uns bewußt geworden, daß man das Leben lieben muß, um es verstehen zu können. Wir haben es immer für etwas Selbstverständliches gehalten, das keiner besonderen Aufmerksamkeit bedarf; oder es war etwas, das ertragen werden mußte, wie eine Mutprobe; oder etwas, das sich ständig veränderte und dem viele Namen gegeben wurden ...

Geburt, Kindheit, Alter. Es existierte immer im Hintergrund, war nie ein Teil von uns – ein ferner Berg, dem wir nie Beachtung schenkten, weil er zu weit weg war, um ihn zu besteigen. Nie zuvor habe ich das Leben als etwas betrachtet, das man im eigenen Herzen fühlen kann, warm und stark wie Sonnenlicht. Nie zuvor ist mir klargeworden, daß man das Leben lieben kann und daß es uns, weil wir es lieben, niemals im Stich läßt.«

»Darum ist heute alles so anders, Piyanah. Ich habe immer geglaubt, wenn wir über die kleine Erde, die wir bislang kannten, hinaussehen könnten, würden wir furchtbar ernst und alt vor lauter Weisheit werden. Aber die Liebe besitzt eine Einfachheit, die ich erst jetzt richtig begreife. Wir beide haben uns wegen der Gesetze, die wir für unseren Stamm aufstellen müssen, den Kopf zerbrochen, aber nun wissen wir, daß es genügt, wenn wir sie einfach lehren, das Leben zu lieben. Damit sie das können, müssen sie sich selbst und die anderen lieben. Dann lernen auch sie die große Einfachheit kennen: Liebe suchen, in Liebe handeln, Liebe leben.«

»Dann haben wir sie wirklich aus der Trennung nach Hause in die Einheit geführt. Sie werden niemals Männer sein müssen, die vorgeben, Frauen zu sein, oder Frauen, die sich als Männer verkleiden. Sie werden erkennen, so wie wir beide, daß jeder Mensch zugleich Mann und Frau ist, und daß aus der Ehe zwischen Mann und Frau die Fackelträger hervorgehen, für die die Großen Jäger nicht länger hinter dem Nebel aus Geburt und Tod verborgen sind.«

Bei Sonnenuntergang kamen wir zu dem Wäldchen aus weißen Birken, und das sanfte Grün des Abends überflutete den Horizont und löschte die noch hellgelb lodernden Flammen des Tageslichts. Die Luft war sehr still und die jungen Knospen ruhig, als lauschten sie erwartungsvoll auf unsere Rückkehr. Dichtes Moos wuchs hier unter den Bäumen, und wir bewegten uns lautlos wie Schatten.

Es schien mir, als würde ich gleich Raki und Piyanah nebeneinander am Bachufer liegen sehen. Wir waren gekommen, um ihnen zu sagen, daß sie nun in Frieden schlafen konnten, ohne Träume der Trennung zu fürchten. Ein Nachtvogel schrie; sein Ruf war klar und frisch wie Quellwasser.

»Ich dachte, ich könnte sie dort liegen sehen«, sagte Raki, und ich antwortete: »Ja, so ging es mir auch.«

Er nahm mich in die Arme. »Sie werden zu uns zurückkommen, Piyanah. Unser Leben ist ein Feuer, das sie aus den Schatten herbeirufen wird. Ohne sie wären wir nicht vollständig; sie haben hier darauf gewartet, daß wir zurückkehren.«

»Als wir allein leben mußten, waren es dieser Raki und diese Piyanah, die dafür sorgten, daß unser Feuer nicht erlosch. Sie waren viel wirklicher als der Krieger und die Squaw, viel wirklicher sogar als die beiden Menschen, die gestern den ewigen Eid schworen.«

Es war uns, als ob die beiden Schlafenden sich regten, langsam aufstanden und zu *uns* kamen, die wir dort auf sie warteten. Für einen Moment konnte ich das Mädchen deutlich sehen und empfand Mitleid mit ihr, als ich die Furcht in ihren Augen sah. Ich wußte, Raki konnte den Jungen sehen, der dort stand und zu lächeln versuchte, obwohl die Klauen der Trennung grausamer als ein Berglöwe an ihm rissen.

»Wir sind zurückgekehrt«, sagte ich, und hörte Rakis Stimme als mein Echo: »Wir sind zurückgekehrt.«

Wir streckten den schattenhaften Gestalten unsere Arme entgegen. Dann waren Raki und ich zusammen – allein unter den weißen Birken.

Wie damals blieben wir drei Tage in dem Birkenwäldchen; doch diesmal gingen wir in Frieden und machten uns auf den Weg zu unserem kleinen Tal. Seit Tagesanbruch waren wir in nordwestlicher Richtung durch den Wald gewandert und überquerten gerade einen schmalen Wildwechsel, als Raki stehenblieb und sagte:

»Piyanah, erinnerst du dich an diesen Baum da neben dem Felsen – den, in den der Blitz eingeschlagen hatte?« Dann rannte er zu der Stelle und entfernte ein Stück Flechte, unter dem eine tief in den Stamm geritzte Messerkerbe zum Vorschein kam. Bei diesem Anblick konnte ich fast wieder spüren, wie ich mir damals, vor so langer Zeit, an einem scharfen Stein die Hand aufgeschrammt hatte, als ich in der Nacht unserer Flucht Raki geholfen hatte, die Bündel auszugraben, die er dort versteckt hatte.

»Maissaat und Pemmikan, weißt du noch, Piyanah?«

»Ja, Raki! Und das Tomahawk, das wir mitbrachten, um Zweige für unseren Unterschlupf abzuschneiden, und die Fischhaken ... Oh, Raki! – ich habe alles wieder lebhaft vor Augen, und diesmal ist keine Furcht im Spiel, die es uns verderben kann.«

»Weißt du noch, wie du hofftest, wir könnten den Fluß auf dem Eis überqueren? Jetzt können wir an der Furt hinübergehen.«

»Nein, Raki – laß uns wieder den Weg bei den Stromschnellen nehmen. Heute wird uns die Felswand nicht mehr schwierig erscheinen.«

»Sollen wir über uns selbst lachen, wenn wir uns erinnern, was für tapfere Kinder wir waren?«

»Wir werden *mit* uns lachen, das echte Lachen, das wir gemeinsam finden.«

Bald darauf standen wir oben am Rand der Felswand und blickten hinunter auf das schäumende Wasser. Weil meine Hände diesmal nicht kalt vor Angst waren, fiel es mir leicht, mich über die Felsvorsprünge hinabzuschwingen. Dann sprangen wir, gebadet in tosendes Rauschen, Spritzwasser und Sonnenlicht, von Stein zu Stein über den Fluß – uns vergnügte Worte zurufend, obwohl wir wußten, daß der Klang unserer Stimmen vom Donnern der Stromschnellen fortgerissen wurde wie dünne Zweige. Aber es tat gut, in das Lied des Wassers einzustimmen; wir waren Teil seiner Kraft und seines ungestümen Vorwärtsdrängens, denn auch wir spürten die große Freiheit nach dem Schmelzen des Eises.

Wir waren nicht ganz sicher, ob wir im sandigen Bachbett die Stelle wiedergefunden hatten, wo wir die erste Nacht unseres Abenteuers verbracht hatten, aber wie damals gruben wir mit unseren Händen ein Loch, um uns vor dem Nordwind zu schützen, der mit dem Abend aufkam. Gleichsam als ein Echo unserer ersten Reise beschlossen wir, kein Feuer anzuzünden – aber diesmal hatten wir eine Decke aus Biberfell, um darin zu schlafen, eine Decke, in der ich in Rakis Armen liegen und die Sterne betrachten konnte.

»Soviel Zeit haben wir damit verbracht, unsere Körper zum Gehorsam zu erziehen«, sagte ich schläfrig, »und doch sind sie nun, wo wir sie tun lassen, was ihnen am besten gefällt, sehr nachsichtige Herrscher!«

Raki kicherte. »Ich habe nicht das Gefühl, ich hätte mich meinem Körper unterworfen. Wenn ich auf einen Berg gestiegen wäre, der den Himmel berührt, könnte ich mich nicht erhobener und begeisterter fühlen!«

»Ich fühle mich noch besser! Ich fühle mich, als wäre ich zum Gipfel des Berges geflogen und bräuchte nie wieder zu klettern!«

Am Mittag des folgenden Tages erreichten wir den Paß. Hier lag stellenweise noch Schnee, und wo er in der Frühlingssonne schmolz, mußten wir durch knöcheltiefen Schlamm waten, bis wir schließlich zu der Stelle kamen, von wo aus man einen weiten Blick hinunter in das »unbekannte Land« hatte. In der Ferne konnten wir unseren See der Wildenten blau unter einem klaren Himmel schimmern sehen, doch unser Tal lag immer noch hinter einem Hügelkamm verborgen.

Raki lächelte zu mir herunter. »Kein schwarzer Rauch, Piyanah.«

»Ich bin froh, daß wir damals den Rauch sahen, Raki. Bis jetzt war ich mir nie sicher, ob ich, wenn wir noch einmal in der gleichen Situation wie damals wären, versuchen würde, dich von dem Stamm fernzuhalten. Unser Tal gehört uns heute mehr als jemals zuvor, weil wir uns selbst die Freiheit erkämpft haben, hierher zurückzukehren – nicht nur weil wir jetzt Häuptling sind, sondern weil unsere Liebe allen Prüfungen standhielt und sich als viel stärker erwies, als wir selbst ahnten. Hätten die Großen Jäger damals meine Gebete erhört, daß es mir gelingen möge, mich mit dir vor dem Schwarzen Rauch zu verstecken, hätte es immer eine Barriere zwischen uns gegeben. Wenn wir uns verstecken mußten, warst du nie wirklich glücklich. Es hätte dich unglücklich gemacht, wenn ich dich dadurch, daß ich gesagt hätte, ich würde ohne dich sterben, zum Bleiben überredet hätte – ich habe immer gedacht, ich würde sterben, wenn wir voneinander getrennt würden, Raki; wußtest du das?«

»Ja, das dachte ich auch und hoffte, es würde bei uns beiden rasch gehen.«

»Es hätte uns unsere Zukunft verdorben, wenn ich dich damals zum Bleiben überredet hätte; oder wenn du mich zu den Squaws geschickt hättest, während du ein Krieger wurdest. Das, was mit uns in den vergangenen fünf Tagen geschah, ist besser als eine Wiedergeburt. Wir wissen nun, daß, wenn wir einem von den Damals-Leuten begegneten, er uns als zu seinem Volk gehörig erkennen würde. Denn ich kenne meine beiden Hälften genau wie die deinen, und umgekehrt ist es bei dir ebenso. Wir haben alles, was wir wissen, als Mann *und* als Frau gelernt: Was wir an Mut, Schnelligkeit oder Ausdauer besitzen ist bei uns beiden männlich und weiblich, statt nur jeweils zu einem Geschlecht zu gehören.«

Er lächelte. »Wir wissen beide, wie man einem Ziesel das Fell abzieht oder einem Feind seinen Skalp. Und wenn du mir nicht versichert hättest, daß du diese Mokassins gemacht hast, hätte ich nie geglaubt, daß du so schöne Perlenmuster sticken kannst wie ich!«

»Laß uns ein Wettrennen zu dem Felsen veranstalten, von wo wir uns immer den Sonnenuntergang angeschaut haben, dann werden wir sehen, wer von uns die schnelleren Mokassins trägt.«

Wie junge Hirsche sprangen wir über die Hänge bergab; vorbei an spitzen Steinbrocken, durch flache Schneeverwehungen, über schmale Felssimse, die unter unseren Füßen nachgaben, so daß Steine den Abhang hinunterrollten. Als ich die Bergwiese erreichte, an deren Ende der Ausguckfelsen auf uns wartete, hatte Raki mich fast eingeholt. Ich schaffte es rechtzeitig genug bis dorthin, um mich umzudrehen, die Arme auf den glatten Stein gestützt, atemlos, lachend – und noch atemloser, als Raki dicht an meiner Seite stand.

So oft hatte ich an das Tal gedacht, es vor mir gesehen, wie wir es damals zurückgelassen hatten: Die Fischfalle über dem zweiten Wasserfall, die Kiefernäste, unter denen wir unseren Essensvorrat für den Winter vergraben hatten, das hinter der Hütte aufgestapelte Feuerholz; die entkörnten Maiskolben, die ich neben dem als Mahlschüssel benutzten Stein auf den Boden geworfen und dabei gesagt hatte: »Ich will, daß auf der anderen Seite des Wassers alles so wie jetzt ist, Raki, alles so wie jetzt, bis ich mich daran gewöhnt habe, tot zu sein.«

Nur die Zwillingskiefer war dieselbe. Ein kleiner, von Brombeergestrüpp überwucherter Hügel an ihrem Fuß schien alles zu sein, was von unserem Holzstapel, der Hütte und den Wintervorräten übrig war. Die Fischfalle war schon lange weggespült worden, und der Damm, mit dem wir den Teich aufgestaut hatten, in dem ich damals den Wasserkrug füllte, hatte dem Druck des Schmelzwassers nicht standgehalten.

»Sieh mal, Piyanah!« Raki deutete auf die Stelle, wo wir unseren ersten Mais gepflanzt hatten. Trockene, umgeknickte Halme standen dort. »Es war wirklich ein ›Ort, wo der Mais wächst‹«, sagte er leise. »Die Kolben, die wir zum Trocknen an unseren Dachpfosten hängten, sind offenbar vom Wind verstreut worden, und der Boden, den wir für die Maissaat vorbereiteten, war freundlich zu ihnen. Jahr für Jahr müssen sie sich selbst ausgesät haben, denn diese Halme dort stammen aus dem letzten Herbst.«

»Aber die Hütte ist verschwunden, und alles andere auch«, sagte ich, mich für einen Augenblick enttäuscht und unglücklich fühlend.

»Die Hütte war totes, vom Baum geschnittenes Holz. Und warum hätte sich der Bach von den Steinen, die wir aufgeschichtet haben, zähmen lassen sollen, wo wir doch nicht mehr hier waren, um ihm für seine Freundlichkeit zu danken? Aber Mais ist so stark wie ein Stamm Rothäute; wir brachten ihn her, und er hat sich vermehrt und ist gut gediehen. Unser Stamm wird ebenso sein, Piyanah. Zunächst wird er nur aus einer Handvoll Mais bestehen, vielleicht fünfzig oder hundert Körner. Wir werden sie zu einem neuen Tal bringen, wo der Boden noch nie bearbeitet wurde. Und wenn es für uns Zeit ist, auf die andere Seite des Wassers zu gehen, können wir sie beruhigt zurücklassen, denn sie sind die Saat künftiger Generationen, die glücklicher sein werden, weil wir gelebt haben.«

»Raki, ich glaube, du hast gerade die Frage gefunden, die alle Männer und Frauen beantworten müssen, bevor die Großen Jäger ihnen Aufnahme im Land jenseits des Sonnenuntergangs gewähren – ›Wieviele Menschen habe ich durch mein Leben *glücklicher* gemacht?‹ «

DIE BITTEREN BERGE

Im Morgengrauen brachten wir dem Totem der Zwei Bäume unsere letzte Opfergabe aus Korn, Fleisch und Pfeilen dar. Von nun an würden wir uns nicht länger durch vertrautes Gebiet bewegen, denn nur der Morgen und der Abend würden die Grenzen sein, zwischen denen wir reisten.

Zu Beginn unserer Reise würden wir mit Kanus flußaufwärts fahren, ehe wir uns nach Süden wandten, um auf dem Paß, von dem Hajan uns berichtet hatte, das Gebirge zu überqueren. Der Stamm hatte sich versammelt, um unserem Aufbruch beizuwoh-

nen. Die Alten Frauen verhielten sich abweisend. Man spürte
deutlich, daß sie es kaum erwarten konnten, uns rachsüchtige
Verwünschungen nachzuschicken, die sie in Gegenwart meines
Vaters nicht zu äußern wagten. Die jungen Männer bedauerten,
daß sie nicht mit uns kommen konnten; die Squaws waren voller
Verachtung und doch zugleich neidisch; die Halb-Brüder und die
Nacktstirnen wirkten bekümmert, weil ausgerechnet die fort-
gingen, von denen sie als Freunde behandelt worden waren.

Es fiel mir schwer, Na-ka-chek Lebewohl zu sagen und mich
dabei so unbewegt zu geben, wie er es von mir erwartete. Ich
wußte, daß ihm zum Weinen zumute war, weil er uns vielleicht nie
wiedersehen würde, und doch wußte ich auch, daß er sich freute,
weil mit unserem Aufbruch sein Versprechen erfüllt war. Ich hatte
Narrok angefleht, mitzukommen, weil ich wußte, daß er ohne
mich einsam sein würde, aber er hatte gesagt: »Durch deine
Augen, Piyanah, habe ich eine Schönheit gesehen, von der ich
schon glaubte, ich hätte sie für immer verloren. Als ich blind und
verzweifelt war, schenkte dein Vater mir neue Hoffnung; jetzt
werde ich bei ihm bleiben, um ihn zu trösten.«

Raki und ich knieten im Bug des vordersten Kanus. An der
Biegung des Flusses ließen wir die Paddel einen Moment reglos
durchs Wasser gleiten, um einen letzten Blick zurück zu dem Ort
zu werfen, der für so lange Zeit unser Zuhause gewesen war. Über
den kahlen Bäumen ragten die scharfen Umrisse des Ausguck-
felsens in den Himmel; dort oben stand der Häuptling und sah zu,
wie wir von ihm gingen und unserer Zukunft entgegenreisten. Ich
sah ihn durch einen Tränenschleier. Ich hatte Angst, weil ich ihn
verließ, ich fühlte mich einsam, weil ich ihn verließ. Doch wie
konnte ich mich einsam fühlen, wo doch Raki bei mir war? Und
wie konnte ein zweifacher Häuptling sich davor fürchten, in unbekanntes Land vorzudringen?

»Mutter, sorge bitte dafür, daß er nicht einsam ist! Mutter,
bleibe bei ihm, ganz nah, so daß er immer spürt, daß du da bist,
auch tagsüber.«

Ich sah, wie Raki sein Paddel wieder in beide Hände nahm,
und beugte mich über meines. Langsam schoben sich die wald-
bedeckten Hügel zwischen uns und Na-ka-chek. Die Stille des
frühen Morgens wurde nicht nur vom Gesang der Vögel und den
Paddelstößen von siebzehn Kanus durchbrochen; es schien uns,
als hörten wir den Herzschlag des Waldes selbst. Dann änderte

sich der Rhythmus: Aus einem Klagelied wurde ein Siegesgesang, der die sonnenhelle Luft erfüllte.

Wir paßten unsere Paddelstöße dem Rhythmus der Trommel an, und dieser Rhythmus befreite uns von aller Traurigkeit. Hohe Berge und hoffnungsvolle Blicke in die Ferne waren in diesen Trommelklängen; Lachen und neue Horizonte; Freundschaft, die über alle Abschiede hinweg bestehen bleibt.

»Darum war Narrok nicht da, um sich von uns zu verabschieden«, sagte Raki.

»*Das* ist sein Abschiedsgruß«, sagte ich. »Er versichert uns, daß er uns im Geist durch alle künftigen Abenteuer begleitet. Er sagt, daß wir in Zeiten der Gefahr seine Trommel hören werden.«

Der Rhythmus war wie ein Pulsschlag in meinem Kopf, selbst noch, als wir schon so weit flußaufwärts gefahren waren, daß meine Ohren ihn nicht mehr hören konnten.

Elf Tage reisten wir auf dem Fluß; friedliche, heitere Tage, an denen wir unsere Kochfeuer vor Sonnenuntergang anzündeten und durchschliefen bis zum Morgengrauen. Ich weiß nicht, wie schwer es den anderen fiel, die Kanus zurückzulassen; für mich stellten sie die letzte Verbindung zu unserem bisherigen Leben dar. Der Fluß war derselbe Fluß, in dem wir seit unserer Kindheit gebadet und gefischt hatten, aber das Land, in das wir nun vordrangen, hatte keinerlei Verbindung zu uns. Wir zogen die Kanus auf das Ufer und breiteten Kiefernzweige als Schutz über sie. Um anzuzeigen, daß wir sie aufgegeben hatten und daß sie von jedem, der sie benötigte, benutzt werden konnten, banden wir an jeden Bug drei gebrochene Federn.

Die nächsten acht Tage führten uns durch rauhes, ödes Land – kahle Hügelkuppen, dazwischen dichte Nadelwälder, in deren Schatten noch winterliche Schneereste lagen. Obgleich es nur wenig Wild gab, gelang es uns doch, mehrere Hirsche zu erlegen, so daß wir die mitgebrachten Getreide- und Pemmikanvorräte schonen konnten.

Am neunzehnten Tag kamen die Bitteren Berge in Sicht. Sie waren viel höher als jene, die das Tal der Zwei Bäume beschützen, und selbst auf den niedrigeren Hängen lag noch reichlich Schnee. Ich wollte den Vorschlag machen, am Fuß der Berge so lange zu lagern, bis sich das Wetter besserte. Doch weil Raki und die anderen so erpicht darauf waren, weiterzuziehen, behielt ich meine Bedenken für mich. Hajan sagte, wir würden fünf Tage für die

Überquerung des Passes brauchen, daher warteten wir, bis wir dafür genügend frisches Fleisch als Proviant beschafft hatten. Wir räucherten es über Tannenzweigen, verarbeiteten es aber nicht zu Pemmikan.

Warum sollten Rothäute sich vor der Kälte fürchten? Hatte nicht jeder von uns zwei Hemden, eines davon pelzgefüttert; und eine Decke, und Mokassins aus doppeltem Leder? Warum sollte ich an der Ausdauer der Frauen zweifeln, wo sie sich doch bislang den Männer in allem ebenbürtig gezeigt hatten?

In der Nacht, bevor wir den Aufstieg begannen, ging ich aus dem freundlichen Kreis der Feuer ein Stück hinaus in die Dunkelheit und fühlte den Schnee unter meinen Füßen knirschen. Hinter mir hörte ich die Leute unseres Stammes sich fröhlich unterhalten. Vor mir ragten zerklüftete Berggipfel auf, die sich schwarz gegen das Licht des aufgehenden Mondes abhoben. Ich sprach laut mit mir selbst, um den nur schwach glimmenden Funken meines Mutes zu einer hellen Flamme zu entfachen.

»Piyanah, sieh nicht nur die bedrohlichen Gipfel. Schaue über sie hinaus zu den freundlichen Tälern, die dahinter auf uns warten. Denke an die Obstbäume, Piyanah, den warmen Fluß und die saftigen Wiesen, auf denen deine Kinder spielen werden. Führe dein Volk über die Berge, Piyanah, damit dein Sohn in einem Land leben kann, wo sogar der Winter mild und angenehm ist. Piyanah, laß Raki nicht merken, daß du dich fürchtest, auch Dorrok nicht, oder jemanden von den anderen. Du warst es, die als erste nach Süden gehen wollte. Wenn sie merken, daß du dich fürchtest, werden sie an deinem Urteilsvermögen zu zweifeln beginnen. Wenn erst der Schnee weggetaut ist, werden die Berge noch düsterer und höher wirken als jetzt. Du hast bereits durchgesetzt, daß sie so lange warteten, bis genug Fleisch geräuchert war. Jetzt gibt es keine Entschuldigung mehr, noch länger zu zögern, Piyanah. Raki ist bereit zum Aufbruch. Willst du für ihn zur Last werden, statt seine Gefährtin zu sein?«

Am nächsten Morgen sah ich hoch oben in der kalten, grauen Wölbung des Himmels einen Reiher, der nach Süden flog. Ich deutete es als Zeichen, daß unser Totem nahe bei uns war. Mein Glaube, der schwankend geworden war, festigte sich wieder. Die Berge waren nur ein weiteres Hindernis, das es zu überwinden galt – und hatten Raki und ich nicht schon viele Hindernisse, die unserem Glück im Weg standen, erfolgreich bezwungen?

Die ersten drei Tage des Aufstiegs durch die Vorberge verliefen so mühelos, daß ich froh war, niemandem von meinen Befürchtungen erzählt zu haben, nicht einmal Raki. Der Himmel leuchtete tiefblau, und der Wind wehte so sanft, daß er uns lediglich den Schweiß auf der Stirn ein wenig kühlte. Vor uns ragten zwei Gipfel auf, die aussahen wie der Fang eines riesigen Wolfs. Hajan sagte, der Paß führe zwischen ihnen hindurch. Unterhalb erwartete uns offenbar ein schwieriger Steilhang, aber Hajan versicherte immer wieder, er kenne die Route, über die sich dieser Hang bezwingen ließe.

In der dritten Nacht lagerten wir am Fuß der mächtig aufragenden Felswand. Wir befanden uns oberhalb der Baumgrenze, hatten aber gehofft, ein paar trockene Sträucher und Büsche zu finden, und daher kein Brennmaterial mitheraufgebracht. Aber wir entdeckten nichts, womit wir hätten Feuer machen können. Als den Frauen klarwurde, daß es kein Licht gab, um uns in der Dunkelheit zu beschützen, fingen sie an, ängstlich miteinander zu tuscheln. Raki wollte ein paar von unseren Pfeilen verbrennen, um ihre Furcht zu lindern, aber ich sagte ihm, daß wir damit nur ihren Aberglauben unterstützen würden.

»Alle Stämme glauben, daß es ein schlechtes Omen ist, auf einer Wanderung zu rasten, ohne dabei ein Feuer anzuzünden«, sagte Raki. »Die Häuptlinge glauben es, und die Ältesten; schon das kleine Feuer, das ich mit einem Köcher Pfeile entfachen könnte, würde sie trösten – und es ist so leicht, neue Pfeile herzustellen, Piyanah.«

Vielleicht, weil ich selbst nur zu gut verstand, was in den Squaws vorging, sagte ich scharf: »Wenn du sie in ihrem Aberglauben bestärkst, werde ich allein weitergehen, um ihnen zu beweisen, daß ihr Häuptling, der eine Frau ist, ihre Dummheit nicht so ohne weiteres toleriert wie ihr Häuptling, der ein Mann ist.«

Entschlossen marschierte ich in die Dunkelheit hinein, betend, daß Raki mir folgen würde, um mich zurückzurufen. Das Gebet wurde erhört.

»Da dir die Sache so wichtig ist, werde ich tun, was du wünschst, Piyanah.«

»Warum willst du überhaupt auf mich hören, wo doch dreißig andere Frauen darauf warten, von dir zufriedengestellt zu werden?«

»Bist du jetzt nicht ein wenig unvernünftig?«

Ich wußte, daß er recht hatte, entgegnete aber: »Ja, wenn es unvernünftig ist, daß ich versuche, die Bestimmung unserer Reise zu erfüllen. Du hast selbst gesagt, daß der Aberglaube eine Viper ist, die getötet werden muß, wann immer sie sich zeigt. Und jetzt nennst du mich unvernünftig, bloß weil ich mich weigere, diese Viper zu füttern!«

»Das Wachfeuer des Reisenden ist ein guter Brauch. Das Feuer verbindet ihn mit der Sonne – der Platz des Feuers ist sein Zuhause, selbst wenn er durch fremdes Land reist. Gönnst du ihnen wirklich diese kleine Sicherheit nicht, Piyanah?«

Am liebsten hätte ich ausgerufen: »Ich wünsche mir noch viel mehr als sie ein Feuer! Niemand von ihnen hat Menschen zurücklassen müssen, die er so sehr liebt, wie ich Na-ka-chek und Narrok. Ich wäre gerne wieder dort, wo alles vertraut für mich ist, wo uns sogar das Gras freundlich gesonnen ist. Ich glaube nicht, daß Hajan wirklich den Weg über den Paß kennt. Ich denke, er gibt damit nur an. Ich fürchte, daß wir unser Volk in eine Gefahr führen, die wir aus Stolz und Dummheit ignorieren.«

All das wollte ich Raki sagen, doch statt dessen gab ich mir Mühe, meine Stimme amüsiert und leicht verächtlich klingen zu lassen: »Na gut, sollen sie ihre Pfeile haben, Raki; ich hatte ganz vergessen, daß Kinder sich im Dunkeln fürchten.«

Er starrte mich verletzt und verwirrt an, dann drehte er sich um und ging zu dem kleinen ebenen Gelände, auf dem die anderen ihre Decken ausgebreitet hatten. Ich setzte mich mit dem Rücken gegen einen Felsen, mein Kinn auf den Knien. Wütend und mich elend fühlend, schaute ich zu, wie Rakis Zündspan Funken schlug und armselige Flämmchen an den Pfeilen hochkrochen, die ich für ihn gemacht hatte.

Der vierte Tag schleppte sich mühsam dahin. Siebenunddreißig Mal mußte jede Last mit Seilen zu einem neuen Felsvorsprung hinaufgezogen werden; denn der Fels war brüchig, und seine kleinen Haltegriffe für Hände und Füße hätten das Gewicht eines Menschen selbst dann schon nicht mehr getragen, wenn er nur mit einem Tomahawk oder einem Sack Mais beladen gewesen wäre. Es gab mehrere Punkte, an denen wir uns im Sitzen ausruhen konnten, allerdings mit über dem Abgrund baumelnden Beinen. Wir wagten nicht, kostbares Tageslicht zu vergeuden, und drängten deshalb jedesmal rasch wieder zum Aufbruch.

Bei Sonnenuntergang gelangten wir zu einer Felsterrasse, die so

breit war, daß wir alle darauf dichtgedrängt sitzen, uns aber nicht
hinlegen konnten. Wir seilten uns aneinander an, damit jemand,
der im Schlaf vornübersank, wieder zurück in Sicherheit gezogen
werden konnte. Es war sehr kalt, und meine Kiefermuskeln
schmerzten, weil ich krampfhaft versuchte, meine Zähne am
Klappern zu hindern: Die anderen sollten nicht denken, daß sie
möglicherweise nicht nur vor Kälte, sondern auch vor Angst klapperten – was vermutlich der Wahrheit entsprach, auch wenn ich
das nicht einmal mir selbst eingestanden hätte. Zwar teilte Raki
an jeden von uns einen Streifen Pemmikan aus, aber wir waren
alle zu müde, um zu essen.

Vor der Morgendämmerung kam Wind auf, beißend kalt wie
Schneewasser. Sehnsüchtig wartete ich auf das Tageslicht, damit
wir unseren weiteren Weg sehen konnten. Alles war besser, als
hier halb erfroren zu warten. Die Morgendämmerung zeigte uns
einen Himmel, dick und grau wie eine schmutzige Decke. Es
begann zu schneien, schwere, träge Flocken, die auf dem Felsen
festfroren. Hajan übernahm wieder die Führung, aber seine
frühere Selbstsicherheit war verschwunden. Die Terrasse, auf der
wir die Nacht verbracht hatten, endete unter einem Felsüberhang,
so daß wir umkehren und einen neuen Weg nach oben suchen
mußten. Wir kamen zu einem senkrechten Kamin, von dem Raki
glaubte, er sei zu bewältigen. Er ging als erster; ich folgte ihm –
die Füße und Schultern gegen die Wände der Felsspalte gepreßt.

Es war ein mühseliger Aufstieg, und die ganze Zeit über fragte
ich mich: »Werden die Wände so breit werden, daß wir keinen
Halt mehr finden, oder so eng, daß wir umkehren müssen?«

Meine Mokassins waren durchgescheuert, ehe ich das obere
Ende des Kamins erreichte, wo mich Raki hinauf auf ein breites
Plateau zog; es war eine ungeheure Erleichterung, sich ohne die
Angst, abzustürzen, hinlegen zu können. Für die anderen war es
leichter, denn wir ließen ihnen ein Seil herunter. Aber ehe die
letzte Last hinaufbefördert war, hatten wir bereits Mittag.

Es schneite jetzt immer heftiger. Hier oben waren wir schutzlos
dem Wind ausgeliefert. Die Wolken rissen für einen kurzen
Moment auf, und über einer steilen Geröllhalde, die einfach aussah im Vergleich zu dem, was hinter uns lag, erblickten wir den
Paß. Nachdem die unteren Hänge völlig kahl gewesen waren, entdeckten wir zu meiner Überraschung hier oben sogar ein paar verkrüppelte Dornensträucher, und es gab eine niedrige Höhle, die

genügend Windschutz für ein Feuer bot. Nach einer warmen Mahlzeit, bestehend aus in Schneewasser gekochtem Pemmikan, eingedickt mit Maismehl, hob sich unsere Stimmung merklich. Das Wetter verschlechterte sich weiter, daher entschied Raki, daß wir die Nacht hier verbringen und erst bei Tagesanbruch unseren Weg auf die Paßhöhe fortsetzen würden.

Offenbar war ich eingeschlafen, während die anderen noch aßen, denn als Raki mich aufweckte, saß ich halb aufrecht, meinen Kopf an seine Schulter gelehnt. Er legte eine Decke um uns. Die anderen drängten sich, ebenfalls in ihre Decken eingerollt, dicht zusammen, um sich gegenseitig vor dem Wind zu schützen. Er hatte auf Nordost gedreht und blies nun genau in die Höhle, deren Eingang bereits halb von einer Schneewehe verdeckt war. Mein Schlaf war so tief gewesen, daß ich gar nicht gemerkt hatte, wie Raki meine Hände und Füße massiert hatte, um sie warmzuhalten. Wir buken Brot in der Asche des Feuers, und für jeden von uns gab es ein Stück davon zu essen, ehe das Licht hell genug war, um weiterzuklettern.

Bis ungefähr zum Mittag stiegen wir über loses Geröll langsam, aber stetig bergauf. Der Wind kam in Böen, manchmal so heftig, daß wir uns aneinander festhalten mußten, um nicht die gefährlich steile Böschung hinuntergeweht zu werden. Die Frauen ertrugen die Strapazen so klaglos wie die Männer, obwohl Rokeenas und Chekas Finger bluteten, weil die Haut von der Kälte aufgeplatzt war. Uns alle trafen die Windstöße wie Peitschenhiebe. Oft rissen die Wolken auf, so daß wir vor einem feindlichen Himmel die beiden Bergspitzen sahen. Dann senkten sich die Wolken wieder, und wir konnten nur mühsam in jene Richtung weiterstapfen, die der kurze Moment des Aufklarens uns gewiesen hatte.

Daß wir die Paßhöhe erreicht hatten, erkannten wir nur am plötzlich anschwellenden Zorn des Windes, der in den Felsspalten brüllte, anscheinend in blinder Wut darüber, von uns herausgefordert zu werden. Nachdem Hajan sehr darauf bedacht gewesen war, daß Raki und ich die Gruppe führten, schritt er nun plötzlich wieder energisch an die Spitze. Ich blieb stehen, um ihn vorbeizulassen; er verdiente diesen Triumph, auch wenn der Aufstieg weit schwerer gewesen war, als er behauptet hatte. Der schneebeladene Wind umwehte ihn wie Rauch. Ich vermutete, daß es für mich als Häuptling wohl angemessen gewesen wäre, Hajans Triumph-

gefühle zu teilen, aber dazu war ich zu erschöpft und durchgefroren.

Plötzlich blieb er stehen, streckte seine Faust zum Himmel und
schüttelte sie. Als ich mich ihm von hinten näherte, hörte ich ihn
lachen. Hajan, die Rote Feder, der Unerschütterliche, stieß ein
Lachen aus, als wollte es ihm schier die Brust sprengen. Dann
sah ich sein Gesicht. Es war das Gesicht eines Mannes, den seine
Lüge in den Wahnsinn getrieben hatte – aber er erkannte mich
noch.

»Ich bin nie auf der Paßhöhe gewesen! Ich habe gelogen, als
ich euch erzählte, der Abstieg auf der Südseite sei einfach! Schau,
Piyanah, dort unten kannst du das Land deiner Zukunft sehen;
aber um dorthin zu gelangen, müßtest du dir die Flügel eures
Totems borgen!«

Er stand am Rand eines steilen Abgrunds; tief unten konnte ich
die Wälder sehen, wo wir in Frieden hatten wandern wollen.

»Ich habe versprochen, euch in den Süden zu führen. Ich werde
mein Versprechen halten!«

Mit einem entsetzlichen Schrei nahm er Anlauf und sprang. Ich
sah seinen Körper fallen … fallen; seine Arme ruderten durch die
Luft, als versuchte er zu fliegen.

Raki war bei den anderen geblieben, um sicherzugehen, daß
alle unbeschadet die Paßhöhe erreichten. Ich allein hatte Hajan in
den Tod springen sehen, weil er glaubte, er hätte uns verraten.
Wenn die Frauen erfuhren, was geschehen war, gerieten sie womöglich in Panik, und um unversehrt über diese Felswand abzu-
steigen, würden wir all unseren Mut, all unsere Kraft brauchen.
»Ich muß lügen, sogar gegenüber Raki, und sagen, Hajan gehe
voraus, um den Weg zu erkunden. Es entspricht sogar der Wahrheit, auch wenn Raki meine Wahrheit nicht verstehen wird. Ich
muß ihm sagen, daß ich Hajan begleiten will und daß er an einer
geschützte Stelle ein Feuer machen soll, selbst wenn er dafür all
unsere Pfeile aufbraucht. Die Frauen benötigen dringend etwas
trostspendende Wärme.«

Als ich mit Raki gesprochen hatte, war er sicher, daß die
schlimmsten Gefahren hinter uns lagen, sonst hätte er mich nie
allein gehen lassen, auch wenn er glaubte, daß Hajan mich begleiten würde. Hinter einem Felsvorsprung verborgen, betete ich, wie
ich noch nie zuvor gebetet hatte, zu den Großen Jägern, zu Narrok, zu Na-ka-chek, zum Herrn der Reiher: »Bitte, helft mir, einen

Weg nach unten zu finden! Bitte helft mir, ihnen zu helfen, denn sie sind so tapfer und haben schon so lange durchgehalten!«

Ich werde nie mit Sicherheit wissen, ob es nur der Wind war, der durch einen Spalt blies, oder ob ich tatsächlich Narroks Trommel hörte. Jedenfalls führte dieser Ton mich zur Flanke des westlichen Gipfels, und ich sah, daß der Aufstieg nicht schwer sein würde. Ich fragte mich nicht, warum ich höher hinaufklettern sollte, um nach unten zu gelangen, sondern folgte meinem Gespür Felskanten empor, die im Vergleich zu dem Weg, der hinter uns lag, fast wie natürliche Treppenstufen wirkten. Ich gelangte zu einer langen, horizontal verlaufenden Spalte, die nach Osten wies und Schutz vor den heftigsten Sturmböen bot.

Selbst über das Tosen des Windes hinweg konnte ich den Rhythmus der Trommel immer noch deutlich hören, jene Melodie, der Narrok den Namen »Zu neuen Horizonten« gegeben hatte. Oft hatte ich miterlebt, wie sie unter seinen Fingern zum Leben erwacht war. Der Spalt endete auf einem Bergkamm, der sich abwärts wölbte wie eine Rippe von einem Rückgrat. Er war steil und schneebedeckt, aber durchaus zu bewältigen. Von hier aus konnte ich den Abgrund sehen, in den Hajan sich gestürzt hatte, hinab in den Wald, den er auf diesem Weg ungefährdet hätte erreichen können.

Die Erleichterung belebte mich stärker, als eine Schüssel Hirscheintopf es vermocht hätte. Der Rückweg zu Raki erschien mir leicht und mühelos. Drei Frauen hatten sich im Schutz eines überhängenden Felsens unter einer Decke zusammengekauert. Sie weigerten sich aufzustehen, als Raki das Signal zum Aufbruch gab, und rührten sich selbst dann noch nicht, als ihre Ehemänner es ihnen befahlen. Einer der Männer gab seiner Frau eine Ohrfeige, und plötzlich gehorchte sie, ganz wie eine unterwürfige Squaw – ein Verhalten, das sie noch einen Tag zuvor verabscheut hätte. Sie stolperte auf die Füße und folgte ihm fügsam. Die anderen Frauen taten es ihr gleich.

Ich bin nicht sicher, wann Raki merkte, daß es vor uns nur *eine* Fußspur gab. Er verlor kein Wort darüber, aber ich glaube, er konnte mir nur schwer verzeihen, daß ich ihn bezüglich Hajan angelogen hatte. Schon bald erreichten wir die tiefer gelegenen Berghänge, und ich war froh, weil ich glaubte, daß wir das Schlimmste nun überstanden hatten und Raki bald stolz auf mich sein würde, statt wütend.

Früher an diesem Tag hatten wir zwei Lawinen gesehen, aber sie waren so weit entfernt niedergegangen, daß sie keine Gefahr für uns dargestellt hatten. Plötzlich ertönte ein Krachen, laut, als trieben die Großen Jäger mit der Peitsche alle Herden der Erde zusammen. Ein großes Schneefeld, dessen Weiß nur durch die lange Kette unserer Fußabdrücke beeinträchtigt war, geriet ins Rutschen, immer schneller und schneller.

»Lauft!« rief Raki. »Haltet euch die Decke über den Kopf, wenn sie uns erreicht!«

Wie eine fliehende Bisonherde donnerte die Lawine mit ohrenbetäubendem Lärm bergab. Ich klammerte mich an Rakis Arm, während die Schneemassen an uns vorbei hinunter in den Wald stürzten.

Als die Luft wieder klar wurde, sah ich, wie unsere Männer und Frauen sich schwankend aufrappelten. Rasch zählte ich sie, Raki und ich und dreiundsiebzig – nein zweiundsiebzig, denn Hajan war tot. Ich zählte erneut. Da waren nur einundsiebzig.

»Raki, es fehlt jemand!«

Dann erkannte ich, wer es war. »Dorrok! Die Lawine hat Dorrok verschüttet!«

Alle gruben wir mit bloßen Händen, warfen Steine und gefrorene Schneebrocken zur Seite, verzweifelt bemüht, Dorrok zu befreien, ehe er erstickte. Ich versuchte, mir selbst Mut zu machen: »Es haben schon Leute einen halben Tag unter dem Schnee durchgehalten. Stirb nicht, Dorrok, wir holen dich schon bald da heraus!«

Gorgi fand ihn. Er atmete noch, aber das Leben strömte aus ihm heraus wie Wasser aus einem zerbrochenen Krug.

»Der Paß, den ich jetzt überquere, ist leicht zu bewältigen, Piyanah. Ich hätte nie gedacht, daß Sterben viel einfacher ist als Leben.«

Ich dachte schon, ich würde nie mehr seine Stimme hören; doch dann sprach er noch einmal, lächelnd: »Auf der anderen Seite des Wassers ist es sogar noch wärmer als im Süden.«

SCHWARZE SPINNE

Am Abend von Dorroks Todestag erreichten wir den schützenden Wald am Fuß der Berge und begruben seinen Körper dort auf einer Lichtung. In dieser Nacht schliefen wir neben einem hell lodernden Feuer, aber mir wollte es einfach nicht warm werden. Die Kälte der Bitteren Berge, die kalte Verzweiflung Hajans, die grausame, gnadenlose Kälte, die Dorrok unter sich begraben und seine prachtvollen, durch Disziplin und ständige Ertüchtigung geschmeidig gewordenen Muskeln zerschmettert hatte. Diese Kälte schien ein Teil von mir geworden zu sein. Ich fröstelte und rückte näher an das Feuer heran. Doch nun schien mir auch das Feuer unfreundlich gesonnen, denn meine Haut begann, vor Hitze zu pochen, und kein Schneewasser vermochte meinen Durst zu stillen.

Ich schlief unruhig und träumte, ich hätte mich in einer endlosen Schneelandschaft verirrt; dann kroch ich erschöpft und halb verdurstet ein ausgetrockenetes Bachbett hinauf, in der Hoffnung, wenigstens eine winzige Wasserpfütze zu finden. Am nächsten Morgen konnte ich mich kaum auf den Beinen halten und bemühte mich verzweifelt, meine Schwäche vor den anderen zu verbergen. Sie hatten Dorrok sterben sehen, und gestern abend hatte ich ihnen von Hajans Tod berichten müssen. Wenn sie glaubten, daß nun auch ich sie noch im Stich ließ, würden sie sich vor lauter Angst womöglich weigern, die Reise fortzusetzen.

Raki fand einen Weg, vor den anderen zu verheimlichen, wie schlecht es mir ging. Er bandagierte meinen Fuß und sagte, ich hätte mich bei dem Versuch verletzt, Dorrok aus der Lawine zu befreien. Nur Gorgi gegenüber gab er zu, daß ich krank war und hohes Fieber hatte. Aus zwei Tipipfosten und einer der Lederhäute, die wir als Schutzdächer benutzten, fertigten sie eine Bahre für mich und trugen mich auf ihren Schultern.

Von den folgenden Tagen ist mir nur das endlose Schwanken der Bahre und das leise Trappeln vieler hintereinander durch den stillen Wald marschierender Füße im Gedächtnis geblieben. Offenbar erlegten sie immer wieder Wild, denn morgens und abends gab mir Raki kräftige Fleischbrühe zu essen. Das Lager schlugen sie stets schon früh am Abend auf, denn ich schlief mit Raki im

Häuptlingstipi, statt unter der einfachen Lederplane, die wir sonst auf dem Marsch als Wetterschutz verwendeten. Das Tipi wurde dicht ans Feuer gestellt, und der flackernde Lichtschein schien die auf die Tipihaut gemalten Bilder von Raki und mir zum Leben zu erwecken.

Manchmal war mir, als flüsterte Hajan mir zu, ich müßte auch in den Abgrund springen, weil ich dadurch, daß ich die anderen nicht vor der Gefährlichkeit der Berge gewarnt hatte, mitschuldig an seiner Lüge geworden sei. Ich versuchte, ihm klarzumachen, daß wir einen Weg nach unten gefunden hatten und auf der Südseite des Gebirges angelangt waren, aber er sagte ständig: »Du mußt dir schon Flügel wachsen lassen, um diesen Wald zu erreichen, Piyanah.« Und dann rannte er auf den Abgrund zu, und ich versuchte, ihn zurückzuhalten. Jedesmal wachte ich weinend und zitternd auf, und Raki legte eine zusätzliche Decke um mich, schloß mich tröstend in seine Arme und versicherte mir, ich sei in Sicherheit und hätte nur schlecht geträumt.

Am sechsten Tag kehrten meine Kräfte allmählich zurück, doch Raki wollte, daß ich mich an diesem Tag noch ein Stück tragen ließ. Ich wunderte mich darüber, daß er uns nicht erlaubte, für mehrere Tage an einem Ort zu lagern, so daß alle Gelegenheit bekommen hätten, sich auszuruhen. Anfangs tat er, als hätte er mich nicht gehört, als ich ihn danach fragte, doch später sagte er:

»Ich wollte möglichst rasch außer Sichtweite der Bitteren Berge, denn immer wenn unsere Leute zurückschauten, wurden sie an Hajan und Dorrok erinnert – und, was noch wichtiger war, sie sollten nichts von deiner Krankheit bemerken, Piyanah.«

»Aber sie mußten doch etwas merken. Immerhin habt ihr mich tagelang auf der Bahre getragen.«

»Nein, sie glaubten, du wärest durch die Lawine verletzt worden. Vor Verletzungen fürchten sie sich nicht, aber Krankheit ist für sie ein Zeichen, daß die Geister zornig sind.«

»Raki, ob wir sie niemals von ihrem Aberglauben kurieren werden?«

»Doch, das werden wir. Aber es mag noch Jahre dauern. Sie haben darauf vertraut, daß Hajan sie führen würde, doch er hat versagt. Alle Männer sind von Dorrok ausgebildet worden. Er war das Vorbild, an dem sie ihre Kräfte maßen. Er hat ihnen beigebracht, sich auf ihre erlernten Fähigkeiten zu verlassen und so jede Gefahr zu meistern. Doch nun haben sie mitansehen müssen, wie er durch eine Gefahr umkam, gegen die er machtlos war. Wir beide, ihr Häuptling, sind der einzige sichere Fels, auf den sie sich noch stützen können. Wenn sie gemerkt hätten, daß einer von uns beiden von Dämonen heimgesucht wurde – und Fieber kann in ihren Augen nur diese eine Ursache haben – hätten sie wahrscheinlich jede Hoffnung aufgegeben. Hätten wir länger als eine Nacht gelagert, dann wären sie dahintergekommen, daß es keine Beinverletzung war, die dich am Gehen hinderte. Gorgi und ich gingen mit deiner Bahre immer voraus; und daß du nachts nicht mit den anderen um das Wachfeuer gesessen hast, erregte keine Aufmerksamkeit, weil es immer schon Brauch war, daß der Häuptling Distanz zu seinem Stamm wahrt.«

»Hat denn noch nicht einmal Rokeena mitbekommen, daß ich krank war?«

»Nein, aber sie hat Verdacht geschöpft, ebenso Cheka. Doch sie hatten beide den Mut, ihren Verdacht für sich zu behalten. Ich wünschte, ich könnte das gleiche über die anderen Frauen sagen!«

»Sie machen Probleme?«

Rakis Stimme klang plötzlich bitter. »Manchmal habe ich fast das Gefühl, daß es dumm von uns war, sie vor den Alten Frauen zu retten. Hätten sie sich darüber beklagt, daß unsere Tagesmärsche zu lang sind, hätte ich vielleicht Verständnis gehabt, denn sogar Gorgi und Tekeeni waren abends erschöpft, und ich auch. Wenn sie sich darüber beklagt hätten, daß die Kochtöpfe halb leer waren, oder kein Holz für das Wachfeuer gesammelt hätten, hätte ich sie verstehen können. Aber ihre ständigen Fragen sind ärgerlicher als eine ganze Wolke Stechfliegen. Immer wieder die gleichen Fragen. ›Wo sind die warmen Flüsse? Wo ist das Tal, wo es sogar im Winter nicht kalt wird? Warum habt ihr uns gesagt, es läge hinter den Bergen, obwohl die Wälder hier genauso sind wie bei uns?‹ Und jeden Morgen fragen sie: ›Werden wir heute das Tal finden?‹ Und wenn ihre Männer ihnen dann sagen, daß sie ruhig sein sollen, tuscheln sie miteinander und bemitleiden sich gegenseitig, als ob sie immer noch in den Squaw-Tipis von einem der dreißig Stämme leben würden!«

»Wie verhalten sich die Männer, Raki?«

»Wenn sie sich beklagen, dann jedenfalls nicht in meinem Beisein. Die Gewohnheit ist stärker als alle neuen Gesetze, und sie wurden dazu erzogen, ihrem Häuptling zu gehorchen. Wenn ich sage, daß wir bei Tagesanbruch aufbrechen, sind sie reisefertig –

bei Tagesanbruch. Dann folgen sie mir schweigend, bis ich einen Pfeil in den Boden ramme, um anzuzeigen, daß wir den Platz für das nächste Wachfeuer erreicht haben.«

»Wenn wir in freundliches Land kommen, sollten wir dort eine Weile bleiben, damit sie wieder Zuversicht fassen.«

»Was mich betrifft, werden wir aus einem viel wichtigeren Grund Rast machen: Du mußt dich unbedingt in der Sonne ausruhen, Piyanah, dich ausschlafen können, ohne daß deine Träume von den Erfordernissen des Tages gestört werden. Ich denke, daß wir schon bald an einen solchen Ort kommen werden. Ich habe Tekeeni vorausgeschickt, um die Gegend zu erkunden. Eben erst ist er zurückgekehrt und hat berichtet, daß er vom nächsten Hügel aus offenes Grasland sehen konnte, das sich bis zum Horizont erstreckt. Es gibt dort einen See, und er sah eine Herde Bisons in der Ferne, es wird uns also nicht an Fleisch mangeln; und an Leder – wir brauchen alle dringend neue Mokassins.«

Als wir den See erreichten, konnte ich schon wieder den ganzen Tag laufen. Schilf wuchs an seinem Ufer, und es gab so viele Wasservögel, daß wir in unseren Schlingen mühelos genug von ihnen für drei tägliche Mahlzeiten hätten fangen können. Es wuchsen hier keine hohen Bäume, aber viele Sträucher, in deren Schatten man angenehm ruhen konnte. Sie hatten graugrüne Blätter und flaumige gelbe Blüten, die wie warmer Honig dufteten.

Tag für Tag wurde das Wetter wärmer. Wir legten unsere Hemden ab, damit unsere Haut lebenspendendes Sonnenlicht aufnehmen konnte. Raki und ich bauten uns eine Schilfhütte am Westufer des Sees, während die anderen auf der gegenüberliegenden Seite lagerten. Wir verspürten den Wunsch, das Vorrecht des Häuptlings auf Abgeschiedenheit in Anspruch zu nehmen. Und wir fanden, daß es dem Stamm gewiß nicht schadete, wenn sie einmal ein paar Tage ohne unsere Führung zurechtkommen mußten.

Am zwölften Tag war mein Körper wieder stark und gehorsam und forderte keine lästigen Sonderrechte mehr; aber ich fand es immer noch seltsam wohltuend, zu faulenzen und nachmittags am Seeufer in der Sonne zu dösen. Als ich aufwachte, ließ eine kühle Brise das hohe Gras der Ebene hin und her wogen. In der Absicht, zum Lager hinüberzuschwimmen, um Raki zu suchen, watete ich ins Wasser. Ein Schwimmer näherte sich mir, aber die Sonne stand genau hinter ihm, so daß ich erst, als er schon recht nahe war,

Raki erkannte. Ich ging ans Ufer zurück, um auf ihn zu warten. Wassertropfen glänzten auf seiner Haut, als er aus dem See stieg. Schweigend und mit gerunzelter Stirn ließ er sich neben mir ins Gras fallen.

»Du bist verärgert, mein Raki?«

»Nicht verärgert – ungeduldig!«

»Wer ist die Mutter deiner Ungeduld?«

»Ich selbst – und die Frauen! Jahrelang haben wir versucht, ihnen beizubringen, wie wertvoll die Freiheit ist, doch nun jammern sie, als hätten wir ihnen ihre Lieblingshalskette gestohlen, indem wir sie aus ihrer Abhängigkeit erlösten! Sie scheinen völlig zu vergessen, daß ich selbst als Frau gelebt habe. Jetzt bin ich für sie nur ein Mann, dem zu gehorchen ist, selbst wenn seine Befehle dumm sind ... und er in ihren Augen noch nicht einmal genug Verstand hat, um Gehorsam zu fordern! Squaw und Ehemann sollen gleichberechtigt zusammenleben, und ich habe ihnen gesagt, daß sie das Tipi teilen sollen. Aber was finde ich vor, wenn ich ins Lager komme? Die Frauen hocken alle zusammen und jammern herum; und keine von ihnen fischt oder geht mit den Männern auf die Jagd!«

»Den Männern fällt es schwer, die Frauen in ihre Arbeit einzubeziehen, weil sie in ihrer Ausbildung gelernt haben, alles allein zu tun.«

»Aber es fiel ihnen nicht schwer, mir bei der Ausbildung der Frauen zu helfen, nachdem wir damals für sie das Lager fernab von den Alten Squaws aufgeschlagen hatten.«

»Da war es für sie ein Abenteuer, eine Frau auf andere Weise für sich zu gewinnen als lediglich durch den Ringkampf bei der Zeremonie des Erwählens. Es war, wie wenn man einen Feuerstein findet und daraus eine Pfeilspitze herstellt, oder wie wenn man sich einen Kojoten als Jagdhund abrichtet. Anfangs waren sie zufrieden mit der körperlichen Anziehungskraft ihrer Gefährtinnen, doch nun genügt ihnen das nicht mehr. Den Frauen geht es genauso. Und weil sie jetzt spüren, daß diese Form der Ehe größere Ansprüche an sie stellt, fangen sie an, der alten Lebensweise nachzutrauern.«

Raki seufzte. »Ich wünschte, sie wären alle wie Rokeena und Tekeeni oder Gorgi und Cheka!«

»Drei Monde sind eine kurze Zeit, um den schwarzen Bären überkommener Bräuche zu erlegen. Die Frauen, selbst die scharfsichtigsten unter ihnen, haben in den Männern mächtige Krieger gesehen, die sie aus den Fängen der Alten Squaws befreiten. Es ist leicht für einen Mann, freundlich zu einer Frau zu sein, die ihn als Helden anbetet. Das ist viel leichter, als sie als ebenbürtige Gefährtin zu akzeptieren.«

»Sind die Männer denn für sie nun keine Helden mehr?«

»Warum sollten sie das sein? Auf unserer Reise haben Männer und Frauen alle Härten, alle Schwierigkeiten gemeinsam bewältigt. Hat der Eiswind etwa die Frauen mit seinen Pfeilen verschont, als wir den Paß überquerten? Hätte die Lawine einen Bogen um Dorrok gemacht, wenn er eine Squaw gewesen wäre?«

»Männer und Frauen haben völlige Gleichberechtigung gefordert, und wir wissen, daß sie ohne diese Gleichberechtigung niemals in der Lage sein werden, die Brücke über den Abgrund aufrechtzuerhalten ... doch nun beklagen sie sich, weil ihnen die falschen Totempfähle fehlen, die wir umgestürzt haben, um diese Brücke zu bauen. Die Männer sind nicht länger Helden; und den Frauen macht die Jagd weniger Spaß, weil nun der Kochtopf leer bleibt, wenn sie ihre Pfeile nachlässig verschießen.«

»Und die Männer finden die Frauenarbeit schwierig«, sagte ich mitfühlend. »Hätte ich nicht selbst als Mann gelebt, hätte ich nie begriffen, wie leicht diese Dinge für den wirken, der sie noch nie selbst gemacht hat. Es ist leichter, ein Wachfeuer in Gang zu halten, als für gleichmäßige Hitze unter einem Kochtopf zu sorgen ... vergißt man Wasser nachzuschütten, brennt der Eintopf an, oder das Brot verdirbt, weil dir Asche in den Teig gerät, wenn du nicht achtgibst.«

Raki lachte. »Ich weiß! Hast du vergessen, daß ich damals manchmal für den Stamm kochen mußte?«

»Warum war das alles ganz anders, als wir beide in unserem kleinen Tal lebten?«

»Weil es ganz natürlich für uns war, alles gemeinsam zu tun; manches konntest du besser, anderes ich, aber nicht weil wir Mann und Frau waren.«

»Es hat nie einen trennenden Abgrund zwischen uns gegeben. Wahrscheinlich haben wir deshalb nie verstanden, wie es ist, wenn man von der Brücke in die Tiefe schaut und sich dabei ganz schwindelig fühlt. Würden wir unseren Stamm nach der alten Tradition führen, Raki, könnten wir uns mit unseren Ältesten beraten, die stets mit uns einer Meinung wären, und niemand würde unsere Entscheidungen in Frage stellen. Die Squaws wüßten, daß niemand von ihnen Notiz nähme, wenn sie sich darüber beklagen, daß wir zu weit oder zu schnell marschieren ... es bliebe ihnen nichts anderes übrig, als mit den anderen mitzuhalten, wenn sie nicht verhungern oder Beute der Grizzlys werden wollen! Die Männer kämen gar nicht auf die Idee, die Worte des Häuptlings zu kritisieren. Doch jetzt erklären wir ihnen alle unsere Entscheidungen und besprechen sie mit ihnen. Manchmal wünschte ich, wir hätten nie unser erstes Gesetz aufgestellt, daß sie lernen sollen, selbständig zu denken!«

»Wenn sie nicht lernen, selbst zu denken, können sie niemals wie die Damals-Leute werden. Sie werden auch weiterhin blind der Tradition folgen, auch wenn sie das unfrei macht. Erinnerst du dich an die Braune Feder, deren Leiche erst zwei Tage nach der Schlacht gefunden wurde? Dorrok mußte ihm Arme und Beine brechen, damit es aussah, als läge er friedlich da und warte auf seine Feuerbestattung. Das kann die Tradition freien Menschen antun ... sie zerbrechen, um sie in ein vorher festgelegtes Muster hineinzupressen.«

»Einige der alten Gesetze haben wir beibehalten, Raki ... zum Beispiel das Gesetz des Jägers, niemals ein verwundetes Tier einem qualvollen Tod zu überlassen.«

»Das ist keine Tradition, sondern ein echtes Gesetz der Großen Jäger. In jedem Stamm gibt es ein paar wirkliche Gesetze, aber ihnen sind so viele Tabus hinzugefügt worden, daß nur noch sehr wenige Leute zwischen beidem unterscheiden können. Angenommen, einer der Großen Jäger würde herabsteigen und mit lauter Stimme zu uns sprechen, so daß wir jedes Wort verstehen könnten und sich sogar noch unsere Kinder und Kindeskinder genau erinnerten, was er gesagt hat: Wenn wir sie nicht selbständiges Denken lehren, würden sich zwangsläufig Tabus in die Gesetze einschleichen und an ihnen nagen wie Termiten, die heimlich den Mittelpfosten eines Tipis zerstören.«

Ich sah, wie entmutigt er war, und versuchte, ihn zu trösten. »Jeder kann einen Blinden führen ... wenn er wirklich blind ist, und nicht wie Narrok. Wir müssen immer den Mut haben, zum entferntesten Punkt am Horizont zu weisen, den wir sehen können, damit die anderen lernen, gleichfalls weit vorauszuschauen, und unserem Pfad folgen, nicht, weil sie einfach unseren Fußspuren hinterhertrotten, sondern weil sie nach den gleichen Zielen streben.«

»Vielleicht haben wir nie richtig verstanden, wie schwer es ist, gegen Tabus anzukämpfen, wenn man kein klares Ziel vor Augen hat, dem sie im Weg stehen. Wir beide hatten immer unsere Liebe als Ziel, für das wir kämpften; ›ich muß das hier durchstehen, um wieder mit Piyanah vereint zu sein‹ war der eine leuchtende Gedanke, der mich die dunkle Verzweiflung meines Lebens bei den Squaws ertragen ließ; er war der Strick, der mich sicher eine Felswand hinaufklettern ließ, das grüne Wasser, das mich durch eine Stromschnelle trug, das Gleichgewicht, das meinen Sprung vom Adlerfelsen gelingen ließ. Wir beide betrachteten alle diese Prüfungen als Hindernisse, die uns voneinander trennten, nie als etwas, das für sich genommen von Wichtigkeit war. Hätten wir jedoch kein Ziel am Horizont gesehen, hätten wir jede Stufe unserer Ausbildung für sich furchtbar wichtig genommen. Darum sind die Roten Federn einsam, einsamer als alle anderen: Sie haben den höchsten Berg in ihrem Leben bezwungen und entdeckt, daß der Gipfel lediglich ein schmaler Grat ist, auf dem sie sich noch einsamer fühlen als zuvor.«

»Na-ka-chek sagte, daß die Liebe der wirkliche Kriegsruf jeder echten Roten Feder wäre ... ich nehme an, er meinte, daß die Liebe das erste Gesetz der Großen Jäger ist.«

»Die Liebe ist der Horizont, dem wir entgegengehen müssen. Wir müssen unser Volk lehren, diesen Horizont selbst zu sehen.«

»Ja, und das klingt so einfach ... liebt und werdet dadurch einsichtig; liebt und befreit euch so von allen Tabus. Warum fällt es den Menschen so schwer, das zu verstehen?«

»Weil sie auch wissen, daß zu lieben bedeutet, Verantwortung zu übernehmen; und vor Verantwortung fürchten sich die Menschen noch mehr als vor den Schwarzen Federn. Wir, die Rothäute, feiern Tapferkeit, streben nach Tapferkeit, sind geradezu begierig danach, unsere Tapferkeit zu beweisen, um so unsere Furcht vor der Verantwortung zu verbergen. Männer und Frauen fürchten die Liebe mehr als alle Dämonen: Sie können sie nicht mit Pfeilen jagen, sie nicht gegen Salz eintauschen oder sie durch irgendeine Mutprobe gewinnen.«

»Wir beide haben uns nicht vor der Verantwortung gefürchtet ... wir wollten einen Stamm führen, wir *wollten* frei sein, um Gebrauch von unserer eigenen Autorität machen zu können.«

»Nur weil wir die Liebe von Geburt an kennenlernten und uns nie vor ihr fürchteten, selbst dann nicht, wenn sie uns mit nagender Sorge füreinander erfüllte. Piyanah, jetzt verstehe ich endlich, warum die Squaws sich so an ihren Aberglauben klammern, und warum die Männer die Stammesgesetze hochhalten, wie lästig sie auch sein mögen. Gehorsam ist ein Weg, Verantwortung zu vermeiden. Das Wort des Häuptlings entband die Stammesmitglieder von jeder Verantwortung. Sie brauchten keine seiner Entscheidungen in Frage stellen: Man hatte ihnen gesagt, daß ein tapferer Krieger von zwei Wegen stets den schwereren wählt, also war der steile Weg *leichter* für sie, weil sie nie für sich selbst entscheiden mußten. Selbst wenn sie bei einer Prüfung scheiterten, waren sie frei von jeder Verantwortung, denn sie sagten dann: ›Mein Körper hat mich verraten‹. Nie sagten sie: ›Ich habe meinen Körper verraten.‹ Sogar wenn sie eine Schlacht verloren, sagten sie: ›Der Feind war zu stark‹ oder: ›Die Dämonen haben gegen uns gekämpft.‹ Wenn der Winter zu streng war oder Stürme die Ernte vernichteten, waren die Götter schuld daran ... solange sie der Verantwortung ausweichen konnten, brauchten sie die Schuld nie bei sich selbst zu suchen!«

»Ja, genau so ist es, Raki! Und darum halten die Frauen so eifersüchtig an ihren Bräuchen und Tabus fest. Es ist einfach, zu sagen: ›Schau niemals im Licht des Vollmonds auf dein Spiegelbild, sonst wird ein Wasserdämon deine Seele stehlen‹, oder: ›Laß deinen Schatten niemals auf eine Frau fallen, die hochschwanger ist‹. Und all die tausend anderen Tabus. Wenn Tabus gebrochen werden und anschließend zufällig etwas Schlimmes passiert, was ja vorkommen kann, dann wird es dadurch für sie noch leichter, alles Vorgegebene zu akzeptieren, statt Dinge in Frage zu stellen.«

»Piyanah, wir müssen ihnen noch heute abend sagen, daß jedes Gesetz, das blind akzeptiert wird, statt es mit den Federn der Wahrheit zu überprüfen, ein weiterer Faden im Netz der Schwarzen Spinne ist, der Ehefrau des Herrn der Aaskrähe. Sie ist schlau, diese Spinne; sie bietet ihnen Freiheit von jeder Verantwortung ... flüstert das ›von jeder Verantwortung‹ aber ganz leise, so daß die Dummen nur ›Freiheit‹ hören. Sie bietet behagliche Zufriedenheit und flüstert, ›so daß ihr den Falken erst seht, wenn er auf euch herabstößt und es zu spät ist, um zu kämpfen oder zu fliehen‹. Sie bietet die sichere Höhle vertrauter Gewohnheiten und flüstert, ›sicher so lange, bis eine Lawine den Höhleneingang zuschüttet, und ihr allein in der Dunkelheit verhungern müßt‹. Sie bietet Annehmlichkeit und flüstert, ›*meine* Annehmlichkeit, im

Tausch gegen eure Aufrichtigkeit, von der ich mich ernähre und fett werde‹. Sie sagt: ›Gehorcht, fühlt euch sicher, seid zufrieden!‹ Aber solange die Liebe dir nicht die Ohren geschärft hat für *alles*, was die Spinne sagt, wirst du nie hören: ›Gehorcht ... *mir*. Fühlt euch sicher ... *in meinem Netz*. Seid zufrieden ... *und wartet, bis ich hungrig bin.*‹ «

»Ja, Raki. Heute abend mußt du sie vor der Schwarzen Spinne warnen, und dann sagst du ihnen, daß wir nach Süden weiterziehen.«

DER STAMM
DES BLAUEN RAUCHS

Einen halben Mond lang zogen wir durch freundliches Land. Auf die flache Prärie folgten sanft geschwungene Hügel; es gab reichlich Wasser und Wild, und während unserer leicht zu bewältigenden Tagesmärsche waren die Schrecken der Bitteren Berge schon bald vergessen. Raki und ich waren glücklich; denn wenn wir das Lager aufschlugen, teilten sich die Männer und Frauen alle Arbeiten, und die Abenddämmerung war von warmem, fröhlichen Lachen erfüllt.

Raki lächelte mich an: »Lachende Rothäute, Piyanah! Es gab eine Zeit, wo uns das so überrascht hätte wie Eulen, die mit den Stimmen der Ältesten sprechen!«

Mehrfach stießen wir auf die Reste früherer Lagerfeuer, doch erst am fünfzehnten Tag begegnete uns der erste Mensch. Er war ein Jäger, und noch ehe er sprach, wußten wir, daß er keiner von den Leuten aus dem Lächelnden Tal sein konnte, denn seine Haut war dafür zu dunkel und seine Nase zu breit. Er erzählte uns, daß wir uns auf dem Stammesgebiet der Leute des Blauen Rauchs befänden und daß der Stamm vom Lächelnden Tal weiter im Westen lebte. Wir waren wegen dieser Neuigkeit enttäuscht, doch die warme Freundlichkeit, mit der er uns begrüßte, bewies uns, daß es klug gewesen war, aus dem rauhen Norden hierher zu ziehen.

Als das Dorf der Menschen des Blauen Rauchs in Sicht kam, schätzten wir, daß sie über tausend zählen mußten, denn ihre

strohgedeckten Tipis waren von ungefähr fünfzig bis sechzig breiten Streifen bewirtschafteten Landes umgeben. Wie wir erst später
erfuhren, waren sie nur dreihundert und nicht bedeutend genug,
um einen Sitz im Rat der Federnträger beanspruchen zu können.
Für sie war der Ackerbau wichtiger als die Jagd, und sie schossen
nur dann Wild, wenn sie Häute für Mokassins benötigten. Sogar
ihre Kleidung wurde aus Pflanzenfasern gewebt, doch die Herstel-
lungsart verrieten sie uns nicht; sie war ein eifersüchtig gehütetes
Stammesgeheimnis, weil ihre Stoffe ihre wertvollste Tauschware
waren.

Wir wurden zu ihrem Häuptling geführt, einem Mann jenseits
der mittleren Jahre. Er begrüßte unsere Ankunft fast übertrieben
freudig und ordnete sogleich an, daß zu unseren Ehren ein Fest
gegeben wurde. Wie uns auffiel, wohnten Männer und Frauen
hier zusammen, und daß Raki und ich bei dem Fest beide einen
Federkopfschmuck trugen, schien den Häuptling nicht weiter zu
erstaunen. Niemand von ihnen war je auf dem Treffen der Dreißig
Stämme gewesen, und sie waren sehr begierig, Neuigkeiten darüber zu erfahren. Spät an diesem ersten Abend gestand der Häuptling, daß der Häuptling aus dem Lächelnden Tal ihm von uns erzählt hatte. In dieser Erzählung war meine Prüfung beträchtlich
ausgeschmückt worden! Angeblich hätten in den Höhlen ganz
besonders schreckliche Dämonen gehaust, die ich mit Hilfe meiner geheimnisvollen magischen Fähigkeiten zu Hunderten getötet
hätte. Der Häuptling der Dämonen hätte mich schließlich um
Gnade angefleht, die ich ihm unter der Bedingung gewährt hätte,
daß sein Volk mir künftig dienen müsse. Nun schrieb man mir die
Fähigkeit zu, mühelos Regen oder Trockenheit herbeizaubern zu
können, so daß die Ernte meiner Freunde gedieh, während meine
Feinde von Hungersnöten heimgesucht wurden.

Ich protestierte und sagte, der Häuptling vom Lächelnden Tal
hätte bei seiner Lobrede auf mich ganz gewaltig übertrieben.
Doch zu meiner und Rakis Erheiterung legte man mir das als die
natürliche Bescheidenheit einer mächtigen Kriegerin aus.

Von Tag zu Tag zeigte sich deutlicher, daß dem Häuptling sehr
an unserem Bleiben gelegen war, denn er achtete peinlich darauf,
daß alles unterlassen wurde, was uns in irgendeiner Weise hätte
verärgern können. Ob wir es vorzögen, wenn sie gleich neben
ihrem Dorf Tipis für uns errichteten? Oder wäre uns ein Lagerplatz auf dem westlichen Hügel über dem Fluß angenehmer? Die

Schüchternheit, mit der er andeutete, daß ein nächtlicher Regen gut für die Ernte wäre, wirkte geradezu lächerlich. Ich nickte und ging dann weg, als sei ich tief in Gedanken versunken. Er beobachtete mich aufgeregt und blickte dann hinauf in den Himmel, um nachzuschauen, ob auf meinen Ruf hin bereits die Wolken herbeieilten.

Als ich nachts aufwachte und dann tatsächlich Regen herabrauschen hörte, war mir das außerordentlich unangenehm. Ich wußte genau, er würde mir nie glauben, daß ich diesen Regen nicht herbeigezaubert hatte.

»Ich hoffe, die Regengeister können über solche Dinge lachen«, sagte ich zu Raki, »und haben meine Entschuldigung dafür gehört, daß man mir Kräfte zuschreibt, über die allein sie verfügen!«

Es erwies sich als schwierig, dem Häuptling begreiflich zu machen, daß wir unseren eigenen »Ort, wo der Mais wächst« finden mußten und daß dieser Wunsch nicht auf ihre mangelnde Gastfreundschaft zurückzuführen war. Schließlich fand er sich damit ab, klammerte sich aber an die Hoffnung, daß wir enge Nachbarn bleiben würden. Er pries die Jagdgründe, die in östlicher Richtung an ihre eigenen angrenzten, als handelte es sich bei ihnen um das Land jenseits des Sonnenuntergangs. Nirgendwo sonst ließe sich das Wild so leicht erlegen, seien die Flüsse so voller Fische; nirgendwo sonst lieferten die Bäume ein so edles Holz und sei der Boden so fruchtbar. Uns war klar, warum er uns an der Ostgrenze seines Landes haben wollte: Er fürchtete, daß ein Teil unserer wohltätigen Kräfte in eine andere Richtung fließen könnte, wenn auch das Gebiet der Leute vom Lächelnden Tal an unser Land angrenzte.

Wir brauchten Zeit, einerseits um die uns empfohlenen Jagdgründe zu erkunden, aber auch um herauszufinden, ob solche Nachbarn überhaupt gut für unseren Stamm sein würden. Daher sagten wir dem Häuptling, bei uns sei es Brauch, derartig wichtige Entscheidungen ausschließlich bei Vollmond zu treffen. Dafür zeigte er sofort Verständnis, sichtlich betroffen, daß er so wenig Einsicht in unsere Sitten und Bräuche bewiesen hatte.

Die abergläubische Verehrung, die das Volk des Blauen Rauchs mir entgegenbrachte, begann sogar in unserem eigenen Stamm um sich zu greifen. Mehrere unserer Frauen, die sich bei der Überquerung der Bitteren Berge lauthals beklagt hatten, kamen zu mir, um sich für ihr mangelndes Vertrauen in meine Weisheit und Autorität zu entschuldigen. Ich versuchte, ihnen klarzumachen, daß ich Opfer einer Legende war, aber sie glaubten mir nicht wirklich. Wenn ich deswegen mit ihnen schimpfte, verhielten sie sich unterwürfig. Lachte ich sie aus, fingen sie an zu weinen.

Erst jetzt wurde mir bewußt, wie leicht es für die Alten Frauen gewesen war, Macht auszuüben. Der leidenschaftliche Wunsch, nicht denken, keine Verantwortung übernehmen zu müssen, war eine Pflanze mit hundert Wurzeln: Man glaubte, man hätte sie ausgerissen und den Boden gesäubert, so daß die Aufrichtigkeit des einzelnen aufblühen konnte, doch dann wucherten neue Triebe dieses Unkrauts empor und verdrängten alles andere, was dort zu wachsen versuchte.

Die Frauen des Blauen Rauchs brachten mir Geschenke, und wenn ich mich bedankte, sagten sie schüchtern: »Ich habe schon zwei Töchter und hätte gerne einen Sohn« oder: »Mein Mann stellt anderen Squaws nach«, oder: »Mein Kind ist krank.« Und dann schauten sie mich flehend, hilfesuchend an. Ich versuchte, ihnen zu erklären, daß ich nur eine ganz gewöhnliche Frau war, die über keinerlei Zauberkräfte verfügte. An mir gäbe es nur eine Besonderheit: Ich gehörte einem Stamm an, in dem Mann und Frau einander wie das rechte und das linke Auge ergänzten, wie die linke Hand und die rechte Hand, der linke Fuß und der rechte Fuß; zusammen bildeten sie eine Einheit, die größer war als jeder für sich allein. Ich sagte ihnen, daß ohne diese Erkenntnis sowohl die Männer als auch die Frauen nur halbe Menschen wären, die lediglich ein Auge, eine Hand, einen Fuß gebrauchen könnten. Ich schlug ihnen vor, dieses Wissen in ihrem Stamm zu verbreiten, dann könnten sie unseren Zauber auch erleben. Doch sie starrten mich nur verständnislos an und sagten: »Vergib mir, daß mein Geschenk nicht gut genug ist« oder, was noch schwerer zu ertragen war: »Nun weiß ich, daß ich deines Zaubers nicht würdig bin.« Dann gingen sie unglücklich davon.

Ich ging mit den Männern auf die Jagd, in der Hoffnung, dadurch zu beweisen, daß ich doch nur ein ganz gewöhnlicher Mensch war. Aber wenn meine Pfeile einen Hirsch zur Strecke brachten, glaubten sie mir nicht, daß mein Jagdgeschick ebenso wie das ihre auf langjährige Übung zurückzuführen war. Statt dessen dachten sie, ich bräuchte den Pfeil nur anzulegen, und schon würde ein Dämon ihn ins Herz der Beute tragen.

Zum erstenmal wurde mir wirklich bewußt, wie einsam Na-
ka-chek immer gewesen sein mußte. Sie versuchten, mir die Einsamkeit eines Häuptlings aufzubürden, der ganz bewußt Abstand
zu seinem Stamm wahrte. Alles, was ich tat, wurde plötzlich
furchtbar wichtig: Wenn ich sieben Pfeile im Köcher trug, hatten
am nächsten Tag alle Jäger sieben Pfeile. Gingen Raki und ich bei
Tagesanbruch zum Fluß, um zu baden, drängten sich dort am
nächsten Morgen die Leute. Sie glaubten, wir würden dort mit
dem Wassergeist sprechen, und wenn der Geist sie bei uns sah,
würde er erkennen, daß sie unter unserem Schutz standen. Es war
mir nicht möglich, ihren stillschweigenden Glauben zu brechen,
daß ich über Zauberkräfte verfügte, mich aber weigerte, diese zu
ihrem Wohl einzusetzen. Ich sorgte mich, daß sie schon bald anfangen würden, sich vor mir zu fürchten, und Haß wird immer
aus Furcht geboren.

Die meisten aus unserem Stamm fühlten sich bei den Leuten
des Blauen Rauchs wohl. Nach den Strapazen, die hinter uns
lagen, genossen sie das angenehme Leben hier; sie begannen, sich
mir gegenüber genauso ehrerbietig zu verhalten wie der Blaue-
Rauch-Stamm. Wenn Raki ihnen nicht befohlen hätte, bei der
Feldarbeit, der Jagd und dem Fischfang zu helfen, hätten sie keinen Handschlag tun müssen, denn unsere Gastgeber versorgten
uns bereitwillig mit allem, was wir brauchten. Unsere Squaws, die
von den Alten Frauen des Zwei-Bäume-Stammes verspottet und
schlecht behandelt worden waren, wurden nun beneidet und
bewundert. Die Schmeicheleien machten sie eitel und faul und
klangen ihnen angenehmer in den Ohren, als das, was sie von
ihren Männern zu hören bekamen, die sie auslachten und darüber
spotteten, wie sie von der Leichtgläubigkeit unserer Gastgeber
zehrten.

Ich begann, nachts wachzuliegen und über unsere Zukunft
nachzugrübeln. Wohin sollten wir von hier aus ziehen? Die Legende über meine angeblichen Zauberkünste stammte von dem
Volk aus dem Lächelnden Tal. Sie würden uns also vermutlich genauso abergläubisch verehren, wenn wir zu ihnen gingen. Raki
und ich hätten gerne an den vom Häuptling gepriesenen Jagdgründen im Osten etwas auszusetzen gefunden, aber es gab dort
alles, was ein junger Stamm sich nur wünschen konnte. Weiter
nach Süden konnten wir nicht gehen, denn dieser Weg war durch
eine wasserlose Wüste versperrt, die nur fünf Tagesreisen entfernt

lag. So weit unsere Gastgeber zurückdenken konnten, war diese Wüste noch nie durchquert worden. Sollten wir das Land annehmen, das sie uns so freimütig anboten, und hoffen, mit der Zeit als ganz normale Freunde akzeptiert zu werden ... oder war ihre abergläubische Ehrfurcht mir gegenüber bereits so groß, daß sie sich nicht mehr zerstreuen ließ? Aber es gab hier alles, was unser Stamm brauchte. Hatte ich das Recht, ihnen das zu nehmen, nur weil ich wegen meiner Fahrt durch die Höhlen als etwas Besonderes angesehen wurde? Ich fühlte mich sehr jung und unentschlossen und sehnte mich danach, mit Na-ka-chek sprechen zu können, so wie die kleine Piyanah sich einst nach ihrer Mutter gesehnt hatte.

Seit Dorroks Tod traf ein aus sechs Leuten bestehender Rat alle wichtigen Entscheidungen: Raki und ich, Rokeena und Tekeeni, Gorgi und Cheka. Die anderen fanden es immer noch leichter, Anweisungen entgegenzunehmen, als sich selbst an den Entscheidungen zu beteiligen. Der Vollmond, an dem wir entscheiden mußten, ob wir gehen oder bleiben sollten, war nun gekommen. Wir hatten es bewußt vermieden, diese heikle Frage mit den anderen zu besprechen, um uns in unserem Urteilsvermögen nicht beeinflussen zu lassen. Wir sechs trafen uns im Schatten einer Stechpalme, die auf einem Hügel über den Feldern stand. Es war Zeit, zu sprechen.

Cheka, die jüngste und unerfahrenste, sprach als erste. »Es ist schwer, ganz ehrlich zu sein, aber ich will es versuchen. Ich möchte gerne hierbleiben, weil das Leben hier angenehm und leicht ist. Das Land ist sicher, so daß ich Gorgi überallhin begleiten darf ... und mit Gorgi zusammenzusein ist das einzige, worauf es für mich wirklich ankommt. Aber viele von den anderen Squaws verlassen sich nicht mehr so auf ihre Männer, wie sie es in schwierigeren Zeiten taten.« Sie zeigte hinunter auf die Felder. »Seht selbst ... dreißig unserer Frauen arbeiten dort, und kein Mann ist bei ihnen ... und die anderen schwatzen bestimmt mit den Frauen vom Blauen Rauch.«

»Sie hat recht«, sagte Gorgi, »ich würde auch gerne hierbleiben, aber die Männer vom Blauen Rauch machen sich insgeheim über uns lustig, weil wir so von unseren Squaws abhängig sind.«

»Die Frauen lachen auch über uns«, sagte Rokeena, »weil wir uns angeblich nicht trauen, unsere Männer aus den Augen zu lassen. Sie sagen, unsere Männer wären Kinder, die noch von uns behütet werden müßten, obwohl sie längst erwachsen wären. Wir tun ihnen leid, weil wir so schwache Männer haben, die es nicht verstehen, sich ihre Frauen gefügig zu machen! Sie sagen, es wäre sehr tapfer von mir, bei Tekeeni zu bleiben, obwohl er den Körper eines Kriegers, aber den Geist eines Kindes hätte, das sich an die Hand einer Frau klammern muß, weil es nicht gelernt hat, allein zu gehen.« Dann wandte sie sich mir zu und fragte: »Haben die Häuptlingsfrauen zu dir auch solche Dinge gesagt, Piyanah?«

»Ja«, gestand ich widerstrebend. »Sie fragen: ›Was ist diese Gleichheit, die die Frauen in deinem Stamm angeblich haben?‹ Und wenn ich es ihnen zu erklären versuche, nicken sie mit den Köpfen und sagen: ›Die Männer deines Stammes sind schlau, denn sie lassen euch ihre Arbeit noch zusätzlich zu der euren tun.‹ Sie glauben, Gleichheit zwischen Männern und Frauen sei unmöglich ... und die Männer denken dasselbe.«

»Ja«, sagte Raki, »allerdings! Ich habe dem Häuptling erzählt, daß Piyanah ihre rote Feder auf ehrliche Weise erworben hat, wie jeder gewöhnliche Sterbliche, und nicht mit Hilfe irgendwelcher übernatürlicher Waffen. Er hat mir nicht wörtlich unterstellt, ich hätte die Unwahrheit gesagt, aber obgleich diese Leute sehr höflich sind, merkte man ihm doch deutlich an, daß er mir kein Wort glaubte. Zwar würden ihre Männer und Frauen das nie zugeben, aber unbewußt fürchten sie sich voreinander. Die Frauen fürchten die Männer, weil sie auf deren Schutz angewiesen sind – gegen feindliche Krieger, gegen Pumas, gegen die Notwendigkeit, selbständig zu denken. Die Männer fürchten die Frauen, weil sie es nicht verwinden können, als Kinder völlig von ihren Müttern abhängig gewesen zu sein. Ihr körperliches Bedürfnis nach Frauen erfüllt sie mit Grollgefühlen, weil es ihr Streben nach völliger Unabhängigkeit erschwert, die für sie wichtiger ist als alles andere. Sie fürchten die heimliche Macht der Frauen, die angeblich von der Zusammenarbeit mit bestimmten Dämonen herrührt. Bestimmt ist euch aufgefallen, daß in den Legenden, die sie sich erzählen, die Geister, sogar die Donnergeister, immer weiblich sind und daß nur eine Frau ein Wachfeuer anzünden darf.«

»Sie fürchten sich voreinander«, sagte ich, »und sind auch noch stolz darauf, sich gegenseitig in dieser Furcht zu bestärken.«

»Ob sie uns deshalb Jagdgründe angeboten haben?« sagte Tekeeni. »Wenn sie sich vor sich selbst fürchten, dann werden sie sich auch vor möglichen Angreifern fürchten, und achtunddreißig

Tapfere in nur zwei Tagesreisen Entfernung bedeuteten für sie zusätzliche Sicherheit. Besonders, da dem Häuptling klar sein muß, daß sein Stamm nach einer so langen Zeit des Friedens sehr verwundbar ist. Der Stamm des Blauen Rauchs gehört nicht zu den dreißig Stämmen, doch im vergangenen Jahr haben sie an ihrem Platz des Tauschhandels von dem Blutbad am Biber-Stamm erfahren, und auch, daß es der Zwei-Bäume-Stamm gewesen ist, der die Schwarzen Federn besiegte. Wir sind nur wenige, aber vielleicht rechnen sie damit, daß uns im Fall eines Angriffs viele zu Hilfe kommen würden.«

»Kein Wunder, daß sie uns so bereitwillig ihre Anbaumethoden zeigen, uns Saatgut anbieten und versprechen, uns beim Anlegen unserer eigenen Felder zu helfen«, sagte Gorgi. »Honig, um einen Bären zu zähmen ... denn auch ein gezähmter Bär wird das Lager gegen jeden Eindringling verteidigen.«

»Ein zahmer Bär ist leicht zu erlegen«, sagte Cheka. Sie zeigte auf einige unserer Frauen, die vom Feld kamen, Körbe mit gejätetem Unkraut auf den Köpfen tragend. »Wenn wir hierbleiben, werden sie die Disteln des Aberglaubens auf den Boden säen, von dem wir mühsam das Unkraut entfernt haben. Unsere Männer und Frauen entfremden sich bereits voneinander ... noch ist nichts Auffälliges geschehen, und es hat noch keine bitteren Streitigkeiten gegeben, aber schon weht der Wind die Distelwolle der Trennung in unser Lager. Wenn wir zulassen, daß sie dort Wurzeln schlägt, werden für tausend Disteln, die wir ausreißen, zweitausend neue wachsen.«

»Dann sind wir uns einig, daß wir weiterziehen?« fragte Raki.

»Ja, laßt uns weiterziehen«, sagten die anderen.

»Nach Osten oder nach Westen?«

»Nach *Süden*«, sagte ich, und sogar Raki starrte mich verblüfft an, denn hatten uns die Leute vom Blauen-Rauch-Stamm nicht gesagt, daß im Süden eine Wüste lag, die sich bis zum Ende der Welt erstreckte?

»Ich habe Neuigkeiten von meinem Vater Na-ka-chek für euch. Letzte Nacht besuchte er mich im Schlaf, um mir Lebewohl zu sagen, ehe er zu meiner Mutter ins Land jenseits des Sonnenuntergangs reiste.«

»Ist er tot?«

»Ich habe ihn noch nie so lebendig gesehen, aber sein Volk war Zeuge, wie sein Körper zu Asche zerfiel und sein Totenkanu zu den Stromschnellen davontrieb. Er hat mir gesagt, daß wir jenseits der Wüste unseren ›Ort, wo der Mais wächst‹ finden werden. Es gibt dort einen Fluß, der von Ost nach West durch offenes Grasland fließt, und dann ein weites, flaches Tal, umgeben von bewaldeten Hügeln. Er brachte mich dorthin, so daß ich es mit eigenen Augen sah. Allerdings konnte ich die Wüste, die wir zuvor durchqueren müssen, nicht sehen. Er zog sogar eine Furche durch eine Wiese, um mir zu zeigen, wo wir unser erstes Feld anlegen sollen.«

»Warum hast du mir heute morgen nach dem Aufwachen nichts davon erzählt?« fragte Raki.

»Ich wollte erst sicher sein, daß ihr alle wirklich weiterziehen wollt. Ich habe Na-ka-chek gesehen, aber ich kann nicht bewirken, daß ihr ihn auch seht. Er hat mir das Land jenseits der Wüste gezeigt, aber warum sollte jemand von euch mir glauben? Die Leute des Blauen Rauchs leben hier seit drei Generationen, und sie sagen, daß niemand, der versuchte, das Land des Großen Durstes zu durchqueren, je zurückgekehrt ist. Sie sind sicher, daß es dahinter nichts gibt, nur noch größeren Durst, und den Tod. Warum solltet ihr eine solche Reise wagen, nur weil eine Frau namens Piyanah einen Traum hatte?«

»Warum?« sagte Raki. »Das will ich dir sagen. Der Reiher-Stamm wurde aus einem Traum geboren, und durch einen neuen Traum werden wir unseren ›Ort, wo der Mais wächst‹ finden.«

DAS LAND
DES GROSSEN DURSTES

Als unsere Gastgeber hörten, daß wir durch das Land des Großen Durstes nach Süden ziehen wollten, waren sie entsetzt. Sie wollten nicht begreifen, daß ein von ihnen so hochgeachteter Stamm offenbar freiwillig in den sicheren Tod ging. Nachdem sie alles in ihrer Macht stehende versucht hatten, uns umzustimmen, änderten sie über Nacht plötzlich ihre Haltung und halfen uns begeistert bei unseren Reisevorbereitungen.

Den Grund für diesen Meinungsumschwung fanden wir rasch

heraus: Ihr Häuptling war zu dem Schluß gelangt, daß es meinen Leuten endlich gelungen war, mich zum Einsatz meiner magischen Kräfte zu überreden. Ich würde Regen herbeizaubern, so daß die wasserlose Wüste sich in einen Ort der Fruchtbarkeit verwandelte; durch seit ewigen Zeiten ausgetrocknete Flußbetten würde wieder Wasser fließen, und da es eine beträchtliche Weile dauern würde, bis andere Stämme von diesem wundersamen Ereignis erfuhren, konnte der Stamm des Blauen Rauchs sein Stammesgebiet ungehindert nach Süden erweitern.

Die Frauen fertigten Wasserhäute für uns an – Lederbeutel, in denen wir unsere Wasservorräte aufbewahren konnten – da jeder von uns zwei davon zusätzlich zu unserem übrigen Gepäck tragen würde. Sie stellten ohne Salz haltbar gemachtes Trockenfleisch her, und Ziegenkäse – sie besaßen weitaus mehr Ziegen als der Zwei-Bäume-Stamm – und buken uns einen Vorrat an großen, aber leicht zu tragenden Broten. Auch gaben sie uns mehrere mit saurem Fruchtsaft gefüllte Häute mit. Der Saft war ziemlich unappetitlich, weil er den Geschmack der Tierhaut annahm, doch sie versicherten uns, daß man damit ausgezeichnet den Durst löschen könnte.

Bei der Überreichung dieser Geschenke verhielten sie sich äußerst schüchtern. Ihr Häuptling sagte: »Ich weiß natürlich, daß der Häuptling des Reiher-Stammes nicht auf Vorräte angewiesen ist, wie sie gewöhnliche Sterbliche mit auf eine solche Reise nehmen müssen. Wenn du Durst hast, öffnen sich die Wolken für dich. Wenn du dir Fleisch wünschst, trottet sogleich eine wohlgenährte Hirschkuh herbei. Wenn es zu warm wird, verschafft dir ein kühlender Wind aus dem Norden Erleichterung. Und wenn die Nacht kalt ist, läßt ein Wort von dir die Dornensträucher in Flammen aufgehen. Erlaube mir nichtswürdigem Sterblichen dennoch, dir mit diesen Geschenken meine Gunst zu erweisen, ehrenwerter Häuptling des Reiher-Stammes. Es ist mir eine Ehre, dir das Beste zu geben, was ich besitze. Sei also bitte nachsichtig mit mir wie ein Fluß, in den eine Squaw einen Krug Wasser in der Hoffnung hineingießt, dadurch das Tosen der Stromschnellen verstärken zu können.«

Ich hatte inzwischen den Versuch aufgegeben, ihn von seinem Aberglauben zu kurieren. Daher nahm ich seine Geschenke dankbar an und verzichtete auf den Hinweis, daß ich mir der Gefahren, die uns in der Wüste drohten, sehr wohl bewußt war.

Während der Vorbereitungen auf diesen letzten Abschnitt unserer Reise bekam ich das sichere Gefühl, daß Rakis und mein Kind sich in meinem Körper bereits kräftig entwickelte. Aufgrund der Veränderungen, die ich bei mir selbst bemerkte, erkannte ich, daß auch die meisten anderen Squaws schwanger waren. Ich entschied aber, daß sie das Dickerwerden ihrer Taillen ruhig noch eine Weile dem ruhigen Leben und dem reichlichen Essen der letzten Wochen zuschreiben sollten. Hier beim Stamm des Blauen Rauchs hatten sie sich wohler gefühlt als jemals zuvor. Da sie diese Annehmlichkeiten aber der Überquerung der Bitteren Berge verdankten, waren sie bereit, weitere Strapazen auf sich zu nehmen, um noch größere Fülle zu erlangen.

Na-ka-chek hatte mir gesagt, daß unser »Ort, wo der Mais wächst« jenseits der Wüste lag und daß dort mein Sohn geboren werden würde. Es war mir unmöglich, meinen Sohn zu verraten, noch seinen Vater und seinen Großvater. Dennoch fand ich es tagsüber fast ebenso schwierig, meinen Glauben an die Wahrheit dieses Traums zu bewahren, wie es schwierig gewesen wäre, diese Wahrheit den anderen zu beweisen.

Für Raki war dieser Traum, in dem Na-ka-chek mich besucht hatte, so lebendig wie für mich selbst, vielleicht sogar noch lebendiger. Raki strahlte ein ruhiges, heiteres Vertrauen aus, daß der Weg durch das Land des Großen Durstes die letzte Prüfung war, die wir zu bestehen haben würden. Gorgi und Cheka, Rokeena und Tekeeni teilten dieses Vertrauen; die anderen Männer gehorchten, aber ich wußte, daß sie hinter unserem Rücken deswegen murrten. Wir führten sie von Jagdgründen weg, die gut und wildreich waren; wir entzogen ihnen die Bewunderung der Männer vom Blauen Rauch, bei denen sie sich stark fühlen konnten, ohne selbst etwas für das Ansehen tun zu müssen, das sie hier genossen. Ich sagte ihnen, daß unsere Gastgeber sie als Schwächlinge verachteten, die auf die Hilfe von Frauen angewiesen waren, aber sie glaubten mir nicht und dachten, ich mache mich über sie lustig.

Die Leute vom Blauen Rauch begleiteten uns bis zum letzten Fluß nördlich der Wüste, fünf Tagesreisen von ihrem Dorf entfernt. Es war ein kleiner Fluß, dessen dicht bewachsene Ufer in kräftigem Grün leuchteten; doch als wir ihn erreichten, hatten wir bereits eine weite Strecke durch flaches Land zurückgelegt, wo nur spärliche, dornige Sträucher wuchsen und schon ein kleiner

Windstoß unangenehme, Hustenreiz verursachende Staubwolken aufwirbelte.

Der Weg in das Land des Großen Durstes führte über eine steinige Hügelkette. Wie sie uns sagten, schirmten diese Hügel das Land von der Wüste ab, die sich sonst wie ein Waldbrand ausgebreitet hätte und alle Pflanzen verdorren lassen würde. Ich hatte geglaubt, sie würden uns am ersten Tag unserer Reise durch die Wüste helfen, unsere zusätzlichen Wasserhäute zu tragen; doch selbst der Rand der Wüste erschien ihnen offenbar so gefährlich, daß sie am Norsufer des Flusses blieben. Sie hatten ihre besten Hemden angezogen und winkten uns mit an Stöcken befestigten blauen und gelben Wimpeln. Die Wimpel schienen in irgendeinem wichtigen Zusammenhang zu ihrer Stammesgeschichte zu stehen, aber als ich den Häuptling danach fragte, konnte er sich offenbar nicht erinnern, was sie bedeuteten.

Einige der Leute vom Blauen Rauch weinten beim Abschied, aber ich war nicht sicher, ob sie uns bedauerten, weil wir uns in tödliche Gefahr begaben, oder sich selbst, weil mit mir jene Zauberkräfte weggingen, von denen sie gehofft hatten, daß ich sie eines Tages zu ihren Gunsten einsetzen würde. Offenbar lagerten sie an der Stelle, wo wir sie verlassen hatten, denn am Abend konnten wir von einer kahlen Hügelkuppe aus in der Ferne den Rauch ihrer Kochfeuer sehen.

Am Abend des zweiten Tages erreichten wir ein Wasserloch. Das Wasser war trüb, aber trinkbar, so daß wir unsere bereits leeren Wasserhäute auffüllen konnten. Wir fingen ein paar Eidechsen, von denen die Leute vom Blauen Rauch uns gesagt hatten, sie seien genießbar. Wir rösteten sie in heißer Asche und verspeisten sie, obgleich sie niemandem von uns besonders schmeckten. Während des folgenden Tages glaubten wir mehrfach, daß kleine Seen vor uns lagen, doch jedesmal entpuppten sie sich lediglich als Bodensenken, die mit einer weißen, an harten, unter den Füßen knirschenden Schnee erinnernden Erde gefüllt waren. Einmal stolperte eine unserer Frauen beim Durchqueren einer solchen Senke und fiel hin. Sie hatte sich früher an diesem Tag eine Schürfwunde am Knie zugezogen. Nun sah ich sie zusammenzucken und rasch die weißen Krümel von der verletzten Stelle abwischen, da sie offenbar heftig darin brannten. Ich erinnerte mich an die kleine Piyanah, die ihre Finger in den Salzkrug des Stammes gesteckt und dabei festgestellt hatte, daß Salz sehr schmerzhaft sein kann, wenn es in eine offene Wunde gelangt. Ich hob eine Handvoll der weißen Erde auf und prüfte sie mit der Zunge.

Raki ging ein Stück vor mir; ich rannte ihm nach und faßte ihn am Arm. »Raki, wir gehen gerade mitten durch Reichtümer, für die der Zwei-Bäume-Stamm seine ganze Jahresherstellung an Mokassins und Decken eintauschen würde. Wir gehen auf *Salz*, Raki – kostbares Salz, für das jemandem ein Brandzeichen auf die Haut gedrückt wurde, wenn er wagte, davon auch nur eine Handvoll aus dem Stammesvorrat zu stehlen.«

Es überraschte mich, daß er meine Begeisterung nicht teilte. »Ja, es ist Salz, Piyanah – und wenn wir auf Wasser stoßen, ist das möglicherweise auch salzig. Hier ist Wasser kostbar, während es am Fluß der Zwei Bäume keinen besonderen Wert hatte. Wenn uns die Großen Jäger nicht beistehen, werden wir in drei Tagen bereit sein, mehr als unsere Mokassins und Decken für einen Krug Wasser einzutauschen.«

Das dämpfte meine Stimmung, und ich ging schweigend weiter. Später sagte ich: »Raki, weißt du noch, wie wir es nie glauben wollten, wenn uns erzählt wurde, daß an manchen Orten Salz völlig wertlos sei? Und es gab eine Legende, daß die Pfade im Land jenseits des Sonnenuntergangs mit Salz bestreut sind. Auch das haben wir nicht geglaubt. Weißt du noch, wie herrlich es war, einmal im Jahr, wenn unsere Leute vom Platz des Tauschhandels zurückkamen, eine Handvoll Salz zum Lecken geschenkt zu bekommen? Es ist seltsam, wie manche Dinge, nach denen man sich sehnt, ihren Wert zu verlieren scheinen, wenn man sie bekommt.«

»Es fühlt sich unter den Füßen wie Schnee an, Piyanah, und knirscht fast auf die gleiche Weise, wenn man durch die Kruste bricht. Und in dieser hellen Sonne blendet es auch genauso wie Schnee.«

»Sprich bitte nicht vom Schnee, Raki, denn davon bekomme ich Durst. Es ist schon jetzt so heiß, und in der Mittagszeit wird es noch schlimmer werden. Alles scheint hier aus Salz zu bestehen – es geht kein Wind, aber meine Lippen sind trotzdem voller Salz. Sie sind von der Sonne aufgeplatzt, und es brennt scheußlich!«

»Am Mittag können wir etwas trinken. Wir haben noch vier Häute mit saurem Saft. Er ist besser als Wasser.«

»Und wie viele Wasserhäute haben wir noch?«

»Dreiundfünfzig; sie reichen für drei Tage, wenn wir sparsam damit umgehen sogar länger. Selbst hier gibt es am Morgen bestimmt Tau, und nach Sonnenuntergang kühlt sich die Luft ab.«

Der Durst war ein unvertrauter Feind, und unser Volk fürchtete sich vor ihm. Sie waren mit dem Rauschen des Wassers in den Ohren zur Welt gekommen, und bis sie sich dem Totem des Reihers angeschlossen hatten, waren alle ihre Reisen entlang von Flüssen verlaufen. Nachts versuchten wir, ihnen den Trost eines Wachfeuers zu spenden, doch die blattlosen Dornensträucher flammten, wenn man sie anzündete, hell auf, knisterten und zerfielen sofort zu weißer Asche, und anschließend wirkte die schwarze Decke der Nacht nur um so finsterer.

Am siebten Tag entdeckten wir ein weiteres Wasserloch, aber es war etwas brackig und zu klein, um alle unsere Wasserhäute darin auffüllen zu können. In der Nacht hörte ich, wie eine Frau mit schriller Stimme ihren Mann davon zu überzeugen suchte, umzukehren. Nach einem weiteren Tag endlosen, mühsamen Marschierens, während dem eine lange Reihe erschöpfter Gestalten sich hinter Raki und mir vorwärtsgeschleppt hatte, waren sie zu müde, um sich zu widersetzen, so daß Raki sie nicht länger durch Geschichten über die Heldentaten Roter Federn anzuspornen brauchte.

Wie süß Wasser sein konnte, wurde mir erst klar, als ich am zehnten Tag aus einem Teich in einem ansonsten ausgetrockneten Flußbett trank. Wie sich das Wasser dort hatte halten können, weiß ich nicht, aber es war tatsächlich vorhanden, reichte mir bis zum Bauch, und der Teich durchmaß etwa zwei Kanulängen. Er war von verkrüppelten Büschen umstanden, deren kräftiges Grün – wenngleich ich sie außerhalb dieser bleichen Einöde vermutlich eher grau genannt hätte – uns angelockt hatte. Es war traumhaft, sich auf den Bauch zu legen und in tiefen Zügen klares Wasser zu schlürfen, mein Gesicht hineinzutauchen, bis mein Haar triefend naß war und kühle Bäche über meine ausgetrocknete Haut rannen. Als ich mich dann plötzlich zusammenkrümmte und mich übergeben mußte und andere das gleiche tun sah, dachte ich im ersten Moment, das Wasser sei giftig, aber Raki meinte, wir hätten wohl zu rasch zu viel getrunken, nachdem wir vorher so ausgetrocknet gewesen waren. Er hatte offenbar recht, denn nachdem wir nur noch vorsichtig kleine Schlucke aus den hohlen Händen tranken, traten keine nachteiligen Wirkungen mehr ein.

In dieser Nacht entzündeten wir ein Feuer und freuten uns, daß
die Leute des Blauen Rauches sich mit ihrer Behauptung geirrt
hatten, die Wüste wäre wasserlos. Wenn es *einen* Teich gab,
waren da gewiß noch mehr. Wir sahen Grund zu der Hoffnung,
daß es sich bei dem ausgetrockneten Flußbett bereits um die
Nordgrenze jenes Landes handelte, nach dem wir suchten. Als wir
am nächsten Morgen alle unsere Wasserhäute gefüllt und reichlich
getrunken hatten, setzten wir mit einem Lied auf den Lippen
unseren Marsch fort, alle ohne Ausnahme vertrauensvoll in die
Zukunft blickend.

Auf dem flachen, dürren Land lag flimmernde Hitze wie über
der glühenden Asche eines riesigen Kochfeuers. Am Mittag erlaubte Raki allen, etwas zu trinken, wobei sofort drei Wasserhäute geleert wurden. Manche der Häute waren nicht ausreichend
haltbar gemacht worden, so daß das Wasser daraus unangenehm
schmeckte. Das erinnerte mich daran, was Na-ka-chek zu mir
gesagt hatte, als wir über die Weisheit sprachen: »Ist nicht in der
Wüste sogar schales Wasser kostbar?«

Drei Tage später sagten mehrere Leute, sie sähen einen See, den
wir vor Sonnenuntergang erreichen würden. Deshalb gäbe es keinen Grund, während des mühsamen Marsches durch die Hitze
Wasser zu sparen. Raki sagte ihnen, sie könnten so viel trinken,
wie sie wollten, wenn wir an den See kämen, und diese Hoffnung
bewirkte, daß sie weitermarschierten, ohne sich zu beklagen. Raki
und ich waren sicher, daß ihr See lediglich ein weiteres Trugbild
war, von denen uns die Wüstendämonen schon mehrere geschickt
hatten, um uns zu entmutigen.

Der Boden war so weich, daß wir bei jedem Schritt knöchel-
tief einsanken. Wenn wir die Mokassins anbehielten, füllten sie
sich mit Sand, der unsere Füße wundscheuerte; zogen wir sie
aus, schmerzte die Hitze unter den Fußsohlen, und das Salz
brannte in den Blasen und wunden Stellen. Gegen Abend erblickten wir ein paar Sträucher und rannten darauf zu, in der
Hoffnung, daß es dort Wasser gab. Aber die kümmerlichen
Sträucher waren seit Jahren tot, vielleicht seit Generationen; und
wenn es hier tatsächlich einst Wasser gegeben hatte, so war es
längst unter Salz begraben. Doch obwohl sie in uns falsche Hoff-
nungen geweckt hatten, waren wir den Sträuchern dennoch
dankbar, denn sie ermöglichten es uns, ein schützendes Feuer zu
entfachen in dieser gewaltigen, stummen Einöde, wo selbst die

Sterne von Fremden angezündet worden waren, deren Namen
wir nie gekannt hatten. Der Inhalt von sieben Wasserhäuten verteilt auf dreiundsiebzig
Menschen ergibt nur vier kleine Schlucke für jeden. Es ist schwer,
das Wasser langsam die Kehle hinabrinnen zu lassen, statt es
sofort hinunterzuschlucken. Es ist schwer, Pemmikan oder Brot zu
kauen, wenn man sehr durstig ist, aber wir waren hungrig genug,
um trotz des Durstes zu essen.

Als wir sahen, wie sich am Horizont Wolken zusammenballten,
dachten wir, es würde regnen.

»Wir müssen das Tipi ausbreiten, um den Regen aufzufangen«,
sagte Raki. »Wenn diese Wolken halten, was sie versprechen, werden wir genug zu trinken für alle bekommen; und vielleicht können wir sogar unsere Wasserhäute auffüllen.«

Die Wolken hoben sich dunkel wie eine Bisonherde vor dem
bleichen Himmel ab. Plötzlich rief eine Frau: »Seht doch, dort
vorn ist ein Lager! Ich kann Kochfeuer sehen; da ist eines, und da
ist noch eines!«

Auch ich dachte, es wären Rauchsäulen, die von vielen, weit
verstreuten Feuern aufstiegen. Ich dachte an Wasser in kühlen
Krügen; so viel Wasser, daß ich es trinken und mir über den Körper gießen und dann, in dem beruhigenden Gefühl, daß es noch
viel mehr davon gab, zusehen konnte, wie es an mir herabströmte
und im Boden versickerte.

»Das ist Staub, kein Rauch«, sagte Raki, »Staub, den der Wind
aufwirbelt.« Und mit leiser Stimme, so daß die anderen ihn nicht
hören konnten, fügte er hinzu: »Die Leute vom Blauen Rauch
haben behauptet, das wäre ein sicheres Zeichen, daß die Wüstendämonen zornig sind. Ich hoffe, niemand von den anderen hat
diese alberne Geschichte gehört, denn in der Wüste ist es leicht,
an Dämonen zu glauben.«

Die Staubsäulen – und ich mußte zu mir selbst sagen: »Staub,
nur vom Wind aufgewirbelter Staub, Piyanah. Du glaubst nicht
an Dämonen, nicht einmal in der Wüste!« – kamen immer näher,
brachen über uns herein, blind und gnadenlos wie eine durch ein
Präriefeuer in Panik geratene Tierherde. Wir hörten das höhnische
Kreischen des Windes, ehe uns seine ganze Wut traf.

»Legt euch hin!« schrie Raki. »Schützt eure Köpfe mit den
Decken!«

Schon war mir der Staub in Augen, Mund und Nasenlöcher

gedrungen. Der peitschende Wind versuchte, uns die Decken weg-
zureißen, um uns dann ungehindert die Haut von den Knochen
schmirgeln zu können. Wolken verbargen die Sonne; wir waren
hilflos dem blinden Haß von Naturgewalten ausgesetzt, die
schlimmer als jeder Schneesturm waren. Schnee ist immer ein
ehrenwerter Gegner, der sich damit begnügt, sein Opfer mit Schlaf
einzulullen und zu flüstern: »Der Tod, den ich dir bringe, ist
freundlich. Schlaf ein und klammere dich nicht länger ans Leben.«
Doch dieser glühende Wind schüttelte uns mit den heißen, gna-
denlosen Händen eines wahnsinnigen Würgers.

Er zwang uns dazu, uns flach auf den Boden zu kauern; denn
wenn wir gewagt hätten aufzustehen, hätte er uns unsere Kleider
vom Leib gerissen, so daß wir nackt und schutzlos seinem Toben
ausgesetzt gewesen wären. Jeder Atemzug war eine Qual. Wir
sogen die Luft durch die Decken ein, die wir uns vors Gesicht hielten. Schließlich mußte Raki zehn unserer restlichen Wasserhäute
opfern, um Fetzen unserer Decken anzufeuchten, die wir uns vor
Mund und Nase banden, um den schlimmsten Staub abzuhalten.
Jetzt wußte ich, wie sich ein verwundeter Hirsch mit einem Pfeil
zwischen den Rippen fühlen mußte. Jeder Atemzug war eine ge-
wonnene Schlacht, den Schmerz auszuhalten bedeutete, der Be-
lagerung durch die Dämonen dieses unreinen Sturmes zu wider-
stehen.

Der Wind ließ so plötzlich nach, wie er begonnen hatte, und
die dunkle, staubgeschwängerte Luft begann allmählich, sich auf-
zuhellen. Benommen und erschöpft stolperten wir wieder auf die
Füße. Der Wind war des Staubes müde geworden und ließ ihn
zurück auf die Wüste fallen. Nun konnten wir die Sonne wieder
sehen, schwer und rund wie der aufgehende Herbstmond.

»Es ist immer noch hell«, sagte ich langsam. »Die Sonne steht
noch hoch am Himmel.«

Ich hatte geglaubt, es wäre schon der Morgen des nächsten
Tages gewesen: so viel Angst während eines halben Tagesmar-
sches, so viel Mut, den es brauchte, um einen einzigen Wüsten-
sturm zu überleben.

Wir mußten unser Gepäck ausgraben. Das Tipi war unter
einem Sandberg verschwunden, und wir hätten es vermutlich
niemals wiedergefunden, hätte nicht jemand plötzlich einen der
Pfosten entdeckt, der vom Wind gepackt und aufgerichtet worden
war, so daß er aussah wie ein in den Boden gerammter Speer.

Ich fuhr mir mit den Fingern durchs Haar, um es vom Staub zu befreien, doch dadurch rieselte er mir nur herunter in die Augen, die bereits ganz wund und entzündet waren. Er saß unter meinen Fingernägeln und knirschte zwischen meinen Zähnen. Meine Zunge war so trocken, daß es mir schwerfiel, deutlich zu sprechen. Und um den Staub auszuspucken, hatte ich nicht genug Speichel.

Raki mußte fünf weitere Wasserhäute leeren, ehe alle bereit waren, ihre Lasten wieder aufzunehmen und sich in die von uns angeführte Marschreihe einzuordnen. Ihr Schatten streckte sich verloren hinter ihnen aus, als zögen sie, auf der Suche nach einem letzten Ruheplatz für ihre gemarterten Körper, ihre eigenen Leichentücher hinter sich her. Ich begann zu glauben, daß unsere Spur von flachen Gräbern markiert sein würde; auf dem letzten dieser Gräber zwei Schädel, die roten Federn daran von der Sonne ausgebleicht wie die Knochen.

Nun, da der Wind abgeflaut war, brannte die Sonne spöttisch aus einem wolkenlosen Himmel herunter. Vor uns sah ich dunkle Umrisse, die ich für Bisons hielt. Ich stürzte auf sie zu und legte einen Pfeil an den Bogen. Ich dachte an frisches rotes Fleisch, feucht und saftig. Wo es Blut und Bisons gibt, muß es auch Wasser geben. Wasser, das über Steine plätschert, Wasser in tiefen, klaren Teichen, Wasser, das ich mit den Händen schöpfen kann. Wasser – wenigstens eine kleine, schlammige Pfütze!»Große Jäger, die ihr so viele Seen und Flüsse besitzt, gebt uns bitte Wasser. Wir brauchen nicht so viel, daß ein Kanu darauf fahren kann, nur genug, um zu trinken. Aber bitte laßt uns in dem Wissen trinken, daß genug für alle da ist.«

»Hör auf, Piyanah!« Raki rannte zu mir. »Da ist nichts, Piyanah! Warum spannst du den Bogen?«

»Bisons, Raki – frisches Fleisch, und *Wasser*!«

Seine Finger preßten sich kräftig und beharrlich in meinen Arm. »Du träumst, Piyanah. Das sind Felsen, keine Bisons. Dunkle Felsen, die hier verstreut herumstehen. Sie werden uns Schatten spenden – wir können uns dort bis zum Einbruch der Dunkelheit ausruhen und dann nachts unter den Sternen weitermarschieren, wenn es kühler ist.«

Es stimmte, daß wir uns dort ausruhen konnten. Doch die glatten schwarzen Felsen, vom Wind poliert seit die Zeit jung war, speicherten die Hitze, so daß es in ihrem Schatten nur wenig

kühler war als in der direkten Sonne. Als Raki uns den Befehl gab
weiterzuziehen, waren nur noch fünf Wasserhäute übrig. Die
Nacht war mondlos, und zwischen den großen Felsen lagen
kleine, halb im Sand begrabene Steine, über die man leicht stolperte. Ich wollte das Tipi zurücklassen, weil es den Männern zusehends größere Mühe machte, es zu tragen. Aber Raki sagte, wenn
wir es aufgaben, würden sie daraus schließen, daß kaum noch
Hoffnung auf das Überleben des Stammes bestand.

Immer wieder mußte ich daran denken, daß die Menschen des
Blauen Rauchs gesagt hatten: »Das Land des Großen Durstes
erstreckt sich bis an das Ende der Welt.« Manche Leute glauben,
daß es am Ende der Welt Feuer gibt. Andere denken, daß es dort
eine große Wand aus Wasser gibt, wo alle Flüsse in den Himmel
zurückkehren. Feuer oder Wasser? Feuer oder Wasser? Blut
pochte in meinen Ohren, als sei mein Kopf ein Kessel, dessen
Inhalt über dem Feuer brodelte. Mein Körper war das Feuer: meine
Füße und Hände glühende Holzscheite, mein Mund Asche – heiße
Asche.

Am Abend des sechzehnten Tages hatten wir nur noch zwei
Wasserhäute, obwohl wir uns schon lange darauf beschränkten,
statt zu trinken lediglich unsere Zungen anzufeuchten. Als Raki
sagte, es sei Zeit weiterzumarschieren, ließen sich drei der Frauen
nicht mehr aufwecken. Der Tod war zu ihnen gekommen,
während sie schliefen. Sie lagen zusammengekauert im Schatten
eines Felsblocks, zerfetzte Decken über die Köpfe gezogen. Die
innere Austrocknung hatte ihre Haut so straff über den Knochen
gespannt, daß sie sehr alt wirkten.

Ich hörte das scharfe Knacken ihrer Gelenke, als man ihre
Arme für die Bestattung faltete. Wir hoben flache Gräber aus und
betteten ihre zusammengekauerten Körper auf die rechte Seite,
mit den Gesichtern nach Westen. Ihre Ehemänner legten ihnen je
fünf Maiskörner in die rechte Hand, und in jedes Grab eine leere
Wasserhaut. Wahrscheinlich würden sie sogar auf der anderen
Seite des Wassers anfangs den Durst fürchten, bis sie sich an die
breiten Flüsse des Himmels gewöhnt hatten.

Schweigend schleppten wir uns weiter, Rokeena und Tekeeni
dicht hinter uns, die anderen folgten uns, so gut sie es noch ver-
mochten, teilweise weit zurückfallend. Ich stolperte über einen
Stein und stürzte der Länge nach in den heißen Sand. Er drang
mir in den Mund und versuchte, mich zu ersticken. Ich glaubte,

Wasser zu hören, das in einen von feuchtem Farnkraut umstandenen Teich tropfte. Ich streckte meine Hände aus, um die Tropfen aufzufangen; langsam und schwer klatschten sie auf meine ausgetrockneten Handflächen. Langsam, schwer und warm. Warm wie Blut, salzig wie Blut. Es *ist* Blut, das aus meiner Nase tropft ... Ich treibe auf dunklem Wasser. Ich will es mit den Händen schöpfen, kann aber meine Arme nicht bewegen. Mein Körper gehorcht mir nicht mehr. Der Stamm wird mir nicht mehr gehorchen, weil ich sie verraten habe. Ich sterbe vor Durst. Hajan hatte einen leichteren Tod – aber er hat den Stamm nicht verraten, er hat nur zu früh seinen Glauben verloren.

Ich höre, wie Raki zu Tekeeni sagt, daß sie allein weitergehen müssen, um Wasser zu finden. Wenn er geht, werden wir getrennt voneinander sterben. Ich will mit ihnen gehen, aber sie verstehen nicht, was ich zu sagen versuche. Ich kann nicht deutlich sprechen, weil meine Zunge zu groß für meinen Mund geworden ist. Raki sagt, ich müsse hierbleiben und mich um die anderen kümmern. Wenn wir beide gingen, würde der Reiher-Stamm glauben, sein Häuptling ließe ihn im Stich. Raki trägt mich zu einem großen Felsen und legt die beiden letzten Wasserhäute neben mich, damit ich darüber entscheide, wann davon getrunken werden darf. Er holt meinen Gefiederten Kopfschmuck hervor und setzt ihn mir auf. Er sagt, das solle die anderen daran erinnern, daß sie der Autorität des Häuptlings gehorchen müßten.

Es gelingt mir, Raki zuzulächeln, ehe er mit Tekeeni davongeht, weiter und weiter in die Wüste davongeht. Schon bald werden wir beide verdurstet sein; schon bald sind wir auf der anderen Seite des Wassers in Sicherheit ...

Der Gefiederte Kopfschmuck kam mir sehr schwer vor; so schwer, daß Piyanah ihn kaum noch tragen konnte. Ich spürte, wie meine Gedanken sich nicht länger meinem Willen unterwarfen, sondern gegen mich kämpften, als versuchte ich, einem Adler die Flügel zu stutzen. ... Ich versuchte Wasser in meinen Händen zu halten, aber es rann mir durch die Finger und versickerte im Sand. Ich betrachtete meine Hände. Sie waren trocken; trocken wie Asche, trocken wie Knochen. Die Sterne leuchteten so hell, daß ich die zusammengekauerten Gestalten der Menschen sehen konnte, die uns in die Wüste gefolgt waren; der Stamm des Reihers, der nun sterben mußte, weil er an mich geglaubt hatte.

Raki und Tekeeni glauben noch immer an mich. Sie haben
gesagt, daß Na-ka-chek uns niemals betrügen würde und daß sie
deshalb rechtzeitig Wasser finden werden, um uns zu retten. Jeder
hat sechs leere Wasserhäute mitgenommen, eine schwere Last
selbst für Männer, die nicht durstig sind. Ich muß Piyanah vergessen und nur noch an Raki denken; er wird alles brauchen, was ich
ihm geben kann. Selbst meine wenige noch verbliebene Kraft,
mein schwindender Mut können ihm helfen.

Ich bin bei Raki, teile seine Gedanken, bin eins mit seinem
Geist; ich *bin* Raki ...

»Piyanah braucht Wasser, und darum werde ich Wasser finden.
Piyanah wird sterben, wenn ich nicht bald Wasser finde. Na-ka-
chek hat ihr gesagt, daß wir jenseits der Wüste in Frieden leben
werden, aber sie stirbt, weil sie den Glauben an ihre Vision verloren hat. Ich werde ihr Wasser bringen, und dann wird sie wieder
an sich glauben. Die Sterne sind sehr nah. Tekeeni ist bei mir;
Rokeena ist bei Piyanah.

Ich bin froh, daß Tekeeni und ich uns aneinander geseilt haben,
damit wir uns im Dunkeln nicht verlieren. Wenn er hinfällt, werde
ich spüren, wie das Seil ruckt, und kann ihn wiederfinden. Piyanahs Gesicht war mit Blut bedeckt. Ich muß Wasser zu ihr bringen, um das Blut abzuwaschen. Wenn ich hinfalle, habe ich vielleicht nicht die Kraft, wieder aufzustehen. Ich muß weitergehen,
bis ich Wasser finde.

Die Sterne sind herab auf die Wüste gefallen. Fünf Sterne, die
im Sand leuchten. Einer von ihnen ist vielleicht Piyanahs Stern.
Offenbar ist sie gestorben und aus dem Himmel zurückgekehrt,
um mich zu suchen. Wenn ich ihren Stern in den Mund nehme,
wird sie wieder lebendig werden. Ich muß mich vergewissern, daß
es auch wirklich Piyanahs Stern ist, sonst wird ein Fremder in
ihrem Körper leben. Es würde Piyanah nicht gefallen, wenn ein
Fremder in ihrem Körper lebt. Ich frage mich, wem wohl die
anderen Sterne gehören. Ich muß Tekeeni Bescheid sagen, denn
einer davon könnte Rokeena sein.

Ich habe am Seil gezogen, aber es liegt schlaff in meiner Hand.
Tekeeni ist ohne mich weitergegangen. Er hat wohl gewußt, daß
es Rokeenas Stern ist, und ganz vergessen, auf mich zu warten.
Ich höre ein Geräusch, das mir einmal wohlvertraut war. Plätschern ... Plätschern – Wasser! Wasser! Tekeeni ist zurückgekommen. Er schüttet Wasser auf mich – sauberes, kühles Wasser. Was-

ser für Piyanah! Piyanah, wir haben Wasser gefunden! Warte auf mich, Piyanah!«

Ich war wieder Piyanah, aber erfrischt durch das Wasser, von dem ich wußte, daß Raki es erreicht hatte. Ich ging zu Rokeena; sie war so schwer wachzubekommen, daß ich schon glaubte, sie wäre tot. Endlich rührte sie sich und öffnete die Augen.

»Rokeena, sie haben Wasser gefunden! Sie werden noch vor dem Abend zurücksein. Sie leben, Rokeena, verstehst du? Es ist ihnen nichts geschehen! Ich werde es den anderen sagen.«

»Laß sie in Ruhe, Piyanah. Einige von ihnen schlafen bestimmt – und werden die anderen dir glauben?«

»Sie werden mir glauben, wenn sie sehen, daß ich wieder stark bin, weil ich weiß, daß wir bald Wasser bekommen. Um zu *beweisen*, daß ich mir sicher bin, werde ich das Wasser aus unserer letzten Haut aufteilen!«

»Sie ist doch schon leer«, sagte Rokeena. »Du hast ihnen in der Nacht davon zu trinken gegeben, kurz nachdem Raki und Tekeeni fort waren.«

Ich ging durch die Morgendämmerung zu unserem Volk und flüsterte jedem von ihnen zu: »Das Wasser kommt! Raki hat Wasser gefunden!«

Und sie glaubten mir. Einige Männer wollten Raki entgegengehen, aber ich sagte ihnen, daß nachts Wind aufgekommen war, der möglicherweise Rakis und Tekeenis Spuren verweht hatte. Sie sollten daher hier auf das Wasser warten.

Ich kletterte auf den Felsen, neben dem Rokeena lag, und sah zu, wie im Osten grün wie Wasser der Tag aufzog. Die Sonne kletterte langsam in den Himmel, und immer noch war die Wüste leer. Ich war sicher, daß Raki Wasser gefunden hatte, aber würde er rechtzeitig zu uns zurückkehren?

Rokeena war sehr still. Ich dachte daran, sie zu wecken, um mich zu vergewissern, daß sie noch lebte. Aber dann wurde mir klar, daß das grausam gewesen wäre, wenn ich ihr kein Wasser geben konnte. War sie bereits auf die andere Seite des Wassers gegangen, indem sie eine wasserlose Wüste durchquerte? Oder waren Wüsten deshalb so gefürchtet, weil die Menschen, die dort starben, niemals Wasser fanden, das sie in das Land jenseits des Sonnenuntergangs tragen konnte?

Mehrfach glaubte ich, in der sandigen Einöde eine Bewegung wahrzunehmen, aber jedesmal war es nur ein Felsen, der in der

Hitze flimmerte. Doch nun sah ich zwei dunkle Punkte in dem grellen, endlosen Weiß. Die Dämonen hatten bereits Salz in Wasser und Felsbrocken in Bisons verwandelt, konnten das also wirklich Menschen sein?

Ja, dort bewegten sich ... Menschen. Raki und Tekeeni! »Aber in diesem grellen, gleißenden Licht werden sie dich vielleicht nicht sehen. Rufe nach ihnen, Piyanah!«

Mein Mund war so trocken, daß ich keinen Laut herausbrachte. »Blut ist Wärme und Salz, aber Blut ist auch Feuchtigkeit.«

Ich biß in meinen Arm, so tief, daß das hervorquellende Blut meine Zunge aufweichte, die vom Durst hart und geschwollen war:

»Raki! Raki!«

Ich versuchte, mehr hervorzubringen als dieses erbärmliche Krächzen.

»Raki!«

Offenbar trug meine Stimme in dieser stillen Luft sehr weit, denn ich hörte, wie sie anworteten:

»Wir haben Wasser gefunden ... viel Wasser ... nur einen halben Tagesmarsch entfernt ist ein Fluß!«

Sie gingen aufrecht und triumphierend, wie es Menschen angemessen ist, die bewiesen haben, daß ihre Vision richtig war. Ich sah, wie unser Volk ihnen entgegenstolperte, wie sie auf Raki und Tekeeni zueilten, die Leben aus dem Süden brachten.

DER ORT,
WO DER MAIS WÄCHST

Drei Tage blieben wir an dem Wasser, das uns Leben geschenkt hatte. Es handelte sich nur um eine Reihe flacher, durch einen Bach verbundener Teiche, aber mir erschienen sie gewaltiger als ein großer Fluß mit vielen Stromschnellen. Als ich in der zweiten Nacht aufwachte und im klaren Sternenlicht drei von uns in die Wüste hineingehen sah, schüttelte ich Raki sanft, um ihn aufzuwecken. Ich dachte, daß sie vielleicht schlafwandelten, weil ein

Traum ihnen vorgaukelte, sie müßten immer noch nach Wasser suchen.

»Das ist Kekki und die beiden anderen Männer, deren Frauen dort draußen gestorben sind«, sagte Raki. »Sie gehen zurück und legen volle Wasserhäute neben ihre Frauen, um ihnen zu helfen, falls sie noch nicht den Großen Fluß erreicht haben.«

Die anderen ahnten vermutlich, warum sie gegangen waren, denn niemand erwähnte ihre Abwesenheit. In der nächsten Nacht hörte ich, wie sie zurückkamen. Ich weiß nicht, wie tief sie trauerten: Sie ließen sich ihren Schmerz nicht anmerken, außer vielleicht dadurch, daß sie sich so gleichmütig wie gewöhnliche Rothäute gaben.

Nachdem ich eine Weile über sie nachgedacht hatte, sagte ich zu Raki:

»Wie kommt es, daß unsere Leute sich oft streiten – ja, daß sogar wir beide uns manchmal streiten? Nie habe ich gehört, daß die Männer des Zwei-Bäume-Stammes ihre Stimme erhoben, außer in kaltem, beherrschtem Zorn, und auch wenn die Frauen sich untereinander stritten, taten sie das doch niemals im Beisein des Häuptlings oder der Ältesten. Und für alle galt es als bittere Schande, zu weinen, selbst wenn man allein war.«

»Die alte Sitte verlangte von uns, daß wir unsere Gefühle voreinander verbargen, denn jedes Gefühl wurde als Schwäche angesehen, die es zu überwinden galt. Aber wir haben gelernt, daß die Liebe die Quelle allen Lebens ist und daß man sie nicht wegsperren kann, um sie nur dann zu gebrauchen, wenn es nützlich erscheint. Die Liebe verstärkt unsere Gefühle und ersetzt das kalte Schwarz und Weiß der Gewohnheit durch viele bunte Farben. Es gibt kein Licht ohne Schatten, und ich glaube, daß jedes helle Gefühl seine dunkle Gegenseite hat. Ein schwacher Mensch mag es vorziehen, sich hinter Gleichmut zu verstecken, aber ein starker Mensch lebt nach der Liebe, weil er sich nicht vor dem Haß fürchtet.«

»Raki, als Gorgi bei Dorroks Tod weinte, habe ich zum ersten Mal in meinem Leben einen Mann weinen sehen.«

»Er hat geweint, weil er zu lieben gelernt hat, denn wir haben ihm beigebracht, seine Gefühle zu spüren.«

»Werden sie uns denn dankbar sein, Raki, wenn sie entdecken, daß wir, indem wir ihnen beibrachten, Gefühle zuzulassen, ihre Herzen ebenso für Haß und Streit öffneten wie für die Liebe?«

»Liebst du mich weniger, weil wir manchmal anderer Meinung sind, Piyanah? Ist dir klar, daß wir uns als Kinder nie gezankt haben? Du hast mir nie eine Ohrfeige gegeben, und ich habe dich nie an den Haaren gezogen.«

»Vielleicht wollten wir das ganz einfach nicht. Oder lag es daran, daß man uns beigebracht hatte, jede Handlung sei auf eine unnatürliche Weise wichtig? Sie lehrten uns, uns niemals natürlich zu verhalten, sondern immer gemäß der Tradition.«

»Wie viele Male hat sich ein Dorn tief in deinen Fuß gebohrt, Piyanah, nur weil die Tradition sagte, es sei ein Zeichen von Schwäche, ihn herauszuziehen, ehe der Anführer der Gruppe das Zeichen für eine Ruhepause gab? Streitigkeiten können ein Weg sein, einen Dorn herauszuziehen, bevor er sich tief ins Fleisch bohrt, während äußerlich zur Schau getragener Gleichmut schwärende Wunden verursachen kann.«

Ich lächelte. »Dann fliegt der Reiher offenbar in die richtige Richtung, denn ich habe manche unserer Männer in einer Weise mit ihren Frauen streiten hören, daß die Ältesten deswegen entsetzt gewesen wären.«

»Spielt das denn eine Rolle, wenn sie auch gelernt haben, mit ihren Frauen zu lachen und sich zu freuen?«

Als wir wieder aufbrachen, folgten wir dem Bachlauf, denn obwohl wir den Südrand der Wüste erreicht hatten, mochten wir uns nicht vom Klang des fließenden Wassers entfernen. Allmählich machten die niedrigen Sträucher einer üppigeren Vegetation Platz, und in der Ferne konnten wir Hügel sehen. Dann, zweiundzwanzig Tage nachdem wir den Stamm des Blauen Rauchs verlassen hatten, führte unser Bach uns zu einem breiten Fluß, der durch mit Blumen übersäte Wiesen strömte. Dort wären wir geblieben, hätte ich mich nicht so deutlich an den »Ort, wo der Mais wächst« erinnert, den Na-ka-chek mir gezeigt hatte.

Die Hügel wölbten sich zu hohen, dicht bewaldeten Kuppen auf. Hier wuchsen uns vertraute Bäume und andere, deren Namen wir nicht kannten. Wir fanden keine Spuren früherer Wachfeuer, und die Tiere waren so zahm, daß dieses Land kaum schon einmal einem Stamm als Jagdgebiet gedient haben konnte.

Im Licht des aufgehenden Mondes entdeckte ich einen Hügel, an den ich mich aus meinem Traum erinnerte. »Raki! Raki, das ist der Ort, wo wir unser Tipi aufstellen sollen!«

Als ich sprach, flogen zwei Reiher über unsere Köpfe hinweg, und da wußte ich, daß Na-ka-chek zufrieden war. Er hatte sogar weiße und rote Blumen in der Wiese wachsen lassen, wo wir unser erstes Feld anlegen sollten. Es gab hier mehr ebenes Gelände für den Ackerbau als selbst auf dem Land des Blauen Rauchs. Und dahinter stieg der Wald zu einem grasbewachsenen Plateau an; es war von Bäumen umstanden und wurde von einem mächtigen Felsen geschützt, in dessen Spalten Farnkraut und weiches Moos wuchsen. Dort wurde unser Tipi aufgestellt, und davor entzündeten wir das erste Wachfeuer – an dem Ort, wo unter dem Totem des Reihers unser Mais wachsen würde.

Ich war froh, daß mein Kind als erstes auf die Welt kommen sollte, denn ich würde die Autorität meiner eigenen Erfahrung benötigen, um die Ängste der anderen Frauen zu zerstreuen. Als Raki und ich entschieden hatten, daß keine der Alten Frauen uns begleiten würde, hatten wir nicht bedacht, wie sehr ihre Geburtsrituale den Squaws Mut eingeflößt hatten. Für Piyanah, die Rote Feder, war es leicht gewesen, diese Dinge als Aberglauben abzutun, doch nun, als mein Körper seine klaren Linien einbüßte, entwickelte ich Verständnis für Ängste, die ich früher verachtet hatte.

Immer wieder rief ich mir ins Gedächtnis, daß alle Menschen auf die gleiche Weise zur Welt kamen. Dennoch fühlte ich mich, als sei ich nicht nur die erste Frau des Reiher-Stammes, die herausfinden würde, wie es wirklich war, ein Kind zu gebären, sondern die erste Frau überhaupt. Ich fürchtete mich, stärker noch, als ich mich bei meinen früheren Prüfungen gefürchtet hatte. Ich *mußte* den anderen beweisen, daß bei der Geburt männlicher Kinder der Bauch der Frau *nicht* der Länge nach aufplatzte. Es *konnte* nur Aberglauben sein, daß die Frau verblutete, wenn sie nicht mit den richtigen Tüchern und begleitet von den richtigen Ritualen bandagiert wurde.

Rokeenas Kind würde kurz nach meinem auf die Welt kommen, doch ich konnte es mir trotzdem nicht verkneifen, mit ihr über meine Ängste zu sprechen.

»Rokeena, wie war das, als du in den Squaw-Tipis gelebt hast: Bist du sicher, daß keine Frau, die einen Sohn geboren hatte, unter ihren Stoffstreifen nachschaute, ob tatsächlich eine Wunde auf ihrem Bauch war?«

»Wenn sie nachschauten, gaben sie es jedenfalls nicht zu ... wie auch, wo sie doch glaubten, daß das Neugeborene von einem

Dämon geraubt würde, wenn irgend jemand vor dem siebten Tag den Bauch der Mutter sah.«

»Was glaubst du, wann öffnet sich der Bauch?«

»Das wissen die Frauen nicht. Sie erhalten vor der Geburt einen Schlaftrunk, so daß sie sich anschließend an nichts erinnern können ... außer daran, daß es sehr schmerzhaft ist.«

»Raki sagt, daß es nur Aberglaube ist, und ich bin sicher, daß er recht hat. Die Alten Frauen kennen keinen wirklichen Zauber. Weißt du noch, wie sie behauptet haben, du würdest dein Leben lang lahm sein. Haben *sie* dich vielleicht heilen können?«

»Nein, Raki hat mich geheilt.«

»Dadurch ist bewiesen, daß er mehr weiß als sie.« Ich seufzte. »Früher war es so leicht für mich, die Dinge zu verspotten, an die die Squaws glaubten. Ich *weiß*, daß eine Bärin, eine Hirschkuh und eine Frau auf die gleiche Weise gebären, und natürlich gibt es dabei überhaupt keinen Grund zur Furcht ... aber manchmal vergesse ich eben, daß eine Geburt etwas ganz Normales und Natürliches ist.«

»Wenn die Bauchhaut wirklich aufplatzen würde, müßte hinterher eine Narbe zu sehen sein. Aber das ist nicht der Fall. Ich habe oft Frauen nackt gesehen, die schon mehrere Söhne geboren hatten, und sie sahen trotzdem genauso aus wie wir.«

Ich schämte mich, weil ich mir von Rokeena Mut zusprechen lassen mußte, und sagte mit, wie ich hoffte, energischer und selbstsicherer Stimme: »Wir sind dumm ... natürlich platzt der Bauch nicht auf. Ich bin ein Häuptling, und trotzdem benehme ich mich, als wäre ich blind wie eine Made, bloß weil mein Bauch angeschwollen ist wie der einer ertrunkenen Ratte!«

Wäre Rokeena nicht gewesen, die wegen Raki glaubte, ich könnte mich niemals wie eine Närrin fühlen oder wie eine solche handeln, hätten diese langen Monde mich an der Zukunft des Reiher-Stammes verzweifeln lassen. Allmählich entfremdeten sich die anderen Frauen von mir und kehrten wieder zu jenem Aberglauben zurück, von dem wir sie schon endgültig befreit geglaubt hatten. Sie beklagten sich, weil ich sie nach Süden geführt hatte, so daß nun das Land des Großen Durstes zwischen ihnen und dem Volk lag, das noch gemäß der alten Tradition lebte. Raki gegenüber zeigten sie keine Bitterkeit, denn er war ein Mann, und sie hielten es daher für ganz natürlich, daß seine Entscheidungen für sie unbegreiflich waren; es entsprach der Tradition, die Entscheidungen eines Mannes ungefragt hinzunehmen, auch wenn sie unvernünftig erschienen. Doch von mir, deren Körper nun die gleiche Schwäche wie bei allen anderen Squaws offenbarte, nahmen sie kaum noch Notiz, wenn ich auf sie einzureden versuchte. Sie erzählten sich flüsternd, ich hätte einen geheimen Vorrat des heiligen Tuches, aus dem die Stoffstreifen gefertigt wurden, und weigerte mich, ihn mit ihnen zu teilen. Manche behaupteten sogar, Raki sei von Nona in den Ritualen unterwiesen worden, und ich sollte die einzige Frau sein, die die Geburt ihres Sohnes überlebte.

Wirklich wütend auf sie wurde ich, als sie anfingen, die Großen Jäger um Töchter zu bitten, um vor den vermeintlichen Gefahren geschützt zu sein, die mit der Geburt eines Sohnes einhergingen. Aber meine Wut beeindruckte sie kaum. Daß ich mit meinen Versuchen, ihnen den Aberglauben auszutreiben, restlos gescheitert war, zeigte sich daran, daß sie sich immer noch weigerten, ein Messer, einen Pfeil oder einen Fischspeer anzufassen, weil das angeblich die Geburt eines Sohnes begünstigte.

Raki ordnete an, daß jede Frau ihr Kind allein, nur im Beisein ihres Ehemannes, zur Welt bringen sollte, damit der mit eigenen Augen sah, was bei einer Geburt vor sich ging. Davor hatten die Männer größere Angst, als wenn er ihnen befohlen hätte, sich die Krallen von zehn Bären zu holen, und zwar in der Zeit, wenn sie Nachwuchs aufzogen!

Erst als Raki mir immer wieder erzählte, eine Frau könnte genauso leicht Kinder gebären wie eine Ziege ihre Jungen, wurde mir klar, daß er ebenso besorgt war wie alle anderen. Ich wußte, er würde mich niemals anlügen, wenn ich ihm eine offene Frage stellte. Und ich war fest entschlossen, die Barriere aus rücksichtsvoller Unehrlichkeit einzureißen, die zwischen uns entstanden war ... selbst um den Preis, daß meine Ängste sich dadurch verschlimmerten.

»Raki, weißt du wirklich etwas über die Geburt? Ich meine, etwas, das du mit eigenen Augen gesehen hast, und nicht nur etwas, das du unbedingt glauben willst?«

»Wie oft soll ich dir noch sagen, daß es ganz einfach vernünftig ist, davon auszugehen, daß Kinder beiderlei Geschlechts auf die gleiche Weise zur Welt kommen?«

»Ich will nicht wissen, was vernünftig ist, ich will wissen, was *wahr* ist!«

»Vernunft und Wahrheit sind ein und dasselbe.«

»War es etwa vernünftig, nur wegen eines Traumes, den ich in der Nacht hatte, unseren Stamm in ein fremdes Land zu führen, dessen Gefahren wir nicht kannten? Ich hatte nie Gelegenheit, die wirklich wichtigen Dinge über die Geburt eines Kindes herauszufinden ... du hast schließlich in den Squaw-Tipis gelebt, nicht ich! Was glaubst du wohl, warum du dort warst? Es ist sehr leicht, über Aberglauben zu lachen, aber es hat keinen Sinn, sich überlegen zu fühlen, solange man nicht wirklich mehr weiß als die anderen.«

Ein Teil meines Wesens konnte immer noch danebenstehen und beobachten, wie Piyanah sich wie das Kind benahm, das einst bei Ninee Wutausbrüche hervorgerufen hatte, aber der Rest von mir meinte es furchtbar ernst. »Weißt du wirklich, was bei der Geburt passiert ... wenn nicht, hat es gar keinen Sinn, daß du versuchst, mir etwas vorzumachen!«

Raki lächelte, wie er oft lächelte, wenn ich ihm von den nichtigen kleinen Streitereien anderer Paare erzählte. Er sagte beschwichtigend: »Ich dachte, seit du die Geburt des Zickleins gesehen hast ...«

»Erzähl mir nicht schon wieder«, fiel ich ihm ins Wort, »daß ich mir nur klarmachen muß, wie leicht Ziegen ihre Jungen zur Welt bringen! Sonst vergesse ich, daß eine Rote Feder Gleichmut bewahren und eine Squaw ihren Mann achten soll!«

Selbst dann merkte er noch nicht, daß ich wütend war. Statt mir zu antworten, zeigte er durch den aufgeschlagenen Tipi-Eingang. »Tekeeni kommt vom Fluß zurück, und er hat so viele Fische gefangen, daß er sie kaum tragen kann.«

Er fuhr damit fort, den Schaft eines Fischspeers zu schnitzen: Ruhig und unerschütterlich tat er so, als könnte er die Stimmung einer Frau ändern, indem er sie einfach nicht zur Kenntnis nahm. Wie konnte er es wagen, mich zu ignorieren? Plötzlich fiel mir ein, wie ich früher oft gerne den Ältesten etwas an den Kopf geworfen hätte, wenn sie, am Wachfeuer hockend, auf eine aggressive Art völlige Gleichgültigkeit zur Schau stellten, während sich nebenan in den Squaw-Tipis die Frauen lautstark zankten. Ich war nicht länger Piyanah, die sich selbst dabei beobachtete, wie sie sich dumm benahm ... wir waren eine Person: die wütende Frau und das wütende Kind. Vor unserem Gespräch war ich damit beschäftigt gewesen, einen Kochtopf zu scheuern ...

Ich sah ihn von Rakis Kopf abprallen. Raki berührte die Stelle unwillkürlich mit der Hand und widmete sich dann weiter dem Schnitzen, als sei nichts geschehen. Blut rann ihm aus den Haaren an seiner rechten Schläfe herab und tropfte von seinem Kinn. Plötzlich vergaß ich alles andere. Raki war verletzt, und es war meine Schuld.

»*Bitte* verzeih mir, Raki! Tut es sehr weh? Ich wußte nicht, daß der Topf so schwer ist, und ich wollte ihn auch gar nicht wirklich nach dir werfen. Aber ich wußte, du würdest mir wieder von dem Zicklein erzählen, und das konnte ich einfach nicht ertragen ... bitte, Raki, verbirg deine Gedanken nicht vor mir, und ich verspreche, daß ich nie wieder feige sein werde!«

Er nahm mich in seine Arme. »Du bist niemals feige gewesen, meine Piyanah. Ich bin der Feigling, denn ich habe nicht zugeben wollen, nicht einmal vor mir selbst, daß dir irgendeine Gefahr drohen könnte. Fast die ganze Zeit über bin ich mir sicher, daß nichts passieren wird; doch dann muß ich an die Schreie denken, die die Frauen im Geburtstipi ausstießen, ehe man das Schreien ihres Kindes hören konnte. Und dann bekomme ich Angst, Piyanah. Deswegen sage ich uns beiden ständig, daß die Geburt ungefährlich ist, viel ungefährlicher, als mit einem Kanu eine sehr kleine Stromschnelle hinabzufahren.«

Ich war nicht mehr ängstlich oder allein: Nichts konnte wirklich schrecklich sein, wenn Raki und ich es miteinander teilten, nichts konnte wirklich gefährlich sein, wenn Raki und ich es gemeinsam durchstanden. Ich war stark, glücklich und frei. Ich war seine Mutter ebenso wie die Mutter seines ungeborenen Kindes.

»Ich bin so glücklich, Raki ... und ich glaube nicht, daß du eine Narbe zurückbehalten wirst, oder höchstens eine ganz kleine, unter deinem Haar.«

Er lachte und drückte mich an sich. »Wenn unser Sohn ein hervorragender Werfer wird, wissen wir jedenfalls, woher er das hat!«

Daß ich den Kochtopf nach Raki geworfen hatte, war eine wichtige Lektion für mich. Auch er lernte etwas daraus, und danach verbarg er nie wieder seine Gedanken vor mir, denn uns beiden war klar geworden, daß es Situationen gibt, in denen es schwierig ist, zugleich vernünftig und eine Frau zu sein. Ich hatte nicht nur gelebt wie ein Mann, sondern auch gedacht wie ein Mann, und ich war uneinsichtig geworden. Obgleich Rakis

Wunde nach ein paar Tagen wieder verheilt war, pflegte er für den Rest unseres Lebens, wenn er glaubte, daß ich meine Meinung zu unerbittlich verteidigte, die Hand an seine Schläfe zu legen, als wollte er sein Stirnband zurechtrücken: Dann erinnerte ich mich daran, wie ich einmal eine sehr wütende Frau gewesen war, und wurde gleich viel freundlicher.

DER ERSTGEBORENE

Jetzt, wo ich wieder mit Raki über meine eigenen Ängste sprechen konnte, fiel es mir viel leichter, Mitgefühl für die anderen Frauen zu empfinden. Ich erkannte, daß die Barriere zwischen uns durch meine eigenen Grollgefühle entstanden war: Ich hatte ihnen übelgenommen, daß durch ihre Ängste sich auch meine eigenen verschlimmerten. Endlich war ich in der Lage, sie zu beruhigen und zu ermutigen. Ich stärkte ihre Zuversicht, indem ich versprach, daß sie, falls ich oder mein Kind bei der Geburt starben, rituelle Bandagen erhalten sollten, wenn ihre Kinder zur Welt kamen. Gorgi und Tekeeni baten um die Erlaubnis, das Land des Großen Durstes zu durchqueren, um diese Bandagen beim Stamm vom Blauen Rauch zu holen. Nach dem Regiment zu urteilen, das die Alten Frauen dieses Stammes führten, waren sie gewiß mit sämtlichen Hilfsmitteln des Aberglaubens bestens ausgerüstet.

Als ich das verkündet hatte, schöpften selbst die ängstlichsten Frauen wieder Hoffnung. Statt mich für eine Tyrannin zu halten, glaubten sie nun, ich hätte eine weitere rote Feder verdient, weil ich zu ihrem Schutz mein Leben riskierte. Ich lachte und sagte, Gorgi und Tekeeni wären diejenigen, die rote Federn verdient hätten. Aber im Vergleich dazu, ein Kind zu gebären, schien den anderen Frauen die Durchquerung der Wüste kaum der Rede wert.

Ich hatte mit heftigem Protest gerechnet, als ich ihnen sagte, daß wir unsere Neugeborenen nicht mehr bis zum dritten Mond wie Kokons einwickeln würden, wie es im Zwei-Bäume-Stamm Brauch gewesen war. Statt dessen freuten sie sich darüber, daß unsere neue Generation so viel Freiheit haben würde, wie Mutter sie Raki und mir gewährt hatte. Sie stellten mit getrocknetem

Moos gepolsterte Binsenkörbe her, webten Kinderdecken und waren sich mit mir einig, daß es für ein Kind viel besser sein würde, in einer solchen Wiege zu liegen, statt auf dem Rücken der Mutter überall herumgetragen zu werden.

Obwohl unser Tipi ein Stück vom Hauptlager entfernt stand, vermutete ich, daß die Frauen, und wahrscheinlich auch die Männer, sich in der Nähe versammeln würden, wenn meine Geburt begann, um ohne Verzögerung die Neuigkeit zu hören, auf die sie alle so ungeduldig warteten. Ich dachte an die Schreie, die aus dem Geburts-Tipi zu hören gewesen waren ... Piyanah, die Rote Feder, schrie unter keinen Umständen, aber besaß Piyanah, die Frau, das gleiche Durchhaltevermögen?

Gerne wäre ich mit Raki in den Wald gegangen, um unser Kind in völliger Abgeschiedenheit zur Welt zu bringen, aber wir entschieden uns dagegen, weil dann die anderen geglaubt hätten, wir vollzögen irgendein geheimes Ritual, das nur mich schützte und ihnen vorenthalten blieb. Auf keinen Fall wollten wir ihnen neue Nahrung für ihren Aberglauben geben. Denn wenn ich sah, wie straff sich die Haut über meinem runden Bauch spannte, kamen selbst mir Zweifel, ob er nicht am Ende doch aufplatzen würde wie eine Samenschote.

Seit zwei Tagen lastete nun schon die Drohung eines Gewitters auf dem Tal: Der Himmel war gelb und hitzeflimmernd, und es lag etwas Bedrückendes, Schweres im Rauschen des Wassers und im Summen der Insekten. Sogar das Kind in meinem Bauch war schläfrig, denn seit dem frühen Morgen hatte es sich nicht mehr gerührt. Wäre ich allein gewesen, wäre ich während der Hitze des Tages vermutlich im Tipi geblieben, doch so ging ich mit Raki nachschauen, welche Fortschritte die Arbeiten an der neuen Fischfalle machten. Während er sich mit Kekki unterhielt, der Pfähle in ein Bachbett trieb, dort wo dieser Bach in den Fluß hineinfloß, spazierte ich am Ufer entlang zu einem flachen Teich, wo ich mich der Länge nach in das sonnenwarme Wasser legen konnte. Auf dem Weg nach Hause fühlte ich mich erfrischt und die drückende Hitze machte mir weniger zu schaffen.

Sogar nach Sonnenuntergang war es zu heiß, um zu schlafen. Ich legte meinen Kopf auf Rakis Schulter und wir sprachen über unser kleines Tal und darüber, wie wir es früher nie wirklich für möglich gehalten hatten, daß auf die bitteren Jahre unserer Trennung einmal so viel Glück und Geborgenheit folgen könnten.

»Manchmal«, sagte er, »frage ich mich immer noch, was ich sehen werde, wenn ich den Tipi-Eingang zurückschlage: Deine Mutter, die uns abholt, um mit uns zum Fluß zu gehen; oder unsere Zwillingskiefer; oder die Nackstirnen, die dabei sind, die Kochtöpfe zu putzen, in denen Raki, die Squaw, das Essen für den Zwei-Bäume-Stamm kochen muß.«

»Lieber Raki, unser Heute ist aus so vielen vergangenen Tagen geformt ...«

»Und die Piyanah, die ich liebe, besteht aus so vielen Personen: dem kleinen Mädchen, der Jungen Tapferen, dem Häuptling.«

»Aber ich bin nicht mehr das kleine Mädchen; es starb, als ich erwachsen werden mußte.«

»Doch, es lebt immer noch in dir; aber du bist auch die Mutter meiner Kinder. Wenn du sprichst, denkst, handelst, dann bist du *alle* diese Piyanahs, denn das Kind und die reife Frau sind beide Teil deines Wesens, wie die tausend Fäden, die zusammen das Muster einer Decke ergeben. Unser Kind ist noch nicht geboren, aber die Pfeile, die es verschießen wird, singen bereits, und die Farben der Federn, die es tragen wird, leuchten schon im Licht seiner aufgehenden Sonne.«

»Unser Sohn muß sicher oft über die Dummheit seiner Eltern lächeln, denn von seinem Stern aus überblickt er einen viel weiteren Horizont als wir beide. Er kann sagen: ›Ich bin Miyak, mächtiger Jäger, stolzer Federnträger‹ oder: ›Ich bin Miyak, der bei seiner Geburt starb.‹ Er weiß, welchen Weg er gehen wird, aber für uns liegt seine Zukunft noch im Flußnebel der Zeit verborgen.«

»Warum sprichst du von unserem Kind immer als Sohn? Es ist unser erstes Gesetz, daß Männer und Frauen gleichwertig sind. Warum sollten wir einen Sohn mehr schätzen als eine Tochter?«

»Ich bin noch nicht bereit für eine Tochter. Ein Sohn wird die Welt mit deinen Augen sehen, eine Tochter sieht sie mit meinen Augen. Und du hast immer früher als ich gelernt, die Dinge klar zu sehen. Wenn ich eine Tochter bekäme, würden die anderen Frauen sich weiterhin davor fürchten, Söhne zur Welt zu bringen ... Du hast immer noch Angst um mich, nicht wahr, Raki? Du brauchst keine Angst zu haben. Warum sollen wir uns die Vorfreude dadurch verderben?«

»Fürchtest du dich denn überhaupt nicht?«

»Nein, mein Raki, ich bin stark, voller Vertrauen und *glück-*

lich! Und du kannst nicht glücklich sein und gleichzeitig Angst haben.« Ich wußte, daß ich die Wahrheit sagte, und es war ein herrliches Gefühl. »Ich bin so ungeheuer glücklich, Raki, und das nicht etwa, weil ich mich vor der Angst verstecke. Ich hatte eben einige Male ganz merkwürdige Schmerzen, sie haben einen Rhythmus wie ein sehr langsames Trommeln. Ich bin sicher, daß Miyak sich entschlossen hat, auf die Welt zu kommen, und doch sind diese Schmerzen schön und aufregend und *stolz.*«

In der Ferne donnerte es. Raki ging hinaus, um einen Blick über das Tal zu werfen, wo im Himmel über den Hügeln Blitze zuckten. »Der Mond geht auf«, sagte er. »Wenn das Gewitter vorüber ist, wird die Luft viel kühler sein.«

Ich wußte, daß er nur so tat, als würde er sich wegen meiner Schmerzen keine Sorgen machen, also lag ich still und wartete darauf, daß er zu mir zurückkam. Der Schmerz berührte mich erneut und ließ mit dem Rollen des Donners wieder nach. Ich war ruhelos und wünschte mir, daß die Wolken endlich ihren Regen herabschickten, damit ich nackt durch einen Schauer kalten Wassers spazieren konnte.

Ohne mich anzusehen, bat Raki: »Sag mir, wenn du wieder Schmerzen hast ... und sag mir genau, wie weh es tut, *bitte* verbirg nichts vor mir, Piyanah.«

»Schmerzen im Bauch sind viel leichter zu ertragen, als wenn das Herz weh tut ... das hier ist viel einfacher, als auch nur einen Tag von dir getrennt zu sein. Komm und leg dich neben mich, so daß wir uns ganz nah sind. Dann machen mir die Schmerzen überhaupt nichts aus.«

Später wurde es so schwer für mich, still zu liegen, daß wir nach draußen in den freundlichen Wald gingen.

Es donnerte weiterhin, aber die Wolken hielten ihren Regen immer noch fest. Der Schweiß klebte mir am Körper, und ich überlegte, hinunter zum Fluß zu gehen, um mich im Wasser abzukühlen. Dann überkam mich ein so starker und plötzlicher Schmerz, daß ich mich an einem Baum festhalten mußte, um nicht laut aufzuschreien.

Raki führte mich zum Tipi zurück. Er wollte Rokeena holen, aber ich ließ ihn nicht gehen. Er mußte mir versprechen, niemandem von den anderen zu erzählen, was geschah. Er legte Holz auf das Feuer, bis der Lichtschein der Flammen durch den offenen Eingang ins Tipi fiel. Normalerweise stieg bei so heißem Wetter nur ein dünner Rauchfaden vom Wachfeuer auf, doch in dieser Nacht brauchten wir, trotz der großen Hitze, helle Flammen als Schutz gegen die Dunkelheit.

Ich dankte dem Wettergeist dafür, daß der Donner lauter als eine Lawine grollte, denn so war mein Wimmern kaum zu hören. Ich konnte es nicht unterdrücken, weil die Schmerzen so schlimm wurden, als würde ich von einem Grizzly zermalmt.

Raki kauerte neben mir und versuchte hilflos, mich irgendwie vor den Schmerzen zu beschützen. Ich keuchte und krümmte mich ... Ich mußte an die Frauen denken, die wir im Land des Großen Durstes zurückgelassen hatten, zusammengekrümmt in ihren flachen Gräbern liegend. Donner und Schmerz trugen die gleichen dunklen Federn und stießen mit ehrfurchtgebietender Macht auf mich herab.

Ich hatte das Gefühl, mein Körper würde in Stücke gerissen. »Raki, ich glaube, mein Bauch platzt *doch* auf! Ich will dich nicht verlassen, Raki. Ich habe nicht wirklich Angst ... aber ich will dich nicht verlassen, Raki.«

Ein letzter gewaltiger Donnerschlag, dann eine Stille tiefer als der tiefste See.

Die Seitenwand des Tipis wurde dünn, wie Nebel unter der Morgensonne; ich sah einen Mann, der den Federschmuck eines Häuptlings trug, und hinter ihm eine Gefolgschaft aus hell leuchtenden Gestalten, bleich und klar wie der Mond. Ich rannte auf sie zu ...

Dann hörte ich über den Regen hinweg, dessen Trommeln wie eine Botschaft der Großen Jäger klang, Rakis Stimme:

»Wir hatten recht, Piyanah! Es ist *wirklich* genau wie bei der Ziege ...«

Seine Stimme erschien mir weitaus kostbarer als der Glanz meiner Vision ... »Oh, Raki, ich bin ja so glücklich!«

Ich war in meinen Körper zurückgekehrt, einen Körper, der jetzt wieder wichtig für mich war. »Raki, bist du sicher, daß mein Bauch nicht aufgeplatzt ist?«

Er nahm meine Hand. »Ganz sicher ... aber überzeuge dich selbst.«

Ich betastete vorsichtig meinen Bauch. »Er fühlt sich leer an, und die Haut ist schrecklich schlaff und weit. Ich habe dir ja gesagt, daß Miyak ein Sohn ist ...«

»Er könnte auch eine Tocher sein; ich hatte noch keine Zeit

nachzuschauen ... Ja, er ist ein Sohn! Und, wie du hörst, ein sehr gesunder, wütender Sohn!«
Ich fühlte mich zu schläfrig, um ihn mir schon anzuschauen ... In meiner Vision hatte ich den erwachsenen, federgeschmückten Miyak gesehen, so daß ich ihn jetzt, in seinem kleinen Körper, vielleicht nur mit Mühe wiedererkannte. »Raki, du solltest ihn in eine Decke wickeln, damit ihm nicht kalt wird.«
»Es ist heute nacht sehr warm.«
»Nicht so warm, wie es in meinem Bauch war«, sagte ich und fügte dann eilig hinzu: »Raki! Es passiert wieder etwas mit mir ... bekomme ich noch ein Kind? Diesmal hat es überhaupt nicht so weh getan wie beim ersten Mal ...«
»Nein«, beruhigte er mich, »es ist noch etwas hinterhergekommen, so wie ich es dir gesagt hatte ... genau wie es bei der Ziege auch war.«
Ich lachte, ganz leicht und ohne Schmerzen. »Wenn ich das nächste Mal eine Ziege sehe, werde ich mich bei ihr dafür entschuldigen, daß ich bisher so wenig Mitgefühl mit ihnen hatte!«
Raki ging aus dem Tipi, und ich hörte, wie das Feuer aufzischte, als er etwas hineinwarf. Obwohl es heftig regnete, brannte das Feuer noch, weil es durch den überhängenden Felsen geschützt war. Er kam zurück, säuberte seine Hände in einer Wasserschüssel und wusch dann das Blut von meinem Körper. Ich war nackt und fühlte mich sehr wohl. Er schob mir einen mit Moos ausgestopften Lendenschurz zwischen die Beine und breitete eine Decke über mich, weil ich begonnen hatte zu frösteln.
Plötzlich wollte ich das Neugeborene sehen: Raki gab es mir in meine Armbeuge und legte sich dann neben mich. Die Augen meines Sohnes waren dunkel wie Schlehenbeeren, mit dem blauen Leuchten des Neugeborenen. Ich sagte zu Raki: »Jetzt weiß ich, warum eine Bärin mit Jungen gefährlicher als alle anderen Tiere ist!«
Er lachte, das weiche, warme Lachen tiefer Zufriedenheit. »Wenn der Bärenvater so stolz auf sein Junges ist wie ich, wird sich niemand auch nur in die Nähe seiner Höhle wagen!«
Dann durften, wie wir es ihnen versprochen hatten, alle Frauen kommen und sich selbst davon überzeugen, daß der Sohn des Häuptlings gesund und ohne Makel war. Miyak beobachtete sie aus weisen Augen, während er die ersten Ehrenbezeugungen seines Stammes entgegennahm.

KINDER DER GROSSEN JÄGER

Miyak, drei Jahre alt und Raki so ähnlich, daß ich, wenn ich einen von beiden anschaute, den Mann als Kind oder das Kind als Häuptling sehen konnte, brachte seiner Schwester das Krabbeln bei. Zwischen unseren Kindern bestand bereits eine enge Freundschaft, und wir hatten das befriedigende Gefühl, daß in ihnen die Zukunft des Reiher-Stammes gesichert war. Raki und ich saßen vor unserem Tipi und blickten über das Ackerland hinunter zum Fluß. Es war Abend: Rauch stieg von den Kochfeuern auf, und wir sahen Männer und Frauen gemeinsam auf den Feldern arbeiten. Ich freute mich mit ihnen darüber, daß unsere Saat schon eine so reiche Ernte einbrachte. Raki spürte offenbar, wie weit meine Gedanken reichten. Sanft sagte er:

»Es ist Herbst, und wir wissen, daß der Winter freundlich sein wird. Die Wälder werden einen leichten Schlaf haben, denn hier ist der Schnee nur ein Geist, der verschwindet, wenn die Sonne aufgeht. Könnte Na-ka-chek bei uns sein, wäre er bestimmt sehr glücklich.«

»Er ist oft hier, Raki. Miyak hat ihn gestern gesehen. Er hat mir erzählt, er hätte mit einem alten Mann gesprochen. Der Mann trug einen Federschmuck wie wir, aber seine Federn leuchteten, wie Mondlicht auf dem Wasser.«

»Hatte Miyak Angst vor ihm?«

»Warum sollte ein Kind Angst vor seinem Großvater haben?«

»Du hast recht, das war eine dumme Frage. Kinder, die in Liebe geboren werden, wissen, daß jene, die jenseits des Sonnenuntergangs leben, unsere Freunde sind. Daran hätte ich denken sollen.«

»Raki, manchmal haben wir das Gefühl, ziemlich untätig gewesen zu sein, seit wir hierher kamen. Es gab keine aufsehenerregenden Mutproben und Prüfungen, keine Heldentaten, von denen man sich beim Treffen der Dreißig Stämme staunend erzählen wird. Und doch haben wir viele kleine Dinge erreicht; und auch kleine Federn können zusammen die Schwingen des Morgens bilden.«

»Was sind diese neuen Federn?«

»Sie sind uns inzwischen so vertraut, daß sie alltäglich und unwichtig erscheinen: Frauen, die gemeinsam mit ihren Männern arbeiten, Männer und Frauen, die zusammen lachen, zusammen singen – sogar zusammen weinen.«

Ich schwieg einen Moment, um zuzuschauen, wie Gorgi mit Cheka an seiner Seite den Hügel hinabging, seinen Sohn auf den Schultern tragend, während Cheka ihre Tochter an der Hand hielt.

»Ganz alltägliche Dinge, Raki – Männer und Frauen, die mit ihren Kindern hinunter zum Fluß gehen. Und doch findest du bei den dreißig Stämmen nichts, was der Schönheit dieses Anblicks gleichkäme.«

Raki legte seinen Arm um meine Schultern. »Schau, Piyanah, dort unten siehst du das Spiegelbild einer weiteren Feder, die du für sie gewonnen hast. Ein Mann trägt ein Neugeborenes auf den Armen, während seine Frau bis zum Bauch im Fluß steht und eine Fischfalle instand setzt.«

»Das ist vor allem deine Feder, Raki. Oder haben wir sie beide gleichzeitig errungen? Für uns ist dieses Gesetz heute völlig selbstverständlich, aber für Fremde wäre es unvorstellbar: Männer und Frauen, die sich dessen bewußt sind, daß sie im Geist bereits jetzt sowohl männlich als auch weiblich sind, genau so wie es später im Land der Großen Jäger sein wird. Im Licht dieser Erkenntnis können sie die Arbeit wählen, die ihren Herzen am nächsten ist. Für sie hat es nichts Ungewöhnliches, daß ein Mann glücklicher – und somit auch nützlicher für die Gemeinschaft – sein kann, wenn er die Kinder betreut, kocht oder Kleider näht; oder daß eine Frau eine große Jägerin oder begabte Rednerin sein kann. Kinder wachsen bei ihren Vätern und Müttern auf und sind glücklich … müßte ich Miyak in dem Wissen großziehen, daß er mir im Alter von sieben Jahren weggenommen wird, wäre meine Zeit mit ihm von Traurigkeit erfüllt.«

»Wir haben Männer und Frauen einander, und ihnen beiden Kinder gegeben; aber was haben wir ihnen dafür genommen? Den Stolz darauf, hart um der Härte willen zu sein; statt dessen schenkten wir ihnen die Kraft, den Ideen zu folgen, an die sie glauben. Wir haben ihnen die Bequemlichkeit des Aberglaubens genommen; und ihnen dafür die Sicherheit gegeben, daß es die Großen Jäger wirklich gibt und daß sie uns sehr nah sind. Wir haben ihnen die Gleichgültigkeit genommen; und ihnen dafür die Freude wirklicher Gemeinschaft gegeben. Ein lohnender Tausch.«

»Du hast noch vergessen, daß bei uns Krieger manchmal die Abfälle wegschaffen müssen, weil es keine Nacktstirnen mehr gibt.«

Raki lachte. »Es ist besser, Abfälle zu vergraben, als eine Rote Feder zu sein, die stolz auf ihre Kälte und Unnahbarkeit gegenüber ihren Brüdern und Schwestern ist. Heute sind bei den Menschen des Reiher-Stammes die weißen Federn viel begehrter, als es einst die roten waren. Sie haben gelernt, daß eine hilfreiche Idee viel mehr gegen den Sorgenvogel ausrichten kann als alle Pfeile.«

»Es muß eine große Schlacht gewesen sein«, sagte ich leise, »zwischen dem Reiher und dem Sorgenvogel. Und der Reiher hat gesiegt, Raki. Vielleicht hat nur Narrok, der die Sprache der Trommeln jenseits des Sonnenuntergangs kennt, den Todesschrei des Sorgenvogels gehört: ›Das Volk des Reihers hat mich getötet, denn sie haben gelernt, eine Antwort auf die Frage der Großen Jäger zu finden – Wie viele Menschen habe ich durch mein Leben glücklicher gemacht?‹«

Joan Grant wurde 1907 in England geboren. Ihr Vater war ein Mann von solcher intellektueller Brillanz im Bereich der Mathematik und des Ingenieurwesens, daß er bereits weit vor seinem dreißigsten Lebensjahr eine Dozentenstelle am Kings College erhielt. Joan Grants formelle Ausbildung beschränkte sich auf das, was ihr durch eine Reihe von Gouvernanten vermittelt wurde. Weit mehr lernte sie, wie sie sagte, aus den Gesprächen, die ihr Vater nach dem Abendessen mit seinen Wissenschaftlerkollegen zu führen pflegte.

Mit zwanzig heiratete sie Leslie Grant und brachte eine Tochter zur Welt. Diese Ehe endete kurz nach dem Erscheinen ihres Romans *Winged Pharaoh* im Jahre 1937 – ein Buch, das sofort zum Bestseller wurde. Bis 1957 war sie mit dem Philosophen und Visionär Charles Beatty verheiratet, der mehrere Bücher verfaßte, darunter *The Garden of the Golden Flower*, eine Abhandlung über den Psychiater Carl Gustav Jung. 1960 heiratete Joan Grant den Psychiater Denys Kelsey.

Während ihres ganzen Lebens beschäftigte sie sich mit Fragen der menschlichen Ethik. Der Begriff »Ethik« bezeichnete für sie einen grundlegenden und zeitlosen Kodex des zwischenmenschlichen Verhaltens, von dem die Gesundheit des Individuums und der Gesellschaft abhängt. In jedem ihrer Bücher untersucht sie einen Aspekt dieses Kodex. Denys Kelsey schrieb dazu: »Die erste Dynastie Ägyptens, die den Kodex anfangs genau kannte, ging unter, nachdem er in Vergessenheit geraten war. Zwar verstrichen elf Dynastien bis zu seiner Wiederentdeckung, doch glücklicherweise gab es damals keine verheerenderen Waffen als Pfeil, Speer und Keule. Wir glauben, daß es angesichts der schweren Zeiten, die der Planet heute durchmacht, notwendig ist, diese Bücher der Öffentlichkeit nahezubringen.«

Verlag Hermann Bauer · Freiburg im Breisgau

Joan Grant
Augen des Horus
Roman
456 Seiten, gebunden; ISBN 3-7626-0514-9

Dies ist die packende Geschichte des jungen Ra-ab. Am Ende der
XI. Dynastie steht das ägyptische Reich an einem Wendepunkt.
Ra-ab, der Sohn und Nachfolger des Fürsten der Antilopen-
provinz, wird in den Kampf des Lichts gegen die Mächte der Fin-
sternis hineingezogen. In der geheimen Bruderschaft namens
»Augen des Horus«, die einen neuen Aufbruch für Ägypten vor-
bereitet, erhält er seine Aufgaben.
In diesem fesselnden Roman pulsiert die Welt des Alten Ägypten.
Joan Grant beschreibt eindringlich, wie die Kraft des Lichts die
Macht der Furcht besiegt. Ein Lesegenuß der besonderen Klasse.

Wa-Na-Nee-Che und Eliana Harvey
White Eagle-Medizinrad
Indianische Weisheit als Lebensweg
Set mit 46 Farbkarten und Buch mit 132 Seiten
und 100 Abbildungen
ISBN 3-7626-0556-4

Wa-Na-Nee-Che ist einer der wenigen Indianer von heute, die das
alte indianische Geheimwissen weitergeben können. Für all jene,
an die er sein Wissen nicht persönlich weitergeben kann, hat er
seine Lehren durch Eliana Harvey in Schriftform bringen lassen
und das »White Eagle-Medizinrad« entworfen. Wer die Arbeit mit
den symbolträchtigen und wunderschönen Farbkarten dieses Sets
beginnt, gelangt zur Einheit mit seinem inneren Selbst. Er erfährt,
daß er Teil des gesamten Lebensgeflechts und mit dem Großen
Ganzen verbunden ist. Ein indianischer Weg der Selbstfindung.

Verlag Hermann Bauer · Freiburg im Breisgau